Ich widme dieses Buch drei außergewöhnlichen Frauen:

Meiner hübschen Schwiegertochter Lacy Elizabeth Musser. Du bist die Antwort auf die Gebete für meinen Sohn seit seiner Geburt. Du bist mutig und freundlich, fleißig und pragmatisch, gläubig und großzügig und die weltbeste Mutter für meine Enkelkinder.

Nadja'Lyn Alexandra Musser, meiner ersten Enkelin. Du bist die schönste Überraschung, die Gott uns machen konnte. Egal, wo du bist, Naj, du bringst Freude, Lachen und Liebe in die Herzen der Menschen. Vor allem deiner Mami, die dich sehr lieb hat!

Lena Sky Musser, der jüngsten Enkelin, mitten während einer Pandemie geboren und genau an dem Tag, an dem Gott meine Mutter (deine Urgroßmutter) vor einigen Jahren zu sich rief. Du hast uns ein Leben nach dem Tod, Freude nach der Trauer, den Frühling nach dem Winter und Hoffnung in einer Zeit der Ungewissheit geschenkt. Ich habe dich jetzt schon unendlich lieb und freue mich riesig darauf, dich im Arm zu halten!

Elizabeth Musser

Und im Gepäck das Leben

Über die Autorin:
Elizabeth Musser wuchs in Atlanta auf. Seit dem Abschluss ihres Studiums englischer und französischer Literatur an der Vanderbilt Universität in Tennessee ist sie als Missionarin tätig. Heute lebt sie mit ihrem Mann Paul in der Nähe von Lyon in Frankreich. Die beiden haben zwei Söhne.

Bibliografische Information der Deutschen Nationalbibliothek
Die Deutsche Nationalbibliothek verzeichnet diese Publikation in der Deutschen Nationalbibliografie; detaillierte bibliografische Daten sind im Internet über http://dnb.dnb.de abrufbar.

2. Auflage 2022
ISBN 978-3-96362-220-5
Alle Rechte vorbehalten
Copyright © 2020 by Elizabeth Musser
Originally published in English under the title
The Promised Land
by Bethany House Publishers, a division of Baker Publishing Group,
Grand Rapids, Michigan, 49516, USA
All rights reserved.
German edition © 2021 by Francke-Buch GmbH
35037 Marburg an der Lahn
Deutsch von Julian Müller
Umschlagbild: © Will Immink Design, Maastricht
© iStockphoto.com / Izf; MRaust
© dreamstime.com / Sergey Tinyakov
Umschlaggestaltung: Francke-Buch GmbH / Christian Heinritz
Satz: Francke-Buch GmbH
Druck und Bindung: CPI books GmbH, Leck

www.francke-buch.de

Kapitel 1

Abbie

5. April 2018

Seit zwanzig Jahren habe ich die Geschichte meiner Familie sorgfältig zusammengeknüpft. Und jetzt, wo sie beginnt, sich aufzudröseln, stecke ich in einem wirren Knäul aus Angst und Sorge.

Mein Sohn Bobby schlingt gerade in der Küche ein Sandwich mit Erdnussbutter und Marmelade herunter. »Mom, ich muss dir was sagen.«

Bobby ist ein vernünftiger Typ, also muss ich nicht damit rechnen, dass er mir eine schwangere Freundin oder den Konsum von Drogen beichtet. Aber damit habe ich nicht gerechnet.

»Ich glaube, ich gönne mir ein Jahr Pause.«

»Du machst was?«

»Du weißt schon, zwischen Schule und Uni.«

»Und was willst du machen?«

»Rumreisen. Stephen sagt immer, wie toll seine Auszeit war. Und da habe ich mir das so überlegt.«

Stephen Lefort ist Bobbys Chef bei der Zeitung, wo er gerade ein Praktikum in der Grafikabteilung macht.

Ich bin sprachlos. Man hat mir schon oft vorgeworfen, zu perfektionistisch zu sein, und so ist es ja auch, das gebe ich ja auch offen zu. Aber ich kann doch von meinem Sohn erwarten, dass er das Nächstlogische tut: nach der Schule aufs College gehen, oder? Schließlich haben wir seine Privatschule bezahlt, er hat bei den Aufnahmetests erstklassig abgeschnitten und wurde bereits bei drei hervorragenden Colleges angenommen.

In meiner Kehle wächst ein Angstkloß. Um ehrlich zu sein,

habe ich gespürt, wie uns Bobby Stück für Stück verlässt. Im Lauf der letzten zwei Jahre hat er sich mit seinem großherzigen, kreativen Wesen mal für die Schule, mal für Sport, für Mädchen oder für fromme Dinge interessiert.

Bill macht sich deswegen keine Sorgen. Das hat er noch nie gemacht.

»Ich wollte mit dem Rucksack durch Europa touren, die ganzen Museen besuchen, wie Swannee es auch gemacht hat. Und natürlich eine Weile in Paris bleiben, bei ihrem Künstlerfreund, Jean-Paul.« Er wird leicht rot unter seinem buschigen Pony. »Sowas eben.«

Ich versuche die Angst herunterzuschlucken. »Ich halte das nicht für eine so gute Idee, jetzt nach Paris zu fahren, angesichts des islamischen Terrors und der ganzen Schläferzellen überall.«

»Aber wäre es nicht cool, wie Swannee durch Europa zu tingeln?«

Swannee ist meine Mutter und sie lernte Jean-Paul schon als Teenager kennen, während der Unruhen im Frühling 1968. Sie ist Künstlerin und ihre Zeichnungen aus dieser Zeit zeigen Polizeigewalt, ausgebrannte Autowracks und Chaos.

»Das war damals eine sehr konfuse und chaotische Zeit, Bobby.«

»Weiß ich. Ist es nicht krass, dass Swannee dabei war?« Seine braunen Augen leuchten wie der Eiffelturm bei Nacht. »Und ich könnte die ganzen Museen besuchen wie Uroma Sheila auf ihrer Reise durch Europa. Das wird eine Familientradition!«

Der Kloß rutscht mir durch die Kehle und plumpst in den Magen. »Bobby! Deine Uroma ist auf dieser Reise mit dem Flugzeug abgestürzt!«

Er spricht einfach weiter. »Und ich muss unbedingt nach Wien. Die Gemälde im Kunsthistorischen Museum wollte ich schon immer mal sehen, das weißt du.«

Nein, das wusste ich nicht. Höchstens meine Mutter. Mit ihr würde er über solche Dinge reden.

»Außerdem geht es nicht nur darum, möglichst viel Kunst aufzusaugen. Stephen hat gesagt, ich könnte von unterwegs für die *Press* schreiben. Er kennt Leute in der Nähe von Wien, bei denen ich wohnen kann, und ich kann auch den Missionaren bei der Flüchtlingsarbeit helfen.«

Sein hübsches, jungenhaftes Gesicht strahlt vor Aufregung und Begeisterung. Er ist eine jüngere Version von Bill und ihm wie aus dem Gesicht geschnitten. Sein dickes, widerspenstiges rotbraunes Haar fällt ihm ins Gesicht und verdeckt die Augen, die hellbrauner, strahlender und freundlicher nicht sein könnten. Er ist auch so groß wie sein Vater, fast einsfünfundachtzig, schlaksig, und der Flaum auf seiner Oberlippe ist in letzter Zeit immer mehr zu einem kratzigen Dreitagebart geworden.

Ich suche nach einem Fluchtweg aus der Küche, aber Bobby steht genau in der Tür. Die Worte kreisen wie heulende Geister um mich herum: *Bereitschaftspolizei, Unruhen, Flugzeugabsturz, Flüchtlinge.* Ich setze ein Lächeln auf. »Wow. Hört sich an, als hättest du schon eine ganze Weile darüber nachgedacht«, sage ich leise.

Als ich Bill abends davon erzähle, zuckt er nur mit den Achseln. »Wir müssen ihn ziehen lassen, Abbs. Bobby ist eine treue Seele. Der hält sich aus Schwierigkeiten raus. Wenn Jason ins Flugzeug steigen wollte, dann würde ich mir schon eher Sorgen machen. Aber für ihn gibt es genug Regeln im Internat, die er noch brechen muss. Spätestens Weihnachten fliegt er von der Schule.«

Ich finde daran nichts lustig. Beide Jungs ziehen gleichzeitig aus. Und keiner von beiden so, wie ich es mir vorgestellt habe. Ich schließe die Augen und sehe den sechzehnjährigen Jason, blaue Augen, blondes Haar, wie er sagt: »Die haben ein super Footballteam, Mom. Du hast gehört, was der Scout gesagt hat. Die brauchen mich.« Er hatte gezwinkert und mich angegrinst, wohlwissend, dass ich dem Grübchen in seiner rechten Wange nichts entgegenzusetzen hatte.

»Bobby macht das schon«, sagt Bill. »Er kümmert sich doch die ganze Zeit schon um uns.«

»Mensch, Bill. Das ist doch das Problem. Er will sich um alle Menschen kümmern. Gibt sein ganzes Geld einem Obdachlosen oder einem armen Künstler. Er weiß nicht mal, wie man ein Bahnticket kauft oder ein Hotel findet. Er musste noch nie ...«

Bill gebietet mir mit einer Hand Einhalt. »Und genau deswegen müssen wir ihn ziehen lassen. Er lernt das schon. Ohne uns.«

∽

Drei Monate später stehen wir in der Rotunde des Atlanta History Centers, der ganze Middleton-Bartholomew-Clan, und lauschen Swannee.

»Es war eine ganz schöne Meisterleistung, das Baby hierherzubringen«, sagt sie.

»Das Baby« ist das *Cyklorama*, ein Rundgemälde, das länger als ein Footballfeld ist, sechs Tonnen wiegt und so hoch ist wie ein dreigeschossiges Haus. Als wir noch Kinder waren, gingen meine Eltern mit meinen Schwestern und mir nach Grant Park in den Zoo und dort in das alte Backsteingebäude, in dem das *Cyklorama* seit hundert Jahren stand. Wir liefen durch den kreisrunden Raum und betrachteten die Schlacht um Atlanta, während Mama die Geschichte erzählte. »1864 kam der Wendepunkt im Sezessionskrieg. ... Das Bild war ursprünglich für ein Publikum aus dem Norden gedacht. ... Seht ihr den Soldaten mit dem Clark-Gable-Gesicht?«

Ich war zugleich fasziniert und abgestoßen von den blutüberströmten Soldaten und toten Pferden.

Das gewaltige Gemälde ist jetzt in einem aufwendigen Verfahren an sein neues Zuhause in Buckhead gebracht worden. Sowohl Mama als auch Daddy wurden als Berater für dieses Projekt hinzugezogen. Mama, weil sie *die* Mary Swan Middleton ist, eine bekannte Künstlerin aus Atlanta, und Daddy, weil er seit über vier Jahrzehnten Stadtplaner in Atlanta ist.

Wir alle dürfen vor der eigentlichen Eröffnung hinter die Kulissen schauen: Mama und Daddy; Nan, Ellie und ich, unsere Ehemänner und Kinder. Mamas Bewegungen sind anmutig, das Licht fällt auf ihr weißes Haar. Sie erklärt uns, was alles nötig war für diesen Umzug.

Bobby schaut seiner Großmutter mit begeisterter Verehrung zu. Als Kind war er gern bei ihr zu Hause und sah ihr beim Malen zu. Er hat sie schon zu vielen Ausstellungen begleitet, ihre Gemälde getragen und ihr geholfen, sie in den Häusern von Buckhead aufzuhängen. Er atmet bei ihr Farbe, Terpentin und Geschichten ein und greift sofort selbst zum Pinsel, wenn er nach Hause kommt.

Das Einzige, was ich malen kann, sind weiße Wände.

Mein Vater, rechts neben mir im Rollstuhl, sagt etwas und ich beuge mich zu ihm. »So schön, dass du hier bist, Abbie. Ich weiß noch genau, wie wir uns damals das Gemälde angeguckt haben. Du und deine Mom und deine Schwestern.«

Denselben Kommentar hat er in den vergangenen zwanzig Minuten schon zweimal gemacht. Derselbe Angstkloß meldet sich wieder. Eigentlich ist Daddy inzwischen blind, aber er hat darauf bestanden, mit uns gemeinsam das *Cyklorama* anzuschauen, und es gibt keinen Wunsch, den Mama, meine Schwestern und ich ihm abschlagen würden. Wir versuchen verzweifelt, ihm seine Gesundheit zu erhalten und jeden Dämon abzuwehren, sei es Krankheit oder Depression, der ihn befallen will. Aber natürlich kämpfen wir auf verlorenem Posten.

Bill steht auf der anderen Seite. Ich greife nach seiner Hand und halte sie fest. Gott sei Dank ist er bei all den Veränderungen mein Fels in der Brandung. Mein Blick huscht von Daddy zu Bobby und zu Jason und ich denke nur, *ich kann doch nicht alle drei auf einmal verlieren. Nicht jetzt. Noch nicht.*

☙

Drei Wochen später liegen wir im Bett und lesen, Bill und ich. Die Kluft zwischen uns ist so breit wie der Chattahoochee River, der nach Süden durch Atlanta rauscht. Er klappt sein Buch zu. »Ich brauche eine Auszeit, Abbie.«

»Ja, ich weiß«, pflichte ich ihm bei. »Das kostet alles so viel Kraft, aber es wird besser, wenn wir erst in das Loft gezogen sind.«

»Das meine ich nicht.«

Mir läuft es kalt den Rücken hinunter. »Und was meinst du?«

»Ich habe ein Projekt in Chicago angenommen. Es dauert drei Monate.«

Bill war schon öfter auf Dienstreisen. Aber drei Monate? Aus meiner trockenen Kehle kommt sekundenlang kein Wort. Dann platzte ich heraus: »Aber Bobby fährt am Montag!«

Bill rollt sich auf die Seite und sieht mich an. »Ja, aber es ist nicht so, als würde er aufs College gehen und uns brauchen, um seine Taschen auszupacken oder sein Zimmer einzurichten. Er packt einen Rucksack und fliegt nach Europa! Jason fährt am Dienstag ins Internat. Ich bin noch da, um die Jungs zu verabschieden und unsere ganzen Sachen einzupacken, keine Angst.«

Der Ausdruck in seinen Augen ist kühl, fast aggressiv. »Wieso warst du für unseren Umzug, wenn du dann drei Monate nicht da bist?«, flüstere ich.

Er liegt jetzt auf dem Rücken. Das Licht vom Nachttisch lässt seine grauen Haare hervortreten. Er trägt das schäbige orangefarbene T-Shirt, das er schon seit Jahren aussortieren sollte. Irgendwann funktionierte er es wenigstens zum Schlafanzugoberteil um. Durch einen Riss im Ärmel lugt seine braun gebrannte und durchtrainierte Schulter hervor. Er riecht noch immer nach Spaß und Action, aber seine Augen sind geschlossen und die Mundwinkel zeigen nach unten.

»Ich war nicht dafür, Abbie«, sagt er schließlich. »Du hast gebettelt und gebettelt und dann hast du es entschieden.« Seine Stimme klingt hart, verärgert. Und müde.

Ich versuche zu schlucken, aber die Trockenheit droht mich

fast zu ersticken. Wir wohnen seit achtzehn Jahren im Grant-Park-Viertel von Atlanta. Aber dieser neue Ort, ein Loft in Atlantas beliebter Beltline, ist luftig und hat eine einzigartige Aussicht. Und Daddy hat geholfen, es zu entwerfen. Bill und ich waren uns einig, dass es ein kluger Schritt ist, dorthin zu ziehen. Wir waren uns einig ...

»Ich komme einfach nicht mehr damit klar, dass du immer alles kontrollieren musst, Abbs. Ich ... brauche eine Auszeit.«

Er rollt sich auf die andere Seite, weg von mir, und da weiß ich, dass wirklich alles auseinanderfällt.

ය

Die Kisten stehen für den Umzugswagen bereit und ich sitze in unserem großen, leeren alten Haus auf dem Fliesenboden neben Poncie, unserer Spaniel-Promenadenmischung, die mich mit ihrem Blick anfleht, ihr zu erklären, was da gerade passiert. »Wir ziehen um, altes Mädchen«, sage ich. »Das habe ich dir doch schon erklärt.«

Sie schlittert jetzt schon seit Wochen von einem Zimmer ins nächste, die goldbraunen Augen traurig, als würde ich sie direkt vor ihrer kleinen feuchten Nase hintergehen. Wie kann ich es wagen, das ganze Haus einzupacken?

Auf meinem iPhone läuft Billy Joel. Ich nehme einen großen Schluck Wasser und kraule Poncies weiches, flauschiges Fell. Billy säuselt seinen Traum hinaus. Er möchte einfach nur zu Hause sein, mit der Person, die er liebt.

Wieder habe ich diesen Kloß im Hals und auf einmal muss ich weinen. Poncie schmiegt sich an mich, den Kopf auf meinem Schoß, und ich kraule und weine, kraule und weine, während Billy mein Leben in Liedform zum Besten gibt.

Ich kann seine Sehnsucht nachempfinden.

Sie wohnt auch in mir.

Ach wenn doch nur.

Wie kann alles nur so schieflaufen?

Ich brauche eine Auszeit, Abbie.

Die Kisten sind durchnummeriert und in einer Excel-Tabelle notiert, damit das Umzugsunternehmen sie beim Ausladen gleich ins richtige Zimmer bringen kann. Ich habe alles bis ins Kleinste vorausgeplant.

Außer ...

Ich brauche eine Auszeit.

Kapitel 2

Bobby

Mom macht sich Sorgen. Eigentlich andauernd. Deswegen habe ich ein schlechtes Gewissen, wenn ich ausgerechnet jetzt gehe. Wo alles in der Luft hängt. Mom hasst es, wenn Dinge »in der Luft hängen«. Man muss ihr lassen, dass sie nicht »aus der Haut gefahren« ist – noch so ein Spruch, den sie dauernd benutzt –, als ich ihr gesagt habe, dass ich ein Auslandsjahr machen will, aber man hat deutlich gemerkt, was sie davon hält.

Ich war ganz gut in der Schule – von den Zensuren her und so –, dazu noch der ganze außerschulische Kram, der mich als »aussichtsreichen Kandidaten« für eine Elitehochschule qualifiziert. Mom wieder. Offensichtlich habe ich alle richtigen Häkchen gesetzt, weil mich sogar eine davon angenommen hat. Aber ich will gar nicht auf eine Elitehochschule. Ich will malen, wie meine Oma Swannee. Sie hatte eine Superkarriere.

Schon als Kind hat sie mich an Orte wie das High Museum oder zum Atlanta Symphonie Orchestra mitgenommen und für Mom war das in Ordnung, weil es »Kultur« war. Aber als Swannee von meinen Plänen hörte und vorschlug, mir einen Viermonatskurs bei Jean-Paul zu spendieren, habe ich gemerkt, wie schwer es Mom fiel, nichts zu sagen, was sie sonst hinterher bereuen könnte. Der Gedanke, dass ich im Herbst nicht wie geplant aufs College gehen könnte, bringt sie um.

Zum Glück hat Dad nichts dagegen. Er ist Vermögensberater und hilft sehr reichen Leuten, noch reicher zu werden. Bei uns hat es eigentlich auch ganz gut geklappt, denn wir nagen nicht am Hungertuch oder so. Er meinte sogar, er würde die Kosten für mein Jahr übernehmen, direkt vor Mom, und zwinkerte mir zu.

Eigentlich war es Stephen, der mich überhaupt erst auf die Idee gebracht hat. Er ist überall auf der Welt aufgewachsen und meinte, in Europa überhaupt sei es ganz normal, dass man zwischen Schule und Uni ein Auslandsjahr macht und herumreist, arbeitet oder neue Erfahrungen sammelt.

Stephen und Tracie Lefort gehen in die gleiche Gemeinde wie wir. Er gibt eine Online-Zeitung heraus, *The Peachtree Press*, und die letzten beiden Sommerferien habe ich bei ihm ein Praktikum gemacht, hauptsächlich im Bereich Fotografie und Grafikdesign.

Die ersten Wochen werde ich in der Nähe von Wien wohnen, wo ich stunden- und tagelang im Kunsthistorischen Museum herumwandern kann. Und dann helfe ich in einem Flüchtlingszentrum, das »Die Oase« heißt. Stephen ist ziemlich oft dort und meinte, es würde mir gefallen. Ich überlege, ob ich noch den Jakobsweg von Le Puy in Südfrankreich bis an die spanische Grenze laufe, bevor der Kunstkurs bei Swannees Freund in Paris beginnt. Eine Art Wallfahrt. Das war auch Stephens Idee.

Als ich ihm ein paar Tage vor der Abreise erzählt habe, dass ich das mit dem Jakobsweg wirklich durchziehen will, sagte er: »Caroline läuft ihn dieses Jahr auch, im Herbst. Sie soll Fotos machen und ein paar Artikel darüber schreiben.«

Caroline ist Stephens kleine Schwester. Sie ist Fotografin und hat hin und wieder schon für ihn gearbeitet. Stephen macht sich ständig Sorgen um sie. So würde er das nicht ausdrücken, aber er sagt Dinge wie: »Sie ist eben ein Freigeist« oder »Sie hat eine harte Zeit hinter sich. Ich versuche ihr zu helfen, wieder auf die Beine zu kommen.«

»Heißt das, dass ich lieber keine Fotos und Texte schicken soll?«, will ich wissen.

»Natürlich nicht. Wahrscheinlich nehmt ihr sowieso nicht dieselbe Route. Aber könntest du dich in einer Woche oder so bei ihr melden? Dann sagst du ihr, welchen Abschnitt du läufst und wann? Ich würde gern eine ganze Artikelreihe über den Jakobsweg machen, ab August, wenn du dort bist, bis zum Ende der Pilgersaison im Oktober.«

Stephen hat oft so spontane Ideen und ich soll sie dann aufgreifen und in die Realität umsetzen. »Klar, Chef. Gib mir ihre Nummer und ich schreibe ihr.«

»Danke. Sie ist ein bisschen schwer zu erwischen manchmal, aber wenn ihr eure Pläne miteinander abgleichen könnt, wäre das prima.«

ༀ

Auf dem Weg zum Flughafen reden Dad und ich nicht viel. *Das Gespräch* hatten wir gestern Abend schon, mitten in dem riesigen Loft in Beltline – unserem neuen Zuhause. Es ging um sein Dreimonatsprojekt in Chicago.

»Coole Sache. Kommt Mom auch mit?«, wollte ich wissen. Er war schon öfter für längere Zeit auf Dienstreise gewesen, wenn auch nicht so lange, und Mom hatte es meistens hinbekommen, ihn zu begleiten.

»Nein«, sagte Dad und ließ die Schultern ein kleines Stück hängen. Er strich mir die Haare aus der Stirn wie früher, als ich noch klein war. »Nein, ich fahre allein. Ich brauche mal eine kleine Verschnaufpause.«

»Eine Verschnaufpause?« Ich kniff die Augen zusammen. »Von der Ehe?«

Als er nickte, rutschte mir das Herz in die Hose. »Lasst ... lasst ihr euch scheiden?«

»Nein, Bobby. Nein. Ich denke nicht. Ich brauche nur etwas Freiraum.«

Wenn ich ehrlich bin, kann ich es sogar verstehen. Ich meine, guckt mich an. Ich mache mich auch aus dem Staub. Weit weg von meiner lieben, kontrollwütigen Mutter.

»Hast du ...« Es fiel mir schwer, ihm das zu sagen. »Hast du eine andere?«

Er zog mich an sich. Vielleicht weinte er sogar. So oder so, eine Antwort auf meine Frage war das nicht.

Einerseits bin ich sehr wütend auf Dad, dass er gerade jetzt geht. Jason und ich machen uns endlich mal etwas frei von Mom – auch wenn wir sie natürlich lieb haben. Wir wollen ja nicht, dass sie »den Kopf verliert« – wieder so ein Spruch von ihr –, wenn Dad jetzt auch noch geht. Außerdem verstehe ich immer noch nicht, wieso sie unser Haus so schnell verkaufen wollten. Es war doch schön.

Arme Mom. Veränderung hat sie noch nie gut verkraftet.

Bevor er mich zum Abschied am Terminal umarmt, sagt Dad: »Ich glaube, deine Mutter braucht mal eine Pause von uns allen, ob sie es weiß oder nicht. Bete mal für sie. Aber jetzt ab mit dir und entdecke Europa. Du bist jedenfalls nicht für unsere Probleme verantwortlich.«

Jason schreibt mir, als ich noch beim Sicherheits-Check-In anstehe. Dasselbe, was er schon zigmal gesagt hat. *Du hast so ein Riesenglück, dass du so weit wegdarfst.*

Deine Schule ist auch nicht übel.

Ich weiß. Dann, *Und was machen wir jetzt? Mit Mom. Sie wird den Kopf verlieren.*

Ich lächle vor mich hin.

Keine Ahnung. Das muss wohl Dad klären.

༄

Als kleiner Junge bin ich oft auf Swannees Sonnenterrasse gegangen und habe ihr stundenlang beim Malen zugeschaut. Dass ich Talent habe, hat sie als Erste entdeckt. Vor meinen Eltern und Lehrern. Sie kaufte mir meinen ersten Zeichenblock, die ersten Buntstifte und dann die Wasserfarben, diese kleinen, festen Blöcke, auf denen ich mit meinem feuchten Pinsel herumrubbelte, bevor ich ihn auf dem weißen Papier ausstrich. Ich fand das damals ziemlich cool, wenn die Farben ineinanderflossen und das Papier lebendig wurde.

Mit acht oder neun stieg ich dann zu Acryl- und Ölfarben auf. In der Highschool nahm ich Kunstgeschichte als Wahlfach. Mom war nicht gerade glücklich; Swannee dagegen begeistert. Sie hätte meine künstlerischen Ambitionen bis nach Hogwarts und zurück unterstützt.

Dass meine Großmutter alt wurde, habe ich zum ersten Mal vor ungefähr einem Jahr gemerkt. Ich habe niemandem davon erzählt, aber seitdem habe ich ernsthaft über das Jahr in Europa nachgedacht. Ich wollte dorthin fahren, solange Swannee noch mein Guide sein konnte. Nicht körperlich, aber mental, geistlich und emotional.

Wir hatten unsere Staffeleien auf der Terrasse stehen und malten ein Stillleben, das sie aufgebaut hatte. Das hatten wir im Lauf der Jahre schon Dutzende Male getan, aber Swannee wollte, dass ich zu den Wurzeln zurückkehre. Außerdem wollte sie meinen Fortschritt sehen.

Viel redeten wir nicht. Wenn wir malen, sind wir tief in unsere Arbeit versunken. Aber irgendwann stellte sie mir eine Frage, und ich sah sie kurz an. Während ich sie ihr beantwortete, ließ sie den Pinsel ruhen. Er zitterte. Ganz leicht. Er bewegte sich, weil Swannees Hand zitterte.

Es war nicht weiter wild, abgesehen von einer Sache. Ihr Stillleben war nicht so sauber und detailreich wie sonst. Als könnte ich an der Leinwand ihr Alter ablesen. Die Pinselstriche waren nicht mehr so zielgerichtet und sicher.

Und das machte mich traurig.

Da beschloss ich, dass ich nach Europa musste. Natürlich würde sie nicht sofort sterben. Aber irgendetwas tief in mir drin drängte mich zu diesem Schritt. Stephen ist also schuld daran, er hat mir den Floh ins Ohr gesetzt, aber eigentlich mache ich es für meine Großmutter. Damit ich die Inspiration, die sie einst fand, mit meiner Fantasie festhalten und ihr mitbringen kann. Sie sollte sie noch einmal sehen, berühren und fühlen.

Ein paar Wochen vor der Abreise saßen Swannee und ich auf ihrer Sonnenterrasse und tranken extra süßen Eistee, als sie eine Textnachricht auf ihr Handy bekam. »Oh!«, sagte sie. »Guck dir das mal an! Wie schön. Das ist toll.«

»Was denn?«

»Nichts Besonderes. Aber eins meiner Bilder wird ausgestellt.« Und dann ließ sie mich die Mail lesen.

Sehr geehrte Frau Middleton, es ist uns eine besondere Ehre, Sie in Kenntnis darüber zu setzen, dass Ihr Gemälde The Swan House von der Familie Cottet erworben wurde und in einem von Kritikern als eins der schönsten gekürten kleinen Pariser Museen Teil einer Dauerausstellung werden wird.

»Ausgestellt, in Paris! Wahnsinn, Swannee. Das musst du dir angucken!«

Sie versuchte, es herunterzuspielen. »Ach nein, Schätzchen. So wichtig ist es nun auch wieder nicht.«

Aber es war wichtig. Ihr. Wenn Opas Sehvermögen nicht immer mehr nachlassen würde, hätte sie die Stippvisite in Paris ernsthaft in Betracht gezogen.

»Ich hatte in meinem Leben so viele Möglichkeiten, zu reisen und die schönste Kunst zu sehen. Aber jetzt muss ich hierbleiben.«

Meine Großeltern kümmern sich rührend umeinander, was mir meistens gut gefällt. Aber ich ärgerte mich, dass Swannee diese Ehre verpassen würde, von der sie so lange geträumt hatte. Ich konnte diesen Traum verstehen. Diese Sehnsucht eines Künstlers, Anerkennung zu finden, nicht unbedingt Ruhm, aber zu wissen, dass das, dem sie ihr Leben gewidmet hatte, ihr Ruf, auch anderen etwas bedeutete.

Also war ich nicht überrascht, als sie mich fragte: »Meinst du, du könntest in das Museum fahren? Ich könnte dir eine private Führung besorgen. Aber natürlich nur, wenn du die Zeit hast.«

Ich war verblüfft, wie eine so arrivierte und beliebte Künstlerin wie meine Großmutter zugleich so wenig selbstbewusst sein konnte.

»Ja, total gern!«, sagte ich.

»Jean-Paul würde dich bestimmt gern begleiten und dir alles zeigen«, sagte sie. »Dass es noch mal so weit kommt ...«, fügte sie leise hinzu. »Ich habe mir immer gewünscht, dass mal ein Bild von mir in einem Museum in Paris hängt. So viele Abenteuer haben dort ihren Lauf genommen und jetzt werden sie weiterleben.«

»Und ausgerechnet *The Swan House*«, freute ich mich, denn das war ihr berühmtestes Gemälde und sie hatte die italienische Villa in Atlanta nicht nur einmal gemalt. Ich rutschte auf dem Korbsofa näher an Swannee. »Und da wir gerade bei Jean-Paul und Paris sind, guck mal, was ich auf mein Handy geladen habe.«

Ich blätterte die Fotos durch, die ich von Großmutters Skizzenblock gemacht hatte – dem Skizzenblock von ihrer Europareise mit ihrer besten Freundin Rachel Adams 1968. Als ich die Skizze eines Jugendlichen mit Notre Dame im Hintergrund fand, gab ich mein Telefon an Swannee weiter.

Sie drückte es an sich und schmunzelte. »Da ist er ja. Jean-Paul Dumontel.«

Jean-Paul hatte Großmutter viele Jahre lang in Atlanta besucht. Ich lernte ihn kennen, als ich neun oder zehn war. Auf dieser Skizze war er selbst ein schüchterner Dreizehnjähriger, der während der Aufstände im Mai '68 mit Swannee durch Paris stromerte. Ich glaube, Swannee hatte gerade das College abgeschlossen und sie und Jean-Paul hatten über ihre gemeinsame Liebe zur Kunst zueinandergefunden. Beide träumten sie davon, Künstler zu werden.

Und natürlich waren sie beide Künstler geworden, erfolgreich noch dazu. Jean-Paul hatte Swannee eins seiner Gemälde geschenkt und jetzt hing es im Haus meiner Großeltern. Er fühlte sich ihr stets nahe – schickte Marmor aus Italien, Stoff aus der

Provence und Rotwein von seinen Lieblingsweingütern in Frankreich –, weil sie ihm und seinem Bruder während der Aufstände praktisch das Leben gerettet hatte.

Und jetzt war ich drauf und dran, in ihre Fußstapfen zu treten – aber beide waren viel zu groß, als dass ich sie ausfüllen konnte.

Ich ließ das Telefon sinken. »Swannee, was, wenn ich nach Europa fahre und den Kurs belege und merke, dass ich überhaupt nicht talentiert bin?«

»Dass das nicht stimmt, wissen wir ja bereits. Aber falls du nicht *gut genug* bist oder das Interesse verlierst, dann findest du einen neuen Weg. Du studierst und probierst etwas anderes.«

»Und was, wenn ich weggehe und meine Berufung finde und nie aufs College gehe? Darüber kommt Mom nicht hinweg. Dad würde das auch stören.«

Swannee stellte ihren Plastikbecher der Georgia Tech Yellow Jackets ab. Sie ließ sich Zeit – wie bei allem. »Wir dürfen darauf vertrauen, dass uns der Geist Gottes führt. Du musst deinen Weg finden und davon ausgehen, dass Gott groß und schlau genug ist, die Leute, die du liebst, zum Zuhören zu bringen.«

Meine Großmutter ist eine sehr gläubige Frau.

»Eins weiß ich, Bobby. Lass dich nicht von den Erwartungen anderer zerquetschen. Dann vertrocknet deine Kreativität. Nutz diese Chance. Und flieg.«

Also flog ich.

Abbie

Ich sehe ihm nach und ein kleines Stück von mir fliegt mit ihm. Es fühlt sich an wie ein Tod auf Raten, als würde Gott meine Fäuste aufbiegen und mich zwingen, meinem Jungen auf Wiedersehen zu winken, anstatt ihm hinterherzulaufen.

Aber Bobby träumt nun mal in Farbe und er bannt seine Träume mit nahezu altklugem Verstand auf Leinwand. Und so zieht sich mein Magen zusammen und ich öffne die Fäuste und zwinge mich, nicht zu weinen, während er aus der Tür tritt. Er dreht sich um und grinst schief und dann lässt er die Taschen fallen und kommt zurück, um mich zu umarmen, wie früher als Kind.

Ich lasse die Tränen laufen.

Sein Vater bringt ihn zum Flughafen. Und dann?

Zumindest fängt Bobby seine Auszeit an einem sicheren Ort an. Ich versuche, nicht zu lange über das Wort *Flüchtlingszentrum* nachzudenken, sondern mehr darüber, dass Stephen den Ort gut kennt, und Stephen vertraue ich. Er hat uns schon einmal durch eine schwere Familienkrise geholfen.

Ich scrolle auf meinem Mobiltelefon durch die Mails, bis ich einen Ordner finde, der »Reisen« heißt. Gedankenverloren starre ich auf die E-Mailbestätigungen für den Flug, den ich gebucht habe, für mich und Bill im Oktober, wegen der Überraschungsparty für ihn. Er wollte schon immer nach La Rochelle, einem idyllischen Ort an der Westküste Frankreichs, wo einer seiner Hugenottenvorfahren Ende des sechzehnten Jahrhunderts starb. Und an seinem fünfzigsten Geburtstag will ich, Menschenskind noch mal, diesen Traum wahr werden lassen.

Ich brauche eine Auszeit, Abbs.

Zumindest hoffe ich, dass ich ihm diesen Traum noch verwirklichen darf.

☙

Zwei Tage, nachdem Bobby im wahrsten Sinn des Wortes flügge geworden ist, und einen Tag, nachdem wir Jason im Footballinternat abgeliefert haben, sehe ich dabei zu, wie Bill seine Taschen packt, genau die, die er vor einer Woche ins Loft gestellt hat. Ich hatte sie für den Umzug gepackt, jedes Hemd gebügelt, jede Socke mit ihrem passenden Kompagnon. Ich merke, wie ich bleich werde. Er ist entschlossen, energisch, läuft auf Autopilot.

»Können wir reden?« Diese Frage stelle ich ihm immer wieder, seit er mir gesagt hat, dass er geht.

Er antwortet nicht, sondern packt weiter.

Irgendwann stelle ich mich ihm in den Weg. »Ich möchte darüber reden, Bill. Das brauche ich. Bitte.«

Er ignoriert mich fast. Ich weiß nicht, wo mein entspannter, lebenslustiger Mann auf einmal hin ist. »Wir reden seit zwanzig Jahren, Abbs. Ich habe nichts mehr zu sagen.«

Ich zittere. Irgendetwas muss ich jetzt tun, etwas sortieren oder packen oder ordnen.

Aber er klappt den Koffer zu, dreht sich um und guckt kurz aus den raumhohen Fenstern des Backsteinlofts, hier in einer alten Stahlfabrik, das zu einer stylischen Anlage mit Eigentumswohnungen umgebaut wurde. Die Aussicht ist atemberaubend: Atlantas Skyline im Hintergrund, der Piedmont Park im Vordergrund, aber ihm scheint nichts davon aufzufallen.

»Rufst du mich an?«

Er bleibt stehen und lässt die Schultern hängen. Dann dreht er sich um und sagt mit einer Erschöpfung in der Stimme, die mich schaudern lässt: »Lass mir doch mal ein bisschen Platz zum Atmen, Abbs. Ich brauche Abstand.«

Und dann sind sie alle fort, Bill und Bobby und Jason und ich sitze im Loft. Ich habe jede Menge »Platz«.

Ich kann zu Fuß zum Piedmont Driving Club laufen, wo ich zweimal die Woche Tennis spiele, und dann gleich nebenan in den Botanischen Garten gehen und als Freiwillige aushelfen. Oder ich gehe in die andere Richtung durch Beltline und bin in wenigen Minuten im angesagten Ponce City Market.

Die perfekte Location mit genau der richtigen Ausrichtung. Morgens fällt das Sonnenlicht durch die Fenster. Der Sonnenuntergang hinterm Loft wird feuerrot sein.

Alles ist perfekt, genau, wie ich es immer wollte. Scheußlich, schrecklich perfekt.

Am Sonntag zwinge ich mich dazu, zum großen Monatstreffen der Bartholomew-Middletons bei meinen Eltern zu fahren.

»Hey, Schwesterherz!«, ruft Ellie. »Wie läuft der Umzug?«

Ich lächle schmallippig. »Okay. Bisschen überfordert, aber okay.«

»Wo ist Bill?«

»Noch immer in Chicago.«

»Du Arme. Normalerweise muss er doch gar nicht übers Wochenende wegbleiben.«

»Irgendein Notfall«, lüge ich.

Ellie hat ein Funkeln in den Augen, während sie Baby Nummer sechs in den Armen hält, Abigail, nach mir benannt. »Sicher, dass du nicht schwanger bist? Du siehst ganz schön müde und fertig aus.«

Ich bin kurz davor, ihr von dem tiefen Abgrund zu erzählen, der durch unser Ehebett geht. Aber stattdessen schmunzle ich nur. »Ganz sicher. Gott sei Dank.« Ein Empty-Nester – die Söhne *und* der Ehemann, alle zur gleichen Zeit ausgeflogen – und schwanger mit vierundvierzig? Nein, danke.

Ich nehme die kleine Gail und mache Späße mit ihr. Sie sieht mich mit riesigen grauen Augen aus diesem winzigen Gesichtchen an. »Sie ist ja so süß«, bringe ich heraus.

Und sie ist es wirklich. Meine Augen werden feucht. Aus Freude über dieses kleine neue Menschlein. Und aus absoluter Verzweiflung darüber, wie sich mein Leben gerade anfühlt.

∽

Am nächsten Morgen sitze ich auf den Fliesen mitten im Wohnzimmer und bin umgeben von sauber gekennzeichneten Kisten. Noch habe ich keine einzige aufgeklappt. Ich stehe auf, schleiche durch die Zimmer und verwünsche alle Kisten, die so akkurat gepackt wurden und mir ganz genau sagen, was ich wissen muss. Ich könnte das ganze Loft allein einrichten. Kinderspiel.

Aber mir fehlt jedes bisschen Motivation dazu.

Bill ist jetzt seit fünf Tagen fort. Kein Anruf, keine Textnachricht, keine Mail. Keine heitere Stimme, die mich am Telefon aufzieht. »Na, Abbs, du Bauchmuskelwunder, wollen wir uns vorm Abendessen im Klub zum Sport treffen?« Kein Gelächter, groß und laut, dringt aus dem Hörer oder im Flur.

Wenigstens Bobby hat sich gemeldet. Mit sechs Wörtern. *Wien ist eine Wucht, Mom. Wien!*

Jason hat sich bestimmt schon im Internat eingewöhnt und steckt gerade in einem Helm beim Footballtraining.

Einsam. Ich fühle mich verlassen.

Eine einzige Kiste mache ich auf, darauf steht *Kreuzstichprojekt*. Vorsichtig hole ich den Stoff heraus, fünfundvierzig mal sechzig Zentimeter. *William Edward Jowett* ist am unteren Rand in Weiß vor einem blauen Hintergrund eingestickt. Über seinem Namen habe ich eine Eiche mit fünfzig grünbelaubten Ästen gestickt und neben den Zweigen sind die Dinge in winzig klein zu sehen, die mein Mann liebt: Autos, Computer, Sport, Familie. Das Projekt ist fast fertig, braucht nur noch etwa einen Monat. Seit zwei Jahren arbeite ich daran. Noch eine Überraschung zu Bills Fünfzigstem.

Bill liebt Geschichte; er hat seine Ahnen bis zu den Hugenotten des sechzehnten Jahrhunderts zurückverfolgt. Die Geschichte des Urahnen, der aus Frankreich floh und in Florida landete, fasziniert ihn. Ich hatte vor, nächste Woche nach Fort Caroline zu fahren und die Hugenotten-Abzeichen zu fotografieren, um sie in die Leinwand einzuarbeiten.

Aber wird Bill überhaupt zu seinem Geburtstag in drei Monaten hier sein?

Es klopft an der Tür. Mein Herz pocht. Vielleicht ist es Bill. Er wird mich in seine starken Arme nehmen und sagen: »Hey, Abbs. Alles wird gut. Es tut mir leid.«

Aber es ist meine Schwester.

Nan tritt ein und lässt den Blick schweifen. Ich sehe, wie sehr sie ihren Schock angesichts der ungeöffneten Kisten zu verbergen versucht, dieselben Kisten, die noch immer dort stehen, wo sie sie bei ihrem letzten Besuch vor einer Woche stehen sah.

»Sag mal, soll ich dir beim Auspacken helfen?«

Ich zucke mit den Schultern.

»Ellie hat recht, du sahst gestern wirklich schrecklich aus. Das ist bestimmt nicht einfach, jetzt, wo beide Jungs auf einmal weg sind. Und dann muss Bill auch noch verreisen. Furchtbares Timing.«

Du sagst es, Schwesterlein.

»Willst du was trinken?«, bringe ich heraus. »Ich habe den Kühlschrank aufgefüllt.«

»Klar.«

Ich hole ein Mineralwasser. »Es ist schwerer als gedacht. Ich habe versucht, alles zu planen, aber wer kann das schon?«

Nan drückt mich. »Abbie, du hast alles perfekt gemacht. Aber jetzt brauchst du mal eine Auszeit.«

Ich brauche eine Auszeit.

Ich kann die Tränen nicht zurückhalten, vergrabe mein Gesicht in den Händen und versuche, sie wegzuwischen, aber es bringt nichts. Irgendwann drehe ich mich zu Nan, die ganz erschrocken aussieht. »Bill hat mich verlassen«, platze ich heraus.

»Was?«

»Er hat es mir kurz vor dem Umzug gesagt. Meinte, er habe ein Projekt in Chicago, drei Monate. Er hat mir noch beim Umzug geholfen, mit den Jungs, und dann war er weg.«

Ein Dutzend Gesichtsausdrücke wandern über Nans Gesicht. Erst ein kleines Schmunzeln, weil sie glaubt, ich mache einen Witz, dann ein Stirnrunzeln, weil es offensichtlich keiner ist. Dann Unglaube. Schließlich sieht sie mich fassungslos an. »Wow, Abbie. Das ist ja ... Ich weiß gar nicht, was ich sagen soll.«

»Ja, ich auch nicht. Aber er wusste sehr wohl, was er sagen

sollte. Er meinte, er bräuchte eine Auszeit von meinem Kontrollzwang. Ich habe ihn verrückt gemacht damit, Nan. Ich habe ihn
verrückt gemacht und jetzt ist er weg.«

Eine Weile sitzen wir schweigend da. Nan kann schlecht dagegen protestieren, dass ich ein Kontrollfreak bin. Seit Ewigkeiten
mache ich meine Familie damit verrückt. Und jetzt habe ich meine drei liebsten Menschen vergrault.

»Was soll ich nur tun?«

Bevor sie antworten kann, schiebe ich nach: »Ich habe ihm
zwanzig Nachrichten geschickt. Nichts. Auf meine Anrufe reagiert er auch nicht. Ich habe ihm geschrieben und mich für alles
entschuldigt. Vielleicht sollte ich einfach nach Chicago fliegen.«

Nan berührt mich an der Hand. »Vielleicht solltest du jetzt
erst einmal gar nichts tun.« Unsere Blicke treffen sich. Aus ihren
schokoladenbraunen Augen spricht die Erfahrung, die weiß, wie
Verzweiflung aussieht. Oh ja, Nan weiß alles über Verlust.

»Tu nichts weiter als nur das, worum er dich gebeten hat. Lass
ihm seinen Freiraum.«

Das lässt die Tränen gleich wieder laufen und Nan drückt mich
an sich.

»Die Jungs wissen nichts davon«, sage ich schließlich. »Sie
glauben, er ist länger auf Dienstreise. Ich konnte es ihnen einfach
nicht sagen.«

Kapitel 3

Bobby

Die ersten Tage in Wien erinnern mich an das Video für ein Auslandsstudium, das wir in Kunstgeschichte gesehen haben. Alles ist fantastisch und schön. Wirklich umwerfend. Am zweiten Tag besuche ich mit drei anderen jungen Helfern aus der Oase den Stephansdom, die Wiener Staatsoper und die Hofburg. Am Abend laufen wir mit Audio-Guide durch Schloss Schönbrunn und erforschen seine verzierten Prunkgemächer und Gästequartiere. Danach lauschen wir einem klassischen Konzert im Garten, verzaubert von der Musik Strauss' und Mozarts. Und wir sind live dabei. In Europa. Hinterher laufen wir durch die Kopfsteinpflasterstraßen und sind ganz berauscht von der Schönheit, der Historie und dem Geschmack der Freiheit.

Als wir am nächsten Tag ins Kunsthistorische Museum gehen, bitte ich die anderen, mich allein zu lassen. Stundenlang schlendere ich von einer Galerie zur nächsten. Zuerst sehe ich mir eine Gastausstellung aus der Eremitage in St. Petersburg an. Gemälde aus der Eremitage werden paarweise mit Gemälden aus dem Kunsthistorischen Museum gezeigt: Werke von Botticelli, Tintoretto, Rembrandt und van Dyck. Ich stehe mit offenem Mund vor den Bildern, die wir in Kunstgeschichte behandelt haben.

Schnell schreibe ich Swannee eine Nachricht, obwohl sie das längst weiß. *Ich bin hier in einem der größten Museen der Welt. Es ist so krass! Jedes Mal muss ich grinsen, wenn ich in einen neuen Raum komme und eins der Gemälde sehe, das ich schon kenne. Als würden sie hier hängen wie alte Freunde.*

Ich mache ein paar Schnappschüsse von meinen Lieblingen und schicke sie ihr, weil Großmutter alles sehen und gewissermaßen mit mir hier sein soll: Vermeer, Gainsborough, Rubens, Caravaggio, Raphael, Tintoretto, Rembrandt, Poussin ...

Vor Caravaggios *David mit dem Haupt des Goliath* mache ich ein Selfie und schicke es ihr auch. Swannee hat mir dieses Gemälde vor Jahren schon gezeigt und erklärt, dass Caravaggio dasselbe Thema drei Mal auf Leinwand gebannt hat.

»Das Gemälde in Wien zeigt einen triumphierenden David. Siehst du den Unterschied zu dem, das in Rom in der Galleria Borghese hängt?«

Wir schauten uns die Gemälde in ihrem Buch auf dem Kaffeetisch an, *Italienische Künstler des Barock*. Ich blätterte hin und her.

»Hier sieht David stolz aus, hier eher traurig«, stellte ich fest.

»Genau! Im Gemälde in Rom hat Caravaggio sein eigenes Konterfei in den Kopf des Goliath gemalt.«

»Das ist ja eklig!« Die Vorstellung und auch die Darstellung des Kopfes, mit Blut, das aus den durchtrennten Venen schießt, während er an Davids ausgestrecktem Arm baumelt, widerte mich an.

»Stimmt. Kunsthistoriker haben gemutmaßt, dass Caravaggio so beim Papst um Vergebung für sein zügelloses Leben bitten wollte.«

Swannee verwendet oft Symbolik in ihren Werken und sie wollte mir zeigen, dass die Großen es genauso taten.

Während ich noch auf einer Bank sitze und dieses dunkle, schauerliche Gemälde betrachte und mir dabei unsere Unterhaltung in den Sinn rufe, schreibt Swannee schon zurück.

Oh, Bobby, mein Lieber. Wie wundervoll für dich. Und für mich! Danke.

Ich komme vom Museum zurück und bin völlig erschöpft – emotional und kreativ, die Sorte Erschöpfung, die einen inspiriert und motiviert, aber auch an der Seele zerrt. Müde stelle ich mir einen Alarm für in einer Stunde, rechtzeitig für das Kinderprogramm, das wir in der Oase veranstalten. Dann schlafe ich ein. Die späte Julisonne fällt auf mein Bett und ich träume von Licht und Schatten und Wahrheit.

Als ich sie das erste Mal sehe, singt sie für eine Gruppe von Kindern, die den großen Saal der Oase füllen. Sie strahlt Wärme und Überzeugung aus ... und etwas Geheimnisvolles. Sie singt in einer Sprache, die ich nicht erkenne – auf jeden Fall nicht auf Französisch, Spanisch oder Deutsch. Ihre Stimme ist weich und tief und sanft und ihre dunklen Augen strahlen unschuldig und weise.

Die Kinder sind verzaubert, genau wie ich. Ich soll eigentlich verdünnten Fruchtsaft in kleine Plastikbecher gießen, die nach dem Singen und den Spielen serviert werden, aber ich kann die Augen nicht von dem Mädchen lassen und verschütte den ganzen Saft auf dem Tisch.

Nach der Veranstaltung steht sie in einer Gruppe junger Leute aus unterschiedlichen Ländern. Sie sprechen Deutsch, wovon ich kein Wort verstehe, aber Werner ist dabei und er und ich haben die vergangenen zwei Tage Wien unsicher gemacht. Er winkt mir zu und wechselt ins Englische. »Hey Leute, das hier ist Bobby.«

Die fünf Jugendlichen nicken mir lächelnd zu. »Willkommen«, sagen manche mit schwerem Akzent.

Mom sagt, ich habe die furchtbare Eigenschaft, immer gleich das zu sagen, was mir in den Sinn kommt. Und genau das tue ich, als ich neben dem geheimnisvollen Mädchen stehe.

»Glaubst du an das Schicksal?«

Sie lächelt ein wenig und hebt eine Augenbraue. »Ich glaube an Gott«, sagt sie langsam, in einem Englisch, das mir ganz und gar exotisch vorkommt.

»Ja, ich weiß. Aber ich meine das Schicksal, also, dass man zum Beispiel jemanden kennenlernen soll. Als würde es schon in den Sternen stehen.«

»In den Sternen?« Sie sieht mich verwirrt an.

»Es sollte so sein«, erkläre ich.

Sie lächelt und öffnet ihre Lippen ein winziges bisschen. »Wenn du mein Leben gelebt hättest, würdest du es nicht Schicksal nennen. Sondern Führung.« Dann macht sie ein Geräusch wie Wasser, dass gerade zu kochen beginnt, weich und rund und voller Hitze. Ihr Lachen.

»Woher kommst du?«, frage ich.

»Viele Orte.«

»Sprichst du immer in Rätseln?«

»Ich sage immer die Wahrheit.«

»Und wie heißt du?«, versuche ich es noch einmal. »Ich bin Bobby.«

»Rasa«, raunt sie und es klingt wie der Wind, der im Garten meiner Großmutter durch das Windspiel fährt. »Bist du ein neuer Freiwilliger? Deswegen bist du doch hier, oder? Um zu helfen.« Sie nickt in Richtung der Kinder, die an Tischen sitzen, den Saft trinken und Kekse vertilgen.

»Ja. Ja, natürlich. Also auf beide Fragen.«

Winzige Fältchen tauchen neben ihren dunklen Augen auf und ihr ganzes Gesicht fängt an zu lächeln. »Schön. Schön, dich kennenzulernen, Bobby.«

»Bist du nächste Woche auch wieder hier zum Kid's Club?«, will ich wissen, nachdem die Kinder gegangen sind.

»Nein, ich fahre am Donnerstag nach Hause.«

Das Herz rutscht mir in die Hose. »Nach Hause?«

»Ja, zurück nach Linz. Das liegt ein paar Autostunden von Wien entfernt. Mein Vater arbeitet dort in der Gemeinde. Der iranischen Gemeinde«, betont sie, nicht ohne Stolz. »Ich bin im Musikteam.« Sie wischt die Tische ab und sammelt die Buntstifte ein. »Aber vielleicht kommst du ja mal nach Linz und hilfst im Haus der Hoffnung.«

»Haus der Hoffnung?«

»Das ist so wie hier. Ein Ort, wo Flüchtlinge hingehen, spielen und etwas über Isa lernen. Und sich zu Hause fühlen können.

Wer ist Isa?, frage ich mich. »Ja, vielleicht.« Zum Glück ist mein Terminplan ganz und gar flexibel.

»Also, dann.« Sie nickt mir zu. »Vielleicht sehen wir uns ja wieder.«

Sie wirft ihre dichte schwarze Mähne über die Schulter, sieht mich noch einmal an und ist verschwunden.

Abbie

Ich treffe die Entscheidung übereilt. »*Manchmal muss man alle Bedenken in den Wind schlagen*«, sagte Daddy oft zu seinen Mädchen. Vor allem zu mir, der sorgfältigen Planerin.

Poncie sitzt neben mir im Mercedes. Ich habe einen kleinen Koffer dabei, meine Kreuzstichhandarbeit und mein verwundetes Herz. Und ich fahre nach Süden, zum Fort Caroline in Florida, um dort zu stehen, wo Bills Urahn einst landete. Bill wird meine Liebe erkennen, wenn ich sie in die Leinwand einwebe. Natürlich muss ich nicht unbedingt dorthin fahren, um das Emblem zu finden; heute gibt es alles im Internet. Aber ich fahre trotzdem hin, um zu fühlen, was Bill fühlte.

Ich verrate niemandem etwas. Drei Tage will ich fort sein. Drei Tage, um mir zu überlegen, wie ich meinen Mann zurückbekomme.

☙

Ich sitze auf einer Bank am St. Johns River in Florida und schwitze in der feuchten Juliluft. Das steinerne Mahnmal in der Nähe erinnert an das erste Ankommen französischer Protestanten auf amerikanischem Boden. Ich bin umgeben von den knorrigen Ästen der Eichen am Fluss, von denen spanisches Moos herabhängt wie alte Männerbärte, verlottert und auf seltsame Art schön. Ich atme aus. Ich bin da, an dem Ort, der Bill vor so vielen Jahren dazu brachte, mir sein Herz zu öffnen.

In einiger Entfernung fährt ein Fischerboot gemächlich vorüber und zieht eine Furche ins türkise Wasser. Auf der anderen

Seite des Flusses stehen einige pastellfarbene Häuser. Ich frage mich, was 1562 hier war, als der Seefahrer Jean Ribault seine Steinsäule in die Erde pflanzte, eine Erde, die er La Florida nannte. Nicht *pflanzte*, korrigiere ich mich. Aufrichtete. Ließ die starke Brise das Moos in gespensterhaften Schatten wallen und warnte vor dem drohenden Untergang? Betäubte ihn der schweflige Geruch oder stieß er ihn ab?

Ich gehe bis zur Gedenktafel über *New France* und lese von Ribault und René de Laudonnière, seinem Stellvertreter. Laudonnière war Bills Urahn und er ist der Grund, wieso ich hier bin.

Ribault nannte diesen Fluss River of May, weil sein Schiff am 1. Mai diese Mündung befuhr. Dort gingen die Männer an Land und dankten Gott für die sichere Überfahrt – die ersten Menschen, die auf der Suche nach Religionsfreiheit das Land betraten, das man heute als Vereinigte Staaten kennt.

Ich laufe die achthundert Meter bis zum Fort. Es ist nicht das echte Fort, sondern eine Nachbildung aus den 1950ern, die verdeutlichen soll, was die Siedler damals errichteten. Ein winziges Dreieck Land für dreihundert Hugenotten.

Über den dicken Holztoren prangt das französische Wappen, dasselbe, das auch auf der Säule am St. Johns zu finden ist. Dieses ist königsblau. Drei Lilien sind darauf abgebildet, das Emblem, das ich neben das Hugenottenkreuz auf die Leinwand sticken will. Aber die Szene, die dieses Fort abbildet, ist grausam. Ein Massaker. Der Anführer der Spanier, Don Pedro Menéndez, ließ die Hugenotten abschlachten, die sich im Fort zusammendrängten und um Gnade flehten. Flehten sie überhaupt? Vielleicht starben sie auch still und mutig. Der Verfolgung in Frankreich waren sie entkommen und wurden nun in diesem neuen Land dahingeschlachtet.

Der Tag ist perfekt, der Himmel kobaltblau, die Sonne kräftig. Der Wind streicht mir ums Gesicht, im Hintergrund rauscht der Fluss. Wieso bin ich hier? Zuerst ging es um die Recherche für eins von Bills Geburtstagsgeschenken. Aber jetzt suche ich mehr als das – ich suche eine Möglichkeit, wie ich ihn zurückbekommen kann.

In der Mitte des Forts ist eine Tafel, auf der die Namen der Siedler stehen. Ich schnappe nach Luft, als ich *René de Laudonnière* lese. Bill war während seines Studiums hierhergefahren, als eine Art Wallfahrt, um den Leuten Respekt zu erweisen, die sich weigerten zu widerrufen, auch wenn sie wussten, dass das den sicheren Tod bedeutete. Er meinte, er wollte das *Warum* erkunden, das hinter dem Glauben der Hugenotten steckte. Schließlich floss ihr Blut auch in seinen Adern.

Ich war damals Studentin in meinem dritten Jahr. Er schloss gerade seinen MBA ab und seit sechs Monaten waren wir zusammen. Wir hatten uns für den Tag nach seiner Rückkehr in einem Park in Campusnähe verabredet. Bill kam direkt vom Joggen, hatte ein graues T-Shirt und dunkelblaue, kurze Sporthosen an. Sein dichtes rotbraunes Haar war nass geschwitzt. Damals war es mir egal, wie er roch oder was er trug; ich wollte nur in seiner Nähe sein. Und wir hatten uns eine ganze Woche nicht gesehen.

»Los, erzähl von Fort Caroline.«

»Mein Vater hat immer gesagt ›Gott hat keine Enkel‹«, setzte Bill an. »Aber ich konnte dort förmlich die Entschlossenheit und den tiefen Glauben meiner Ahnen spüren. Ich war richtig stolz auf sie. Und dankbar, ein Nachfahre von ihnen zu sein, der den Glauben teilte, für den sie lebten und starben.«

Mit dieser Aussage raubte er mir den Atem. Ich hatte das Gefühl, einen Blick tief in seine Seele zu erhaschen, tiefer, als er es mir je gestattet hatte.

»Mein Vorfahre wurde nicht getötet«, erzählte er mir, während wir auf der Bank saßen, Weintrauben naschten und Cola tranken. »Er war einer der wenigen, die überlebten. Dreihundert Menschen, auf die übelste Weise abgeschlachtet, und er überlebte.« Es fiel Bill sichtlich schwer, darüber zu reden. »Er überlebte das Massaker in Fort Caroline und, fast zehn Jahre später, die Bartholomäusnacht in Frankreich. Er landete in La Rochelle, fünfzig Jahre vor der Belagerung.«

Ich fahre zum sogenannten Hugenottenstrand, mehrere Ki-

lometer hinter dem Fort, und starre auf die breite, flache Sand-
landschaft, die sich vor und hinter mir erstreckt. Die Spuren von
Hurricane Irma sind noch immer allgegenwärtig. Der Fußweg ist
kaputt, aufgewühlt und liegt in Trümmern. Die majestätischen
Palmen und spanischen Eichen liegen entwurzelt da. Zerstört,
wie die armen Schiffe von Ribault.

Vierhundertfünfzig Jahre nach Fort Caroline lässt die Natur
noch immer ihre zerstörerischen Kräfte walten. Vielleicht können wir heutzutage bessere und genauere Vorhersagen treffen,
aber einen aufziehenden Sturm aufhalten kann niemand. Niemand außer Gott.

Ich gehe zurück zum Strandzugang und lese die Worte auf der
grünen, eisernen Gedenktafel.

*Das erste protestantische Gebet auf amerikanischem Boden, ge-
sprochen von Jean Ribault; der erste Siedlungsversuch von Männern
und Frauen auf der Suche nach Religionsfreiheit; das erste Thanks-
giving der Kolonien, gefeiert am 30. Juni 1564; der erste Handels-
verkehr; der erste Künstler Nordamerikas, Jacques le Moyne, der
das Leben der Timucuan dokumentierte; die erste offizielle Geburt
eines europäischen Kindes auf dem nordamerikanischen Festland;
der erste internationale Handelshafen. Und mit dem Angriff der
Spanier auf die Kolonisten das erste Gefecht europäischer Kräfte
auf dem Boden der späteren Vereinigten Staaten.*

Während ich das so lese, denke ich an meine eigene Liste der
Dinge, die zum ersten Mal passierten: unser erstes Aufeinander-
treffen, unser erster Kuss, das erste Mal, dass mir klar wurde, dass
ich mein Leben mit ihm verbringen wollte, das erste Mal, dass er
mir seine Liebe gestand, das erste Mal, dass wir die Nacht durch-
machten, das erste Mal, dass wir zusammen weinten, unsere erste
gemeinsame Liebesnacht ...

Bills Vorfahren waren auf diesem Boden niedergefallen und
hatten Gott gedankt.

Ich gehe auf die Knie und bete: »Bitte, Herr, gib ihn mir zurück. Bitte.«

Kapitel 4

Bobby

Drei Tage habe ich mit Rasa zusammengearbeitet, drei wunderschöne Tage. Ich muss sie ein letztes Mal sehen, bevor sie nach Linz fährt. Um Viertel vor acht stehe ich vor dem Gästehaus in Baden, wo sie mit den anderen Helfern wohnt, und warte auf sie. Überrascht sieht sie mich an. Dann lächelt sie.

»Können wir vielleicht hier im Park spazieren gehen? Nur ein paar Minuten?«

Wir steigen die steinernen Stufen hinauf, vorbei an den Pflanzvasen mit bunten Blumen, so, wie Mom sie in ihrem Garden Club hat und Fotos davon auf Instagram postet.

»Der Name Bobby gefällt mir«, sagt sie. Wir laufen auf den kleinen Wegen des Parks. Die Sonne blinzelt durch die Bäume und trocknet den Morgentau. »Ich kenne noch jemanden mit demselben Namen, habe ich dir das schon erzählt?«

Mir fällt die Kinnlade herunter. »Nein.« Ich bin unendlich enttäuscht.

»Sie hat mir in Glaubensdingen so viel beigebracht. Sie war eine strahlende Persönlichkeit. Richtig ansteckend.«

»Oh.« Ich bin erleichtert, weiß aber nicht, was ich sagen soll.

»Sie ist vor ein paar Jahren gestorben. Krebs.«

Rasas Augen sind wie dunkle Teiche. Ich möchte in sie eintauchen.

»Ich vermisse sie jeden Tag.«

»Tut mir leid.« Wir kommen an einen kleinen Aussichtspunkt, von dem aus man die Weinberge sieht.

Rasa bewegt sich wie eine Ballerina, eine Prinzessin. Sie ist so anmutig, so graziös. »Trauer ist etwas Seltsames. Immer, wenn ich es überhaupt nicht erwarte, überfällt sie mir.«

Ihre kleinen Grammatikfehler bringen mich immer wieder zum Lächeln. »Wie hast du Bobbie kennengelernt?«, frage ich, weil sie offensichtlich darüber reden möchte.

»Ich war noch klein. Mein Vater war Professor im Iran. Alle Studenten liebten ihn. Aber er musste fliehen.« Sie sieht zu Boden. »Wegen mir. Wegen eines Neuen Testaments.«

»Wart ihr Muslime? Durftet ihr keine Bibeln haben?«

»Genau. Unser armenischer Nachbar war Christ und hatte sie mir gegeben. Die Geheimpolizei verhörte meinen Vater. Sie hätten ihn umgebracht. Also ist er geflohen und meine Mutter, meine Großmutter und ich haben uns versteckt. Mein Bruder Omid wurde während dieser Zeit geboren.« Ihre Augen werden feucht. »Es war so eine schwere, qualvolle Flucht, aber Isa war bei uns, zum Glück. Immer war Isa bei uns.«

»Wer ist Isa?«

Erschrocken reißt sie den Kopf hoch. »Du kennst Isa nicht?«

»Nein, ich glaube, wir sind uns noch nicht begegnet. Oder ist Isa eine Frau?«

Als sie lacht, klingt es wie Musik. »Oh, natürlich. Ich vergesse das immer. Ihr nennt Isa Jesus.«

»Jesus!« Befreit lache ich auf. »Natürlich kenne ich Jesus.« Dann werde ich rot. »Also, ich weiß, wer er ist.«

»Und Jesus hat uns Bobbie geschickt. Die andere Bobbie.« Ihre Augen tanzen und sie berührt mich an der Hand.

Es durchfährt mich wie ein Stromschlag. »Wie, also, äh, wie war sie denn?«

»Wundervoll! Und mutig. Sie hat uns gerettet. Sie kam mit einem LKW voller Hühner in den Iran und hat uns darunter versteckt.« Rasa zieht die Nase kraus. »Was für ein Gestank!«

Ich muss lachen. Da kommt mir die Geschichte auf einmal bekannt vor. »Ich glaube, das habe ich schon mal gehört. Von Stephen. Könnte das sein?«

»Ja, ja, natürlich! Stephen war auch dabei. Bobbie war Tracies Tante.«

»Habe ich dir erzählt, dass ich für Stephen arbeite?«

»Schon drei Mal«, zieht sie mich auf.

Mittlerweile haben wir den Park verlassen und stehen auf einer Straße mit Kopfsteinpflaster. Sie sieht auf ihr Handy. »Ich muss zurück. Mein Zug fährt in einer Stunde.«

»Wollen wir nicht noch was trinken? Einen Kaffee, oder Tee? Nur ein paar Minuten.«

Rasa runzelt die Stirn, nickt dann aber. Wir setzen uns in ein Straßencafé, wo sie einen Pfefferminztee bestellt und ich einen Espresso. Die Augustsonne steigt langsam höher und scheucht die kürzer werdenden Schatten über das Kopfsteinpflaster. Ich lehne mich zurück.

»Bobbie hat uns gerettet und uns in Wien wieder mit Baba zusammengebracht – meinem Vater. Bobbie und Amir haben sich wirklich sehr um uns gekümmert.«

Amir hatte ich vor ein paar Tagen in der Oase kennengelernt.

»Jetzt erinnere ich mich daran, dass Bobbie gestorben ist. Vor ein paar Jahren.«

»Ja. Sie war erst fünfundvierzig. Aber sie hat sich dem Krebs mutig gestellt und sie hatte noch ein paar schöne Jahre mit Amir.«

»Stephen und Tracie waren sehr traurig, als sie starb.«

»Ja. Das waren wir alle.« Rasa macht ein langes Gesicht. »Aber ihr Wunsch ging noch in Erfüllung«, sagt sie und lächelt wieder. »Sie hat die Kinder von Stephen und Tracie noch kennengelernt. Barbara Hope, nach ihr benannt, wurde zwei Monate vor ihrem Tod geboren, bevor Bobbie in ihr himmlisches Zuhause umzog.«

Rasa erzählt die Geschichte, als würde sie in der Bibel stehen. »Tracie ist extra mit dem Baby von Atlanta hierhergeflogen, damit Bobbie sie noch sehen konnte.«

»Und Amir war immer hier?«

»Er reist um die Welt und erzählt den Menschen von Isa.« Rasa holt Luft und schließt die Augen. Ihre dunklen Wimpern senken sich über ihrer olivbraunen Haut. »Wenn er zwanzig Jahre jünger wäre, würde ich Amir heiraten.«

Mir wird ganz heiß im Gesicht. Nach einer peinlichen Stille, jedenfalls von meiner Seite aus, sage ich, »Hast du schon mal vom Jakobsweg gehört? Ich überlege, ihn zu laufen.«

»Klar. Das ist eine Pilgerreise durch Spanien und Frankreich.« Sie nimmt einen Schluck vom Tee. »Auch Muslime machen Pilgerreisen. Nach Mekka. Als ich noch klein war, habe ich davon geträumt, selbst nach Mekka zu laufen. Aber dann fand mich Isa und wir sind auf unsere eigene Reise gegangen. Aber die ist viel besser.« Ihre Miene verfinstert sich. »Zwar war der Anfang sehr schwer und gefährlich. Auf der Flüchtlingsautobahn. Hast du davon schon gehört?«

Ich nicke. »Ja. Von Stephen und Tracie.«

»Aber der Jakobsweg ist eine geistliche Reise. Nicht wie ein Flüchtling auf der Balkanroute, der die Freiheit sucht.« Ihre schwarzen Augen sind so intensiv. In ihnen steckt ein ganzes Leben. »Ich glaube, das ist eine gute Entscheidung von dir, ihn zu laufen.«

»Wieso kommst du nicht mit?«, sage ich überschwänglich und beuge mich ein Stück über den Tisch.

Sie lehnt sich zurück und beäugt mich amüsiert. »Einfach so? Du lernst mich kennen und fragst mich gleich, ob ich mit dir auf ein Abenteuer gehe? Ganz allein?«

»Wir wären ja nicht allein. Im August laufen Hunderte von Pilgern den Jakobsweg. Wir wohnen ja mit anderen in Hostels und *auberges*.«

»Du bist ein seltsamer Kerl, Bobby. Du gehst ganz schön aufs Ganze. Meine Eltern würden mir das niemals erlauben, allein mit einem amerikanischen Jungen auf Pilgerreise zu gehen, selbst wenn da noch hundert andere Pilger wären.«

Sie hat recht, das weiß ich, aber so einfach gebe ich nicht auf. So wie bei ihr habe ich mich seit Ewigkeiten nicht mehr gefühlt.

Abbie

Ich strecke mich auf der Chaiselongue auf der Veranda aus. Poncie sitzt neben mir. Gemeinsam starren wir auf eine einsame Palme und den makellosen Strand. Während meiner Hugenottenrecherche wohne ich in der Ferienwohnung von Mamas Freundin Rachel in Ponte Vedra.

»Dass du alles stehen und liegen lässt und einfach in den Süden fährst, so kenne ich dich gar nicht«, sagte Rachel, als ich sie vor ein paar Tagen anrief. Aber ich musste irgendetwas gegen die wachsende Panik tun.

»Ich erkläre es dir später«, erwiderte ich und damit war es erledigt.

Die Wellen des Atlantiks rollen an den Strand. Ich kraule Poncie den Bauch und sehe auf mein Telefon, das gerade mit einer Nachricht gepiept hat.

Ich muss lächeln. Bobby. *Schon eine Woche im Wunderland und noch kein Terrorist in Sicht!*

Sehr witzig.

Ich weiß, dass die Nachrichten an Mama länger und detaillierter sind, aber ich bin nicht eifersüchtig, sondern froh, dass sie sich so gut verstehen. Trotzdem fühle ich mich etwas leer, als sie mich später anruft.

»Er erlebt es genau so, wie es sein sollte«, sagt sie erleichtert. »Nicht das Tollhaus, in das Rachel und ich kamen.«

»Und keine Terroristen.«

»Wie bitte?«

Ich lese Mama Bobbys Nachricht vor und sie lacht. »Köstlich! Abbie, Liebes, ich weiß, wie schwer das für dich sein muss. Aber ich hoffe, dass du ihn das trotzdem genießen lassen kannst. Du hast ein Opfer gebracht und ihn ziehen lassen. Dafür wird er dir immer dankbar sein.«

Schwer. Jep. Ich schlucke den Kloß im Hals herunter. Von Bill weiß Mama noch nichts.

Bobby, Jason, Bill. Sie fehlen mir alle. Ich kann den Schmerz förmlich spüren. Natürlich will ich nicht, dass die Jungs mich ständig brauchen. Aber ... vielleicht wenigstens ein bisschen? Und Bill? Zwanzig Jahre habe ich mich um ihn gekümmert. Und er brauchte das. Dachte ich zumindest. Und plötzlich hat in meiner Familie keiner mehr Verwendung für mich.

Ich nehme die Kreuzstich-Handarbeit heraus und zeichne das Hugenottenkreuz auf. Als Nächstes werde ich das französische Wappen hinzufügen und die Farbe der Fäden auswählen. Und wenn ich wieder zu Hause bin – in meinem neuen Zuhause, das sich ganz und gar nicht danach anfühlt – und nichts zu tun habe, werde ich mir die alten Familienvideos anschauen und sticken, anschauen und sticken.

ᘓ

»Hey, Mom!«

Ich freue mich darüber, Bobbys Stimme zu hören. Ist sie wieder eine Oktave tiefer gerutscht in den zehn Tagen, die wir uns nicht gesehen haben?

»Hey, Schätzchen.«

Alles Mögliche über seine Zeit in Wien sprudelt heraus. Dann hält er plötzlich inne. »Und wie geht's dir?«

»Ganz gut«, lüge ich. »Ich bin in Rachels Wohnung in Ponte Vedra.«

»Oh, cool.«

»Ja. Ich habe mir Fort Caroline und den Hugenottenstrand angeschaut. Du weißt schon, die Orte, über die dein Dad immer spricht. Hier hole ich mir die letzte Inspiration für mein Stickprojekt.«

Die Jungs wissen von meinem Geschenk. Sie haben mich schon oft damit gesehen.

»Schön, dass du mal unterwegs bist, Mom. Immer so allein in der neuen Wohnung, das ist doch nichts.«

»Morgen fahre ich zurück. Ich möchte da sein, wenn dein Vater wiederkommt.«

»Mom.« Er klingt etwas genervt.

»Was ist?«

»Ich weiß, dass er drei Monate weg ist, und auch, dass er sich eine Auszeit nimmt.«

Schweigen. »Dad hat dir davon erzählt?«

»Jason weiß es auch. Er hat es uns beiden gesagt.«

»Und es ist dir egal?«

»Mom, das war doch abzusehen. Dad ist doch nicht das erste Mal weg. Er ist schon lange nicht mehr wirklich anwesend, macht keine Witze mehr. Er meinte, er brauche mal etwas Abstand.«

Da ist es schon wieder, dieses Wort. »Es ist dir also egal, dass deine Eltern sich vielleicht scheiden lassen?«

»Natürlich nicht. Deswegen rufe ich ja an. Um zu sehen, wie es dir geht.«

Ich versuche immer noch zu begreifen, dass Bill unseren beiden Söhnen von unserer Trennung erzählt hat.

»Mom? Bist du noch da?«

»Ja. Ja, ich bin noch da. Mach dir mal keinen Kopf um mich.«

»Ich will jedenfalls nicht, dass du durchdrehst oder so. Igel dich bloß nicht ein. Genieß Beltline, spiel Tennis, mach deine Blumen. Du weißt schon, geh in Gottes Garten spazieren.«

»Wie bitte?«

»Sagt Rasa immer. Sie sagt, jeder Tag ist die Gelegenheit, um in Gottes Garten spazieren zu gehen. Denn jedes Fleckchen Erde ist ein Teil davon.«

»Und wer ist Rasa noch mal?« Ich erinnere mich an den Namen aus einer früheren Nachricht.

»Ein ganz tolles Mädchen, das ich in der Oase kennengelernt habe. Ich habe sie gefragt, ob sie mit mir den Jakobsweg geht.«

»Du hast was?«

»Na ja, du weißt schon. Den Camino. Den Pilgerweg durch Frankreich und Spanien.«

»Ich weiß, was der Jakobsweg ist, Bobby. Das meine ich nicht.«

»Ich habe Rasa gefragt, ob sie mitkommt. Wir laufen in Le Puy-en-Velay in Frankreich los. Das ist einer der großen Startpunkte.«

Mein Puls steigt. »Du willst mit einem Mädchen, das du gerade erst in Österreich kennengelernt hast, den Jakobsweg gehen? Nur ihr zwei?« Bobbys Stimme wird vielleicht tiefer, meine ist gerade zu einem piepsigen Quieken angestiegen.

»Mom, das ist doch kein großes Ding. Wir übernachten unterwegs in Hostels. Das sind Vielbettzimmer mit anderen Pilgern. Alle zusammen. Ein Abenteuer.«

Ich versuche noch immer, Rasa einzuordnen. »Und du hast das Mädchen also im Flüchtlingszentrum kennengelernt?«

»Genau. Das, von dem Stephen immer erzählt. Wo er und Tracie sich gefunden haben ...«

Das weiß ich. »Und diese Rasa ...« Der Name klingt fremd, ausländisch, jedenfalls nicht österreichisch. »Ist sie ein ...« Ich räuspere mich. »Ein Flüchtling?«

Er lacht. »Nein. Sie arbeitet dort. Sie wohnt in Linz und ist auch gerade mit der Schule fertig.«

Ich seufze erleichtert.

»Aber sie war ein Flüchtling!«, sagt er, als wäre es ein großer Bonus. »Aus dem Iran. Als sie noch klein war ...«

Ich habe genug gehört. Bobby wird also den Jakobsweg mit einem iranischen Flüchtlingskind laufen?

»Und wann genau willst du dich auf den Weg machen?«

»Oh, in ein oder zwei Wochen. Wir haben uns noch nicht festgelegt.«

»Ich möchte das nicht, Bobby.«

»Mo-om.« Er lässt sein schönstes zweisilbiges Aufstöhnen verlauten. »Komm mal runter, bitte.«

Als ich dreißig Sekunden später Auf Wiederhören sage, bin ich unten. Ganz tief unten.

Mein Kopf sucht die Puzzleteile des Gesprächs mit meinem Sohn zusammen. Er klang so glücklich. Und er wusste von Bill?

Bill hat es den Jungs gesagt und sie sind überhaupt nicht fertig deswegen? Jason jedenfalls hat sich nicht die geringste Sorge anmerken lassen. Ihn hat nur beschäftigt, ob er es in die erste Mannschaft schafft.

Dad ist doch nicht das erste Mal weg.

Wann ist mein kurz-vorm-Erwachsenwerden stehender Sohn so gut geworden, zwischen den Zeilen zu lesen? Er macht sich keine Sorgen, sage ich mir selbst, weil er weiß, dass Bill sich nur eine Auszeit genommen hat. *Schön weiteratmen, Abbie.*

Oder ist er nur deswegen so entspannt, weil er gerade seinen Traum lebt? Spaziert durch Europa, besucht Museen und Künstler und Flüchtlinge.

Vor allem Flüchtlinge.

Bobby mit seinem großen Herzen für verzweifelte Menschen und seinem mangelnden Urteilsvermögen.

Ein anderer Name kommt mir ins Gedächtnis. Anna.

Ich möchte mich übergeben. Stattdessen schnappe ich mir meinen Laptop und gleich noch auf dem Fußboden in der Ferienwohnung, mit Poncie neben mir, google ich den Jakobsweg und suche nach Flügen an einen Ort namens Le Puy-en-Velay.

Ich werde nach Frankreich fliegen und mit Bobby den Jakobsweg laufen. Nie und nimmer hätte ich mir träumen lassen, dass ich vor Bills fünfzigstem Geburtstag die Zeit dafür haben würde. Und jetzt habe ich alle Zeit der Welt, wenn ich mich für diesen Monat vom Tennis abmelde. Und Sarah bitte, mich im Garden Club zu vertreten. Und ungefähr eintausend andere Dinge, die auf einmal nicht so wichtig sind. Jedenfalls nicht jetzt, wo mein Mann weg ist und mein Sohn mit einem iranischen Flüchtlingsmädchen durchbrennt.

Bobby

In Wahrheit mache ich mir große Sorgen wegen Dad. Ich mache ihm keinen Vorwurf. Es meiner Mutter recht zu machen, ist schlichtweg unmöglich. Aber ich habe ein schlechtes Gewissen, dass wir alle drei gleichzeitig abgehauen sind. Er schreibt mir jeden Tag eine WhatsApp, um zu sehen, wie es mir geht. Aber als ich ihn gestern gefragt habe, ob er schon mit Mom gesprochen hat, machte er mir unmissverständlich klar, dass das nur sie beide etwas angeht.

Von mir aus.

Ungefähr eine Stunde, nachdem ich Mom von meinen Jakobswegplänen erzählt habe, schickt sie mir lauter Fluginformationen. In zwei Wochen ist sie hier.

Ich und mein großes Maul. Ich hätte bloß nichts von Rasa erzählen sollen.

Ich will nicht, dass Mom allein zu Hause rumsitzt, aber das heißt doch nicht, dass ich sie hier als meine persönliche Gouvernante brauche!

Ungefähr eine Viertelstunde verbringe ich damit, innerlich *Hör auf, mich zu kontrollieren!* zu schreien. Immer muss sie sich in mein Leben einmischen. Aber natürlich werde ich sie nicht anrufen, um ihr das zu sagen. Und bei Dad will ich mich auch nicht beschweren. Das würde alles nur noch schlimmer machen.

Als ich mich damit abgefunden habe, dass ich sie nicht loswerde, versuche ich es mit einer anderen Perspektive. Höchstwahrscheinlich würden Rasas Eltern sie sowieso nicht mit irgendeinem Amerikaner losziehen lassen, den sie gerade erst kennengelernt hat. Vielleicht ist es ja ein Vorteil, wenn Mom mitkommt.

In der Zwischenzeit schreibe ich Caroline, wie ich es Stephen versprochen habe. *Hey! Ich mache mich in zwei Wochen auf den Jakobsweg. Stephen hat gesagt, du gehst im Herbst. Wir sollten über ein paar Foto- und Blogideen sprechen. Hat jedenfalls dein Bruder vorgeschlagen.*

Caroline antwortet kurz und schmerzlos. *Gute Idee.*

Abbie

Ich sitze wieder auf der Veranda in Ponte Vedra. Die Seeluft fühlt sich schwer an, aber die Sonne ist genau richtig für meine Aufgabe: das französische Staatswappen in die Stickerei einzufügen. Ich habe das Muster für das gesamte Projekt auf meinem Computer mit einer neuen Kreuzstich-App entworfen, aber dieses Emblem wollte ich per Hand einfügen. In einer Broschüre, die ich in der Tourist-Info mitgenommen habe, findet sich ein kleines Wappen, das ich auf das Diagramm übertrage. Und dann mache ich mich an die stupide Arbeit, jedes Quadrat mit einem Kreuzchen zu füllen. Oder einem halben Kreuzchen, wenn ich nicht das ganze Quadrat fülle.

Kreuze, Kreuze, Kreuze. Halbe Kreuze. Ich wünschte, mein Kopf würde einfach abschalten, aber stattdessen geht mir ein Bibelvers durch den Kopf. *Nimm dein Kreuz auf dich und folge mir nach. Nimm dein Kreuz auf dich, nimm dein Kreuz auf dich ...*

Entnervt lasse ich den Bleistift sinken. »Es sind einfach zu viele!«, sage ich laut. »Wie soll ich die alle aufnehmen? Und was ist mit den halben Kreuzen? Soll ich die etwa auch noch tragen?«

Vor langer Zeit kamen mir manchmal Bibelverse in den Sinn, die mich trösteten und an einen Gott erinnerten, der mich liebte. Doch jetzt höre ich nur harte Anschuldigungen von ihm.

Ich arbeite mehrere Stunden lang vor mich hin, bis die Sonne schon fast sinken will. Dann lege ich die Handarbeit beiseite und pfeife Poncie heran, die neugierig angetappt kommt. »Wollen wir mal eine Runde drehen?«, frage ich und weiß genau, welchen Effekt diese Worte auf sie haben werden. Sie gibt ein hohes Quieken von sich und führt ein Tänzchen um meine Beine auf.

Ich wünschte, Gottes Worte hätten denselben Effekt auf mich.

C3

Als ich wieder in Atlanta bin, fahre ich zu Rachels Penthouse an der Peachtree Street, um ihr die Schlüssel für die Ferienwohnung zurückzugeben. Sie macht auf und bittet mich herein.

Rachel mag es ordentlich und ist geradlinig. Vor langer Zeit hat sie sich scheiden lassen und einige Jahre in New York gelebt. Sie geht knallhart und pragmatisch ans Leben heran.

»Du siehst fit aus, Abbie!«, sagt sie. »Und die Strähnchen stehen dir. Aber du bist ein bisschen dünn.«

Ich sehe ihr an, dass sie nach einer freundlichen Version für ausgemergelt gesucht hat.

Ich zucke die Achseln und lasse mich im Wohnzimmer in einen Lehnstuhl sinken. »Du wohnst hier so toll.«

»Danke. Es gefällt mir hier. Hat einen Hauch New York, findest du nicht?«

»Ich denke schon.«

Sie bietet mir Mineralwasser mit Himbeergeschmack an. »Und, wie war es in Ponte Vedra und Fort Caroline? Du wolltest mir dein überstürztes Aufbrechen erklären, schon vergessen?«

Ich versuche, ihr beiläufig ein paar Brocken hinzuwerfen, aber Rachel kann man nicht täuschen, also spucke ich es einfach aus. »Bill hat mich verlassen. Er ist gegangen, als wir ins Loft umgezogen sind. Jetzt ist er in Chicago.«

Sie verdreht die Augen. »Männer. Sind doch alle gleich.« Sie scheint kein bisschen überrascht. Aber weil mir die Tränen in die Augen steigen, fügt sie hinzu: »Tut mir leid. Das erklärt natürlich, wieso du einen Tapetenwechsel brauchtest.«

Ich nicke und versuche, trotz meines Kloßes im Hals etwas zu sagen. »Und deswegen gehe ich auf den Jakobsweg mit Bobby«, platze ich heraus.

Dieses Mal sieht Rachel überrascht aus, aber sie fängt sich schnell. »Oh, großartig, Abbie. Ja! Mach das.«

»Eigentlich ist das nicht so mein Ding. Blasen an den Füßen, Hitze, Mehrbettzimmer und komisches Essen.«

»Aber es wird dir guttun. Swannee ist den Jakobsweg gelaufen, da war sie fast sechzig.«

»Ich weiß, aber Mama *wollte* es. Ich würde mich niemals freiwillig dieser Tortur unterwerfen.« Ich bin nicht hergekommen, um Rachel etwas vorzujammern. Ich will ihr nur die Schlüssel geben und verschwinden.

Rachel schmunzelt. »Ja, Maniküre oder einen Friseur gibt es da unterwegs nicht. Aber es soll ja sehr ... erhellend sein. Und du könntest gerade ein wenig Erleuchtung gebrauchen.«

Ich stehe auf und will gehen, aber da höre ich mich fragen: »Was hast du denn gemacht, als sich Harold scheiden lassen wollte?«

Die Antwort kommt wie aus der Pistole geschossen. »Ha! Ich habe gefeiert! Gleich am nächsten Abend habe ich die Papiere unterschrieben, bin ausgegangen und habe mich so richtig volllaufen lassen.«

»Das klingt ein bisschen extrem.«

»Ja, aber ich liebte ihn nun mal nicht mehr. Es war eine Befreiung.« Dann wird ihr bewusst, was sie da sagt. »Aber du liebst Bill noch, oder?«

»Ja. Ja, natürlich liebe ich ihn.«

»Das tut mir leid.«

Ich ziehe einen Flunsch und sehe sie an. »Ich kann nicht glauben, dass er gegangen ist. Und ich muss einen Weg finden, wie ich ihn zurückbekomme.« Kurz berichte ich ihr von den Ereignissen der vergangenen zwei Wochen.

Rachel holt ihre E-Zigarette heraus. »Entschuldige, wenn ich das frage, aber hat Bill vielleicht eine andere in Chicago?«

Mir wird schlagartig speiübel.

»Oh, bitte, Abbie. Daran hast du doch bestimmt schon gedacht. Harold hatte eine ganze Reihe von Frauen, die er auf seinen angeblichen ›Geschäftsreisen‹ besuchte.«

Dabei malt sie Gänsefüßchen in die Luft. Ihre E-Zigarette tanzt in der Hand. »Eine in jeder Stadt.«

»Ich ... ich glaube nicht, dass er eine Affäre hat.«

Rachel funkelt mich aus ihren blaugrauen Augen an. In ihnen spiegelt sich Mitleid über meine offensichtliche Naivität. Sie nimmt einen Zug von der Zigarette. »Dann lauf den Jakobsweg.«

»Wie bitte?«

»Ganz ehrlich, Abbie: Du wirst ihn nicht umstimmen oder ändern. Männer sind so furchtbar stur. Aber vielleicht wird der Jakobsweg dich verändern. Wenn du so bleiben willst, wie du bist, dann lass dich scheiden. Das ist der einfachste Ausweg.«

Wir wissen beide, dass das nicht stimmt. Rachels Mann zettelte eine wahre Schlammschlacht an und bekam schließlich sogar das Sorgerecht für die Kinder. Es dauerte Jahre, bis Rachel sich wieder mit ihnen verstand.

»Aber wenn du ihn wirklich liebst, dann ist das ein Problem. Dann hilft dir vielleicht der Jakobsweg, dich zu sortieren und dir zu zeigen, ob und wie du dich verändern willst.«

Seit wann ist Rachel die große Philosophin?

»Laut deiner Mutter hat man dort viel Zeit zum Nachdenken und das hilft einem, seinen Weg klarer zu sehen. Was soll das schon schaden? Und vor allem, wenn du bei deinem Achtzehnjährigen bist. Welche Mutter würde die Chance nicht nutzen? Ben hätte mich ganz bestimmt nicht um sowas gebeten, als er so alt war.«

Mir ist durchaus bewusst, dass Bobby mich nicht darum gebeten hat. Um ehrlich zu sein, ist er gerade stinksauer auf mich. Aber das muss Rachel nicht wissen. »Ganz allein werden wir nicht sein«, räume ich ein. »Er bringt ein Mädchen mit.«

Rachel strahlt. »Wie schön!« Sie hebt eine Augenbraue. »Du freust dich bestimmt riesig.«

Ihr Sarkasmus bringt mich zum Lachen. »Und jetzt kommt's. Keine Amerikanerin, die er beim Backpacking kennengelernt hat. Sondern ein iranisches Flüchtlingsmädchen!«

»Großartig!« Sie zieht an ihrer Zigarette. »Keine Ahnung, was das Schicksal mit dir vorhat, aber wie es scheint, hat es dir ordentlich den Boden unter deinem perfekten Haus weggezogen.«

»Ich finde das überhaupt nicht witzig, Rachel.«

»Natürlich nicht. Aber du musst zugeben, irgendwas läuft hier.« Sie überschlägt die schlanken Beine. Ihr blaues Seidenkostüm schimmert in der Sonne. »Hast du dir einen Therapeuten gesucht? Oder einen geistlichen Lehrer? Das ist ja der letzte Schrei heutzutage. Meiner ist fantastisch. Eine katholische Frau.«

Was? Rachel ist Jüdin.

»Seit wann interessierst du dich für die katholische Kirche?«

»Oh, nein. Nicht die Kirche. Es geht darum, na ja, mit jemandem zu sprechen, der weise ist und scharfsichtig, der dir zuhört und dann die richtigen Fragen stellt. Billiger als ein Seelenklempner. Auf meinen hatte ich keine Lust mehr.«

»Oh.«

»Ich konvertiere schon nicht.« Sie zieht an der Zigarette, schließt die Augen und atmet langsam aus. »Deine liebe Mutter, sie hat diesen erstaunlich robusten Glauben. Ihr Leben könnte mich fast überzeugen.« Dann zuckt sie die Schultern. »Mir geht es wie diesem einen Herrscher im Neuen Testament. Du weißt schon, der dem Apostel Paulus sagt, dass dieser ihn fast überzeugt hat mit seinen Argumenten?«

Seit wann liest Rachel im Neuen Testament?

»Erzähl deiner Mutter von Bill. Swannee war diejenige, die mir diese Frau empfohlen hat. Und mir scheint, als könntest du ein bisschen Orientierung gebrauchen.«

Sie überschlägt kurz die Beine in die andere Richtung und schaltet die Zigarette aus. »Genug rumphilosophiert, oder?«

»Ja. Ich muss nach Hause. Danke für die Ferienwohnung, Rachel.« Ich stehe auf. »Und die Ratschläge.«

49

Also tue ich, was Rachel vorgeschlagen hat. Ich erzähle es meiner Mutter, während sie bei mir im Wohnzimmer auf dem Boden sitzt.

Wohnzimmer, von wegen. Hier wohnt ja keiner wirklich. Überall um uns herum stehen Kisten; ich habe noch keine davon ausgepackt, ausgenommen die mit meiner Handarbeit.

Ich fange an, indem ich ihr von Ponte Vedra berichte. Dann erzähle ich ihr von Bobbys Wunsch, den Jakobsweg zu laufen, lasse aber den Teil aus, dass ich mitgehen will. Ihre Augen leuchten, als sie sich an ihre Zeit erinnert, und ich lasse ihr diese Freude.

Aber dann erzähle ich ihr schließlich von Bill. Mama nimmt mich lange in den Arm. Sie ist liebevoll, enttäuscht und voller Mitgefühl. Aber nicht überrascht. Wieso ist eigentlich niemand überrascht?

»Mama, ich zermartere mir das Hirn, wie ich ihn zurückkriegen kann. Vielleicht sollten wir wieder nach Grant Park ziehen. Bill hat das Haus geliebt. Ich dachte, wir waren beide ganz heiß auf das Loft, aber ...«

Ich war nicht dafür, Abbie. Du hast gebettelt und gebettelt.

»Was, wenn ich Bill anrufe und sage: ›Wir ziehen doch nicht um. Komm nach Hause.‹ Meinst du, das funktioniert?« Natürlich nicht. Das Haus ist ja bereits verkauft. Aber Mama weiß, dass ich immer laut nachdenke und lässt mich gewähren. »Sie sind alle weg. Ich kriege sie nicht wieder. Nichts davon habe ich unter Kontrolle.«

»Es tut mir leid, Abbie.«

Sie steht auf und geht zur Marmortheke in der Küche, um den Wasserkocher anzustellen und mir einen Tee zu kochen – Nan hatte darauf bestanden, dass ich wenigstens die allerwichtigsten Dinge auspacke. Wir setzen uns an unseren alten französischen Esstisch im Bauernhausstil, auf passende Kissen, die ich aus Stoff von einem französischen Markt gemacht habe. Mama stellt meine Lieblingsporzellantassen hin, die sie aus der Kiste geholt hat, auf der natürlich *Limoges, 4 flache Teller, 4 Salatteller, 4 Tassen und Untertassen* steht. Sie schüttet den losen Tee in den gusseisernen Kessel aus Tunesien, eine Mischung, die London Lady heißt. Dann legt sie zwei Mohnblumenservietten zwischen uns und packt einen Blueberry Scone aus, den sie in unserer Lieblingsbäckerei gekauft hat. Das ist unser Ritual: das Porzellan, der Tee, der Scone – riesig, weich und bröckelig –, den wir uns immer teilen.

»Es tut mir so leid, Liebes, dass das alles auf einmal passieren muss.« Sie schenkt den Tee ein. Ich sehe zu, wie die dunkle Flüssigkeit langsam die kleinen pfirsich- und apricotfarbenen Blumen in der Innenseite der Tasse verschlingt. Mama nimmt das passende Milchkännchen und vollendet die Mischung, halbe-halbe, greift dann zur Zuckerzange aus Sterling-Silber, nimmt einen Würfel aus der Zuckerdose und lässt ihn mit einem leisen *Plopp* in meine Tasse fallen. Dann rührt sie, langsam.

Danach vollführt sie dasselbe Ritual mit ihrer Tasse.

»Sie sind alle weg«, sage ich wieder. »Wenigstens Jason ist im Footballcamp in Sicherheit.« Mir wird die Ironie meiner Worte bewusst. Football ist kein sicherer Sport. Wie schnell kann er sich eine schwere Verletzung zuziehen. »Bobby ist ganz auf sich allein gestellt. Ich hoffe, es geht ihm gut. Und Bill ...«

»So viele Dinge, die wir nicht in der Hand haben.« Mama legt ihre Hand auf meine geballte Faust und biegt sie sanft auf.

Ich fülle die Stille. »Rachel hat gesagt, sie habe eine geistliche Leiterin, eine Katholikin. Das ist doch absolut verrückt.«

Mama lächelt. »Verrückt für Rachel, ja, aber ich glaube, sie ist gerade in einer nachdenklichen Phase, jetzt, wo sie wieder in Atlanta lebt.«

Ich beiße ein Stück von dem Scone ab und versuche, die Blaubeeren herauszuschmecken. In den letzten zwei Wochen hat alles irgendwie nach Pappe geschmeckt. »Ich wäre in eine Beratung gegangen, ich hätte meine Ehrenämter niedergelegt, ich hätte alles getan. Wenn er mir nur früher etwas gesagt hätte. Wenn ich es nur gewusst hätte.«

Mama schweigt eine lange Zeit. Dann sieht sie mich mit ihren jadegrünen Augen an und auf einmal verstehe ich.

»Oh, nein. Oh, Mama. Er hat es mir gesagt, oder? Tausend Mal hat er es versucht. Und ich habe nicht zugehört.« Ich nehme einen langen Schluck. »Meinst du, er hat eine Affäre? Könnte das sein?«

»Sag mir, was du über Bill weißt«, flüstert sie.

»Er ist standhaft und klug«, sage ich und kämpfe mit den Tränen. »Er bringt mich zum Lachen, manchmal bis es wehtut.« Auch wenn das schon seit Monaten nicht mehr passiert ist. »Er arbeitet hart. Meistens gefällt ihm seine Arbeit. Er ist ein Mann der wenigen Worte und der vielen Muskeln. Er gewinnt bei jedem Brettspiel gegen mich, außer bei Scrabble. Und er kann sehr stur sein, aber es macht ihm Spaß, mich glücklich zu sehen.«

Bill hasst Konflikte und meistens vertritt er seine Meinung nicht so stark wie ich.

»Er muss ganz schön viel ertragen. Sehr viel. Von mir. Und er ist treu, Mama. Er liebt mich. Ich glaube jedenfalls, dass er mich noch liebt.«

»Und jetzt sag mir, was du über Abbie weißt.«

»Über mich?«

Sie nickt.

»Abbie ist untröstlich. Und Abbie steckt fest.«

Mama greift nach ihrer Handtasche und zieht eine kleine Visitenkarte heraus. »Rachel hat recht. Ich glaube, es wäre eine gute Idee, wenn du dich mit Diana in Verbindung setzt.«

Kapitel 5

Caroline

Als ich das Haus meiner Eltern nördlich von Lyon verlasse und mich nach Süden zum kleinen Dorf in der Provence aufmache, spüre ich ein furchtbares Ziehen in der Brust. Ich spüre ein Gefühl von Nostalgie, von Reue. Ich hätte den Schnellzug nehmen und zwei Stunden später in Aix sein können, aber ich habe mir ein Auto gemietet, weil diese Reise in die Vergangenheit ein großer, langer Abschied werden könnte. Ich fahre ins Beaujolais, wo mich ein Weinberg nach dem anderen von den Hügeln herab grüßt. Auf den Reisen während unserer Ferien in Frankreich haben meine Geschwister Stephen und Ashley und ich immer »Weinbergzählen« anstatt »Kühe zählen« gespielt. Wir haben *les vignes* gezählt, nicht *les vaches*, zu beiden Seiten der Straße. Hinter jeder Kurve warten neue, frische Rebstöcke in Reihen, Dutzende und Aberdutzende Weinberge in den sanften Hügeln.

Zwei Stunden später, nach Avignon ist es nicht mehr weit, wird das Ziehen stärker, als mich die Lavendelfelder wie Tausende lichtdurchflutete Amethyste blenden und die Sonnenblumen in den endlosen gelben Feldern ihre großen, schweren Köpfe hängen lassen.

Mein Handy summt, und als der Name in der Konsole des Autos erscheint, wird das Ziehen noch stärker und schmerzhafter. »Hey, Brett«, sage ich und versuche, fröhlich zu klingen. »Du bist ja früh auf.«

»Wollte nur mal nach dir hören, Caroline.« Als er mich Caroline und nicht Liebling nennt, ist die Spannung sofort mit Händen zu greifen. »Wir sind ja nicht gerade im Guten auseinandergegangen.«

Wohl kaum. Ich hatte die Augen zusammengekniffen und unter Tränen gesagt: »Ich kann dir nicht sagen, was ich nicht weiß.«

Aber er hatte mich durchschaut.

Meine Eltern machen aus unserer Ferienwohnung in einem kleinen Dorf in der Provence ein Airbnb und Claudette, die nette Frau, die sich in all den Jahren darum gekümmert hat und sie immer für uns vorbereitet hat, wird dieselbe Arbeit jetzt auch für Fremde machen. Meine Aufgabe besteht einfach nur darin, alle meine Sachen wegzuräumen, die ich nicht öffentlich dort lassen will. Natürlich haben Stephen und Ashley ihre Sachen auch schon geholt.

Der eigentliche Impuls aber, der mich aus Atlanta und in ein Flugzeug getrieben hat, war Bastiens Mail von vor zwei Wochen, der mich zurück nach Frankreich eingeladen und mir versprochen hat, die Karten auf den Tisch zu legen. Keine Geheimnisse mehr.

Ich kann dir nicht sagen, was ich nicht weiß.

»Rufst du mich wenigstens an, wenn du angekommen bist? Wenn du jetzt schon nicht reden willst?«

Habe ich gesagt, dass ich nicht reden will?

»Ja«, sage ich. »Wir sprechen, wenn ich dort bin.«

☙

Um elf Uhr bin ich an der Ferienwohnung, gerade noch rechtzeitig, um mit *Savon de Marseille* zu duschen – ich nehme gern die butterfarbene Seife mit Mandelduft. Im Garten kann ich meine Nase in den Lavendel stecken, der dort überall wächst. Der süße Duft berauscht und beruhigt zugleich.

Die Bienen schwärmen um mich herum, gestört, aber nicht aggressiv. »Lasst mich doch auch mal riechen«, flöte ich.

Ich gehe in den Kräutergarten und beuge mich zum Basilikum mit seinen hellgrünen Blättern herunter. Der pfeffrige und minzige Geruch weckt Lust auf eine reife Tomate, auf die ich einige Blätter legen kann.

Zur Mittagsstunde bin ich wie geplant im Café La Maison.

»Sie warten auf jemanden, *non?*«, fragt der Kellner, der mit einem Tablett voller Gläser, das er über den Kopf hält, an mir vorbeirauscht.

»*Non*«, sagte ich. »Ich meine, ja.«

Eine Minute später kehrt er zu mir zurück und führt mich zu einem Tisch. Ich atme den Duft des Blauregens ein, der über mir am Baldachin hängt.

Wenn ich mein Leben schon ruinieren werde, dann gibt es keinen besseren Ort als ein Straßencafé im verschlafenen, hübschen Lourmarin, mit einer *citron pressé* vor mir, dem französischen Äquivalent zu Limonade, und schwarzen Oliven, die ich mir in den Mund stecke. Ich atme tief ein, lasse den perfekten Sommernachmittag auf mich wirken. Das Licht wirft blendende Schatten auf die Straße, wo eine Frau die Rollläden ihres *prêt-à-porter*-Lädchens schließt. Ah, die Provence. Hier wird noch immer zwischen zwölf und zwei zugemacht, damit man sich ausruhen oder ein kleines Schläfchen machen kann.

Als er kommt, fünfzehn Minuten zu spät, wie immer, kann ich ihn schon riechen, bevor er zu sehen ist. Er trägt Aramis, wie sonst auch, ein schweres, lediges und würziges Moschus, eine Mischung aus Eichenmoos und Patschullistrauch. Er sieht aus wie immer, das schwarze Haar fällt ihm ins Gesicht, durchdringende graue Augen, tiefgründig und geheimnisvoll. Er nimmt meine Hände und gibt mir drei Küsschen auf die Wange, rechts, links, rechts.

Jetzt habe ich nicht nur ein zusätzliches Ziehen in der Brust, sondern kann mir vorstellen, dass ich rot bin wie eine reife Tomate.

»Gut siehst du aus, Caro«, sagt er auf Französisch. Sein Blick fällt auf meine linke Hand. »Kein Ring.«

»Nein.«

»Sehr gut.« Dieses Lächeln, das mich vor so vielen Jahren schon gefangen genommen hat.

»Entschuldige, dass ich so spät bin, aber das Büro, du weißt schon. Gut, du hast schon was zu trinken.« Er winkt lässig den Kellner heran. »*Un pastis.*« Dann setzt er sich und sieht mich über den Tisch hinweg an. »Du bist wunderschön. Die neue Frisur gefällt mir. Kurz und frech.«

Ich schlucke und atme tief durch, wie mir mein Therapeut empfohlen hat. »*Bastien, arrête!* Hör auf, mir zu schmeicheln. Das hier ist kein Date. Das hier ist Business.«

Er zuckt die Achseln. »Business und Romantik sind doch dasselbe, wenn man sich nahesteht.«

Mein Bauch summt, als wären die Bienen um den Lavendel bei mir eingezogen. Der Kellner legt zwei Speisekarten auf den Tisch und ich vergrabe meinen Kopf in einer davon.

»Caro!« Er rollt das R in meinem Namen auf eine delikate Art, als würde er es kosten. »Du bist noch viel attraktiver, wenn deine Wangen diesen herrlichen Roséton haben.«

»Ich nehme den *salade niçoise*«, sage ich zum Kellner, der einen Korb mit warmem Brot – Baguette natürlich – und Wasser auf den Tisch gestellt hat.

Bastien bestellt dasselbe, ohne einen Blick auf die Karte geworfen zu haben.

Als der Kellner gegangen ist, legt Bastien eine Hand ans Kinn, gerade so, dass ich ein winziges Lächeln durch seine Finger sehen kann. »Es ist lange her, Caro. Ich freue mich, dich wiederzusehen.«

Ich hole wieder tief Luft. »Bastien, ich bin gekommen, weil du mich eingeladen hast. Du meintest, du würdest mir endlich die ganze Geschichte erzählen. Ich weiß bis heute nicht, was wirklich passiert ist, aber ich muss es wissen, wenn ich ...«

»Wenn du was?«

»Wenn ich endlich nach vorne schauen will.«

Er lehnt sich zurück und legt die Finger zu einem spitzen Turm zusammen. »Ah. Nach vorn in Richtung Hochzeit.«

Ich funkle ihn nur an.

»Ich habe dir alles erzählt, was zu hören du in der Lage warst. Der Rest ist noch viel schlimmer. Das brauchst du nicht zu wissen.«

»Und ob!«

»Wieso? Um noch mehr verletzt zu sein, als du es damals sowieso schon warst? Wenn ich mich richtig erinnere, hat dich allein schon das, was du weißt, monatelang zum Seelenklempner getrieben!«

»Ich muss die Wahrheit wissen.«

»Ah, die Wahrheit. Ja. Dieses eine Wort.«

»Ja, *das* Wort.«

»Aber es wird nicht schön, glaub mir.« Seine grauen Augen tanzen.

»Bastien! Du hast mich hierher eingeladen! Du hast es so klingen lassen, als hättest du endlich die andere Hälfte der Geschichte ausgegraben. Und ich will unbedingt den Rest hören. Das war nicht immer so. Erst seitdem ich anfangen musste zu lügen.«

In der Tat. Weil ich das wahre Ende nicht kannte, hatte ich mir eins ausgedacht. Aber mein Fast-Verlobter hatte mir kein Wort geglaubt.

Bastien beobachtet mich, die Augen lachen, die Lippen zu einem perfekten französischen Schmollen geformt. »Du armes Ding. Musst lügen. Das passt gar nicht zu meiner Caro, dass sie sich Geschichten ausdenkt. Du schreibst sie doch für andere zum Lesen in dieser Zeitung – wie heißt sie noch mal?«

»*Peachtree Press*«, murmle ich.

»Ah, genau. *Peachtree Press*. Weil in Atlanta alles mit Pfirsichbäumen zu tun hat.«

Mit einem kurzen Satz in seinem französischen Akzent hat er sich über mich, meine Arbeit und meine Heimat lustig gemacht. Wie konnte ich mich damals nur Hals über Kopf in ihn verlieben?

Ich hole das Tagebuch mit Ledereinband aus meiner viel zu großen Tasche und schlage es auf der Seite auf, die ich mit einem rosafarbenen Klebezettel markiert habe. Ich lege es auf den Tisch, und bevor ich die Hand wegnehmen kann, liegt seine schon darauf.

»So eine schöne Handschrift, liebe Caro, aber das überrascht mich nicht, schließlich stammt sie von einer so schönen Hand ...«

Ich ziehe die Hand weg. Wenn ich jetzt nicht gleich das Thema wechsle, wird er mir noch ganz andere Komplimente machen.

»Bastien, hör mir zu.«

Dieses kleine Grinsen und die blitzenden Augen. »Natürlich, Liebes, es ist ernst. Sehr ernst.«

Wie kann er mich mit zwei oder drei Sätzen so auf die Palme bringen?

Ich tippe auf das Tagebuch. »Du hast in der E-Mail geschrieben, dass du noch etwas herausgefunden hast ... über den Mord.«

»Das habe ich gesagt, ja.« Er hat sich das Tagebuch genommen und liest die E-Mail, die ausgedruckt zwischen den Seiten liegt. Ich reiße es ihm aus der Hand, bevor er irgendetwas findet, was ich über ihn geschrieben habe. »Wie sonst hätte ich dich denn herlocken können? Es ist einfach schon so lange her. Drei Jahre schon, oder?«

»Ja. Drei Jahre. Und jetzt hör auf, dich so furchtbar zu benehmen.«

»Ah, jetzt bin ich auf einmal furchtbar. In deiner Antwortmail hast du noch meine ... wie war das gleich ... scharfsinnige Beobachtungsgabe gelobt.«

»In der Mail wollte ich endlich ein paar Antworten haben und du schriebst, dass du neue Informationen hast. Aber jetzt tust du so, als wäre alles nur ein Spiel. Du verwirrst mich, Bastien. Das weißt du genau und das ist nicht nett von dir. Ich dachte, ich könnte dir vertrauen ...«

Ich stehe auf. Sofort folgt er meinem Beispiel. »Machen wir keine Szene, liebe Caro.« Mit beiden Händen auf meinen Schultern bringt er mich dazu, mich wieder hinzusetzen. »Spaß beiseite. Ich werde dir den Rest der Geschichte erzählen.« Sein Blick wird weich, genau wie seine Miene.

Erleichtert atme ich aus.

»Aber nicht hier. Nicht jetzt, mittags, in einem überfüllten Straßencafé. Morgen.« Er zieht die Augenbrauen hoch und ich merke, wie meine Entschlossenheit schwindet. »Morgen Abend, *chez moi*, bei einem guten Rotwein. Ich koche dir dein Lieblings-essen und dann erzähle ich dir die ganze Geschichte.« Er greift nach meiner Hand und drückt seine Lippen darauf. »Das ist ein viel passenderes Ambiente, *n'est-ce pas, ma Chérie*? Die Atmo-sphäre muss stimmen, dann werde ich dir alles sagen.«

Ich ziehe die Mundwinkel nach unten. So lange war ich diejeni-ge, die die richtige Atmosphäre wollte, aber nicht, damit er mir erzählte, was meiner besten Freundin zugestoßen war.

»Nein.« Ich sage es mit Nachdruck, aber innerlich lässt mein Widerstand bereits nach und jede Ausrede, die ich mir zurecht-gelegt habe, ist wie weggeblasen, wie die Bienen, die davongeflo-gen sind, als ich mich über den Lavendel gebeugt habe.

Gleichgültig zieht er die Schultern hoch, schürzt in perfekter Manie die Lippen und sagt: »Du kannst doch nicht fahren, ohne es zu erfahren. Du möchtest doch, dass deine Geschichte endlich mehr Sinn ergibt, und dann fliegst du wieder zurück und heira-test diesen Jungen – wie heißt er noch – Brad?«

»Brett.«

»Richtig, Brett. Und was bleibt dann mir? Nur die Erinnerung an dich? Nein, morgen Abend. Das gibt dir etwas Zeit, den Jetlag zu verdauen. Ich werde dich vor deiner Wohnung abholen.« Er streicht mir die Haare aus dem Gesicht. »Meine schöne Caro. Ich bin so froh, dass du wieder da bist.«

Abbie

Ein Freigeist war ich noch nie. Ich bin ein Mensch, der sich an Regeln hält. An alle Regeln. Diese Frau besuche ich nur, weil Mama und Rachel sie mir empfohlen haben, und die beiden sind vielleicht beste Freundinnen, aber doch so unterschiedlich, wie es nur geht. Abgesehen von ihrer Liebe zur Literatur.

Ich parke vor der Cathedral of Christ the King. Als ich das Foyer betrete, spricht eine Frau in einem saphirblauen Kostüm gerade mit der Empfangsdame. Sie dreht sich um und zuerst fallen mir ihre Augen auf. Sie haben dieselbe Farbe wie ihr Kostüm und sind durchdringend, wenn auch auf einladende und nicht einschüchternde Art und Weise.

»Sie müssen Abigail sein«, sagt sie. »Ich bin Diana Breeson.« Sie reicht mir die Hand und ich ergreife sie. Ihre Hand ist warm und kräftig. Sie muss Mitte sechzig sein, mit grauen Strähnen in ihrem kurzen welligen Haar. Souverän, aber natürlich.

»Freut mich, Sie kennenzulernen, Schwester Diana. Nennen Sie mich doch Abbie.«

Sie lächelt mich freundlich an. »Ich bin Diana. Keine Schwester, sondern nur Mitglied hier in der Cathedral.«

»Oh.«

Ich folge ihr durch die Flure in einen gemütlichen Raum mit vier dunkelbraunen Sesseln, die Sorte, in der man so richtig versinkt. Sie deutet auf einen davon und ich lasse mich darauf nieder.

Trotz des gemütlichen Sessels bin ich angespannt und möchte eigentlich davonlaufen. »Danke, dass Sie Zeit für mich haben.« Ich stolpere durch die kleine Rede, die ich vorbereitet habe. »Ich bin nicht katholisch. Und ich habe auch keine Ahnung, was das hier werden soll, diese geistliche Begleitung. Aber zwei Frauen, von denen ich sehr viel halte, haben mir das empfohlen ... und Sie.«

Sie nickt.

»Also bin ich hier.«

»Das ist schön. Sagen Sie, Abbie, was wissen Sie über geistliche Begleitung?«

»Nicht viel. Dass ich komme und rede und Sie hören zu, ungefähr eine Stunde lang, und das soll mir irgendwie helfen, meine Probleme zu lösen. Und Gott ist natürlich auch eingeladen.«

Sie unterdrückt ein Schmunzeln.

»Oh, und es ist kostengünstiger als eine Therapie.«

Jetzt muss sie laut loslachen. »Bei geistlicher Begleitung geht es viel ums Zuhören. Ich höre Ihnen zu, Sie hören dem Heiligen Geist zu und wir laden Jesus ein, bei uns zu sein. Es geht darum, achtsam zu sein, sich Zeit zu nehmen, um darauf zu hören, was Gott zu sagen hat und was in Ihnen vorgeht. Ich sage oft: ›Bleiben Sie bei dem, was Sie aufwühlt, was Sie bewegt.‹ Wenn Sie von Gott hören, wie werden Sie dann darauf reagieren?«

Ich habe noch immer nicht begriffen, dass Rachel sich mit einer Katholikin trifft. »Mh-hm«, sage ich.

»Also, Abbie, ich möchte heute diese Kerze anzünden als ein Symbol dafür, dass Christus bei uns ist. Dann werde ich kurz beten und anschließend können Sie dort anfangen, wo Sie möchten. Egal was Sie heute auf dem Herzen haben.«

Sie beugt sich vor und zündet ein Streichholz an. Die Flamme flackert und entzündet den Docht auf der runden burgunderroten Kerze. Sie fängt an zu beten, aber ich bin mit den Gedanken woanders. *Christuskerze und Rachel?*, denke ich nur.

Als Diana »In Jesu Namen, Amen« sagt, platze ich heraus: »Ich kann nicht fassen, was Rachel Adams hier macht! Sie ist doch Jüdin und glaubt nicht mal an Jesus.« Ich bin verwirrt. »Außer vielleicht, dass er ein guter Mensch war.«

Diana reagiert nicht darauf. Sie sieht mich freundlich an. »Nun, Jesus war auch Jude. Und Sie würden sich wundern, wenn Sie wüssten, was Rachel glaubt. Aber wir sind nicht hier, um über Rachel zu sprechen. Wir sind wegen Ihnen hier, Abbie. Es geht um Ihre geistliche Reise und jede Reise ist anders.«

In mir regt sich Widerstand. »Und jetzt werden Sie mir sagen, dass alle Wege zu Gott führen, nicht wahr?«

Sie nickt in Richtung Kerze. »Jesus Christus führt uns zu Gott und wir haben ihn eingeladen, bei uns zu sein.«

Darauf weiß ich nichts zu sagen, aber Diana hat schier unendliche Geduld. Ich vermute, die Voraussetzungen für eine geistliche Leiterin ist Unerschütterlichkeit. Ich sammle meine Gedanken und stürze mich hinein.

»Also, was ich eigentlich will, ist meinen Mann zurückhaben. Ich glaube nicht, dass geistliche Begleitung da irgendeine Hilfe sein wird ...« Ich kaue auf meiner Lippe. »Aber da mein Leben gerade auseinanderfällt, habe ich mir gedacht, ich muss dringend etwas unternehmen. Wissen Sie, wir sind seit zwanzig Jahren verheiratet. Zwanzig gute Jahre, zumindest dachte ich das, und wir sind gerade in ein Loft in Beltline gezogen. Wir haben uns verkleinert, weil unsere Söhne in die Welt hinausgezogen sind, und es schien der richtige Schritt zu sein und in drei Monaten wird Bill, mein Mann, fünfzig. Und ich habe bereits die Gäste für seine Überraschungsparty angefragt und seit zwei Jahren arbeite ich an seinem Geschenk. Und jetzt hat er mich verlassen, weil er meinte, er brauche etwas Abstand. Ich erkenne ihn überhaupt nicht wieder. Er war immer der entspannteste, gutmütigste Mensch, den man sich vorstellen kann, und kurz vor unserem Umzug, als auch noch unsere Söhne ausziehen, sagt er mir, dass er eine Auszeit braucht.«

Ich rede fünfundzwanzig Minuten nonstop, und als ich schließlich eine Pause einlege und Diana ansehe, sitzt sie völlig gelassen da.

Zuerst glaube ich, ich habe sie sprachlos gemacht, aber dann räuspert sie sich. »Abbie, es frustriert Sie also, dass er Sie verlassen hat, während Sie lauter Pläne für seine Überraschungsparty geschmiedet haben und mit einem Geschenk für ihn beschäftigt waren. Ist das richtig?«

»Ja, genau.«

»Wieso bleiben wir nicht einen Augenblick dabei und Sie sagen mir, ob Sie dazu noch irgendetwas anderes hören.«

Also schließe ich brav die Augen und versuche, der Stille zuzuhören, aber ich finde das Ganze etwas seltsam, die flackernde Kerze irgendwie gruselig und auf einmal denke ich über die Tennisstunde nach und erst dann darüber, was Diana eigentlich gesagt hat. Und da muss ich plötzlich heftig den Kopf schütteln, weil mir der Gedanke kommt: Will ich Bill zurück, weil ich ihn liebe oder weil ich so hart dafür gearbeitet habe, das Richtige zu tun?

Ich starre auf meine Hände, aber dann zwinge ich mich, Diana anzusehen. »Ich meine, natürlich will ich ihn zurück, weil ich ihn liebe. Das ist doch das Wichtigste.« Aber es klingt wie eine fadenscheinige Ausrede, wie der jämmerliche Versuch, die hässliche Wahrheit wegzuerklären. Ich kneife die Augen zu, weil ich Dianas durchdringenden Blick nicht ertragen kann.

»Einer meiner Söhne ist in Europa und ich werde den Jakobsweg mit ihm laufen. Kennen Sie den Jakobsweg?«

Sie nickt. »Ja, der ist mir geläufig.«

Natürlich.

»Gut, mir nämlich nicht, und ehrlich gesagt klingt er auch überhaupt nicht nach einer geistlichen Erleuchtung für mich. Er klingt nach Blasen und Rückenschmerzen und lauter komischen Leuten, die vermutlich genauso durch den Wind sind wie ich.«

Wieder schmunzelt sie. Ich wusste nicht, dass ich so unterhaltsam bin.

»Oh, Abbie. Sie sagen die Dinge immer geradeheraus, nicht wahr? Und ihre Beschreibung des Jakobswegs ist ziemlich zutreffend, aber unvollständig. Ja, es gibt Blasen und Rückenschmerzen und andere Pilger, die auch auf der Suche sind. Aber es gibt auch Alleinsein, Schweigen, Schönheit und die Abwesenheit von Ablenkungen.«

»Also geht es darum? Wegzukommen von allem und einfach nur zu laufen und nachzudenken?«

»So könnte man es sagen, ja. Laufen und atmen, hören, aufsaugen, was um einen ist, und hin und wieder mit anderen interagieren. So vieles dringt besser zu uns durch, wenn alles andere weggenommen ist.«

Alles andere ist weggenommen. Wie wahr.

»Sagen Ihnen die geistlichen Disziplinen etwas?«

Ich zucke die Achseln. »Sie meinen, in der Bibel zu lesen, zu beten und zum Gottesdienst zu gehen?«

»Ja, das sind gute Beispiele.«

»Also, ich stehe jeden Morgen um halb sechs auf und mache Bill das Frühstück, damit es fertig ist, wenn er vom Joggen wiederkommt. Und dann lese ich drei Kapitel in der Bibel und bete. Zu unserer Zeit hieß das noch Andacht. Die Kids in der Jugendgruppe nennen es heute geistlichen Input.«

»Und können Sie dabei still sein?«

»Ich verstehe nicht.«

»Während Ihrer Andacht am Morgen, ist Ihr Geist da still?«

Was für eine blöde Frage. Natürlich bin ich still.

Aber da kommt wieder dieses leise Ziehen. Nein. Nein, ich bin überhaupt nicht still. Ich lese die Texte mechanisch, überfliege sie nur und gucke andauernd aufs Telefon, ob sonst jemand schon zu dieser Herrgottsfrühe wach ist. Ich checke die Mails, checke den Google-Kalender, checke, checke, immerzu checke ich irgendetwas.

»In den geistlichen Disziplinen geht es darum, Raum für Gott zu schaffen. In unserem schnelllebigen Alltag ist es oft einfacher, Gott in den engen Terminplan hineinzuquetschen, anstatt sich wirklich Zeit zu nehmen, ihm zuzuhören.«

Ich runzle die Stirn, sehe Diana aufmerksam an und hoffe, dass ich konzentriert und interessiert rüberkomme. Aber innerlich denke ich *Wer hat denn bitteschön Zeit für so was? Wer kann Gott schon richtig hören? Das ist doch unrealistisch!*

»Es klingt vielleicht unrealistisch zu glauben, dass wir Gott hören können«, sagt sie, »aber er ist überall und er spricht immer – durch sein Wort, durch seine Schöpfung, durch Menschen und Gemeinschaft, durch Gebet.«

Sie hat genau das Wort benutzt, das ich gedacht habe. Gruselig.

Diana spricht noch. »... wir einen Gang zurückschalten und Rhythmen in unserem Leben finden, die uns beim Zuhören helfen. Eine Stille Zeit ist ein wunderbarer Rhythmus. Gottesdienst

und Gebet ebenso. Und es gibt noch viele andere geistliche Disziplinen, die wir erkunden können. Wenn Sie einverstanden sind,
könnte ich Ihnen eine oder zwei pro Monat vorstellen und Ihnen
ein paar Lektüreempfehlungen geben und dann können Sie entscheiden, was zu Ihnen passt.«

»Okay.«

»Schreiben Sie Tagebuch?«

»Meinen Sie so ein richtiges Tagebuch wie früher?«

»Ja, Aufzeichnungen über Ihre Gedanken und Gefühle, in die
Gott hineinsprechen kann.«

»Ich habe kein Tagebuch. Ich sticke.«

Sie legt den Kopf schief. »Erzählen Sie mehr darüber.«

»Ich mache Handarbeit. Dabei kann ich entspannen. Und denken.« Oder so ähnlich.

»Wie interessant.«

»Möchten Sie das Kreuzstich-Projekt sehen, das ich für Bill
mache?«

Sie sieht überrascht aus. »Ja, ja, gern«, sagt sie.

Ich hole es aus meiner Vera-Bradley-Tasche. Die Handarbeit
ist sauber gefaltet und steckt in einer Ziplock-Tüte. Ich klappe das
Gestickte auf. »Erstaunlich. Wirklich schön«, sagt Diana.

Jetzt darf ich einmal schmunzeln. »Das ist die Rückseite.« Ich
drehe es um und halte die Stickerei so, dass sie sie sehen kann.

Sie greift mit fragendem Blick nach einer Ecke. »Nur zu, nehmen Sie«, sage ich.

»Das ist ja unfassbar. Die Farben, die Details. Ich fürchte, meine Metapher wird nicht funktionieren.«

»Metapher?«

»Ja, sie wird oft verwendet. Eine Stickerei sieht auf der Rückseite so verworren und sinnlos aus, aber das fertige Werk ist wunderschön. Gott nutzt das ganze Gewirr unseres Lebens, um ein
richtiges Kunstwerk daraus zu machen.« Sie dreht meine Arbeit
vorsichtig um. »Aber selbst die Rückseite sieht bei Ihnen toll aus.
Ich wusste nicht, dass so etwas geht.«

»Vielleicht ist die passende Metapher für mich, dass ich ein Mensch bin, der um jeden Preis versucht, bloß nie jemanden irgendwelche losen Fäden in meinem Leben entdecken zu lassen.« Ich bin ganz erschrocken, dass ich so etwas zugeben kann. »Ich will immer, dass alles perfekt ist. Und ich gebe mir so viel Mühe, immer das Richtige zu tun. Aber um eine weitere Handarbeitsmetapher zu bemühen, im Augenblick ist alles zerfranst und zerfasert.«

Ich möchte gehen. Die Stunde ist bestimmt schon um. Ein Teil von mir denkt, *ich habe keine Zeit für so was*, und ein anderer, *ich habe alle Zeit der Welt*. Und dann macht sich ein weiterer Gedanke breit. Könnte das bedeuten, Gott zuzuhören? Könnte er mich genau zu diesem Schritt bewegt haben, weil ich an dieser Stelle in meinem Leben bin?

Diana legt ihre Hand auf meine geballte Faust. »Abbie, ich glaube, Sie sind genau zur richtigen Zeit am richtigen Ort.«

ভ

»Darf ich ein Foto von Ihrem Stickbild machen?«, fragt Diana, als unsere Sitzung fast zu Ende ist.

Ich zucke die Achseln. »Gern.«

»Wissen Sie, ich sehe etwas sehr Interessantes darauf. Haben Sie von einer Regel des Lebens gehört?«

»Nein, aber Regeln mag ich. Was ist das?«

»Es ist eine uralte Methode, unser Leben und unsere Tage zu strukturieren.«

Struktur. Noch ein Wort, das mir gefällt.

»Das Ganze hat seinen Ursprung im fünften Jahrhundert mit Benedikt. Eine Benediktinerregel, aber ganz und gar nicht starr. Das Wort *Regel* kommt ursprünglich von einem lateinischen Wort, das Gerüst oder Gitter bedeutet. Es ist etwas, das uns hilft, auf lebensspendende Weise voranzukommen, in einer guten Richtung.

Wenn ich diese Stickerei aus Kreuzstichen betrachte, dann

sehe ich darin in gewisser Weise eine Regel des Lebens. Sie haben einen Familienstammbaum geschaffen, aber nicht nur von Bills Urahnen und seinen unmittelbaren Verwandten, sondern auch von allen Dingen, die ihm Leben geben.«

Ich versuche ihr zu folgen. »Also, die Sachen, die er mag. Meinen Sie das?«

»Ja, aber es steckt noch mehr dahinter. Es sind die Dinge, die gut für seine Seele sind. Ohne dass Sie auch nur irgendetwas über die Regel des Lebens wussten, haben Sie die Dinge dargestellt, die Bill als lebensspendend ansieht. Das sind die Blätter, die an diesem Baum hängen. Ich finde es bezeichnend, dass Sie Ihren Mann so gut kennen, dass Sie sein Leben in dieses Bild gestickt haben.« Sie legt die Handarbeit hin. »Ich werde Ihnen nun eine Hausaufgabe geben.«

Sie holt kopierte Seiten aus einer Schublade. »Ich möchte, dass Sie selbst eine Regel des Lebens für sich aufstellen. Hier können Sie mehr darüber lesen. Es sind auch einige Links darauf mit Beispielen, was andere hergestellt haben. Denken Sie gründlich darüber nach, was Ihnen Leben schenkt, täglich, wöchentlich, monatlich, in den verschiedenen Jahreszeiten.« Sie reicht mir ein kleines graues Notizbüchlein. *Be Still* steht unten auf dem Umschlag. »Nehmen Sie sich Zeit und denken Sie darüber nach, und dann schreiben Sie Ihre Ideen in dieses Tagebuch. Ein kleines Geschenk, das sie mit auf den Jakobsweg nehmen können.«

Mir fällt auf, dass Sie mir keinen einzigen Ratschlag erteilt hat, wie ich Bill zurückbekommen kann. Als ich damit herausplatze, sagt sie: »Lassen Sie uns zuerst Abbie zurückholen.«

ભ

Zurück im Loft rufe ich Bills Assistentin an. Judith, eine alleinerziehende Mutter Mitte fünfzig, die schon seit fünfzehn Jahren für ihn arbeitet. Sie macht ihren Job sehr gut und ist extrem loyal. Hat er ihr davon erzählt, dass er gehen will?

»Hallo Judith, hier ist Abbie.«

»Oh, hallo Abbie! Wie geht's? Wie ist das Loft? Bill sagt, es hat einen atemberaubenden Ausblick.«

Bill spricht mit Judith?

»Es ist super. Wir genießen es. Du, ich habe mich gerade gefragt, hast du Bill irgendetwas über die Reise nach Frankreich verraten?«

Ich kann hören, wie sie lächelt. »Natürlich nicht! Das ist doch unser Geheimnis. Kein Sterbenswörtchen über die Reise oder die Party.«

»Gut, ich habe mir ein wenig Sorgen gemacht. Jetzt, wo er drei Monate in Chicago ist.«

»Ich weiß. Aber dir fällt bestimmt etwas ein, wie du ihn an dem Freitag etwas eher nach Hause bekommst. Er müsste eigentlich auch fast fertig sein, wenn ihr loswollt.«

»Ich dachte, vielleicht könntest du ihm einen kleinen Hinweis geben ...«

»Oh, nein. Er kommt ja überhaupt nicht ins Büro derzeit. Und wenn er anruft, geht es nur ums Geschäftliche. Er freut sich so sehr über dieses Projekt. Du weißt ja, wie er dann wird.« Sie lacht. »Aber jetzt, wo du es sagst, solltest du es ihm lieber sagen. Setzt euch doch am Wochenende hin, stell ein Bier kalt, lass ihn ein Spiel der Atlanta Braves gucken und dann erzählst du ihm alles. Er wird sicher alle Hebel in Bewegung setzen, sobald er hört, was du Tolles geplant hast.«

Aber Bill und ich reden nicht. Ich wusste nicht einmal, dass ihm das Projekt in Chicago gefiel. Und außerdem soll alles eine Überraschung sein. Eine große Überraschung.

»Du weißt doch, wie sehr Bill Überraschungen hasst.«

Bill hasst Überraschungen? Seit wann?

Eine Erinnerung von vor einigen Jahren kommt mir wieder in den Sinn, als Bill befördert wurde und eine Urkunde als Top-Berater in seiner Firma bekam.

»Hey, Abbs, bitte keine große Party oder so was«, hatte er gesagt. »Die Beförderung reicht mir völlig aus. Posaune es bitte nicht überall herum.«

Aber ich habe ihm damals überhaupt nicht zugehört, sondern eine Überraschungsparty mit ungefähr dreißig Freunden geschmissen.

Innerlich zucke ich zusammen.

»Wenn ich du wäre, würde ich es ihm erzählen«, sagt Judith. »So kann er seine Pläne entsprechend machen und ihm wird die Party und die Reise gleich viel mehr Freude machen.«

Meine Stimme versagt. Judith fährt fort. »Aber das musst natürlich du entscheiden. So oder so, er wird sich riesig freuen. Er spricht immer in den höchsten Tönen von dir. Wenn ich doch nur auch so einen Mann wie Bill finden könnte!«

Kapitel 6

Bobby

Ich sitze im Hauptraum der Oase. Alle Flüchtlinge haben sich zu einer abendlichen Runde eingefunden, machen Brettspiele und trinken Kaffee oder Pfefferminztee. Ich skizziere die Szene vor mir, wie jeden Tag. Das war Stephens erste Aufgabe für mich: Skizzen anfertigen. Ich schicke sie ihm per Mail. Er schreibt eine Artikelreihe über das Flüchtlingszentrum; das macht er alle paar Jahre so.

Hier in der Oase »hat er sein Herz verloren und fühlte sich wie neugeboren« – seine Worte, inklusive Reim. Das war 2005. Heute sind die Flüchtlinge fast alle Syrer, aber ich bin während der vergangenen zwei Wochen auch mit jeder Menge anderer Nationalitäten in Kontakt gekommen. Ich konzentriere mich auf einen zahnlosen Mann mit Turban, vermutlich Ende sechzig, der immer wieder auf den Tisch haut und dabei lauthals lacht. Er spielt Uno mit drei Jungs. Ich glaube, keiner von ihnen spricht die Sprache des anderen.

Dieser Ort gefällt mir. Er verbreitet Hoffnung, Energie und Freundlichkeit. *Freundlich* und *Flüchtling* sind zwei Worte, die ich früher nie in einem Satz gesagt hätte. Sondern eher verfolgt, abgewiesen, verarmt, obdachlos. Aber hier sehe ich, wie sich die Freundlichkeit der internationalen Helfer in den Augen der Flüchtlinge widerspiegelt.

Als ich all das auf meiner Skizze festzuhalten versuche, kommt Emad, ein junger Tunesier, heran und deutet auf meine Zeichnung. »Sehr gut«, sagt er in gebrochenem Englisch.

»Danke.« Ich zucke die Achseln. »Ist nur eine Skizze.«

»*Brouillon?*« Er weiß, dass ich Französisch verstehe, auch wenn mir das Sprechen nicht gerade leichtfällt.

»*Oui, brouillon.*«

Er setzt sich neben mich, nickt und zeigt auf jede Person, die ich gezeichnet habe, und auf ihr Gegenstück im Raum. Dann zeigt er auf eine junge Frau auf der Skizze. »*Où est-elle?*«

Ich werde rot. »Aus dem Gedächtnis. Sie ist nicht hier.«

Er lacht und zwinkert. Emad weiß genau, wen ich da gezeichnet habe, denn er kommt jeden Abend in die Oase und ist Rasa hier schon begegnet.

»Sehr hübsch«, sagt er. Dann klopft er mir auf den Rücken und geht zu der Gruppe Uno-Spieler zurück.

Ich blättere durch mein Skizzenbuch. Auch meine Urgroßmutter war Künstlerin. Sie war bekannt dafür, die Gesichter ihrer Lieben in ihre Skizzen einzubauen, sogar in die Wasserspeier auf Notre Dame. Ich hatte es gemacht wie sie und einer Touristin, die gerade eine Lipizzaner-Show sah, Rasas Gesicht verpasst. Und auch einer Kunststudentin, die Rembrandts Werke bewunderte, und einer Flüchtlingsmutter, die ihr Baby im Arm wiegte.

Wow. So was habe ich schon lange nicht mehr gemacht. Seit Anna. Aber diesen Gedanken schiebe ich lieber fort.

In meiner Skizze sieht Rasa mich direkt an. Ihr kräftiges schwarzes Haar fällt ihr fast bis zur Hüfte, ihre Wimpern und Augenbrauen sind dicht. Und diese Augen! Ihre wundervollen Augen versprechen Geheimnisse, die ich zu erforschen entschlossen bin.

Zumindest wollte ich das darstellen. Mit einem Seufzen berühre ich ihr Gesicht auf dem Papier. Zum Glück kann mich gerade keiner meiner Freunde sehen.

Liebeskrank, sagt man. So habe ich mich noch nie gefühlt. Ja, natürlich gab es Anna ... Aber was es bedeutet, liebeskrank zu sein, verstehe ich erst jetzt.

Die ganze Zeit über habe ich ein seltsames Gefühl im Bauch. Ich zähle die Tage, seit ich sie zuletzt gesehen habe. Fünf sind es. Und ich muss sie noch immer davon überzeugen, mit mir auf den Jakobsweg zu kommen.

Als ich ihr schreibe, dass meine Mutter mitkommen wird, bekomme ich schnell eine Antwort.

Oh! Wie schön. Das ist was anderes.

Ich bin froh, dass sie nicht sehen kann, wie ich grinsen muss. Und dann wird mir ganz warm vor Hoffnung.

Mein Smartphone piept, ich habe eine Nachricht von meinem Bruder, Jason. Endlich. Er hat mir erst drei kurze Nachrichten geschickt, seit ich weg bin.

Hey!

Selber hey! Wie ist Football?

Er schickt eine ganze Reihe von Emojis und dann *Heiß. Und der Trainer ist streng wie sonst was. Aber ich kriege das schon hin.*

Ich habe keinen Zweifel daran. Mein Bruder ist der größte Hochstapler auf Erden.

Wie läuft es in Europa?

Ich weiß, dass er keine Details wissen will, aber wann werde ich wieder die Gelegenheit haben, ihm von Rasa zu schreiben? Also tippe ich aufs Display: *Hab ein Mädchen kennengelernt.*

Was?! Ich fasse es nicht. Gefolgt von einem Dutzend Ausrufezeichen und Emojis.

Ist aber so. Sie ist toll. Ihr Name ist Rasa.

Und?

Und was?

Und in welcher Krise steckt sie? Irgendwas Schlimmes muss doch passiert sein.

Keine Krise. Sie ist hübsch und lustig und geheimnisvoll.

Ja, klar. Du stehst auf geheimnisvoll.

Sie ist Iranerin.

Klingt exotisch. Ich wusste, irgendwas ist an ihr anders. Aber hey, ich freue mich für dich. Seit Anna hast du nicht mehr von einem Mädchen gesprochen.

Er schreibt ihren Namen so beiläufig, als würden nicht tausend Erinnerungen daran kleben. Als hätte ich diesen Albtraum schon vor Jahren hinter mir gelassen.

Aber so ist Jason. Er weigert sich einfach, Schmerz wahrzunehmen, den eigenen und auch den anderer.

Ich bin froh, als er das Thema wechselt. *Wieso hast du Mom von dieser Pilgersache erzählt? WOLLTEST du, dass sie mitkommt???*

Nein, natürlich nicht! Ich habe es vermasselt. Ich füge einige ausgewählte Emojis ein.

Sie macht sich jetzt wegen allem Möglichen verrückt – auch wegen irgendwelcher Verletzungen, die ich mir beim Football zuziehen könnte!

Sorry, dass das jetzt auch auf dich zurückfällt. Aber wenigstens wollte sie nicht ins Footballteam.

Haha.

Ich mache mir aber Sorgen um sie, jetzt, wo Dad weg ist.

Du machst dir um alle und jeden Sorgen.

Zumindest einer von uns kümmert sich um seine Eltern, will ich zurückschreiben, verkneife es mir aber.

Hast du mit Dad gesprochen?, schreibt er.

Vor ein paar Tagen. Du?

Gestern Abend. Er kommt zu meinem ersten Spiel in zwei Wochen. Fliegt extra von Chicago hierher. Er meinte, er könnte das Wochenende über in der Stadt bleiben, wenn ich will.

Cool.

Meine Freunde werden ihm nicht gefallen.

Wieso, sind das Junkies oder was?

Nein.

Ich warte auf eine Erklärung, aber Jason liefert keine. *Meinst du, sie lassen sich scheiden?*

Keine Ahnung.

Ist doch bescheuert. Wieso kann Mom nicht mal ein bisschen chillen? Sie ruiniert noch alles. Ich muss los! Viel Spaß mit deinem Flüchtlingsmädchen.

Ich laufe zurück zum Gästehaus, als Stephen anruft.

»Die Skizzen sind toll. Und ich habe deinen Artikel ›Pfefferminztee und Migration‹ gerade veröffentlicht. Nicht übel.«

»Danke. Weißt du was? Ich habe Rasa kennengelernt. Ich habe ein bisschen gebraucht, bis ich ihre Verbindung zu Tracies Tante Bobbie kapiert hatte, aber jetzt hab ich's.«

»Rasa! Toll. Als ich sie zum ersten Mal gesehen habe, war sie sechs oder sieben. Ein ziemlich altkluges Kind, geistlich gesehen. Als hätte sie einen direkten Draht zu Jesus. Das letzte Mal war sie ein schlaksiger Teenager.«

»Schlaksig ist sie nicht mehr.«

Er lacht leise. »Klingt, als hätte sich da jemand verguckt.«

Ich kann nicht an mich halten. »Ich bin voll verliebt und habe vor, sie in Linz zu besuchen, im Haus der Hoffnung.«

»Bei Hamid? Wow, Bobby. Da kommen Erinnerungen hoch ... Okay, dann mach Fotos, wenn du dort bist, wenn du darfst, und bitte noch mehr Skizzen. Und könntest du dreihundert Wörter über das Haus der Hoffnung schreiben? Darüber hatten wir bisher noch keinen Artikel.«

Der Enthusiasmus in seiner Stimme gefällt mir. »Klar, Boss.«

»Super.« Er schweigt kurz. »Und benimm dich. Ich möchte nicht, dass deine Mutter mich beschimpft, weil du dich ausgerechnet in deinem Auslandsjahr verliebt hast!«

»Ha! Das weiß sie doch längst. Sie hat sich selbst eingeladen, den Jakobsweg mit mir zu laufen.«

Stephen ist ein paar Sekunden still. »Oha. Da bist du nicht gerade von den Socken, oder? Ich meine, du wolltest doch ein bisschen Unabhängigkeit.«

»Ja schon. Ich habe den Fehler gemacht und ihr gesagt, dass ich den Jakobsweg mit Rasa laufen will.«

Stephen lacht. »Die Sache wird langsam interessant.«

»Das kannst du laut sagen. Und jetzt kommt Mom mit, aber Rasa nicht – zumindest noch nicht.« Dann erkläre ich ihm, wie ich Moms Anwesenheit als Argument nutzen will, um Rasa und ihre Eltern davon zu überzeugen, dass wir eine Anstandsdame dabeihaben werden.

Stephen pfeift anerkennend. »Du klingst wie Jason, der genau weiß, wie er die Dinge angehen muss. Wenn Rasa mitkommen soll, ist es wahrscheinlich wirklich eine gute Idee, dass deine Mutter auch dabei ist.«

Manchmal benimmt sich Stephen wie ein Jugendpastor. Er kommt mit uns gut klar, aber hin und wieder bricht er auch eine Lanze für unsere Eltern. »Welchen Teil des Jakobswegs willst du denn laufen?«

»Von Le Puy in Frankreich bis irgendwo in Spanien. Ich habe Caroline die voraussichtlichen Daten geschickt. Sie war einverstanden.«

»Danke, Bobby.« Er überlegt kurz. »Ich habe Caroline vorgeschlagen, dass sie auch in Le Puy startet. Vielleicht könnt ihr ja zusammen losgehen.«

»Ich dachte, wir sollten unterschiedliche Routen laufen, ich im August und sie später im Herbst?«

Er seufzt, was er immer tut, wenn er überlegt, wie viele Informationen er mir anvertrauen kann. »Das stimmt. Aber Tracie und ich halten es für das Beste, wenn Caro so schnell wie möglich aus Lourmarin wegkommt. Es ist nicht gut, wenn sie gerade allein dort ist. Und es macht ihr sicher nichts aus, wenn sie ihre Pläne etwas vorverlegt. Du weißt doch, wie sie ist.«

Und ob. Caro ist der Inbegriff des Wortes *unvorhersehbar*. Sie ist eine lustige Person, aber eben absolut unzuverlässig. Auch wenn Stephen es nie gesagt hat, aber es kursieren Gerüchte in der *Press*, dass Caro eine ziemlich heftige Vergangenheit hat.

»Ich denke gerade laut, also sieh mir das nach. Aber was, wenn ich ihr sage, dass ihr bald losgeht, und ihr nahelege, doch mit euch zusammen zu starten?«

Mein Bruder wird schnell wütend, ich selbst neige eher zu Vermeidungsverhalten, also behalte ich die Stimme, die in meinem Kopf losbrüllt, für mich: *Verflixt nochmal, nein! Soll ich den Jakobsweg etwa mit meiner Mutter UND deiner Schwester laufen? Und dann vielleicht noch ohne Rasa? Vergiss es!*

Aber Stephen begreift auch so. »Hör zu, vielleicht könnte es dir mehr Zeit mit Rasa verschaffen, wenn Caro mitkommt. Deine Mutter und Caro verstehen sich sicher blendend.«

»Klar. Super Idee.«

»Tut mir leid, dass ich dir das auflaste, Bobby. Du arbeitest an Rasa. Und ich an Caroline.«

Ich gebe mit einem Grummeln mein Einverständnis.

»An welchem Tag genau kommt ihr nach Le Puy?«

»Keine Ahnung. Frag Mom. Sie hat sicher schon alles geplant.«

❧

Anna. Ich wünschte, Jason hätte ihren Namen nicht erwähnt. Nicht, dass ich nicht sowieso schon an sie denken musste, aber sein leichtfertig dahingeschriebener Text hat ein richtiges Loch in mich hineingebohrt.

In der neunten Klasse war Anna Harris mit in meinem Chemiekurs. Sie war eine Einzelgängerin, die Sorte Mädchen, der andere aus dem Weg gehen. Es gab Gerüchte über einen Vater, der Alkoholiker war. Eine Mutter schien es überhaupt nicht zu geben. Aber ich mochte Anna. Vielleicht tat sie mir leid, aber ich fand sie auch hübsch, klug und interessant. Ich fing an, mir Sorgen um sie zu machen. Sie ging nie ins Detail, sagte aber Dinge wie »Mein Vater kann ziemlich grausam sein, weißt du?«

Ich wusste es nicht und konnte mir auch nicht vorstellen, wie ein grausamer Vater war, aber so wie sie mich ansah, im Blick dieser Hauch von Bösem, ging es mir durch und durch.

Eines Tages vertraute sie mir an, dass sie Angst davor habe, nach Hause zu gehen, also lud ich sie zu uns zum Essen ein. Danach kam sie einmal pro Woche oder alle zwei Wochen zu uns. Jason fand sie komisch, aber Mom und Dad mochten sie. Mom nahm Anna unter ihre Fittiche und machte kleine Dinge für sie, die ihr das Gefühl gaben, etwas Besonderes zu sein. Das konnte Mom gut.

Aber mehr als einmal warnte sie mich davor, dass ich nicht Annas Probleme lösen könne. »Sie ist ein tolles Mädchen, Bobby, und sie ist immer bei uns willkommen, aber versuch bitte nicht, ihren Vater umzukrempeln. Versprich mir das.«

Ich weiß nicht mehr, was ich ihr versprach, aber Annas Gesicht tauchte plötzlich immer öfter in meinen Skizzen auf.

Zweimal im Jahr organisierte Mom ein Picknick im Park, zu dem alle armen und obdachlosen Menschen in Atlanta eingeladen waren. Das machte sie schon, seit ich klein war. Ich glaube, mein Großvater hatte damit in den Sechzigerjahren angefangen und sie hatte es von ihm übernommen, als sein Augenlicht schwächer wurde.

Die verschiedenen Kirchen in der Stadt taten sich zusammen, sammelten Kleiderspenden, Essen, Spielzeug für die Kinder und Haushaltsgegenstände. Als Anna und ich uns angefreundet hatten, fragte ich sie, ob sie mithelfen wollte. Auch Stephen und Tracie waren dabei und sponserten unsere Jugendgruppe. Anna machte Spiele mit den Kindern, lachte mit den anderen Teens beim Essenservieren und half Mom beim Verteilen der ganzen Sachspenden und des Essens.

»Du kannst gern zu unserer Jugendgruppe kommen, wenn du willst«, sagte ich am Ende des Tages zu ihr.

Sie lächelte mich an – ein Lächeln, das ich sehr selten sah. »Klar. Vielleicht.«

Am späten Nachmittag war Mom immer noch am Aufräumen. Stephen schlug vor, Anna nach Hause zu fahren, und ich begleitete sie. »Ihr könnt mich hier rauslassen«, sagte sie zu Stephen und zeigte auf einen Parkplatz vor einem rund um die Uhr geöffneten Laden in einer heruntergekommenen Gegend.

Stephen bestand aber darauf, sie bis nach Hause zu fahren. Als wir dort ankamen, standen mehrere Autos vor dem Haus und ich sah, wie sie immer kleiner wurde.

Sie öffnete die Tür. »Danke fürs Mitnehmen. Und dass ich mitmachen durfte. Es hat wirklich Spaß gemacht.«

»Ich bringe dich noch bis zur Tür«, sagte ich.

»Nein. Bitte fahrt los. Es ist schon ok.«

Stephen wusste nicht viel über sie und wo sie herkam, aber er sah die Angst in ihren Augen. »Anna, hast du das Gefühl, du bist in Gefahr?«

Sie zuckte die Achseln.

»Ich kann gern mit deinen Eltern reden, wenn du befürchtest, dass sie böse auf dich sind, weil du heute dabei warst«, schlug er vor.

Ich werde ihren panischen Gesichtsausdruck nie vergessen. »Nein. Bitte. Fahrt einfach. Wenn ihr jetzt fahrt, passiert nichts.«

Sie eilte vom Auto in Richtung Haus.

Wir hörten es sofort. Schreie, Fluchen und zersplitterndes Glas. Ich nahm überhaupt nicht wahr, dass Stephen mir hinterherrief, und sprang aus dem Auto, rannte durch den Vorgarten und donnerte mit der Faust gegen die Tür. Als niemand aufmachte, riss ich die Tür auf und ließ die Szene auf mich wirken: Überall Bierdosen auf dem Boden, zwei bewusstlose Männer auf einem abgewetzten Sofa, Anna, die neben dem Fernseher hockte und sich den Arm hielt, eine klaffende Wunde über dem Auge, während ein bärtiger Mann mit tätowierten Armen laut fluchte und mit einem Baseballschläger auf sie losging.

Ich warf mich auf ihn und er setzte den Baseballschläger ein, der mit der Wucht eines Orkans auf meine linke Schulter krachte. Ich glaube, Annas Vater hätte mich umgebracht, aber da kam Stephen herbei, der bereits die Polizei verständigt hatte.

Stephen brachte uns ins Krankenhaus. Anna hatte einen gebrochenen Arm und eine Gehirnerschütterung, meine Schulter war ausgerenkt. Als meine Eltern eintrafen, legte mir Mom nur die Hand ans Gesicht und sagte: »Oh, Bobby. Mein Bobby. Manchmal sorgst du dich zu sehr um alle.«

Ihr Vater kam ins Gefängnis und Anna in eine Pflegefamilie.

Ja, ich machte mir Sorgen um sie. Und zwar große. Aber woher soll man wissen, wann es zu viel ist? Seit dieser Zeit brach mir kalter Angstschweiß aus und mein Herz raste, wenn ich an Anna und ihren verrückten Vater dachte.

Caro

Ich komme wieder am alten *mas* an, dem Bauernhaus, das meine Eltern vor Jahren liebevoll restauriert haben. Im Spätsommer bin ich am liebsten hier. Ich gehe zu einem der Rosenbüsche, Augusta Luise, den meine Mutter gepflanzt hat und der sich mittlerweile an einem Gatter am Haus emporrankt, und atme den süßen Duft ein.

»Hallo, Luise«, sage ich. »Du hast dich aber dieses Jahr wirklich selbst übertroffen.«

Der Rosenbusch ist voller apricotfarbener Blüten – manche noch in Knospen, andere haben der Sonne schon Blütenblatt um Blütenblatt geöffnet und eine Rose ist bereits lachsrosa und spreizt ihre zarten Blütenblätter in perfekten Schichten. Ich stecke meine Nase hinein und atme den starken fruchtig-süßen Duft ein. »Danke, Luise. Das habe ich gebraucht.«

Dann wähle ich Bretts Nummer. »Hey«, flüstere ich.

»Alles in Ordnung bei dir?«

»Es kostet mich immer so viel Kraft, wieder hier zu sein.«

»Ich weiß.« Das stimmt. Was er aber nicht weiß, ist, dass ich mich schon mit Bastien getroffen habe. Und ich werde es ihm auch nicht sagen. Noch nicht.

»Hör zu, Liebling.«

Ah, dieses Wort!

»Lass dir Zeit. Es tut mir leid, dass du das Gefühl hast, ich würde dich unter Druck setzen.«

Ich habe noch immer Luise in der Nase, fülle langsam meine Seele und flüstere: »Danke. Mir tut es auch leid. Ich muss nur einfach … diese Dinge für mich klären. Du willst doch nicht dein ganzes Leben lang mit einem Fragezeichen verheiratet sein.«

»Caroline, du bist doch kein … Aber du hast recht. Du brauchst Sicherheit. Ich werde warten.«

Was für eine Ironie, dass die meisten meiner Freundinnen von ihren Männern genervt sind, weil sie sich nicht zum Heiraten durchringen können und auch sonst nichts entscheiden. Aber Brett sagt, er weiß, dass ich die Richtige bin.

Ich rede mir ein, dass meine Bedenken nichts mit Bastien zu tun haben. Sondern mit Lola. Doch ja, das ist so. Aber als ich dann später meinen Kleiderschrank durchgehe und ein kleines Schwarzes für das Abendessen mit Bastien morgen aussuche, bin ich durcheinander, völlig durch den Wind.

Als Nächstes rufe ich Tracie an. »Und?«, fragt sie über das Rauschen der Leitung.

»Ich habe ihn gesehen und es hat mich völlig aus der Bahn geworfen. Aber er hat mir den Rest der Geschichte nicht erzählt.«

»Was? Ich dachte, das war der Grund, warum er sich mit dir treffen wollte!« Es ist leicht herauszuhören, wie genervt sie von Bastien ist, obwohl sie ihn gar nicht kennt.

»Er meinte, er würde es mir später erzählen, bei ihm zu Hause. Morgen Abend, bei einem Candlelight-Dinner.«

»Und du hast ...«

Ich seufze. »Ich habe Ja gesagt. Ich habe versucht, Nein zu sagen, ich schwöre es, Trace. Wirklich. Aber er ist einfach ein so furchtbarer Charmeur.«

»Du darfst das nicht tun.«

Meine Schwägerin ist ein Mensch, der mir solche Dinge sagen darf. »Bist du noch trocken?«, fragt sie.

»Ja. Ehrenwort. Ich habe keinen Tropfen angerührt.«

»Du darfst da morgen nicht hin«, wiederholt sie.

»Aber ich muss es wissen. Du würdest es doch auch wissen wollen, oder? Wäre es für deine Geschichte nicht genauso wichtig?«

»Nicht, wenn ich mit diesem Franzosen so eine Vergangenheit hätte wie du!«

»Ich mache nur, was meine Therapeutin mir empfohlen hat. Die Trauer zulassen, endlich alles dafür tun, um zu erfahren, was wirklich passiert ist.«

»Ja, ich weiß. Trauern ist wichtig. Aber ich fürchte, du wirst nicht zum Trauern kommen, wenn du mit Bastien bei einem romantischen Candlelight-Dinner sitzt.«

»Du hast recht, ganz bestimmt, Tracie.«

Ich lege auf. Mein Blick fällt auf das kurze schwarze Kleid, das ganz unschuldig auf dem Bett liegt.

Sieben Jahre früher

Ich hatte mein Studium der Kommunikationswissenschaften in Lyon gerade beendet und war nach Lourmarin gekommen, um mich zu erholen, einen Monat lang allein in unserem Ferienhaus, ohne Eltern oder Geschwister. Ich litt immer noch unter der kürzlichen Trennung von einem Griechen, mit dem ich zusammen gewesen war, seit ich ihn im Sommer zuvor auf Kefalonia kennengelernt hatte. Der letzte in einer ganzen Reihe von Freunden, die mir nicht guttaten. Alles, was ich wollte, war etwas Ruhe und Frieden. Und jede Menge Wein, um meinen Herzschmerz hinunterzuspülen.

Ich wollte die Nachmittage faul herumliegen und mich mit meiner besten Freundin Lola unterhalten. Das ganze Jahr über hatte ich sie vermisst und mich gefragt, wieso ihre typisch langen E-Mails ausgeblieben waren. Ihre Familie war im ganzen Dorf bekannt. Ihr Vater war Franzose, ihre Mutter Iranerin. Lola war zwei Jahre jünger als ich und wir verstanden uns auf Anhieb. Das lag daran, dass wir beide einen französischen Vater und eine fremdländische Mutter hatten, die mit starkem Akzent sprach. Den Akzent von Lolas Mutter fand ich besonders hübsch, mit ihrem nahöstlich gerollten R. Meine Mutter hatte den breitesten Südstaatenakzent.

Bastien klopfte gleich am ersten Nachmittag an die Tür. »*Bonjour.*« Er hatte einen Briefumschlag in der Hand. »Ich bin der neue Nachbar, Bastien.«

»*Bonjour*«, erwiderte ich. »Ich bin Caroline.«

»Caroline.« Er sah überrascht aus. Dann lächelte er. »Ich bin neu bei Peugeot. Musste aus Paris weg und Lourmarin hat einen guten Ruf.«

»Waren Sie schon einmal hier?«

»Nein. Weder Lourmarin noch Aix.« Wir starrten uns einen Augenblick an. »Ich habe gehört, dass der Eigentümer dieses Hauses auch für Peugeot arbeitet.«

»Mein Vater, ja. Pierre Lefort.«

»Ich habe ein paar Eintrittskarten für eine Privatveranstaltung in Aix heute Abend. Dinner und Jazz. Sie wissen schon, im Rahmen der Fête de la Musique. Ich wollte eigentlich Ihre Eltern einladen.«

Die Fête de la Musique war ein großes, kostenloses Festival, das in ganz Frankreich am 21. Juni, Sommeranfang, stattfand. Jeder Amateurmusiker und Möchtegernkünstler konnte sich eine Ecke in irgendeinem Dorf suchen und auftreten. Natürlich gab es auch richtig gute Bands und Chöre und Orchester. Und dann gab es eben auch Privatveranstaltungen. Sie waren das Beste von allem. Durch die Provence tingeln, von Dorf zu Dorf, Wein trinken und Musik hören. Vor allem Jazz.

»Tut mir leid, meine Eltern sind nicht da.« Ich konnte nicht den Blick von ihm wenden, dieses dunkle Haar, das ihm bis an die dunklen Augen fiel. Er strahlte pure Energie aus. Und das Parfum Aramis. Er schien enttäuscht zu sein und hob die Schultern dabei eine Spur.

»*Dommage.*«

Oh ja, sehr schade, dachte ich. »Das hier ist ihr Ferienhaus«, erklärte ich schnell. »Sie sind in Lyon. Ich bin allein hier. *Les vacances*, wissen Sie. Keine Eltern, keine Geschwister.« Ich lachte etwas peinlich berührt.

»*Très bien.* Nun, mögen Sie Jazz? Ich meine, die Tickets sind nun mal da«, sagte er und gab mir den Umschlag. »Es wird bestimmt eine schöne Party– wenn Sie Jazz mögen.«

»*Merci.* Doch, ich mag Jazz.« Ich öffnete den Umschlag und

zog die Einladung heraus – Goldschrift auf dickem, ungebleichtem Papier. *Une Soirée Jazz. Chateau de Beauregard. Black tie.* Zwei kleine naturfarbene Rechtecke waren mit einem blassen Schleifenband an die Einladung gebunden. Ich legte den Kopf schief. »Gehe ich einfach da hin und zeige die Einladung vor?«

Er hob lächelnd eine Augenbraue. »Ich gehe natürlich auch hin. Wenn Sie wollen, kann ich Sie gern mitnehmen.«

»Sie haben noch keine Begleitung?«

Er betrachtete mich. »*Non.* Heute Abend nicht. Ich bin gerade erst hergezogen und kenne noch niemanden hier.«

»Okay. Dann gerne. Ich komme mit.«

»Prima. *Pourquoi pas?*«

Ich spürte, wie ich rot wurde, und strahlte ihn ein bisschen albern an. »Ja, wieso nicht?«

Ich liebte Partys, Jazz und gutes französisches Essen. Ich entschied mich, an dem Abend ein paillettenbesetztes, saphirblaues Kleid zu tragen, das einen Seidenkragen vorn und einen tiefen Ausschnitt hinten hatte. Dazu trug ich passende Wildlederschuhe mit Absatz. Ich steckte mein dunkelbraunes Haar, das damals schulterlang war, in einem French Twist hoch und fügte noch eine zarte Kette mit Perlen und Diamanten und passende Ohrringe zum Ensemble dazu – der Schmuck meiner Mutter, den ich im Familiensafe gefunden hatte. Ein Hauch von Cachette, meinem Lieblingsparfum, rundete meinen Look ab. Ich betrachtete mich im antiken ovalförmigen Spiegel, der im Schlafzimmer meiner Eltern stand, und fühlte mich jung, sexy und frei.

Bastien tauchte im Smoking mit weißer Fliege auf. »Sie sehen hinreißend aus«, raunte er mir ins Ohr.

Dann lachten wir, kicherten fast wie zwei Schüler, bereit für ihren Abiball.

»Ich fühle mich wie sechzehn.«

Er zog die Augenbrauen hoch. »Sie sehen aber nicht wie sechzehn aus. Sondern wie eine wunderschöne junge Frau. Einfach perfekt.« Dann fügte er an, fast als nachträglichen Einfall: »Wie alt sind Sie denn?«

»Einundzwanzig. Und Sie?«

»Dreißig.«

Er führte mich zu seinem waldgrünen Alfa Romeo, und als er mir die Hand reichte, um mir beim Einsteigen behilflich zu sein, fühlte ich mich wie Grace Kelly in *Über den Dächern von Nizza*, die in Cary Grants Schlitten steigt, um über die Grande Corniche in Monaco zu fahren.

Wir fuhren in Richtung Aix, aber noch vor der Stadt bog er von der Hauptstraße in eine lange Einfahrt, die von Olivenbäumen gesäumt war. Ein Schloss, erleuchtet von unzähligen Kerzen, schimmerte in der Ferne. »Oh, Bastien. Das ist ja traumhaft!«

»Ich hoffe, es gefällt Ihnen.«

Es gefiel mir sehr. Champagner, Canapés und Jazz. Und mitten in der Menge aus Auswanderern und französischer Bourgeoisie waren wir im Grunde allein. Keiner von uns kannte auch nur eine andere Person.

»Wie sind Sie denn an die Einladung gekommen?«

Er zog verschwörerisch die Augenbrauen hoch. »Connections.«

Stunden später verließen wir die Veranstaltung und schlenderten durch die Straßen von Aix. Die Fête de la Musique war noch in vollem Gang. Mal lauschten wir schweigend der Musik um uns herum, mal setzten wir uns in eins der Straßencafés und bestellten Drinks und dann Kaffee. Er hörte mir scheinbar interessiert zu, wie ich davon erzählte, in einer Peugeot-Familie groß geworden zu sein und in welchen Ländern wir schon gelebt hatten, weil mein Vater häufig versetzt worden war.

Bastien streute hin und wieder einen zynischen Kommentar oder sogar Kritik ein, wie die Franzosen es eben machen, und er sah mir tief in die Augen, auf eine Art, die mir das Gefühl gab, sexy, schön und besonders zu sein. Ich war frei und wurde von einem Fremden wahrgenommen und umsorgt. Jedenfalls kam es mir so vor.

Aix bei Nacht war magisch. In den Bäumen, die ein Blätterdach über den Cours Mirabeau formten, blinkten die Lichter. Die ganze Stadt war auf den Beinen und feierte, Jung und Alt. Kinder rannten herum, alte Pärchen schlenderten Hand in Hand über das Kopfsteinpflaster. Wir kamen um eine Ecke und sahen einen versteckten Pavillon, in dem ein Streichquartett Walzer spielte und Paare aller Altersklassen dazu tanzten.

Bastien sah mich an und zuckte die Achseln. »Möchten Sie tanzen?«

»Aber ja, *bien sûr.*«

Als wir um drei Uhr nachts wieder in Lourmarin waren, parkte er seinen Alfa Romeo und begleitete mich über die Straße zum Haus meiner Eltern. Ich erwartete, dass er sich noch bei mir einlud, aber das tat er nicht.

»Haben Sie morgen schon etwas vor? Wandern Sie gern? Mont Sainte Victoire?«

Die Vorstellung, einen weiteren Tag mit ihm zu verbringen, reizte mich ungemein. »Mont Sainte Victoire? Sehr gern.«

Und so gingen wir wandern, in kurzen Hosen, T-Shirt und mit Rucksack. »Cezannes Territorium«, sagte er, als wir auf dem Gipfel waren und ins Tal schauten, in das die Sonne ihre Schatten warf. Wir hatten uns einen Felsvorsprung gesucht, aßen Weintrauben und Comté und Ziegenkäse mit Baguette, dazu eine Flasche Rosé. Er sprach über Kunst und Geschichte, auf diese herrliche entspannte Art, die junge Franzosen an sich haben. Höflich und kultiviert, und ja, charmant.

»Haben Sie eine Freundin?«, fragte ich ihn nach unserem Picknick. Ich war noch nie gut darin gewesen, meine Gefühle für mich zu behalten.

Er sah mich an, nahm seinen Arm und strich mir über die Wange. »Ich weiß es nicht. Sag du es mir.«

Ich war überrascht, erregt und wie berauscht, als er sich herüberbeugte und mich zärtlich küsste. Wir standen auf und hielten Händchen.

Weiter ging er nicht, jedenfalls nicht während unserer ersten drei gemeinsamen Tage. Am Ende des dritten Tages, den wir in Les Baux de Provence verbrachten, einem alten Dorf hoch oben auf einem zerklüfteten Berg, bat ich ihn, noch mit hereinzukommen. Und er zögerte tatsächlich. »Bist du sicher?«

Wollte ich tatsächlich in die nächste Affäre hineinstolpern?

Ja.

Ich verliebte mich Hals über Kopf in ihn, so sehr, dass mir nicht einmal in den Sinn kam, Lola zu besuchen. Nicht, bis er und ich am nächsten Morgen im Garten frühstückten. Als ich mich dann endlich zu ihr auf den Weg machte, hatte ich Bastien an der Hand. Ich konnte es nicht erwarten, ihn ihr vorzustellen.

Ich kannte den Knopf hinter der Säule, mit dem man das schmiedeeiserne Tor öffnen konnte. Wir liefen eng umschlungen auf dem Weg in Richtung Haus, gesäumt von Bäumen, die ihr Blätterwerk über uns hielten. Lavendelfelder breiteten sich im Osten aus, ein Olivenhain im Westen. Das mit Stuck verzierte Haus war terrakottafarben, genau wie die riesigen Töpfe, die auf der Veranda vor dem Haus standen und aus denen Eisenkraut und Wandelröschen quollen.

Ich stieß die meerblaue Tür auf. »Lola! Lola! Ich bin wieder da.«

Keine Antwort. Irgendwann tauchte hinter dem Haus Salima, die Haushälterin, auf. Sie sah mitgenommen aus. Ihr Haar hatte sich gelöst und fiel unter ihrem Kopftuch heraus.

Ich ließ Bastien los, rannte zu ihr und gab ihr drei Küsschen, rechts, links, rechts.

»So schön, dich wiederzusehen, Salima!«

Sie packte mich an den Händen und zog mich in den *salon*. Bastien warf sie einen argwöhnischen Blick zu. Dann legte sie einen Finger an die Lippen. »Shh! Leise! Kein Wort!«

»Was ist los?«

Ihr Blick schoss zu Bastien.

»Er ist ein guter Freund. Keine Sorge.«

Salima schüttelte den Kopf.

»Lässt du uns mal eine Sekunde allein?«, bat ich ihn.

Er zog die Mundwinkel nach unten. »Natürlich. Ich warte vorne im Garten.«

Als er weg war, packte sie mich wieder an den Händen und brach in Tränen aus. »Etwas Furchtbares ist passiert! Ich wollte heute früh hier sauber machen. Malika und Lola waren das Wochenende über verreist, aber sie sollten heute zurückkommen. Das Haus war leer. Aber ...«

Mein Herz fing an zu rasen. Salima zog mich die geschwungene Marmortreppe hinauf und ich folgte ihr in die Schlafzimmer im ersten Stock. Alles war durcheinandergewühlt, Schubläden ausgekippt, Kissen zerstochen. Und überall war Blut.

Ich hielt mich am Geländer fest, alles drehte sich und mein Herz schlug wie wild vor Angst. »Salima! Wo sind sie? Hast du die Polizei gerufen?«

»Ja, kurz bevor du kamst. Sie schicken jemanden. Ich habe solche Angst!«

Salima und ich hielten uns aneinander fest, beide starr vor Schreck. Dann stolperten wir nach unten in den *salon*.

Den Rest des Tages verbrachte ich mit Salima bei Lola, rasend vor Angst, dass die Gendarmerie bei ihrer Suche auf dem Gelände eine Leiche finden würde. Irgendwann musste Bastien gegangen sein. Erst Stunden später, als ich nach Hause schlich, dachte ich wieder an ihn.

Wenn ich nicht so von meiner kurzentschlossenen Liebelei gefangen gewesen wäre, hätte ich Lola besucht und gemerkt, dass etwas nicht stimmt. An diesem Tag krochen die Schuldgefühle an mir hoch und umrankten mich wie Augusta Luise das Gatter neben dem Haus.

Kapitel 7

Abbie

»Lassen Sie uns zuerst Abbie zurückholen.« Was für eine seltsame Aussage. Ich bin doch da, in Farbe und lebendig. Bill ist derjenige, der fort ist.

Diana hat mich gebeten, bei dem zu bleiben, was mich aufwühlt. Der Ausdruck gefällt mir nicht, also ändere ich ihn ab in *Denk über das nach, was dir den letzten Nerv raubt.*

Es raubt mir den letzten Nerv, dass Bill einfach auf und davon ist, dass er nicht auf meine Anrufe reagiert, dass er an einem Projekt arbeiten kann, was er liebt, während ich hier in einem Haus voller Umzugskisten hocke und mich zu Tode gräme.

Ich bin so wütend, dass ich jeden Stich aus meiner »erstaunlichen« Handarbeit rausreißen möchte. *»Ich finde es bezeichnend, wie gut Sie Ihren Mann kennen, dass Sie sein Leben in dem Stickbild festgehalten haben.«*

Eben. Und wieso konnte er dann einfach so verschwinden?

Ich habe schon immer meine Hausaufgaben gemacht. Interpretationshilfen habe ich mir als Schülerin nie gekauft, sondern die vorgeschriebene Literatur immer komplett gelesen. Ich nehme mir das leinengebundene Notizbuch von Diana vor und mache mir eine Liste. Ich weiß genau, was ich mag. Ich mag ein Haus, das ordentlich ist. Wo Bills Sachen nicht auf der Erde liegen. Ich mag es, wenn die Mitglieder des Garden Club pünktlich erscheinen, ohne Ausrede, und tatsächlich die Aufgaben erledigen, die sie übernommen haben. Ich mag es, wenn die Jungs in Sport gut sind, ihre Hausaufgaben machen und zur Jugendgruppe gehen.

Ich sehe mir die Liste an und merke, wie übel mir wird. Ist das wirklich, wer ich bin? Sind das die Dinge, die ich als »lebensspendend« ansehe? Wann bin ich so neurotisch geworden? Wann habe ich angefangen, meine Listen anzubeten und mich so daran festzukrallen, was ich für meine Familie will? Es ist wahr, ich habe ihnen die Luft zum Atmen genommen.

Aber was gefällt *mir*?

Als ich noch jung war, bin ich gern auf Freizeiten gefahren. Die Sorte Einen-Monat-weg-von-zu-Hause-Freizeit, mit Mücken und Doppelstockbetten und viel Sport und Wettkämpfen. Auch Camping mochte ich. Als Bill und ich geheiratet haben, sind wir mehrmals im Jahr zelten gefahren, bis Bobby da war und wir wegen des ganzen Drum und Dran, das so ein Baby bedeutet, damit aufhörten.

Ich mag Blumen. Egal, welche Sorte. Als wir im Jahr 2000 nach Grant Park umzogen, war unser Haus wirklich renovierungsbedürftig. Auf dem kleinen Grundstück hatten die früheren Eigentümer ein unglaubliches Chaos hinterlassen. Ich nahm die Jungs oft mit nach draußen, und während sie spielten, nahm ich mir den Garten vor. Aus dem zugewucherten, zugemüllten Grundstück machte ich ein kleines Paradies. Daran hatte ich am allermeisten Spaß. Wieso wollte ich dann in eine Luxuswohnung im fünften Stock einer alten Fabrik ziehen und meinen Garten gegen einen Balkon tauschen?

Ich schreibe weiter an meiner Liste. Ich liebe Schönheit – schönes Geschirr und hübsche Bettwäsche. Aber früher hegte und pflegte ich sie und besaß sie nicht nur.

Ich liebe Überraschungen. Aber Judith sagt, dass Bill Überraschungen hasst. Und damit hat sie recht.

Wieso muss es so wehtun, darüber nachzudenken?

»Gottes Wahrheit tut weh. Sie geht durch und durch.«

Oh ja. Ich weiß, von wem diese kleine Weisheit stammt. Und sie fehlt mir.

Die Kistenstapel sind ordentlich, aber ich ziehe eine Kiste nach der anderen herunter, bis ich die Umzugskiste finde, auf der nur *Miss Abigail* steht.

Ich stelle sie auf den Boden und lasse mich daneben nieder.

Meine Hände zittern. Poncie kommt angelaufen, lässt sich neben mir auf den Boden plumpsen und legt den Kopf auf meinen Schoß.

»Hallo, Süße. Ist schon gut. Alles ok.« Aber Hunde haben einen siebten Sinn und sie weiß genau, dass nichts gut ist.

Miss Abigail. Die Missionarin, die Mama 1962 kennenlernte und die ihr zeigte, was Glauben wirklich bedeutet. Die Heilige, nach der ich benannt wurde.

Ich klappe die Kiste auf und sehe drei eingerahmte Gedichte von Amy Carmichael. Miss Abigail liebte Amy Carmichael, die Missionarin in Indien, also machte ich ein Stickbild mit den drei Gedichten und ließ es für sie hübsch rahmen. Als sie starb, bestand ihre Familie darauf, dass ich die Gedichte wieder an mich nehme und auch das Einklebebuch, das sie zu ihrer Überraschungsfeier zum achtzigsten Geburtstag von mir bekommen hatte. Ich lege mir das Buch auf den Schoß und Poncie macht widerwillig Platz.

»Ich vermisse dich, Miss Abigail«, flüstere ich und vergrabe das Gesicht in den Händen. »So sehr.«

Einhundert Erinnerungen ziehen an mir vorüber. Ich als kleines Mädchen, hoch oben auf einem Stuhl, wie ich die Tomatensoße umrühre, die Mama zur Mount Carmel Church bringen will. Ich zwischen Mama und Miss Abigail, wie ich dieselbe Soße auf Berge von Spaghetti löffle, während ein dürres Mädchen oder eine hutzelige alte Frau ohne Zähne geduldig auf einen Teller wartet.

Nan und Ellie kamen irgendwann auch mit, sodass wir alle drei halfen, aber mir machte es am meisten Spaß. Bevor ich wusste, was es bedeutet, Gott anzubeten, betete ich schon meine Namensvetterin an. Ich hing als Vier-, Fünf-, Sechsjährige immer an ihrem Rockzipfel, wenn sie in der alten Kirche zugange war. Und sie liebte mich. Sie liebte mich so, wie ich war.

Miss Abigail war ein bunter Vogel mit ihrem grauen Pferdeschwanz und ihrem alten Kombi, der immer voller Kleiderspenden und Konservenbüchsen mit Bohnen war. Ihre Veranda vor dem Haus, gleich gegenüber von der Kirche, stand voller Möbel und Haushaltsgeräte, die die Leute zu ihr brachten, damit sie sie an Bedürftige weitergab. Im Haus war alles voller Kisten mit Kleidung, Windeln (unbenutzt, Gott sei Dank!), Geschirr und allem Möglichen, was man in einem Haushalt gebrauchen konnte.

Ich wollte sein wie sie, weil sie vollkommen war. Vollkommen seltsam, vollkommen heilig, vollkommen unvollkommen mit einem Herz aus Gold. Ich weiß noch, wie ich mit dreizehn oder vierzehn jammerte: »Ich werde nie wie du, Miss Abigail.«

»Natürlich nicht, Abbie, Mädchen. Wieso solltest du das wollen?«

»Weil du so perfekt bist.«

Sie hatte meine Hände genommen und sich vor mich hingehockt. »Abbie, wir haben denselben Namen und das bedeutet mir viel. Aber Gott hat uns alle unterschiedlich geschaffen und er will nicht, dass du irgendjemand anders bist. Richte deine Augen nur auf ihn und er wird aus dir mehr und mehr die Abbie machen, die er sich wünscht.«

Ich begriff. Sie liebte mich so, wie ich war, genau wie dieser große und geheimnisvolle Gott, dem sie diente. Aber sie war mein Vorbild und ich verbrachte viele Samstage damit, sie dabei zu begleiten, wie sie durch Grant Park zog und den Einwohnern die Liebe Jesu und die »Güter« aus ihrem übervollen Haus anbot.

Ich blättere durch das Einklebebuch, die Fotos und die extra saubere Schrift, die Ausschnitte ... ein Liebesbrief an diese Frau, die mich in jungen Jahren prägte.

Auf einer Seite klebt ein Foto, aufgenommen im Sommer nach meinem zweiten Jahr am College. Zu fünft drängen wir uns um Miss Abigail vor ihrem Buick Baujahr 1974, der mit einer Mischung aus Benzin, Gebeten und Engelsflügeln fuhr.

Ich spüre plötzlich ein merkwürdiges Gefühl der Beklemmung. Als Praktikantin mit diesen vier anderen Studentinnen – zwei Afroamerikanerinnen, eine Amerikanerin asiatischer Herkunft, eine Latina –, das war einer der schönsten Sommer meines Lebens.

Mein Spitzname war Triple A: die Absolut Akkurate Abbie. Mein Perfektionismus war allerdings ganz nützlich in diesem Sommer; er war das Gegengewicht zum blauäugigen Idealismus der anderen. Wir arbeiteten gut zusammen, lachten und beteten und schwitzten in der schwülen Sommerhitze, wenn wir Kleidung ausluden oder mit den Kindern in der Nachbarschaft Softball spielten, die Türen der Kirche strichen und hundert andere Projekte angingen. Ich war Triple A, gebraucht, geliebt und geschätzt.

Vor fünfundzwanzig Jahren hatte ich etwas so Reines und Gutes erlebt. Was war passiert?

Weit hinten im Einklebebuch finde ich eins der wenigen Fotos, auf denen Bill und Miss Abigail zusammen zu sehen sind. Mein Magen zieht sich zusammen, als ich es betrachte und mich erinnere. Drei Monate nach unserer Hochzeit musste er mich festhalten, als ich von ihrem Tod erfuhr. Bei der Beerdigung stand er ganz dicht bei mir.

Wieder summt es in meinem Kopf. *Ich vermisse dich, Miss Abigail.*

Ich weiß nicht, ob ich weiterblättern will, aber wenn ich etwas anfange, führe ich es auch zu Ende. Immer. Ohne Ausnahme.

Auf der letzten Seite habe ich eine Collage aus Fotos von Mama und Daddy, Nan, Ellie und mir mit Miss Abigail gemacht. Meine Finger berühren das Gruppenfoto, als ich neun war. Ellie war vier. Das war noch vor dem Unfall.

Lassen Sie uns erst einmal Abbie zurückholen.

Das erste Mal, als ich versuchte, das Leben zu kontrollieren, war, als Ellie ihre Narben davontrug. Nan und ich waren in der Schule, als es in unserer Küche brannte. Innerhalb eines einzigen Tages wurde aus einer lockigen, fünfjährigen, blonden Knalltüte ein vernarbtes, ängstliches kleines Mädchen.

Ich hatte eine Riesenangst. Sie war doch am sichersten Ort der Welt gewesen: Zu Hause! Wenn Ellie so etwas Schlimmes passieren konnte, dann war niemand sicher, nirgendwo. Ich musste es schaffen, alle, die ich lieb hatte, irgendwie zu beschützen.

Was für eine Last daraus wurde!

Daddys Narben aus dem Vietnamkrieg hatten mich schon immer gestört. Ich konnte mir ausmalen, wie die Splitter flogen, hörte die Bomben explodieren und sah Daddy aufwachen, auf einem Auge blind. Aber Daddy gebärdete sich nie wie ein Kriegsversehrter. Irgendwie machten ihn seine Narben zu einem perfekten Helden, so wie Miss Abigails Verschrobenheit sie zu einer perfekten Heiligen machte. Aber Ellie? Ihre Narben machten sie lange Zeit nur verrückt.

Als Mama im Jahr 2001 fast an Brustkrebs gestorben wäre, war Bobby noch ein Kleinkind und ich mit Jason schwanger. Die Angst um Mama und um meine kleine Familie überschattete mein heiles Leben. Dann starb 2012 Nans erster Mann Stockton bei einem Autounfall und ließ sie mit drei kleinen Kindern allein. Ich klammerte mich wortwörtlich und im übertragenen Sinn an Bill und Bobby und Jason. Wenn das Leben Daddy und Ellie Narben verpassen konnte, wenn Mama Brustkrebs kriegen und Nans Mann so früh auf so furchtbare Weise ums Leben kommen konnte, was konnte dann meinen Männern alles passieren?

Vielleicht war das der Tropfen, der das Fass zum Überlaufen brachte. Vielleicht wurde ich damals von einer normalen Perfektionistin zum Kontrollfreak, überbehütend und ängstlich. Und dann kam Anna.

Meine Ängste wuchsen. Ich träumte nachts davon, wie Bill an einem Herzinfarkt starb oder einen Unfall hatte.

Welch eine Ironie des Schicksals, dass ich Bill gerade mit dem Versuch, ihn immer bei mir zu behalten, vertrieben hatte.

Ich klappe das Buch zu und fühle mich genauso leer und am Boden zerstört wie an dem Tag, als ich im Nieselregen mit den anderen Trauernden an Miss Abigails Grab stand.

Caro

Wir sitzen draußen am runden Gartentisch. Überall stehen Gebetskerzen in kleinen Bechern. Sie flackern auf der Steinmauer. Winzige Weihnachtslichter hängen in den Olivenbäumen und blinken romantisch auf uns herab. Bastien ist in der Küche und macht das Essen fertig.

Vor sieben Jahren saß ich an genau diesem schmiedeeisernen Tisch, das Gesicht nass vor Tränen. Ich konnte meine Gedanken nicht von den Blutflecken und den grellen Lichtern der vier Polizeiwagen lösen, die auf der staubigen Straße heranrasten und die Tragödie herausposaunten.

Ich hatte versucht, Salima zu trösten, hatte versucht, ihr zu helfen, die tausend Fragen der Polizei zu beantworten. Ich hatte meine Eltern und Geschwister angerufen und angefleht, nach Lourmarin zu kommen. Als ich schließlich zum Bauernhaus zurücklief, völlig benommen, wartete Bastien vor der Tür. Er nahm mich in den Arm, führte mich zu seinem Haus und an diesen Tisch.

»Setz dich, Caro«, hatte er leise gesagt. »Du musst etwas trinken. Du bist völlig unter Schock.«

Ich zitterte am ganzen Körper und mein Kopf wollte zerplatzen. Wieso saß ich hier mit diesem Mann, den ich kaum kannte? Ich wollte zu meiner Mutter. Sie würde mich in den Arm nehmen und zusammen würden wir um Malika und Lola weinen.

Scham und Schuldgefühle belasteten mich, als würden meine Arme die Glyzinie tragen, die schwer und mit ihrem penetranten Geruch am Gitter über Bastiens Terrasse hing.

Bastiens Stimme klang ärmlich. Der kluge, erotische, gebildete Tonfall war völlig verschwunden. »Liebe Caro, es tut mir so leid.« Er war selbst völlig am Boden zerstört und voller Sorge. »*C'est terrible.* Furchtbar.«

Er brachte mir ein Glas Wasser, das ich erst hinunterstürzte und dann in den Büschen wieder ausbrach, zusammen mit dem wenigen, das noch in meinem Magen war. »Das waren meine Freunde!«, würgte ich. »Unsere Freunde. Seit zehn Jahren verbringe ich jeden Sommer mit Lola. Und jetzt sind sie weg, einfach so? Wieso sollten sie einfach verschwinden? Und das ganze Blut! Du hast es nicht gesehen. Es sah aus wie in einem Schlachthaus!«

Er wischte mir den Mund mit einem feuchten Tuch ab und brachte mir ein neues Glas Wasser, beides freundliche Gesten, die mir auf einmal zu intim vorkamen. Ich fühlte mich nackt und bloß vor ihm, auf eine völlig andere Art als vergangene Nacht. Ich schlang die Arme um mich. Er las meine Körpersprache und startete keinen Versuch, mich zu berühren. Ohne Zweifel sah er die Mischung aus Angst und Wut in meinen Augen. Ich wollte aus Leibeskräften schreien, weil ich etwas so Furchtbares gesehen hatte, aber genauso wollte ich Bastien anbrüllen. Er war der Grund, wieso ich mich am Wochenende nicht mit Lola getroffen hatte. Er war der Grund, wieso ich sie verloren hatte.

Aber obwohl er der Grund war, war er nicht schuld daran. Schuldig war allein ich.

Meine Eltern kamen ein paar Stunden später aus Lyon. Auch meine Schwester Ashley. Stephen kam einen Tag, nachdem er davon gehört hatte, aus Amerika geflogen. Wir saßen schockiert da und sahen zu, wie die Polizei immer wieder zu Lolas Haus fuhr und Salima, die Nachbarn und uns befragte. Und Bastien. Aber keiner von uns konnte irgendetwas sagen. Niemand hatte Lola, ihre Mutter oder ihren Vater Jean-Claude in den achtundvierzig Stunden vor dem Einbruch gesehen. Niemand hatte irgendetwas gehört.

Stephen kam noch am ersten Abend zu mir. »Hat Lola dir gegenüber irgendetwas erwähnt, war sie besorgt?«

»Nein. Nein. Daran würde ich mich doch erinnern. Ich fand es nur komisch, dass sie mir seit zwei Monaten keine E-Mails mehr geschickt hatte. Normalerweise schrieben wir uns einmal pro Woche. Ich dachte, sie hat eben viel mit der Schule und den Prüfungen zu tun. Ich habe mir nichts dabei gedacht.«

»Sie sind konvertiert. Malika und Lola.«

»Was?«

»Vergangenen Sommer, als ich hier war, haben wir oft über die verschiedenen Glaubensrichtungen gesprochen. Auch mit Jean-Claude. Wir saßen am Tisch und haben uns unterhalten. Erinnerst du dich?«

»Ja, natürlich! Aber immer mit Respekt – Islam, Katholizismus, Judentum, Evangelikale, Agnostiker.«

»Später bekam ich Post von Lola.« Stephen sah besorgt aus, als wüsste er, dass mir das wehtun würde. »Sie wollte mehr über den Jesus aus der Bibel hören.«

»Und?«

»Und sie hat viel gelesen, mit einem Priester gesprochen, mit einem Pastor und mit einer Frau in einer der kleinen evangelikalen Kirchen in Aix. Und natürlich hat Mom ihre ganze Geschichte erzählt. Lola schrieb mir vor zwei Monaten, dass sie und ihre Mutter jetzt Christinnen geworden seien. Sie war sehr froh.«

»Ist nicht dein Ernst!« Ich versuchte, die Nachricht zu verdauen. Es fühlte sich so an, als hätte Lola mich betrogen. Meinem Bruder hatte sie sich anvertraut, aber nicht mir.

2005 hatte sich mein Bruder bekehrt, nachdem er einige Zeit in einem Flüchtlingszentrum in Österreich verbracht hatte. Alles recht seltsam. Ich hatte an keiner anderen Religion Interesse. Ich war ein Third-Culture-Kid, in fünf verschiedenen Ländern groß geworden und so oft umgezogen, dass ich irgendwann aufgehört hatte, mir neue Freunde zu suchen. Als mein Vater dann noch meine Mutter verließ, zog ich auch aus.

Aber Mom und Stephen hatten 2005 irgendein religiöses Aha-Erlebnis. Ich war in der elften Klasse im Internat in Nordfrankreich. Ich machte Party, trank mit meinen Freundinnen und versuchte, die Leere in mir zu füllen. Jungs, Partys, Alkohol, Drogen. Als Stephen und Mom über ihre Erfahrungen sprachen, machte es mich nur wütend. Mom war seit Jahren depressiv. Dieses Bekehrungsding kaufte ich ihr nicht ab.

Und doch hatten sie sich verändert. Stephen trennte sich von seiner Freundin, einem Kontrollfreak, und Mom überwand ihre Depression. Und sie waren offensichtlich ziemlich überzeugend dabei, denn mein Vater kam zu meiner Mutter zurück, sie hörte mit dem Trinken auf, und wenn das, was Stephen sagte, stimmte, dann glaubten Lola und Malika sechs Jahre nach Mom und Stephen dasselbe wie sie.

Ich starrte meinen Bruder an und kochte innerlich. »Und du glaubst, dass ihr Übertritt irgendetwas mit ... all dem hier zu tun hat!«

»Ich weiß es nicht.«

Kaum hatte ich es gesagt, wusste ich es. In den letzten Jahren hatte sich Lola immer mehr Sorgen um ihren Cousin Khalid gemacht. Die Familie ihrer Mutter lebte im Iran. Sie waren strenge Muslime. Lola und ihre Mutter waren gläubig und stets konservativ gekleidet, aber nicht übermäßig fromm.

Lola und ich gingen oft in den Hamam und ließen unsere Hände mit Henna bemalen. Ich erinnerte mich noch, wie wir uns vor ungefähr einem Jahr unterhalten hatten. »Wir machen uns Sorgen um Khalid. Er ist einer radikalislamischen Gruppierung beigetreten.«

Lola und ich hatten viele Gespräche über die Gefahren von Religion geführt, egal, welcher Glaubensrichtung. Aber sie machte sich vor allem Sorgen um Khalid.

»Bloß weil sie konvertiert sind, will ihnen doch niemand wehtun!«, sagte ich zu Stephen.

»Ich hoffe, nicht.«

»Ihr Evangelikalen seid doch alle gleich!«, platzte ich heraus. »Für euch sind alle Moslems Terroristen. Jeder, der etwas anderes glaubt, ist eine Gefahr und ein Sünder. Ein Verdammter.«

Stephen wurde rot und ich machte mich auf eine Retourkutsche gefasst. Aber stattdessen sagte er: »Schwesterherz, ich bin jederzeit für dieses Gespräch mit dir bereit. Aber im Augenblick«, dabei sah er mich an, »im Augenblick hat diese Familie, die wir alle mögen, ein schreckliches Schicksal ereilt. Vielleicht können wir zusammenarbeiten, um herauszufinden, was da passiert ist, verstanden?«

In den darauffolgenden Tagen traf ich mich nicht mit Bastien, sondern war ständig bei meinen Eltern und Geschwistern. Aber eines Nachmittags fand er mich allein vor.

»Caro. Caro, es tut mir alles so leid.« Er suchte meinen Blick. »Ich weiß nicht, was ich sagen soll und das kommt nicht häufig vor.«

Ich wollte in seine Arme sinken und zugleich stieß mich schon der Gedanke daran ab. Also blieb ich steif stehen.

»Möchtest du irgendwohin und reden?«, fragte er. »Wir könnten etwas trinken gehen ...« Alles, was ich hörte, war irgendein Mitgefühl oder Mitleid in seiner Stimme.

»*Non! Non, Bastien,* bitte.«

»Es tut mir so leid, Caro«, sagte er noch einmal und berührte mich sanft an der Wange. »Es war ein Fehler.«

Ich starrte einige lange Sekunden in seine grauen Augen, dann ließ ich den Kopf hängen und nickte.

Diese vier Wörter verfolgten mich jahrelang. Was meinte er damit? War unser romantisches Wochenende ein Fehler? War es ein Fehler, mit mir zu schlafen? Oder wollte er nur sagen, dass unser Timing ein schrecklicher Fehler war?

Es war mein Fehler, dass ich mich in ihn verliebt hatte. Ich allein war schuld. Ich konnte ihm nicht einmal vorwerfen, mich verführt zu haben. Denn ich war diejenige gewesen, die ihn an einem Sonntagabend in unser Haus und nach oben in mein Zimmer eingeladen hatte. Er hatte Charme, Zynismus und Verführungskraft, aber ich war diejenige gewesen, die den Anfang gemacht hatte.

Un concours des circonstances, sagt man auf Französisch. Dummer Zufall. Es war reiner Zufall, dass ich allein in Lourmarin war, als Bastien meine Eltern auf die Veranstaltung einladen wollte. Zufall, dass er gerade hergezogen war und niemanden kannte, dass wir beide Jazz mochten, drei Sprachen sprachen und in denselben Ländern gelebt hatten. Zufall, dass wir sogar auf dieselbe Uni gegangen waren, wenn auch nicht gleichzeitig.

Aber Zufälle sind keine Fehler. Wieso war es ein Fehler? Ich wollte ihn das unzählige Male fragen, aber ich traute mich nie. Weil er vielleicht damit gemeint haben könnte, dass ich der Fehler war.

Stattdessen versteckte ich an diesem Tag mein Herz und sagte: »Ja, es war alles ein Fehler. Wir sollten uns nicht mehr treffen. Bitte. Bitte, geh jetzt einfach.«

Und ich war geflohen.

Und jetzt sind wir hier, in der Gegenwart, mit Kerzen, es duftet nach Sommer und nach frischem Brot und Bastien sagt: »Ich habe versprochen, dass ich dir alles erzähle, was ich weiß. Bist du bereit?«

Meine Kehle ist ganz trocken und mein Magen krampft sich angesichts all der Erinnerungen zusammen. Alles verschwimmt vor meinen Augen und ich nicke. »Ja, Bastien. Deswegen habe ich den weiten Weg gemacht.«

»Du hast ja von Khalid gehört«, sagt Bastien. »Dass er dem IS beigetreten ist. Du weißt, dass er ein gefährlicher Mann ist.«

»Natürlich, nach dem Angriff auf das Bataclan war er überall in den Nachrichten und dann wurde er irgendwo in Belgien vermutet.«

Bastien nickt. »Ich habe jahrelang versucht, von den Behörden Antworten zu bekommen. Aber uns Normalbürgern sagen sie nichts, was wir nicht auch in den Nachrichten zu hören bekommen. Er ist gefährlich, aber soweit ich weiß, haben sie ihn nie mit dem Verbrechen an Malika und Lola in Verbindung gebracht.«

»Aber es gab ein Verbrechen!«, flüstere ich. »Ich war da, als sie Malikas Leiche gefunden haben.«

Er nickt wieder und nimmt meine Hand, die auf dem Tisch liegt. »Ja. *C'était terrible*, Caro. Es tut mir so leid.«

Allein die Erinnerung lässt mich wieder zittern. »Ich sollte die

Leiche zuerst identifizieren, weil Jean-Claude zwei Tage brauchte, um von Japan hierherzukommen. Und Salima war nicht in der Lage, es zu tun ...«

Ich warte, dass Bastien mir mehr Informationen gibt, aber er schweigt.

»Was weißt du? Was hast du herausgefunden?«

Er zuckt die Achseln und sieht kurz aus, als würde er sich unwohl fühlen. Dann fängt er sich wieder und sieht mich an. »Ich weiß nichts weiter über Lola. Aber ich weiß, dass du diese Schuldgefühle loslassen musst. Du brichst unter ihrer Last zusammen. Du trägst sie wie ein schweres Kreuz.« Er schiebt seine langen Beine unter den Tisch und lehnt sich im Stuhl zurück. »Es ist nicht deine Aufgabe, die Sache mit Lola zu lösen. Das ist nicht dein Problem.«

Ich möchte protestieren, aber er fährt fort, als würde er nichts davon merken. »Ich fürchte, ich bin noch immer dein Problem.« Er setzt ein verführerisches Lächeln auf. »Es tut mir leid, dass ich dir so viel Schmerz bereitet habe. Du fragst dich, ob du diesen Brett liebst, ob ihr die Leidenschaft habt, die wir hatten. Es ist gut, dass du hergekommen bist, um das herauszufinden.« Er beugt sich vor und streicht mir mit einem Finger über meine Wange. Ich zucke zusammen.

»Nach den schrecklichen Ereignissen mit Lolas Familie haben dich deine Schuldgefühle ganz zerfressen.«

Das ist nichts Neues. Darüber haben wir schon zigmal gesprochen.

»Meine arme Caro. Dich trifft aber gar keine Schuld. Du trägst in dir eine Lust auf alles, was schön ist, willst alles ausprobieren. Du willst doch überhaupt nicht als Ehefrau an diesen Jungen gefesselt sein.«

Die Hitze in meinem Gesicht ist unerträglich. Ja, Schuld. Und ja, er hat recht. Mit den Fragen. Mit der Sehnsucht nach Leidenschaft, die ich bei ihm spürte. Ich liebe Brett, denke ich zumindest, aber ich vermisse den Rausch, den ich mit Bastien erlebt habe.

»Du hast mir geschrieben! Du hast gesagt, dass du Neuigkeiten hast, und nur deswegen war ich bereit, herzukommen, aber du hattest die ganze Zeit nur eins im Sinn: mich zu verführen«, sage ich mit scharfer Stimme.

»Habe ich dich je verführt, liebe Caro?«

Sein Blick durchbohrt mich mit der Wahrheit. Nein, hat er nicht. Noch nie. Es gab zwischen uns nur dieses eine Mal. Und da hatte ich die Initiative ergriffen. Seitdem haben wir uns oft getroffen, aber nie als Liebende. Jeder unserer Begegnungen eilte etwas voraus, das ich noch mehr wollte als Bastien: Lola zu finden. Ich hatte Tage, Wochen und Monate damit verbracht, sie zu suchen, an die Regierung und jede Nichtregierungsorganisation geschrieben, die nach Menschen suchten. Ich war in verschiedene Jugendstrafanstalten gefahren. Vom Sommer 2011 bis in den Herbst 2014, als ich schließlich in die USA ging, hatte ich Jean-Claude geholfen, Lola zu suchen.

Ich war sogar zu Interpol nach Lyon gefahren und hatte um Informationen gebeten.

Zwangsläufig hatte ich Bastien natürlich Bescheid gegeben, wenn ich nach Lyon oder Lourmarin kam, und er kam dann immer vorbei. Ja, ich hatte eigentlich gedacht, dass ich ihn nie wiedersehen wollte, aber er war derjenige, der dieses furchtbare Wochenende mit mir durchlebt hatte. Das Grauen, die Schuldgefühle und die Ängste waren untrennbar verbunden mit Bastien. Ich wollte vor ihm Reißaus nehmen und zugleich brauchte ich ihn. Die Tragödie mit ihm neu zu durchleben, fühlte sich wie ein Schritt der Heilung an, auch wenn es die Wunde wieder aufriss.

In Wahrheit sehnte ich mich nach Bastien. Er war mehr als nur ein Vertrauter. Ich wollte ihn als Geliebten.

Bastien begriff das Problem mit meinen unterbewussten Argumenten lange, bevor ich bereit war, es zuzugeben. »Natürlich können wir reden, Caro. Aber damit lässt du die traumatischen Ereignisse kein Stück hinter dir. Und Caro, ich bin kein sicherer Kandidat.« Er hatte mir das gleich bei unserem ersten Treffen nach dem schrecklichen Einbruch gesagt.

Kein Wunder. Das sah ein Blinder mit Krückstock. Er hatte die edle französische Adlernase, die stechenden Augen, den schlanken, drahtigen Körper, der zugleich lässig und sinnlich war. Und er konnte auf tausend verschiedene Arten lächeln. Sein Repertoire war unerschöpflich: ein Schmollmund, ein kleines Schmunzeln, ein zynisches Grinsen, ein sinnlicher Lippenschwung mit halb geöffneten Augen und ein Lächeln, das sich über sein ganzes Gesicht ausbreitete. Er kannte sich aus mit Kunst und Geschichte und Philosophie, aber genauso wusste er auch, was er tun musste, damit ich mich wichtig, besonders und schön fühlte.

Wir stiegen wieder und wieder auf den Mont Sainte-Victoire. Wir besuchten im Juli die Lavendelfelder in ihrer vollen Pracht und Bastien kaufte mir jede Lavendelcreme, jedes Lavendeldeo, Parfum und ätherisches Öl, weil er wusste, wie gut das meiner Seele tat.

»Du lebst eigentlich durch die Nase«, sagte er manchmal aus Spaß und zwickte mich in die Nase. »Du solltest Parfumdesignerin werden oder Weinverkosterin.«

Er konnte mir bis in die Seele schauen und brachte mich dazu, auf diese vermaledeit kritische französische Art zu denken, die ich aus meiner Zeit in französischen Schulen nur zu gut kannte. Kritik an sich kann gut, schlecht oder neutral sein. Zuerst erschien mir seine Kritik immer negativ, aber nach und nach empfand ich seine Fragen und Kommentare als anregend und hilfreich.

So oft wollte ich während dieser Tage sagen, *willst du mich? Ich verbringe den Rest meines Lebens mit dir, wenn du mich nur willst.*

Aber Bastien war stets ehrlich. »Ich werde niemals heiraten, Caro. Ich bin ein Einzelgänger.« Einmal hatte er mir sogar einen Einblick in seine Jugend und Kindheit gewährt. »Ich bin in der Bourgeoisie groß geworden. Es ging immer nur um Äußerlichkeiten. Meine Eltern führten eine sehr ungesunde Ehe. Ich möchte das niemandem antun.« Er war kurz blass geworden. »Manchmal wünsche ich mir eine Familie, aber ich traue mir selbst nicht. Meine liebe Caro, ich fürchte, ich tue dir nur in kleinen Häppchen gut.«

Als meine Augen voller Tränen standen, was mich wütend machte, weil es meine Schwäche und Enttäuschung verriet, hatte er meine Hände genommen. »Caro, du bist wunderschön und klug und du bist eine gute Seele. Zwischen uns ist ein starkes Band, aber auf mich ist kein Verlass. Ich wünschte, es wäre anders.«

Dann ändere dich doch!, wollte ich ihm entgegenschreien.

Wenn er solche Dinge sagte, war sein Blick zärtlich, liebevoll und sanft. Manchmal ließ er seine zynische Fassade – ja, genau das war es – fallen und gewährte mir einen Blick in seine Seele. Ich wollte, dass er mir seine Liebe gestand, aber er tat es nicht. Irgendwie respektierte ich ihn dafür. Er spielte keine Spielchen mit mir. Bei ihm wusste ich, woran ich war.

Und dann kamen unweigerlich immer diese Worte. »Caro, wieso suchst du noch immer nach Lola? Lass los. Es ist nicht deine Schuld. Bitte.«

Er flehte mich mit Blicken an, es hinter mir zu lassen. In diesen Augenblicken hatte ich das Gefühl, als wäre da noch etwas, etwas anderes, von dem er verzweifelt wollte, dass ich es sah. *Aber was?*

»Caro, du bist zwar spontan, aber tief in dir suchst du nach Stabilität. Du willst heiraten. Das steckt dir in den Genen. Du musst den Richtigen finden und heiraten. Aber glaub mir, ich bin das nicht.« Wie konnte er mich nur so genau lesen?

Einmal gingen wir in Lourmarin in unser Café und anschließend spazierten wir durch die Straßen von Aix. Sein Arm war um meine Schultern gelegt. »Bitte, Caro, verschwende nicht dein Leben mit diesen Dingen.« Ich hatte ihm von den anderen Männern erzählt und dass ich langsam ein Problem mit dem Alkohol hatte. »Du bist hübsch und hast Talent. Du siehst Schönheit, du hast ein fotografisches Auge, du nimmst das Leben wahr, mit all seinen Duftnuancen. Deine Augen und deine Nase sind hervorragend.

Aber der hier« – dabei tippte er mir gegen den Kopf – »der hier funktioniert nicht richtig. Du musst mit dir ins Reine kommen.«

Ich schrieb Bastien und flehte ihn an, sich mit mir zu treffen, und er kam. Er legte den Kopf schief, lächelte und neckte mich, aber er berührte mich nicht. *War ich so schlecht, so widerlich, dass du mich nicht noch einmal willst?* Das war meine Angst. Und trotzdem wusste ich, dass ich ihm nicht egal war. Vielleicht war ich so etwas wie seine kleine Schwester geworden. Vielleicht hatte das Grauen unsere Beziehung so sehr beschädigt, dass er nicht mehr von mir wollte.

Einmal sagte er sogar leise: »Du willst mich nicht als Geliebten, Caro. Ich mache dich nur traurig. Und ich will nicht, dass du traurig bist.«

Eines Abends, kurz nach dem Bombenanschlag auf das Bataclan, als ich mit meinen Eltern die Nachrichten schaute, tauchte ein Bild von Khalid auf. Er war offensichtlich an der Sache beteiligt. Und stand mit zwei anderen Terrorgruppen in Belgien in Verbindung. Ich schrie los, Mom fing an zu weinen und Papa fluchte auf Französisch. Und dann saßen wir wie benommen da und das ganze Grauen des Wochenendes brach wieder über uns herein. Ich wurde noch entschlossener herauszufinden, was Lola zugestoßen war. Und zugleich machte es mich verrückt.

Stephen bat mich inständig, in die Vereinigten Staaten zu ziehen. Meine Eltern waren derselben Meinung. Langsam verlor ich den Verstand. Bastien, den ich eine Woche später wiedertraf, war derjenige, der mich schlussendlich überzeugte. »Caro, lass los! Lass los! Du kannst es nicht lösen und du siehst, dass dieser Khalid ein Terrorist ist. Er ist böse. Bitte, um Gottes willen, hör auf.«

Als ich ihm sagte, dass ich zurück in die USA ging und Stephen mich für ein Entzugsprogramm anmelden wollte, sagte er nur: »Ja! Ja, tu das! Bitte. Werde trocken und dann finde dein Leben, dein richtiges Leben.«

»Dann muss ich dir Lebewohl sagen.« *Bitte, sag mir, dass du mich liebst.*

»Ja, du hast recht. Bitte. Manchmal muss man vielen Dingen Lebewohl sagen, guten Dingen, aber sie stehen nun mal deinem richtigen Leben im Weg.«

Ich wollte, dass du Teil meines richtigen Lebens wirst. Bin ich etwa ein Fehler? Ist es so?

ভ

Also ließ ich los und ging. Ich ließ Lola los und Bastien auch. Keine E-Mails mehr, keine Anrufe. Keine Rendezvous mehr in Lourmarin, wo ich mich danach sehnte, dass er mich in den Arm nahm und das ganze Wirrwarr wegküsste. Langsam ließ ich den Traum und den Albtraum sterben.

Bis er mir schrieb, vor drei Wochen.

Ich will über all das nicht nachdenken. »Du hast mich angelogen! Du hast gesagt, du weißt etwas über Lola!«

Ich versuche nicht loszuheulen. Wieso bin ich nur gekommen? Was um alles in der Welt wollte ich bei Bastien herausfinden? Er hat recht, ich weiß es. Ich wollte herkommen, um ihn ein letztes Mal zu sehen.

Das Abendessen ist vorbei. Es ist schwül und windstill. Die Zikaden zirpen wie verrückt. Er bringt mich über die Straße zu meinem Haus. Den Arm hat er lässig über meine Schulter gelegt. »Ich fahre morgen weg, Caro, nach Paris. Wie lange bleibst du hier?«

»Ich weiß es nicht. Stephen will eine Story über den Jakobsweg bringen, also werde ich mindestens ein oder zwei Wochen mit Rucksack unterwegs sein.«

Ich erwähne nicht, wie unerbittlich Stephen und Tracie darauf drängen, dass ich Lourmarin verlasse und mich in Richtung Jakobsweg in Bewegung setze – mit Bobbie Jowett und seiner Mutter.

»Schön für dich. Das wird dir guttun. Sehr erleuchtend.« Er kommt mir nah und nimmt mein Gesicht in seine Hände. »Zwei

Wochen. Du wirst laufen und nachdenken. Und dann wirst du wissen, was zu tun ist.« Er greift nach meiner Hand und drückt sie fest. »Und wenn du dann beschließt, dass du mich wiedersehen willst, ruf mich einfach an und ich komme sofort.«

Wir stehen vor unserer Tür und ich rechne damit, dass er mir die üblichen Wangenküsschen gibt. Aber stattdessen kommt er näher und ich merke, dass seine Augen mich etwas fragen. Mein Herz hämmert wie verrückt. Ich bewege mich keinen Zentimeter. Erwidere nur seinen Blick. Aber dann lege ich den Kopf nach hinten und beuge mich vor, bis unsere Lippen sich treffen. Er nimmt mich in den Arm und küsst mich, wild, leidenschaftlich, bis ich ganz atemlos bin und es mir gelingt, mich von ihm zu lösen. »Bitte, Bastien«, keuche ich. »Bitte geh jetzt.«

Und dann sehe ich ihm nach, wie er gemächlich über die Straße geht. Sein Parfum kitzelt mich noch in der Nase, seine Leidenschaft prickelt auf meinen Lippen.

Kapitel 8

Bobby

»Und wieso willst du unbedingt nach Linz?«, fragt Marie, eine der Mitarbeiterinnen der Oase.

In den vergangenen zwei Wochen, die ich hier in der Oase helfe, habe ich Marie schätzen gelernt. Sie ist eine der Leiterinnen und kümmert sich aufopferungsvoll um die Flüchtlinge.

»Ich will im Haus der Hoffnung helfen. Genauso wie hier.«

Sie sieht von ihrem Computer auf und schaut mich über ihre Brille an. »Du weißt schon, dass du nicht der erste Kurzzeithelfer bist, der sich Hals über Kopf in Rasa verknallt hat.«

Ich bin so verblüfft, dass ich nichts sagen kann, und merke, wie ich rot werde.

Marie sieht, wie unangenehm mir das ist, und wechselt das Thema. »Du kannst nicht einfach dort auftauchen und tun und lassen, was du willst. Es gibt Bestimmungen und Regeln, wie bei uns. Du hast auf dem Antrag vermerkt, dass du hierherkommen willst.«

Um Details habe ich mich noch nie gekümmert. Hans-guck-in-die-Luft, sagt Mom oft. »Dann fülle ich eben einen neuen Antrag aus. Wenn das hilft.«

»Wie lange willst du denn nach Linz?«

Ich räuspere mich. »Nur eine Woche. Ich will wirklich im Haus der Hoffnung helfen. Stephen hat mich gebeten, einen Artikel darüber zu schreiben, wie über die Oase. Aber dann werde ich ein Stück Jakobsweg laufen ... mit meiner Mutter. Sie macht gerade eine schwere Zeit durch.«

Maries Miene hellt sich auf. »Den Jakobsweg, mit deiner Mutter zusammen! Was für eine tolle Idee.« Sie sieht wieder auf den

Bildschirm. »Nun, du brauchst eine Unterkunft in Linz und etwas zu essen.«

Ich schlucke und starre auf meine Sportschuhe. Mir fällt auf, dass ein Schnürsenkel offen ist und ich beuge mich schnell herunter. »Wenn Sie mir sagen, was ich alles machen muss, tue ich das gern. Und natürlich komme ich für Übernachtung und Essen auf.«

Sie sieht mich wieder an und dieses Mal ist ein Schmunzeln in ihrem Gesicht. »Lass nur, Bobby. Ich ziehe dich nur gerade ein bisschen auf. Du erinnerst mich so sehr an Stephen damals. Er war älter als du, aber viel jünger im Glauben«, sagt sie voller Nostalgie. Dann lehnt sie sich zurück. »Wir sind ein Partnerhaus vom Haus der Hoffnung. Ich kann mit Rasas Vater und ein paar anderen Mitarbeitern sprechen. Eine Woche, sagst du?«

Erleichtert seufze ich. »Ja, nur eine Woche. Meine Mutter kommt am 9. August.«

»Dann sollte ich lieber gleich loslegen. Ich schreibe dir, wenn ich was höre.«

Ↄ

»Na, Kumpel, wie geht's?«

»Gut. Sehr gut.«

»Hört sich an, als würde es dir in der Oase gefallen.«

»Ja. Ist wirklich prima.«

»Und du hast Wien schon unsicher gemacht.« Dad hat auf seinem Handy eine Tracking-App installiert, damit er meine Abenteuer verfolgen kann.

»Wien ist toll.«

»Hast du noch genug Geld?«

»Jep. Hab bisher kaum was ausgegeben.« Ich überlege. »Ähm, Dad. Morgen fahre ich mit dem Zug in eine andere Stadt. Ich weiß, dass du mich mit deinem Smartphone trackst, also krieg nicht gleich einen Schrecken, wenn du siehst, dass ich nach Westen fahre.«

Er lacht. »Verstanden. Ich bleibe ganz ruhig. Welche Stadt denn?«

»Linz. Da wohnt eine Freundin, die auch in der Oase mitgearbeitet hat. Ihr Vater ist Pastor und betreibt dort ein Flüchtlingszentrum. Ich schreibe einen kurzen Artikel für Stephen.«

»Alles klar.« Er klingt, als würde er grinsen. »Und du fährst für Stephen dort hin, ja? Nicht für diese Freundin?«

»Da-ad.«

»Ich frag ja nur.«

Ich will das Thema wechseln. »Hast du schon mit Mom gesprochen?«

»Nein.«

»Meinst du nicht, du solltest sie mal anrufen?«

Schweigen.

»Ich weiß, das geht mich nichts an, aber sie klingt ziemlich depressiv.«

Einige Sekunden lang sagt er gar nichts. Ich kann fast sehen, wie er sich die Hände übers Gesicht reibt, so wie immer, wenn ihn etwas bedrückt.

Meistens ist er ganz ausgeglichen. Aber im vergangenen Jahr hat Mom ihn ordentlich genervt. Ich kann es nicht anders ausdrücken. Da hat er sich fast jeden Tag übers Gesicht gestrichen, meistens, wenn er mit ihr geredet hat.

Jetzt ist er derjenige, der das Thema wechselt. »Sag mal, du willst also mit einem iranischen Flüchtlingsmädchen auf den Jakobsweg?«

»Ich dachte, du hast nicht mit Mom geredet!«

»Habe ich auch nicht, aber sie schickt mir ständig Nachrichten und E-Mails.«

»Dann weißt du auch, dass sie mitkommt.«

»Habe ich gelesen.«

»In einer Woche kommt sie an. Die Freundin, sie heißt Rasa, und ich wollen uns am Startpunkt des Jakobswegs in Frankreich mit ihr treffen, in Le Puy-en-Velay.«

Zumindest hoffe ich, dass Rasa dabei ist. Und Caroline vermutlich auch. Darüber will ich lieber nicht nachdenken.

»Das wird für deine Mutter etwas sehr Besonderes sein. Ihr habt bestimmt jede Menge Gesprächsstoff und werdet einiges an Erfahrungen mitnehmen.« Er schweigt kurz, ein sicheres Zeichen dafür, dass gleich eine Ermahnung kommt. »Aber Bobby, es ist nicht deine Aufgabe, sie zu retten. Weder sie noch ich erwarten das von dir. Ich habe dir schon gesagt, dass das nicht dein Problem ist.«

»Ich habe sie nicht eingeladen, Dad. Sie ist richtig ausgeflippt, als sie hörte, dass ich mit Rasa auf den Jakobsweg will. Ich hätte einfach nichts sagen sollen. Aber es ist nicht schlimm«, füge ich schnell hinzu. »Ich bezweifle, dass Rasa und ich allein hätten losziehen dürfen. Und Mom klingt echt ziemlich verzweifelt. Ich mache mir einfach Sorgen.«

Wieder folgt ein längeres Schweigen. »Vielleicht tut es ihr tatsächlich gut. Aber Bobby, ich will nicht, dass du dir dein Auslandsjahr ruinierst, nur weil du dich um deine Eltern kümmerst.«

Ich verkneife mir die Bemerkung, dass die Aussicht auf die mögliche Scheidung meiner Eltern mein Jahr bereits ziemlich ruiniert hat.

»Erzähl doch mal, wie es dir so geht? Ich meine, bleibst du jetzt in Chicago, also für länger?«

Er lässt einen seiner typischen Seufzer hören. »Ich weiß es noch nicht, Bobby. Heute ist heute und morgen ist morgen. Bis Mitte Oktober bin ich aber bestimmt noch hier.«

Wir sprechen noch ein bisschen über Jason und Football. Dad hat meistens nicht viel zu erzählen, aber als wir auflegen, habe ich das deutliche Gefühl, dass er heute vieles ungesagt gelassen hat. Irgendwie geht es mir kein Stück besser.

☙

Die Fahrt nach Linz dauert zwei Stunden, weil der Zug in jedem Kaff hält. Ungeduldig hole ich mein Skizzenbuch raus und halte die Landschaft fest, die Kirchen mit ihren Zwiebeltürmen, die Geranien auf den Balkonen der Häuser, die aussehen wie Schweizer Chalets.

Als ich in Linz aussteige, bin ich total nervös. *Ganz ruhig, Bobby!* Ich lasse mir die Karte von Linz auf dem Handy anzeigen und mache mich auf den Weg. Marie hat mir versichert, dass es nur ein kurzer Fußmarsch vom Bahnhof ist.

Das Haus der Hoffnung ist ein zweistöckiges Gebäude hinter einer Baptistenkirche und ist in einem fröhlichen Grün angestrichen. Eine Frau in Moms Alter öffnet mir die Tür.

»Bobby Jowett?« Sie klingt total amerikanisch.

»Ja.«

»Ich bin Lisa. Marie hat schon angerufen. Du hast Glück, das Apartment oben ist gerade frei.« Sie liest etwas auf einem Blatt. »Du hast in der Oase geholfen und willst jetzt hier eine Woche lang mit anpacken, richtig?«

»Ja, Ma'am.«

Sie grinst. »Verkneif dir das Ma'am. Da fühle ich mich gleich so alt.«

»Oh, okay. Tschuldigung.«

»Ich zeige dir alles.« Wir gehen ins Foyer und das Erste, was mir auffällt, ist ein großes Schild, auf dem in verschiedenen Farben und mindestens zehn Sprachen *Willkommen* steht.

»Es gibt hier viele Angebote«, sagt Lisa. »Manche sind so ähnlich wie in der Oase, mit Kaffeebar und Bibelstunden, aber es gibt auch Nähkurse und Kunstunterricht, Deutschkurse und sportliche Aktivitäten. Marie hat erwähnt, dass du Künstler bist.«

Ich werde rot. »Also, ich studiere Kunst, ja.«

»Sie meinte, du hättest ein paar tolle Skizzen in der Oase gemacht und kommst von einer amerikanischen Zeitung, um über das Haus der Hoffnung zu schreiben.«

»Eine Onlinezeitung. Ja, mein Chef war schon öfter in der

Oase. Stephen hat mich gefragt, ob ich Fotos machen und einen Blog über die Oase und das Haus der Hoffnung schreiben kann. Natürlich kommen keine Gesichter der Flüchtlinge ins Internet. Ich kenne die Regeln.«

»Artikel über das Haus der Hoffnung in einer amerikanischen Onlinezeitung.« Sie hebt die Augenbrauen und lächelt. »Nicht übel. Wo kommst du noch mal her?«

»Atlanta.«

»Atlanta, der schlimmste Flughafen Amerikas. Das macht die Stadt nicht gerade beliebt, aber ich kenne nur den Flughafen dort, also kann ich nicht wirklich mitreden.« Sie grinst. »Sag mal, vielleicht könntest du ein paar Kunststunden halten? Kunst gibt es immer Mittwoch und Freitag am Nachmittag. Um genau zu sein« – sie sieht auf ihr Handy – »in zwei Stunden.«

»Ja, klar, sehr gern! Ich bin dabei.«

»Toll. Gut, gehen wir nach oben. Dann zeige ich dir dein Zimmer. Anschließend stelle ich dir ein paar Mitarbeiter vor.« Sie zwinkert mir zu. »Rasa hast du ja schon kennengelernt, wie ich höre.«

Ich finde mich damit ab, dass meine Zeit in Linz ein einziger peinlicher Augenblick sein wird.

Ich wohne im Apartment, das ein Schlafzimmer, ein Wohnzimmer und eine Küchenzeile mit Mikrowelle und Spüle hat. Meinen Rucksack stelle ich ans Bett und ermahne mich selbst. *Beruhige dich mal, du Idiot.* Ich mache ein paar Crunches in der Hoffnung, die nervöse Energie abzuleiten. Dann mache ich mir eine Tasse Kaffee und versuche vergeblich, darüber nachzudenken, was ich in der Kunststunde erzählen könnte.

Als ich wieder nach unten komme, zeigt mir Lisa das Gebäude. Wir werfen einen Blick in das Nähzimmer, wo mehrere Frauen emsig an den Maschinen sitzen. Draußen auf dem Parkplatz werfen einige Jungs auf einen Basketballkorb.

»Und das hier ist der Kunstraum«, sagt sie und öffnet eine Tür.

»Wow«, entfährt es mir, als ich eintrete. Die Wände sind mit unzähligen bunten Farbflecken bedeckt. Ich gehe bis zur anderen Wand, um zu lesen, was in den Spritzern steht – der Name eines Landes und eine Unterschrift.

»Wir bitten alle unsere Besucher, sich hier mit ihrem Namen und ihrem Land zu verewigen.«

»Gefällt mir. Erzeugt ein Gefühl von Hoffnung und Zugehörigkeit.«

Sie nickt. »Das sagen viele.« Wir laufen durch den Flur. »Der Deutschkurs findet hier statt«, flüstert sie und öffnet eine Tür. Ich schnappe unwillkürlich nach Luft, als ich Rasa sehe, die vorn neben einem Whiteboard steht. Ein Dutzend Jugendlicher sitzt an Tischen. Als Rasa mich sieht und lächelt, wird alles in mir warm und ich komme mir vor wie ein Idiot.

»Du kannst nach dem Unterricht mit ihr sprechen«, sagt Lisa. »Bist du bereit für deine Schüler?«

»Klar.« Aber ich kann keinen klaren Gedanken fassen und mir ist ganz schwindlig.

Als ich wieder den Kunstraum betrete, stellt mich Lisa einem Jugendlichen aus Afghanistan vor, einem jungen Vater aus Nigeria und einem älteren Herrn aus Syrien. Erwartungsvoll sehen sie mich an. Ich schließe die Augen, denke an den Kunstunterricht zu Hause und fange an. Wir sprechen mit Händen und Bleistiften. Wir lachen, sind kreativ, und ich fühle mich wohl und angenommen.

Gegen Ende der Unterrichtsstunde deutet Tabor, der Nigerianer, auf mein Skizzenbuch und ich reiche es ihm, ohne nachzudenken.

Auf einmal grinst er und zeigt auf eine Skizze, die ich in der Oase gemacht habe. »Rasa! Mädchen! Hier!«

Ich will unter den Tisch kriechen, aber die anderen beiden haben sich schon um Tabor geschart, während er die Skizzen der vergangenen Wochen durchblättert. Sie lachen und klopfen mir auf den Rücken. »Bobby liebt Rasa.«

Ich bin mir sicher, dass sie sehen, wie unendlich peinlich mir das Ganze ist. Werden sie jetzt in den anderen Kurs stürzen und ihr sagen, dass ich von ihr besessen bin?

Aber Tabor kommt zu mir, legt mir den Arm um die Schultern, wie Väter es tun, und zeigt auf sich und die anderen beiden. »Unser Geheimnis. Ja?«

Die anderen Männer nicken lachend. »Ja. Unser Geheimnis.« Als meine Schüler den Raum verlassen, kommt Rasa. Zum Glück habe ich das Skizzenbuch schon zugemacht. »Hi«, sagt sie und versucht offensichtlich, amerikanisch zu klingen.

Ich muss lachen. »Selber hi.«

Wir stehen schweigend da. Es ist ihr scheinbar genauso peinlich wie mir, was mich ungeheuer erleichtert.

»Es ist toll hier«, sage ich und schlucke. »Lauter originelle Ideen, wie die Wände hier.«

Rasa zeigt auf einen Zeitungsausschnitt, der eingerahmt an der Wand hängt. »Das war vor Jahren in einer amerikanischen Zeitung. Ein Journalist hat einen der Mitarbeiter der Oase interviewt. Wir haben dieselben Überzeugungen.«

Ich lese den Artikel, vor allem das Zitat von einem Mann namens Tom. *Einen Wert, den mir die Zeit in der Oase tief eingeprägt hat, ist Angenommensein. Wir heißen Flüchtlinge in der Oase willkommen, in unserem Zuhause und unserem Leben. Wir bieten ihnen einen sicheren Ort, wo sie hinkommen können und wissen dürfen, dass sie angenommen sind. Wir möchten auf sie zugehen, trotz aller Sprachbarrieren. Wir teilen das Essen miteinander, unsere Geschichten und schöne Momente. Wir besuchen sie. Beten zusammen. Wir wollen wissen, wie sie heißen.*

»Wir wollten einen Ort, wo uns die Flüchtlinge nicht nur ihren Namen verraten und woher sie kommen, sondern wo sie ihren Namen hinterlassen, als einen Segen, als Beweis dafür, dass sie hier waren und gesehen wurden. Sie sind nicht unsichtbar.«

Wie schon so oft weiß ich nicht, was ich sagen soll.

»Du kannst auch einen Farbfleck machen.«

»Aber ich bin doch kein Flüchtling.«

Sie zuckt die Achseln. »Natürlich. Wir sind alle Flüchtlinge – Pilger auf der Erde. Wir warten auf unser ewiges Zuhause. Petrus, der Jünger Isas, sagt, dass wir allesamt Fremdlinge sind.«

Dass Rasa sich nichts aus Small Talk macht, habe ich schon begriffen. Die Intensität ihrer Stimme und ihrer Worte zieht mich an.

»Ach, übrigens«, sagt sie auf dem Weg nach draußen, »du bist heute Abend bei uns zum Essen eingeladen.«

»Oh, okay, schön. Danke.«

Starr vor Angst. So fühle ich mich wenige Minuten später, als ich meinen Rucksack durchwühle und ein schickes Handtuch mit Bildern von Atlanta darauf heraushole. Mom hat mir ein Dutzend davon als Mitbringsel mitgegeben. Nur für den Fall. Lisa wird bestimmt keins bekommen nach ihrem Kommentar über Atlanta, aber hoffentlich gefällt es Rasas Mutter.

»Meine Eltern sprechen fast kein Englisch«, erklärt mir Rasa im Bus. »Baba schlägt sich ganz gut, aber Mamaan wird nicht viel sagen. Mein kleiner Bruder Omid wird dafür die ganze Zeit nur reden. Er ist dreizehn und hält sich für dreißig.«

Wir gehen durch das enge Treppenhaus bis in den dritten Stock hoch und betreten die Wohnung. Sie ist klein und sehr sauber. Die Böden sind gefliest. Ich fühle mich sofort, als wäre ich im Nahen Osten. In dieser Wohnung bin ich es wohl auch. Ich mache alles genauso wie Rasa und ziehe die Schuhe aus. Ein Junge mit gegelten schwarzen Haaren kommt auf Socken in den Flur geschlittert. »Hi!«, sagt er in breitem amerikanischen Englisch.

»Mein kleiner Bruder Omid.« Rasa zwinkert mir zu.

»Freut mich, Omid.«

»Hab gehört, du bist ein Künstler. Willst du sehen, was ich gemalt habe?«

»Omid! Sei nicht unhöflich. Er ist gerade erst angekommen.«

»Ich gucke mir deine Zeichnungen gern an. Später.«

Rasa führt mich ins Wohnzimmer, das rundum mit Kissen ausgestattet ist. »Wir haben einige unserer iranischen Gebräuche behalten.«

»Natürlich.« Ich versuche, locker zu wirken, aber der Gedanke daran, gleich ihre Eltern kennenzulernen, bringt mich ins Schwitzen. Da kommt ein untersetzter Mann mittleren Alters mit angegrauten Haaren in den Raum.

»Hallo, Bobby.« Er gibt mir die Hand. »Ich bin Hamid, Rasas Vater.«

Ich schlucke, um meine trockene Kehle zu befeuchten. »Freut mich sehr, Herr ...« Mir wird siedend heiß bewusst, dass ich Rasas Nachnamen überhaupt nicht weiß.

»Sag einfach Hamid zu mir. Ihr Amerikaner könnt unsere Nachnamen sowieso nicht aussprechen.« Dabei lächelt er mich freundlich an. »Du willst mir also meine Tochter wegnehmen. Auf eine Wanderung?«

Ein weiteres Mal versagt meine Stimme.

Rasa zeigt kichernd auf mich. »Bobby, deine Augen! Du siehst ja völlig verängstigt aus.« Sie nimmt in einer liebevollen Geste die Hand ihres Vaters. »Baba. Mach ihm keine Angst.«

»Du hast Angst? Aber ich bin kein Furcht einflößender Mann.«

Er hat in der Tat eher etwas Sanftes an sich. Ich schaffe es, nur zu nicken.

»Wieso willst du auf diese Pilgerreise gehen?«

»Also, ähm, ich dachte, das wird eine geistliche Erfahrung und es gibt viele Möglichkeiten, mit den Pilgern, die auf der Suche sind, über unseren Glauben zu sprechen.« Ich werde rot wie eine Tomate.

»Rasa hat hier genügend Möglichkeiten, mit den Flüchtlingen über Isa zu sprechen.«

»Ja, natürlich. Es wird eine ganz andere Erfahrung.«

»Wie lange?«

»Nur zwei Wochen.«

»Zwei Wochen sind eine lange Zeit, die ich meine Tochter ziehen lassen soll.«

»Meine Mutter kommt auch mit.«

»Aha.«

»Baba«, geht Rasa dazwischen. »Er macht sich Sorgen um seine Mutter und will sich um sie kümmern.« Dann liegt sie ihm in Farsi in den Ohren. Ich warte angespannt.

Die Mutter, Alaleh, schaltet sich auf Farsi ein und alle lachen.

»Wir wissen, wieso du Rasa mitnehmen willst«, sagt Omid. »Du hast dich verliebt!«

Am liebsten würde ich unterm Tisch verschwinden.

Aber das tue ich nicht.

Ich schaffe es durchs Abendbrot ohne zu viele peinliche Momente. Anschließend bringt Rasa mich noch zur Bushaltestelle. Beim Warten sagt sie: »Ich kann nicht mitkommen, Bobby. Es tut mir leid. Weißt du, mein Vater braucht mich in der Gemeinde. Und ich darf nicht riskieren, mich in einen Jungen zu verlieben, der mich von dem Ort wegzieht, wo Gott mich hingestellt hat.«

Riskieren, mich zu verlieben!

»Und wo ist das?«, bringe ich heraus.

»Hier«, sagt sie. »Hier ist mein Platz. Ich leite das Singen im Gottesdienst und gebe an drei Abenden pro Woche Deutschunterricht. Und im September gehe ich auf die Uni.«

Ich versuche, meine Enttäuschung zu verbergen. Die Gipfel der Berge sind schneebedeckt, selbst im Sommer. Aber es ist warm und der Fluss plätschert sanft vor sich hin. »Würdest du darüber beten?«, frage ich sie.

Sie sieht mich an. »Über die Wanderung?«

»Ja.« Ich suche nach Worten. »Du bist wie der Wind ... Der Geist weht und du folgst ihm. Du lebst deinen Glauben. Aber ich glaube auch und ich denke nicht, dass wir uns aus Zufall begegnet sind.«

Sie legt den Kopf schief und sieht ratlos aus. »Was für ein Junge fährt wegen seiner Großmutter nach Europa, geht mit seiner traurigen Mutter auf den Jakobsweg und zeichnet mein Gesicht in seine Skizzen, wenn ich nicht da bin?« Sie wirft mir ein Lächeln zu und ich weiß, dass sich jemand verplappert hat. »Vielleicht ist er etwas Besonderes. Vielleicht sollte ich ihn noch besser kennenlernen.«

Abbie

Ich bin schon erschöpft, bevor ich mich überhaupt auf den Jakobsweg aufmache. Fast die ganze letzte Woche habe ich mich auf diese Reise vorbereitet und ich glaube, ich werde bald verrückt. Ich kann nicht fassen, dass ich das tue.

Ich habe das Ticket umgebucht und das kostete ein hübsches Sümmchen. Statt mit Bill im Oktober nach La Rochelle zu fliegen, um auf den Spuren seiner Ahnen seinen fünfzigsten Geburtstag zu feiern, fliege ich in fünf Tagen nach Paris und fahre mit dem Zug in eine Stadt namens Le Puy-en-Velay.

Wer hätte gedacht, dass es tausend Websites über den Jakobsweg gibt? Es ist fast so, als wäre diese Pilgerei genauso en vogue wie diese geistliche Begleitung.

Ich habe Bobby Bescheid gegeben, an welchem Tag wir auf unser Abenteuer gehen. Dass er von meiner Ankunft nicht gerade begeistert ist, ist ihm anzumerken.

Was tust du hier, Abbie?, flüstert eine Stimme in meinem Kopf. *Du schnürst ihm schon wieder die Luft zum Atmen ab. Dieses Auslandsjahr nach der Schule soll doch genau dafür da sein, um ihm etwas Freiraum zu verschaffen!*

Aber ich wehre mich gegen diese Stimme. Er kann doch nicht einfach mit einem Mädchen, das er gerade erst kennengelernt hat, durch Europa tingeln! Auf eine gewisse Weise ermögliche ich ihm doch erst das, was er sich so wünscht.

Ich sperre die inneren Stimmen aus, indem ich mir ein Buch mit französischen Verben vorknöpfe, das ich im Regal gefunden habe. Französisch hatte ich in der Schule, außerdem war ich für ein Auslandssemester in Frankreich. Mein Französisch ist ganz schön eingerostet, aber ich werde es wieder auffrischen, jawohl.

Bobby hat auch Französisch gehabt, aber ich habe noch nie ein Wort von ihm gehört. Ich bin gerade dabei, mir den Subjonctif ins Gedächtnis zu rufen, als Bobby überraschend anruft.

»Wusstest du schon, Mom: Caro kommt auch mit auf den Jakobsweg.« Er klingt nicht gerade begeistert.

»Ich dachte, sie hieß Rafa.«

»Rasa.«

»Genau, Rasa.« Ich höre ihn lachen und bin erleichtert.

»Nein, ich meine, ja. Rasa kommt auch mit. Aber Caro stößt in Le Puy dazu.«

Ich bin völlig verwirrt. »Wer ist Caro?«

Fast kann ich hören, wie Bobby die Augen verdreht. »Mom. Du kennst Caro. Stephens Schwester. Sie arbeitet bei *Peachtree Press*.«

»Oh, ja, natürlich. Caroline Lefort. Ich erinnere mich.« Ich bin ihr einmal begegnet – eine stylishe junge Frau mit einem Hang zum Drama. Aber sie konnte schreiben. »Das ist ja ein Zufall«, ist alles, was mir dazu einfällt.

»Ich weiß. Sie macht hier Recherche für Stephen und wollte eigentlich später auf den Jakobsweg. Stephen hielt es für eine gute Idee, wenn wir uns treffen.«

»Hmm. Schön«, sage ich und vergesse sie gleich wieder ... bis ich am nächsten Morgen eine E-Mail von Stephen im Posteingang habe.

Liebe Abbie,
ich freue mich, dass du mit Bobby auf den Jakobsweg gehst.
Für mich war das eine lebensverändernde Erfahrung.
Ich wollte dich um einen Gefallen bitten. Es geht um meine Schwester Caroline. Ihr seid euch schon ein- oder zweimal begegnet. Sie ist gerade in der Provence im Haus unserer Eltern. Sie soll auch auf den Jakobsweg gehen und eine Story für mich schreiben.
Sie hatte es nicht leicht in letzter Zeit – sagen wir, die letz-

ten zehn Jahre – und trifft nicht immer die besten Entschei-
dungen. Ich wollte dich fragen, ob du dich ein bisschen um
sie kümmern kannst, falls ihr euch über den Weg lauft. Fühl
dich aber zu nichts verpflichtet. Sie ist talentiert, aber sie
schafft es immer wieder, sich in Schwierigkeiten zu bringen.
Und nicht gerade die besten Wege einzuschlagen.
Okay, ich gebe es zu, ich mache mir Sorgen um sie. Als ich
hörte, dass du dabei bist, war ich ziemlich erleichtert. Es
sind Tausende von Pilgern unterwegs, aber ich dachte, du
könntest anregen, dass Caro mit dir und Bobby zusammen
losgeht. Manchmal braucht sie einen kleinen Schubs, um in
die richtige Richtung zu gehen.
Ich hoffe, das ist keine große Last für dich. Ich möchte eu-
ren Spaß nicht schmälern. Es wäre nur wirklich nett von dir,
wenn du ihr hilfst, ein bisschen in der Spur zu bleiben.
Herzliche Grüße,
Stephen

Er hat ihre Mobilnummer unten angefügt.

Ausgerechnet. Mein erster Gedanke ist, dass sie sich ziemlich
nach Jason anhört. Aber dann fällt mir ein, dass sie Ende zwanzig
sein muss, nicht sechzehn. Mein zweiter Gedanke ist, wenn ich
mich schon um Bobby und Rasa kümmern muss, kommt es auf
eine bedürftige Seele mehr auch nicht mehr an. Und mein dritter
Gedanke ist, dass ich Stephen gerne den Gefallen tue. Wir sind
ihm weit mehr als das schuldig.

Ↄↄ

Ich habe noch einen Termin bei Diana gebucht, bevor ich fahre.
Es stört mich, die Regeln zu brechen – eigentlich soll man sich
mit seinem geistlichen Anleiter nur einmal pro Monat treffen –,
aber ich bin von meinem Leben so gebeutelt, dass ich meinen
Stolz hinunterschlucke und sie anrufe.

Als ich das Büro erreiche – dieses Mal trägt sie ein stylishes Sommerkostüm in apricot –, wünsche ich mir noch, dass ich das hier nicht brauche. Aber ich brauche es. Es ist einfach so.

Nachdem Diana die Kerze angezündet und ein kurzes Gebet gesprochen hat, fange ich sofort an.

»Ich fliege in zwei Tagen los. Um den Jakobsweg zu wandern. Bestimmt sollte ich aufgeregt sein, aber ich bin es nicht. Ich fühle mich richtig krank. Die ganze Zeit. So als ob ich meinen Sohn auch noch verliere, weil ich ihm hinterherlaufe. Wenn Sie verstehen, was ich meine. Aber ich muss einfach.« Ich erzähle Diana von Rasa.

»Jedenfalls frisst mich der Kummer von innen heraus richtig auf. Ich habe noch immer nichts von Bill gehört. Jeden Tag schreibe ich ihm und ich habe ihm auch die Reisepläne geschickt. Falls es ihn interessiert.« Ich bin mir ziemlich sicher, dass es ihm egal ist. »Aber ich habe wenigstens diese Regel des Lebens gemacht.«

Brav hole ich das Tagebuch von Diana heraus und öffne es auf der Seite, auf der ich mit vielen bunten Filzstiften meine Zeichnung angefertigt habe. Diana sieht sie sich an. Ausgiebig. Das ist etwas, was ich an ihr mag und zugleich auch nicht. Sie ist einfach nie in Eile.

Das Gute ist, dass sie sich wirklich Zeit nimmt zu betrachten, was ich geschrieben und gemalt habe, aber zugleich braucht sie so ewig dafür. Meine kostbare Stunde rinnt davon und ich habe doch noch so viele Dinge, über die wir sprechen müssen!

»Das sieht wunderschön aus, Abbie. Die Farben, die Formen, die Worte, mit denen Sie Ihre Regel des Lebens aufgestellt haben. Ein richtiges Kunstwerk.«

»Es hat mir auch wirklich Spaß gemacht.«

»Das freut mich.«

»Aber es fiel mir sehr schwer, über Dinge nachzudenken, die mir früher Freude gemacht haben, ›lebensspendende Dinge‹, wie Sie es nannten. Das brachte mich zurück bis zu der Frau, die damals meine Mentorin war, auch in geistlicher Hinsicht.«

»Erzählen Sie mir von ihr.«

»Miss Abigail«, sage ich. »Ich bin nach ihr benannt worden. Sie war Missionarin hier in Atlanta und die unorthodoxeste Person, die man sich vorstellen kann. Und ich mochte sie, gerade wegen ihrer verrückten, unorthodoxen Art. Das klingt vielleicht überraschend, wenn man bedenkt, wie angepasst ich bin. Aber sie hatte ein Herz, das so groß war wie die ganze Stadt, und sie strahlte so viel Freude aus. Als ich älter wurde, ging ich ihr oft zur Hand. Wenn ihr irgendetwas fremd war, dann Organisieren.« Ich muss lachen. »Sie erkannte mein Talent und meine Gaben und förderte sie. Wenn ich bei ihr war, fühlte ich mich nicht wie ein Kontrollfreak oder eine Perfektionistin. Bei ihr war ich Triple A.«

»Triple A?«

»Die Absolut Akkurate Abbie.«

Diana schmunzelt. »Gefällt mir.«

»Das war ein Kompliment und ich liebte es, akkurat zu sein. Ich organisierte Spendenaktionen, Verteilaktionen und Picknicks für Obdachlose. In einer Gruppe fühlte ich mich am nützlichsten, wenn ich anderen helfen konnte, einen Plan aufzustellen.«

»Und geht es Ihnen heute noch so?«

»Kaum. Jetzt treibe ich alle mit meinen Plänen und meiner Kontrollwut in den Wahnsinn.«

»Und was macht das mit Ihnen?«

»Ich ärgere mich darüber. Wieso können sie mein Talent nicht schätzen wie Miss Abigail damals? Als sie starb, war ich längst verheiratet und stand mitten im Leben, aber ... ich hatte das Gefühl, den Leuchtturm verloren zu haben.«

Diana sitzt auf der Stuhlkante und hat einen erwartungsvollen Blick, als würde ich gleich eine große Offenbarung verkünden.

»So habe ich das noch nie gesehen, aber sie starb ein paar Monate nach unserer Hochzeit. Ich war natürlich am Boden zerstört, aber zugleich waren wir frisch verheiratet und schwebten auf Wolke sieben. Und dann kam einfach das Leben dazwischen und ich habe mir nie wieder einen neuen Leuchtturm gesucht.«

»Und Sie haben um den, den Sie einmal hatten, nie richtig getrauert?«

»Kann sein.«

»Und wie fühlt sich das heute an?«

Ich wünschte, sie würde aufhören, mich nach meinen Gefühlen zu fragen, aber dann gebe ich es zu meiner Überraschung einfach zu. »Ich habe das Gefühl, ich werde meinen Vater auf dieselbe Weise verlieren wie Miss Abigail.« Ich beiße mir auf die Lippen. »Sein Gedächtnis lässt nach und er ist fast blind. Er ist ein Kriegsveteran, war in Vietnam. Ich habe einfach Angst. Wir haben schon viele Verluste erlitten in der Familie und das hat Spuren bei mir hinterlassen. Ich fühle mich schutzlos und zugleich wild entschlossen, dafür zu sorgen, dass es allen gut geht. Dass die Dinge für meine Familie perfekt laufen. Und das ist natürlich zum Scheitern verurteilt.«

Sie hört mir ganz genau zu. »Erzählen Sie mir von dieser Angst.«

»Ich habe Angst, dass etwas Schlimmes passiert, wenn ich nicht alles richtig mache. Ich habe diesen Beschützerdrang. Und jetzt habe ich meine Familie vertrieben. Das war meine allergrößte Angst – Bill zu verlieren. Und jetzt ist es passiert.« Mir steigen Tränen in die Augen. »Es ist ihm völlig egal, wie es mir geht. Seit er weggefahren ist, habe ich nichts mehr von ihm gehört. Finden Sie das nicht seltsam?«

Diana sagt erst nichts. »Und Sie?«

»Aber ja! Er ist mein Ehemann. Wie kann er es wagen, einfach zu gehen und kein Lebenszeichen von sich zu geben und sich überhaupt nicht nach mir zu erkundigen? Ich schreibe ihm Nachrichten und E-Mails und von ihm kommt gar nichts, Sendepause.«

»Worum hat er Sie gebeten, Abbie, als er ging? Was hat er genau gesagt?«

»Er meinte, er brauche eine Pause. Eine Auszeit.«

»Und glauben Sie, Nachrichten und E-Mails fühlen sich für ihn wie eine Auszeit an?«

Wie kann sie es wagen? Meine Verteidigung schnellt hoch und ich möchte schreien oder auf irgendetwas einschlagen. Aber dann, nur Sekunden später, bin ich ganz ruhig. Sie hat vollkommen recht. »Okay, dann keine Nachrichten mehr, keine E-Mails. Ich lasse ihn in Ruhe.«

»Ich halte das für einen guten nächsten Schritt.« Wir sitzen viel zu lange schweigend da. Dann nimmt sie sich die Regel des Lebens vor, die ich gemacht habe. »Lassen Sie uns über ein paar andere geistliche Disziplinen sprechen, die Sie auf dem Jakobsweg üben können.«

»Okay.«

»Nehmen Sie eine Bibel mit?«

»Nur die auf meinem Smartphone. Und Filzstifte und das Tagebuch. Und meine Kreuzstich-Handarbeit.«

»Gute Idee mit dem Tagebuch. Aber die Handarbeit? Haben Sie nicht Angst, sie zu verlieren?«

»Ich finde, sie muss einfach ein Teil von diesem Prozess sein.«

»Auch wieder wahr.« Diana gibt mir noch zwei Arbeitsblätter und erläutert sie kurz: Das »Examen« und »Lectio Divina«. Beide klingen sehr ... katholisch.

»Ich wünsche Ihnen eine gesegnete Zeit«, sagt sie zum Abschied. »Ich werde dafür beten, dass Sie Jesus auf Ihrer Pilgerreise persönlich erfahren.«

Kapitel 9

Caro

Mein Handy weckt mich. »Ja?«

»Hey.« Tracie ist dran. Ich kneife die Augen zusammen, um die Uhrzeit entziffern zu können. Es ist sieben Uhr morgens, französische Zeit.

»Trace, was machst du denn noch um eins in der Nacht?«

»Sorgen um dich.«

Toll.

»Wo bist du?«, will sie wissen.

»Im Haus.«

»Immer noch? Du solltest doch längst auf dem Jakobsweg sein.«

»Wurde verschoben.« Drei Tage danach bringt mich Bastiens Kuss noch immer zum Grinsen.

»Das hört sich nicht gut an.«

»Ach, Trace. Das wird nicht funktionieren. Bastien hat recht. Ich bin gar nicht wegen Lola hier. Sondern wegen ihm. Und er hat mich geküsst!« *Na gut, ich habe den Anfang gemacht, aber er hat es mindestens genauso genossen.* »Ich hatte das schon lange aufgegeben. Vielleicht hat er sich doch geändert. Ich glaube, da ist noch mehr, was er mir zeigen will.«

»Sei nicht naiv. Verschwinde, und zwar sofort!«

»Ganz ruhig, Tracie. Er ist in Paris. Ich bin hier allein.«

»Hast du mit Brett gesprochen?«

»Ja, habe ich. Diverse nette, vorhersehbare Gespräche.«

»Also versuchst du gar nicht, etwas Neues über deine Freundin herauszufinden? Bastien hatte doch gesagt, dass er dir etwas mitteilen wollte.«

125

»Ja. Er wollte mir sagen, dass ich meine Schuldgefühle hinter mir lassen soll.«

»Du denkst doch nicht ernsthaft darüber nach, wieder mit diesem Franzosen zusammenzukommen?«

»Trace, hör auf zu schreien. Ich kann dich gut hören.« Ich bin aufgestanden, habe das Handy auf Lautsprecher gestellt und mache mir Kaffee. »Sagen wir es so: Ich bin verwirrter denn je. Aber er hat recht, weißt du. Meine Therapeutin meinte dasselbe. Dass ich mir vergeben soll.«

»Hör zu, Caro. Ja, du sollst dir vergeben, dass du nicht wegen Lola dort bist. Aber du solltest dich von Bastien fernhalten.«

»Ich werde darüber nachdenken.« Ich hole die Butter aus dem Kühlschrank. »Danke fürs Anrufen. Und bitte, nichts davon an Stephen. Versprochen?«

»Du bist unmöglich! Dein Bruder macht sich Sorgen. Aber ich verspreche, ihm nichts zu sagen, wenn du jetzt die Hufe schwingst und dich auf den Jakobsweg begibst.«

»Mache ich. Mache ich. Ich habe schon mit Bobby gesprochen. Seine Mutter kommt mit. Er hat mir ihre Handynummer gegeben.«

»Gut. Und wann trefft ihr euch?«

»Bald. Ich weiß nicht genau, wann, aber keine Angst. Bald.«

»Caroline. Du rufst jetzt sofort Abbie Jowett an und klärst das! Und schick mir die Daten. Ich gebe dir bis morgen Zeit. Wenn ich bis dahin nichts von dir gehört habe, dann ist es meine Entscheidung, was ich deinem Bruder erzähle.«

Aber bevor ich es schaffe, Abbie anzurufen, meldet sie sich schon bei mir. Ich höre sofort heraus, dass Stephen sie gebeten hat, ein Auge auf mich zu haben. Ja, ich habe das Talent, alles kompliziert zu machen, aber es wurmt mich, dass er mich noch immer behandelt, als wäre ich ein Kind.

»Ich fliege am Achten in Atlanta los und komme am Morgen des Neunten mit dem Zug nach Le Puy. Bobby und seine Freundin werde ich am Nachmittag am Bahnhof abholen und ...«

Ich gehe endlich dazwischen. »Okay, ich komme dann irgendwann dazu.«

Für vage Informationen ist Abbie Jowett nicht zu haben. »Welcher Tag, welche Stadt?«

Stephen hatte Le Puy als guten Ort für ein Foto-Shooting genannt, also gebe ich ihr das als Treffpunkt an.

Ich habe noch fünf Tage, um das Haus zu räumen, was mehr als genug ist, wenn ich sie nicht so vergeude wie die ersten. Bastien ist eine furchtbare Ablenkung, sogar wenn er gar nicht selbst vor Ort ist. Wie ich Tracie schon sagte, sein Kuss hat mich mehr durcheinandergebracht denn je.

Ich gehe meine persönlichen Dinge durch. Dann nehme ich mir das Wohnzimmer vor, wo Mom mir lauter Sachen zum Durchgucken hingestellt hat.

Caroline, hier ist ein alter Ordner, den ich gefunden habe. Es sind ein paar Fotos von Lola darin. Ich wollte ihn nicht wegwerfen, bevor du ihn nicht durchgeguckt hast.

Ich lasse mich auf das abgewetzte Ledersofa sinken und hole tief Luft. Will ich noch mehr in Erinnerungen schwelgen? Hauptsächlich sind Zeitungsartikel über meinen Vater bei Peugeot darin. Und ein Schnipsel aus einer kleinen Lokalzeitung, ein Leitartikel über das wachsende »Sommervolk«, das Lourmarin als Ferienort auserkoren hat. Ein Fotograf hatte mich und Lola beim Pflücken von Weinbeeren, bei der Pilzsuche und beim Ponyreiten begleitet und wir hielten uns schon für fast berühmt. Wir sehen jung, unbekümmert und unschuldig aus.

Hatte Lola sich wirklich zum Christentum bekehrt? War das wirklich wahr?

Ich denke an ein Gespräch, das wir als Jugendliche geführt hatten. Wir lagen auf meinem Bett und blätterten in Modezeitschriften.

»Dein Bruder ist total religiös geworden, kann das sein?«

»Ja. Er redet nur noch über Gott. Ich werde noch verrückt.«

»Ich weiß. Ich auch.« Aber Lola wurde rot.

Ich seufzte. »Sag nicht, dass du in Stephen verknallt bist!«

»Okay.« Sie grinste mich an. »Ich sage es nicht.«

Wir kicherten wie zwei kleine Mädchen. »Hör zu«, wandte ich mich an sie. »Er ist ein toller Kerl, trotz seines religiösen Knalls. Aber er geht schon mit einer anderen. Und es ist ziemlich ernst mit ihr. Sie wurde zum selben Zeitpunkt so religiös wie er, auch in Österreich.«

Sie schmollte gespielt. »Ich weiß. Er hat mir schon von Tracie erzählt. Keine Angst. Ich bin nicht wirklich verknallt.« Sie zog die Knie an und schlang die Arme darum. »Ich bin nur in die Vorstellung von uns verknallt.« Sie wurde ernster. »Und es gefällt mir, wie er über Flüchtlinge redet. Es gibt nicht viele, die das verstehen. Aber er schon.«

Lola hatte mir die Geschichte erzählt, wie ihre Mutter im Herbst 1988 aus dem Iran geflohen war. Malika war Studentin an der Universität Teheran, als der Ajatollah Chomeini begann, gegen politische Dissidenten gewaltsam durchzugreifen. Viele Studenten verstießen gegen das Gesetz, weil sie eine Zeitung lasen, die offen Stellung zur iranischen Regierung bezog, und einer nach dem anderen verschwanden sie einfach.

Im Mai 1988 begann eine dreimonatige Schreckensherrschaft, während der Tausende Studenten in Gruppen von sechs oder sieben abgeführt und hingerichtet wurden – einfach aufgeknüpft! Ihr einziges Verbrechen bestand darin, dass sie die Oppositionspartei unterstützten.

Hinter vorgehaltener Hand flüsterte man im Gefängnis Evin, wo Malikas Bruder festgehalten wurde, über die Hinrichtungen. Während einer Gefängnisrevolte entkam er und berichtete über die Gräueltaten. Weil auch Malika die Oppositionspartei unterstützt hatte, drängte er sie, mit ihm das Land zu verlassen. Sie flohen bei Nacht und kämpften sich durch die Türkei nach Europa, halb verhungert, aber am Leben.

Malika ließ sich in Frankreich nieder, wo sie Jean-Claude Fourcade kennenlernte und heiratete. Lola wurde in Frankreich geboren, war französische Staatsbürgerin und hatte einen französischen Nachnamen. Trotzdem kam sie mit Rassismus in Berührung, weil sie arabisch aussah. Jean-Claude arbeitete wie mein Vater für Peugeot. Richtig enge Freunde wurden unsere Familien aber erst, als wir uns jeweils ein Ferienhaus in Lourmarin kauften.

Ich nehme mir den nächsten Artikel aus der Zeitung von Aix-en-Provence vor. Mom im Ballkleid und Dad im Smoking, auf einem feierlichen Event von Peugeot. Sie lächeln, haben die Arme umeinander gelegt und stehen neben Lolas Eltern. Malika sieht jung aus und strahlt.

Da stockt mir der Atem. Im Hintergrund sind auch andere Partygäste zu sehen. Und dort, mit Zigarette im Mund und den Arm um eine echte Schönheit, steht Bastien und starrt mich an.

Ein Schauer läuft mir über den Rücken und ich suche das Datum. Mai 2007.

Bastien war in Aix-en-Provence, einen Steinwurf von Lourmarin entfernt. Im Mai 2007. Bei einem Peugeot-Event. Das kann nicht sein. Ich habe ihn doch erst *vier Jahre später* kennengelernt und er meinte, er sei das erste Mal in Lourmarin und Aix. *Ich bin neu bei Peugeot. Musste aus Paris weg und Lourmarin hat einen guten Ruf.*

Plötzlich dreht sich alles.

☙

»Hey.« Bretts Stimme klingt schwach, verletzt.

»Auch hey.«

»Alles in Ordnung?«

»Ich hätte nicht herkommen sollen. Es war alles ein Fehler.«

»Du hast dich mit ihm getroffen, oder?«

Ich überlege, ihn anzulügen. »Jep. Deine treue Verlobte vermasselt wieder mal alles.«

»Verlobte?«

»Fast. Ich dachte, es ging hier um Lola. Wirklich, ehrlich. Aber ...«

»Aber es geht um ihn.«

»Ja. Ich hätte nicht herkommen sollen.«

»Nein, Caro. Wir waren uns einig. Ich bin nicht dumm, weißt du.«

»Ich werde diesen komischen Jakobsweg laufen, für Stephen«, sage ich. »Das habe ich ihm versprochen. Dann komme ich nach Hause.«

»Und?«

»Und dann werden wir sehen.«

»Nein. Du siehst jetzt schon.«

»Bastien ist der Falsche für mich, Brett. Das weiß ich jetzt.«

»Das habe ich nie bezweifelt. Aber er hat dir gezeigt, dass ich nicht gut genug bin. Das ist der Teil, der mich ärgert.«

»Nein. Nein, das ist es nicht.«

»Doch, genau das ist es, Caro. Du weißt, ich liebe dich, aber ich werde nicht die zweite Geige spielen. Das ist eine saublöde Rolle. Nimm dir die Zeit. Lauf deinen Jakobsweg.«

»Wirst du warten?«

»Vielleicht.«

Bobby

Seit vier Tagen bin ich im Haus der Hoffnung. Wie in der Oase haben mich die Leute sofort fasziniert, die dort arbeiten. Sie geben Kunstunterricht, spielen Basketball auf dem Parkplatz, stolpern durch Schach, machen die Küche ... all das begeistert mich. Ich wünschte, ich könnte gleich länger hierbleiben, aber in drei Tagen kommt Mom nach Le Puy und ich sollte besser dort sein.

Rasa hat sich noch immer nicht entschieden. Ich vermute, dass ihre Eltern ihr Druck machen abzusagen, aber sie schüttelt den Kopf, als ich sie frage.

»Ich kann für mich selbst entscheiden«, sagt sie. »Aber ich habe hier auch eine Verantwortung.«

Also versuche ich den Mund zu halten und halte mich ans Beten. Ich flehe Gott an, dass er Rasa mitkommen lässt. Auch wenn ich mir nicht vorstellen kann, dass meine Bitten ihn besonders beeindrucken.

Die Kunststunde ist vorbei und ich laufe mit drei meiner Schüler über den Flur. Als Nächstes haben sie Deutsch bei Rasa. Elf Leute setzen sich an einen rechteckigen Tisch, während Rasa etwas auf das Whiteboard schreibt.

Ich nehme das Skizzenbuch heraus, ziehe mir einen Stuhl ganz nach hinten und fange an zu zeichnen. Bisher haben Stephen alle meine Skizzen gefallen. Ich schicke sie ihm per WhatsApp. Natürlich achte ich darauf, nie die Gesichter der Flüchtlinge zu zeichnen, schon aus Sicherheitsgründen, sondern nur die der Mitarbeiter und freiwilligen Helfer. Oder Rasas. Aber die Skizzen behalte ich meistens für mich.

Eine andere junge Frau steht vorn bei Rasa. Sie trägt verschlissene Jeans, eine lange, hellgrüne Tunika und den Hidschab. Aber ihr Gesicht kann man sehen. Sie ist älter als Rasa, vermutlich Mitte zwanzig, hat schöne olivfarbene Haut und ein rundes Gesicht. Auf ihrer rechten Wange ist eine gezackte Narbe und ihre Augen sehen immer traurig aus. Ich zeichne die beiden und nenne das Bild »Spuren des Leids«, auch wenn ich nicht genau weiß, wieso.

Rasa sieht mich an und hat auf einmal Sorgenfalten im Gesicht. Sie sagt etwas zu den Schülern und kommt zu mir. »Du darfst sie nicht zeichnen«, raunt sie.

»Oh, okay«, sage ich. »Ich dachte, die Lehrer seien zum Abschuss freigegeben.«

»Zum Abschuss freigegeben?«

»Ich darf sie zeichnen.«

»Ja, normalerweise schon. Aber Selah nicht.«

Als Rasa mir keine weiteren Informationen gibt, grinse ich sie an. »Wieso, ist sie untergetaucht?«

Rasa kann darüber nicht lachen. Sie sieht sogar wütend aus. »Das ist nicht lustig«, sagt sie.

Ich bin so schockiert, dass mir die Worte fehlen. »Wow. Okay«, murmle ich. »Tut mir leid. Ich zeige die Skizze niemandem. Glaubst du mir das?«

Rasa beruhigt sich. »Ich vertraue dir. Entschuldige, vielleicht war das ein wenig überstürzt, aber wir müssen vorsichtig sein.«

ɔჳ

Das Abendessen, das die syrischen Flüchtlinge aus Rasas Deutschkurs vorbereitet hatten, ist gerade vorbei, als Rasa zu mir kommt. »Mein Vater möchte sich heute Abend mit dir treffen, wenn das geht.«

Mir rutscht das Herz in die Hose. Er wird mir garantiert sagen, dass sie nicht mitkommen kann. Aber ich versuche besonders gelassen auszusehen und sage: »Klar. Kein Problem.«

»Gut. Wir können ja zusammen nach Hause laufen und dann könnt ihr zwei reden.«

Nichts lieber als das! Fünfundzwanzig Minuten allein mit ihr!

Unterwegs erzählt sie mir mehr von ihrer Geschichte. »Dass mein Vater Professor an der Uni Teheran war, habe ich ja schon gesagt. Meine Eltern wollen unbedingt, dass ich auch studiere. Aber ich werde diese Arbeit hier auch fortsetzen.« Ihre Augen glänzen. »Meine geheime Arbeit.«

Sie versucht mich zu ködern. »Ich höre«, sage ich. »Erzähl mir von deiner Geheimarbeit.«

»Darf ich nicht«, erwidert sie geheimnisvoll, aber mit einem gewissen Schalk im Nacken.

Ich verdrehe meine Augen. Ich weiß, dass sie mir mehr erzählen will.

»Ich sage dir, was ich sagen darf. Neben unserer Arbeit im Haus der Hoffnung macht meine Familie noch bei einer Radioarbeit mit, die uns zu Isa geführt hat. Baba macht eine Sendung und ich noch etwas anderes – eine geheime Internetcommunity für junge Leute im Iran. Baba gibt dort Kurse. Du kannst dir nicht vorstellen, wie sehr sie sich freuen, noch andere Christen zu finden. Sie sind sehr mutig.«

»Du aber auch, Rasa.«

»Wenn du davon ausgehst, dass du sterben musst, weil du an Isa glaubst, dann aber doch verschont bleibst, dann hast du keine Angst mehr.« Sie sieht mit feuchten Augen weg. »Isa hat uns nicht ohne Grund gerettet. Wir sollen das sein, was andere für uns waren. Eine Rettungsleine. Eine Hoffnung.«

Sie schweigt kurz. »Weißt du etwas über verfolgte Christen?«

»Wenig. Es waren mal Leute von Open Doors bei uns in der Gemeinde. Aber ich bin total behütet aufgewachsen. Wir alle in Amerika sind behütet. Deswegen bin ich ja zur Oase gekommen. Ich wollte mehr sehen.« Mein schlechtes Gewissen meldet sich. »Und weg von meiner Familie.«

Rasa bekommt große Augen. »Darf deine Familie nicht wissen, dass du an Isa glaubst?«

»Oh, nein, so ist es nicht. Meine Eltern sind Christen. Ich bin in der Gemeinde groß geworden. Nein, ich brauchte nur mal etwas Abstand zu meinen Eltern.«

Sie sieht verwirrt aus. »Aber jetzt gehst du mit deiner Mutter den Jakobsweg.«

»Die Atmosphäre bei uns zu Hause ist ziemlich angespannt. Mom musste schon immer alles unter ihrer Kontrolle haben, aber in den letzten Jahren ist es richtig schlimm geworden. Sie hat mir schon eine Uni ausgesucht, auf die ich gehen soll, da war ich dreizehn! Und mein Vater bietet ihr fast nie die Stirn. Jedenfalls will ich auf keine Schule gehen, die sie ausgesucht hat. Ich will Künstler werden, wie meine Großmutter. Als Stephen mir das Auslandsjahr vorgeschlagen hat, war das die perfekte Ausrede, um endlich ihren ganzen Erwartungen zu entkommen.«

Rasa runzelt die Stirn; offensichtlich hat sie Mühe, mir zu folgen.

»Und da ist noch mehr«, fahre ich fort. »Mein Vater hat meine Mutter verlassen, direkt nach dem Umzug, und mein kleiner Bruder ist im Internat, also ist Mom auf einmal ganz allein. Als ich ihr vom Jakobsweg erzählt habe, hat sie spontan beschlossen, mich zu begleiten. Leider.« Ich verziehe das Gesicht. »Ich meine, ich mache mir ja Sorgen um sie, aber eigentlich wollte ich mal eine Verschnaufpause.«

»Verschnaufpause?«

»Dieses Auslandsjahr ist dazu da, dass man lernt, auf eigenen Beinen zu stehen. Nicht mit meiner Mom den Jakobsweg zu laufen. Natürlich wird es irgendwie ganz nett werden, aber es wäre viel besser, wenn du mitkommst.«

»Das freut mich. Aber ich kann nicht mitkommen.«

»Wieso nicht?« Ich weiß, dass ich verzweifelt klinge.

»Ich werde hier gebraucht. Es sind gerade neue Flüchtlinge angekommen und wir müssen ihnen helfen, ein Dach über dem Kopf zu finden. Deswegen kann ich nicht weg.«

Sie sieht meine Enttäuschung. »Manche dieser Leute haben alles verlassen. Einige haben auch Gewalt erlebt. Wurdest du damit schon mal konfrontiert?«

»Nein. Ich habe dir doch gesagt, ich bin sehr behütet aufgewachsen.«

Anna schreit. Der Baseballschläger kracht mir gegen die Schulter. ...

»Aber du hast ein gutes Herz. Das sehe ich in deinen Augen. Und du bist nicht oberflächlich. Du kannst den Leuten auch in die Seele schauen, oder?«

»So würde ich das nicht sagen ...« Ich merke, wie ich rot werde.

»Das ist immer das Erste, was ich sehe. Die Seele. Nicht das Gesicht oder die Hautfarbe. Nicht den Klang der Stimme. Zuerst kommt für mich die Seele. Manchmal kann ich sie direkt in den Augen sehen. Und ich will immer, ohne Ausnahme, Isa sehen.«

Ihre Augen, die wie Wasserquellen sind, strahlen ihren reinen, tiefen Glauben aus. In mir geht alles durcheinander. Ich spüre diese Sehnsucht, dieses Verlangen nach Rasa, nach ihrem Herzen, nach ihr mit Haut und Haaren.

»Kennst du diese Bibelverse? Das erbitte ich für alle, die ich kennenlerne. Für meine Freunde.« Sie holt ihr Smartphone heraus. »Warte, ich suche sie in meiner Bibel und nehme Google-Translate.« Sie strahlt.

Einen Augenblick später fängt sie an zu lesen. »Ich hoffe, dass es dir gut geht und du an Leib und Seele so gesund bist wie in deinem Glauben. Ich habe mich sehr gefreut, als einige Brüder zu mir kamen und berichteten, wie treu du zu Gottes Wahrheit stehst und dass du dein Leben ganz von ihr bestimmen lässt. Für mich gibt es keine größere Freude, als zu hören, dass alle, die durch mich Christen geworden sind, ihr Leben ganz an der Wahrheit ausrichten.«[1]

Sie sieht mich so erwartungsvoll an, als hätte sie diese Verse geschluckt. Nein, als hätte sie sie in den Mund genommen und langsam darauf herumgekaut und sie dann mit ihrer Seele aufgenommen.

»Ähm, nein. Kommt mir nicht bekannt vor. Wo steht das?«

»Im dritten Brief des Johannes. Ich musste richtig heulen, als ich das zum ersten Mal gelesen habe!«

Wer liest bitteschön als Teenager die kurzen Johannesbriefe am Ende der Bibel? Zumindest glaube ich, dass sie irgendwo am Ende stehen.

»Das bete ich total gerne für meine Freunde. Es hat mir schon immer viel bedeutet, dass sie ›an Leib und Seele‹ gesund sind und zu Gottes Wahrheit stehen. Dass sie in Christus wachsen – das ist für mich die größte Freude.«

Sie sieht mich mit ihren unglaublich dunklen Augen an und ich weiß: Sie will, dass ich nicke und sage: »Geht mir genauso.« Aber was ich wirklich sagen will, ist: *So habe ich das noch nie gesehen. Kein bisschen. Aber gib mir etwas Zeit, Rasa. Gib mir Zeit, damit ich zu dir aufholen kann.*

---

1 3. Johannes 1,2-4

Wir sind an ihrer Wohnung angekommen. Der Abend regnet Romantik auf uns nieder. »Marie hat gesagt, ich sei nicht der Erste, der sich in dich verknallt.«

Sie lacht. »Marie hat recht, aber ich bin keine, die leicht zu haben ist. Tut mir leid, wenn du das dachtest.«

»Hast du wegen des Jakobswegs gebetet?«

Wir stehen vor dem Eingang zu ihrem Wohnhaus. Sie schüttelt langsam den Kopf. »Du musst mit Baba sprechen«, kommt von ihr. »Er wird dir sagen, wieso ich nicht mitkann.«

Wir gehen hinein. Rasa und ihre Mutter verschwinden in der Küche, damit ich im Wohnzimmer mit ihrem Vater sprechen kann. Ich habe eine Heidenangst vor dem, was er mir sagen wird, und erwarte eine Standpauke.

Aber nachdem wir uns begrüßt haben, sieht Hamid mich mit ernsten dunklen Augen an und sagt: »Ich werde Rasa mit dir gehen lassen.«

Ich bekomme große Augen. »Wirklich, Hamid? Ich meine, also, vielen Dank!«

Ich strecke ihm die Hand hin und stehe auf. Für mich ist die Unterhaltung damit beendet. Aber Hamids Blick geht in die Ferne.

»Manchmal fällt es meiner Tochter schwer, ihr Leben von dem der Flüchtlinge zu trennen. Dann sucht sie nicht wirklich danach, was der nächste Schritt für ihr Leben ist. Mitunter vergräbt sie sich zu tief in dem, was wir tun, in unserer Arbeit und kümmert sich einfach zu viel um alles.«

Alles, was Rasa mir gerade gesagt hat, bestätigt die Einschätzung ihres Vaters.

»Unsere Reise nach Österreich, damals, 2005, unser Pilgerweg« – dabei sieht er mich an, als habe er dieses Wort absichtlich gewählt, nur für mich – »war unglaublich schwer. Rasa hatte mehr Gottvertrauen als wir alle zusammen. Sie vertraute Isa. Sie vertraute ihm mit dem kindlichen Glauben, den sie damals hatte. Aber sie durchlebte ein großes Trauma. Fast wäre sie gestorben.

Sie musste furchtbares Unrecht mitansehen. Und sie hat Narben davongetragen. Selbst jetzt, so viele Jahre später, hat sie noch Albträume von der Zeit mit ihrer Mutter, ihrem Bruder und ihrer Großmutter auf dem Fluchtweg.« Er blickt zur Küchentür.

»Ich glaube, dass sie das Trauma der anderen Flüchtlinge braucht«, sagt er leise. »Die, mit denen sie arbeitet. Das bringt ihr Trauma zurück, aber es schützt sie auch davor, von ihrem Trauma gesund zu werden.« Hamid schüttelt frustriert den Kopf. »Mein Englisch ist nicht gut.«

»Doch, Ihr Englisch ist perfekt. Ich weiß genau, was Sie meinen.«

Sein Gesichtsausdruck wird sanft. »Bitte, du musst mich nicht Siezen. Ich bin Hamid. Unter Christen sind wir nicht so formell.«

Ich nicke, aber in meinem Kopf dröhnen die Wörter *Trauma* und *furchtbares Unrecht*.

»Gestern war ich über WhatsApp mit Stephen in Verbindung, meinem alten Freund. Deinem Chef.« Er lächelt. »Er mag dich. Er vertraut dir, also vertraue ich dir auch. Ich möchte, dass Rasa auf diese Pilgerreise geht. Ich möchte, dass sie Abstand zu den Flüchtlingen bekommt, wenn auch nur für zwei Wochen. Stephen sagt, du seist eine ›gute Seele‹, und meine Tochter sei bei dir in besten Händen.« Dann zwinkert er mir zu. »Und bei deiner Mutter natürlich auch.«

Meine Hände sind schweißnass, aber nicht mehr aus Angst vor einer Standpauke, sondern wegen seines Vertrauens zu mir.

»Jetzt verstehst du, wieso das kein einfacher Pilgerweg für sie wird ...« Er beugt sich vor, als wolle er mich dazu bringen, zwischen den Zeilen zu lesen.

»Körperlich anstrengend wird es«, platze ich heraus, »aber ganz sicher nicht gefährlich.«

»Es ist eine andere Pilgerreise, das ist klar. Aber es ist eine Pilgerreise. Eine Zeit, um in sich zu gehen. Ich sage das, weil ich damit rechne, dass Rasas In-sich-Gehen nicht einfach werden wird.«

Wieder muss ich daran denken, was er mir gerade anvertraut hat. Rasa ist mit sich selbst doch im Reinen. Es würde mich nicht überraschen, wenn sie täglich in sich geht. Sogar mehrmals am Tag. *Komplex* ist das Wort, das mir dazu einfällt.

»Sei bitte sehr vorsichtig mit ihr. Sie verlässt sich auf den Geist Gottes, aber sie ist zerbrechlich.« Hamid runzelt die Stirn, als hätte er nicht das Richtige gesagt. »Ihr Geist ist stark und zerbrechlich zugleich«, setzt er erneut an. »Vielleicht gibt ihr das so viel Einfühlungsvermögen. Deswegen bekommt sie alles mit, was um sie herum geschieht. Sie geht auf einen Friedhof und weint um die Namenlosen, um die Soldaten, um die Babys. Sie fühlt alles in ihrem Herzen. Ich hoffe, dass diese Pilgerreise ihr Freiheit verschafft. Dass sie nicht nur die Pflichten im Haus der Hoffnung sehen kann, sondern eine andere Art Hoffnung. Pass gut auf sie auf, Bobby.«

Ich schwitze wie verrückt. »Und wenn sie nicht mitkommen will?«, bringe ich schließlich heraus.

»Ich glaube, sie wird sehr gern mitkommen. Aber frag sie selbst.«

Ich will protestieren, dass ich sie schon gefragt habe, nicht nur einmal, aber Hamid lächelt mich freundlich an.

»Frag sie noch einmal, und wenn sie Ja sagt, dann hast du meinen Segen. Und den ihrer Mutter.«

Dieses Mal warte ich, bis er wirklich fertig ist. »Danke, Hamid. Ich weiß nicht, was ich sonst sagen soll. Danke.«

Wir reichen uns die Hand, da fügt er hinzu: »Eins noch, wenn du meine Tochter mitnimmst, dann bitte auch meinen Sohn.«

Mir entgleisen die Gesichtszüge. Und dann lacht er. Aus voller Kehle. »Kleiner Scherz. Omid würde ich dir niemals anvertrauen. Das wäre ziemlich unfair!«

Ich schätze, Hamids düstere Vorhersage über seine Tochter sollte mich aufrütteln und durcheinanderbringen. Aber sie inspiriert mich. Ich werde mich um sie kümmern. Ich werde dafür sorgen, dass sie auf dem Jakobsweg Spaß und Freiheit findet. Ich bin ein Träumer, und was er da gesagt hat, lässt mich nur noch mehr träumen.

Ich werde sie beschützen. Und retten, wenn nötig.

☙

Rasa und ich stehen im Flur, nachdem ich dem Rest der Familie einen schönen Abend gewünscht habe. Ich berichte ihr von dem Gespräch mit ihrem Vater.

»Es liegt also an dir. Willst du mit auf den Jakobsweg? Dein Vater hat eingewilligt. Er hat mir seinen Segen gegeben.«

Sie lässt den Kopf hängen. Eine lange Weile sieht sie mich nicht an. Dann sehe ich ein winziges Nicken.

»Ja«, flüstert sie. Sie richtet ihre dunklen Augen auf mich. »Sehr gern. Ich möchte diese Pilgerreise mit dir machen.«

Kapitel 10

Abbie

Mein Magen vollführt ein kleines Kunststück, als ich nach Ansley Park hineinfahre, dem Viertel, wo meine Eltern wohnen. Ich biege auf die Beverly Road und sehe ihr Haus. Viel zu viele Erinnerungen stürmen auf mich ein.

Mama und Dad wohnen in einem Haus im Tudorstil mit steilem Dach, das auf einer Böschung mit Blick auf einen Golfplatz steht. Das Haus ist teilweise aus grauen Steinen und Backstein gebaut. Beim Einparken durchfährt mich ein Gedanke. Das hier ist kein Haus für einen Blinden. Die Steinstufen zum Eingang sind bei Regen und Eis rutschig. Innen drin führt ein Labyrinth aus zweistufigen Absätzen zu den verschiedenen Anbauten. Und die Treppe ins Obergeschoss ist steil. Aber sie wohnen hier seit vierzig Jahren. Das ist das Haus, in dem wir aufgewachsen sind und in dem sich bis heute die ganze Middleton-Bartholomew-Sippe versammelt. Ich kann mir einfach nicht vorstellen, dass sie hier ausziehen.

Ich klopfe und wünschte, ich müsste mich nicht so anstrengen, um unbekümmert auszusehen. Aber es ist Dad, der aufmacht, also sage ich mit viel zu lauter Stimme, so als wäre er taub und nicht blind: »Hey, Daddy.«

»Oh, Abbie. Wie schön, dass du vorbeikommst.« Er nimmt mich in die Arme und ich bin wieder zehn Jahre alt. Sein kleines Mädchen.

Ich nehme ihn am Arm. Wir gehen ins Wohnzimmer und setzen uns aufs Sofa, das gleich vorn am Eingang steht. Zu Hause bewegt sich Dad mit einem Gehstock, aber ansonsten verlässt er sich meistens auf den Rollstuhl.

Ich hole zwei Gläser kalten Tee.

»Bist du bereit für deine Wanderung? Wie hieß das noch mal?«

»Jakobsweg.«

»Und, alles geplant?«

»Ungefähr, aber es treibt mich jetzt schon in den Wahnsinn.«

»Ach, Abbie, du liebst doch dieses ganze Organisieren.«

Mama hat Daddy wohl noch nichts von Bill erzählt. Mir egal. Ich will auch nicht, dass er sich Sorgen macht.

Wir plaudern ein paar Minuten über die Familie. »Hab gehört, du machst eine Wanderung«, sagt er. »Wie heißt die noch mal?«

Ich rutsche näher an ihn heran und halte seine Hand, fast verzweifelt, und meine Stimme klingt kratzig und weit entfernt. »Das ist der Jakobsweg, Daddy.«

Mein Vater bleibt im Wohnzimmer und ich gehe durchs Haus auf die Terrasse, die auch Mamas Atelier ist. Sie steht vor ihrer Leinwand und malt. Einige Augenblicke bleibe ich stehen und beobachte sie.

Als ich ein kleines Geräusch mache, sieht sie auf. »Oh, hallo, Liebes.« Sie legt den Pinsel hin – habe ich da ein Zittern gesehen? – und steht auf, um mich zu umarmen. »Wie geht's?«

»So lala. Ich versuche alles für die Reise vorzubereiten.«

»Du bist mutig. Bobby wird sich freuen, dich bei sich zu haben.«

Ich ziehe eine Augenbraue hoch. »Hast du seine Nachrichten und E-Mails nicht bekommen? Du weißt das mit Rasa und Caro?«

Sie lächelt. »Ja.«

»Also, ich glaube, erbaut davon ist er nicht gerade, dass Caroline und ich dabei sind. Aber hoffentlich ist ihm klar, dass er nur wegen mir sein kleines Abenteuer mit diesem Mädchen erleben darf.«

Ich warte, dass meine Mutter freiwillig mehr Informationen herausrückt. Aber sie zuckt nur die Achseln.

»Ich habe schon wieder die Kontrolle übernommen, oder? Ich habe mich ihm aufgezwängt.«

»Leider ja, Abbie. Ich kann verstehen, wieso, aber ...«

»Aber ich bin immer noch der Kontrollfreak.«

Sie streckt die Hände aus und nimmt mich mütterlich in den Arm.

»Vor ein paar Tagen war ich bei Diana.«

»Oh, gut. Schön, dass du dich noch einmal mit ihr getroffen hast, bevor du fährst. Wie war es?«

»Na ja, du weißt ja, sie gibt einem immer Hausaufgaben. Und diese Woche sollte ich über diese Regel des Lebens reflektieren, aber ich musste immerzu an Miss Abigail denken. Sie fehlt mir immer noch.«

»Ja, manchmal überfällt mich auch der Gedanke an sie. Sie hatte dich sehr lieb.«

»Wegen ihr war ich davon überzeugt, dass Gott mit mir zufrieden war. Sie hat mir geholfen, das Gute an meiner Persönlichkeit zu sehen.«

Mama hat die Augen geschlossen. »In dir ist so viel Schönheit, Abbie.« Sie seufzt und greift nach meiner Hand. »Du schaffst das, Liebes. Ich denke, diese Reise wird dir die nötige Zeit geben, um in dich zu gehen, zu trauern und nach vorn zu schauen.«

Mir läuft es kalt den Rücken hinunter. »Soll das heißen, du glaubst, dass Bill nicht zurückkommt?«

»Nein, Liebes. Ich habe keine Ahnung, was passieren wird. Aber ich weiß, dass du Grund hast zu trauern.«

Noch einmal drückt sie meine Hand. Sie hat mir Mut gemacht und meine Gefühle wahrgenommen, aber ich merke doch, dass ihr Kopf woanders ist.

»Wie geht es Dad wirklich?«, frage ich. »Kommt er im Haus zurecht?«

Sie macht ein langes Gesicht und wir sitzen schweigend da. Dann deutet sie mit dem Kopf in Richtung des großen Gartens und ich folge ihr, weg von der Terrasse. Wir laufen zum Fischteich und setzen uns auf die Steinbank daneben.

»Das Haus ist nichts für einen Blinden, Abbie. Es gibt zu viele

Stufen. Dein Vater ist schon zwei Mal hingefallen. Gott sei Dank hat er sich nichts Schlimmes getan. Aber er hat sich ein paar ordentliche Kratzer geholt.« Sie steht auf, läuft um den Teich und besieht sich die Seerosen. Ich laufe ihr hinterher, am Poolhaus vorbei, dort, wo die Mimosen blühen. »Und das Augenlicht ist nicht alles, weißt du.«

»Ich weiß. Sein Gedächtnis.«

Sie schnieft leise und ich sehe, wie sehr sie sich anstrengt, um nicht loszuweinen. »Es kommt alles so plötzlich.«

Ich lege meiner Mutter einen Arm um die Schultern und wir stehen aneinandergelehnt da. Auf einmal kommt mir eine Idee. »Wollt ihr vielleicht ins Loft ziehen, so lange wie ich weg bin?« Noch bevor sie etwas sagen kann, fahre ich fort. »Das Loft ist perfekt für euch. Keine Treppen, stattdessen ein Fahrstuhl, alles bester Komfort. Dann habt ihr Zeit, um zu überlegen, was als Nächstes dran ist, ohne, dass du dir um jeden Schritt bei Dad Sorgen machen musst.«

Sie starrt noch immer auf die Blütenpracht, auf den Fischteich, den Pool.

»Dann habe ich einen Grund, endlich alles auszupacken. Das ist der Tritt in den Hintern, den ich brauche. Und ihr tut mir einen Gefallen: Ich muss die arme Poncie nicht irgendwo unterbringen. Sie hat sich schon an das Loft gewöhnt. Das erspart ihr eine weitere Umgewöhnung.«

Mama hält mich noch fester. Jetzt berühren sich schon unsere Köpfe. Ich atme den bekannten Geruch von Terpentin und Ölfarbe ein.

»Danke, Liebes. Ich denke darüber nach. Und wie ich deinem Vater diese Idee schmackhaft machen kann.« Sie lässt los und wischt sich unter den Augen entlang. »Definitiv eine Überlegung wert.«

ॐ

143

Nach dem Essen verabschiede ich mich von meinen Eltern und eile zurück ins Loft. Ich bin motiviert. Zwei Tage habe ich Zeit, um das Loft in einen sicheren Ort für meine Eltern zu verwandeln. Das Adrenalin hält mich bei der Stange, als ich mir eine Kiste nach der anderen vorknöpfe.

Erst am nächsten Morgen sehe ich, dass ich eine Sprachnachricht bekommen habe. Ich höre mir an, wie Jasons Footballtrainer mir berichtet, dass Jason beim Rauchen erwischt wurde – bereits zwei Mal – und beim nächsten Verstoß aus der Mannschaft geworfen wird. Und dass ich ihn in diesem Fall aus dem Trainingslager abholen muss.

Aber ich rufe Jason nicht an oder schreibe ihm. Er wird mich von meiner Flucht nicht abhalten! Stattdessen lasse ich Bill eine kurze E-Mail zukommen und beende sie mit den Worten: *Das ist jetzt dein Problem. Ich bin unterwegs in Frankreich!*

Dann lasse ich die Playlist von Spotify mit meinen Lieblingsliedern laufen, eine Mischung aus Songs der Siebziger, Achtziger und Neunziger, und packe Bilder aus, stelle Bücher in die Einbauregale, hänge Kleidung in den Schrank und beziehe die Betten. Donna Summer und Barbra Streisand singen ein Disco-Duett und plötzlich fange ich an, mitzusingen und zu tanzen, reiße die Arme im Disco-Stil hoch und runter und drehe mich mit einer leeren Wasserflasche als Mikrofon wild im Kreis, während Poncie sich in eine Ecke verkriecht.

Um ein Uhr nachts sitze ich glücklich schwitzend da. Ich bin alles andere als ausgehfein, aber das Haus sieht aus wie eine Fünf-Sterne-Suite.

Caro

Eigentlich soll ich das Haus für Übernachtungsgäste fertig machen. Stattdessen nehme ich es auseinander und suche nach weiteren Hinweisen zu Bastien. Ich durchwühle alle Akten meiner

Eltern. In den sozialen Medien suche ich nach Bastien, kann ihn aber nirgends finden. Und er hat mir nie wirklich gesagt, was er genau arbeitet, oder? Hat er mir überhaupt bei irgendetwas die Wahrheit gesagt? Ich bin stinksauer auf ihn, was ein Geschenk des Himmels ist, weil ich nicht mehr besessen davon bin, wann ich ihn endlich wiedersehe. Aber irgendwie bin ich trotzdem wie besessen von ihm.

Ich rufe Mom auf dem Handy an.

»*Allô*«, lässt sie ihren amerikanisch-französischen Dialekt aus Lyon erklingen.

»Hi, Mom.«

»Caro!«

Ich sehe vor meinem inneren Auge, wie ihr Gesicht sich aufhellt. So oft rufe ich nämlich nicht an.

»Oh, Schätzchen! Wie schön, deine Stimme zu hören. Ich habe gar nicht auf das Display geguckt, wer anruft.«

Wir plaudern einen Augenblick, bevor ich vorsichtig den Grund meines Anrufs anspreche. »Ich habe die alten Fotos und Zeitungsartikel durchgeschaut, die ihr mir hingelegt habt ...«

»Oh«, sagt Mom. »Das war bestimmt nicht einfach.«

»Ja. Irgendwie schon. Aber auf einem Foto habe ich diesen Mann gesehen, der mal unser Nachbar war – Bastien, oder? Er war bei einer Party mit dir und Dad und Malika und Jean-Claude. Kanntet ihr Bastien schon, bevor er unser Nachbar war?«

»Oh, ja, Bastien und seine reizende Frau. Ich weiß nicht mehr, wie sie hieß ...«

Seine reizende Frau! Ich könnte schnauben vor Wut.

»Wir haben uns auf einigen Veranstaltungen von Peugeot gesehen, aber sie kam nie nach Lourmarin, nachdem Bastien das Haus gekauft hatte. Zumindest habe ich sie nie dort gesehen. Aber ja, wir kannten uns.«

»Kannten Jean-Claude und Malika ihn auch?«

»Ja, sicher«, gibt Mom zurück. »Wir kannten uns alle. Nicht unbedingt als Freunde, aber die Männer waren Kollegen.« Ihre

Stimme wird leiser oder sie spricht am Lautsprecher vorbei, jedenfalls kann ich auf einmal kaum verstehen, was sie sagt. »Und dann ist er hierhergezogen und wurde unser Nachbar und du hast vielleicht vergessen, wie seltsam das war, als wir nach den furchtbaren Ereignissen mit Malika und Lola alle zusammen waren. Er war gerade ins Dorf gezogen und gleich in eine Morduntersuchung verwickelt. Ich glaube nicht, dass du ihn damals getroffen hast. Es war alles so seltsam ...«

»Ist er denn geblieben nach der Sache mit Malika?«

Mom zögert. »Ach, das war so eine furchtbare Zeit. Das weiß niemand besser als du – du warst ja die Erste. Ich kann mich nicht mehr genau erinnern, aber mehr als ein paar Jahre kann er nicht geblieben sein, bevor er dann sein Haus vermietet hat. Seine Frau habe ich wie gesagt überhaupt nicht zu Gesicht bekommen. Vielleicht haben sie sich scheiden lassen. Aber wie kommst du auf Bastien?«

Was soll ich sagen? Wieso habe ich gefragt?

Ich beschließe, eine Halbwahrheit zu versuchen. »Ich habe ihn im Dorf getroffen und wir haben kurz gesprochen. Mehr nicht. Und dann habe ich ihn noch am selben Tag auf dem Foto gesehen. Komischer Zufall. Er meinte, er würde etwas am Haus reparieren.«

Mom nickt garantiert. »Er bereitet alles für neue Mieter vor, genau wie wir, der Gute.«

Ich wechsle das Thema. »Hast du Jean-Claudes Telefonnummer oder weißt du, wo er wohnt?«

»Oh, der arme Mann. Dein Vater und ich haben erst von ihm gesprochen. Er lebt immer noch in der Provence, in einem kleinen Ort, gar nicht so weit weg von Lourmarin. Aber wie er heißt, fällt mir gerade nicht ein. Wir wollen ihn eigentlich besuchen, wenn wir in ein paar Wochen kommen.« Sie schlägt seine Adresse nach. »Cavaillon!«, tönt sie. »Er wohnt in Cavaillon.«

»Ich dachte, ich rufe ihn mal an. Es ist schon so lange her ...«

»Er freut sich bestimmt, von dir zu hören.« Sie ist kurz still.

»Alles in Ordnung bei dir, Caro? Du klingst irgendwie abgelenkt.«

»Alles gut, Mom, aber du hast recht. Die ganzen Fotos und dann treffe ich auch noch Bastien ... Das hat gute und weniger gute Erinnerungen geweckt.« Ich lenke wieder ab. »Aber ich mache mich bald auf den Jakobsweg.«

»Wie schön. Stephen hat davon erzählt. Du machst Fotos für die Press, richtig?«

»Jep. Und allein bin ich auch nicht. Erinnerst du dich an den Praktikanten Bobby?«

»Ja, vage.«

»Er und seine Mutter sind auch dabei.«

Ich kann Mom die Erleichterung anhören. »Ach, das ist ja schön. Und wenn du fertig bist, dann komm doch bitte und verbring ein paar Tage mit uns. Ich bin sicher, dass dir dein Chef noch eine kleine Verlängerung in Frankreich gestattet.« Sie kichert.

Ja, ich bin sicher, Stephen wäre bestimmt begeistert, davon zu hören, dass ich unsere Eltern besuche. Das geschieht nämlich nicht allzu oft.

Nach dem Telefonat sitze ich da wie in Trance. Bastien kannte meine Eltern also schon viel länger. Und auch Lolas Eltern. Bastien war schon oft in der Provence gewesen. Meine Mutter kannte seine Frau ... seine Frau! Er hat mich wieder und wieder angelogen. Was werde ich noch über ihn herausfinden, wenn ich weitergrabe?

Ich versuche mich genau daran zu erinnern, was 2011 an jenem Tag geschah. Wir waren im Haus der Fourcades gewesen und er hatte mit keiner Silbe erwähnt, dass er die Familie kannte. Salima jedenfalls hatte Bastien nicht erkannt ... oder doch? Ich denke an die Angst in ihrem Blick und wie sie mir nichts erzählen wollte, solange Bastien dabei war. Er sollte draußen warten. Weil er ein Fremder war. Oder?

Ich gehe ins Esszimmer und lasse mich am Landhaustisch fallen, an dem ich schon als Kind gemalt habe, tausendmal gefrühstückt, Baguette mit Butter und selbst gemachter Erdbeermarmelade bestrichen und anschließend in heißen Kakao getaucht habe. Jetzt liegt der Tisch mit Fotos und meinen Notizen voll. Ich stütze den Kopf in die Hände und weine.

ଊ

Meine Eltern haben überall auf der Welt gelebt, allein in fünf verschiedenen Ländern während meiner Kindheit und Jugendzeit. Ihre letzte Station war Lyon, wo ich meinen Schulabschluss gemacht habe. Dann habe ich auch in Frankreich studiert. Aber nach dem Wochenende mit Bastien, nach dem Mord an Malika und Lolas Verschwinden, bin ich geflohen. Ich habe Lourmarin verlassen und anschließend auch Frankreich.

Mit keinem Wort habe ich meinen Eltern gegenüber Bastien erwähnt und auch er hatte geschwiegen. Nicht, dass sie ein weiteres Liebesabenteuer überrascht hätte, aber das hier war anders. Bastien wäre für immer mit der Tragödie verknüpft gewesen. Und mit den Schuldgefühlen.

Ich bin geflohen und ein Jahr umhergereist und dann habe ich zwei Jahre mit unterschiedlichen Typen in zwei verschiedenen Städten in Europa verbracht. Während dieser Zeit habe ich mit Fotografie, Drogen und Alkohol herumexperimentiert. Natürlich wussten meine Eltern, dass mein Leben ziemlich unstet war und ich von einer Beziehung in die nächste sprang. Sie waren nicht dumm. Aber sie wussten nichts über die Beziehung mit Bastien und die Schuld, mit der ich lebte und die mich nachts wach hielt, wenn ich an Lolas Verschwinden und den Mord an Malika dachte.

Als Stephen mich 2014 anflehte, in die Vereinigten Staaten zu kommen, hat er mir ein sehr teures Rehabilitationsprogramm finanziert. Danach habe ich sechs Monate bei ihm, Tracie und den Mädchen gewohnt. Ich bin zurück zur Uni gegangen, habe einen weiteren Abschluss, dieses Mal in Grafikdesign, gemacht, lernte Brett kennen und habe bei der *Peachtree Press* angefangen. Bastien hat mich aber trotzdem weiterverfolgt.

Meine Eltern wussten nichts davon, aber Stephen und Tracie hatte ich eingeweiht, genauso wie die Therapeutin in der Rehabilitation und die Gruppe der Anonymen Alkoholiker, die ich besuchte. Sie alle nannten meine Beziehung mit Bastien eine Sucht. Meine Therapeutin sagte: »Sie müssen zuerst ausnüchtern. Und dann wird auch diese Obsession mit Bastien nachlassen.«

Ich wollte schreien, dass ich nicht süchtig nach ihm war, dass er einfach ein sehr besonderer Mensch war und eben ganz anders als all die anderen Männer, mit denen ich mich eingelassen hatte. Aber sie fragte nur: »Glauben Sie, Sie begehren ihn, weil er Ihre Annäherungsversuche nicht erwidert hat? Wollen Sie um jeden Preis die Leidenschaft dieses ersten Wochenendes wieder erleben?«

Ich wusste es nicht. Es war ein großes Durcheinander in meinem Kopf.

Und jetzt, mit seinem Kuss und seinen Lügen, bin ich noch mehr durcheinander als sowieso schon.

Bevor er unser Nachbar wurde, kannte Bastien meine Eltern. Bastien kannte Jean-Claude und Malika. Vielleicht kannte er sogar Lola. Ich gehe das zum hundertsten Mal durch, als mein Telefon mit einer Nachricht piept. Von Abbie Jowett.

Hallo, Caroline. Ich freue mich, dich morgen zu treffen.

Ich war so in meiner Suche gefangen, dass ich ganz vergessen hatte, alles Nötige für den Jakobsweg einzukaufen. Meine Kamera und einen Rucksack habe ich – zumindest glaube ich, dass sich irgendwo in diesem Haus ein vernünftiger Rucksack finden wird. Aber ich bin noch nicht bereit für Abbie. Ich schreibe ihr, dass ich mich um ein, zwei Tage verspäte und sie schon mal losgehen soll, ich würde dann später dazustoßen.

Bitte teile mir deine Ankunftszeit mit, damit ich mich um eine Übernachtung für dich kümmern kann.

Keine Sorge, schreibe ich zurück. *Das kriege ich schon selbst hin.* Irgendwie habe ich das Gefühl, dass das Abbie nicht schmeckt.

Ein paar Stunden später ruft Tracie an. »Und, wofür hast du dich entschieden?«

»Ich gehe auf den Jakobsweg. Du kannst meinem lieben Bruder versichern, dass ich mit Bobbys Mutter gesprochen habe und wir einen Plan gemacht haben. Ich treffe mich bald mit ihr.«

»Bald?« Dieses eine Wort aus Tracies Mund spricht Bände. *Was genau meinst du mit bald? Bald heute oder bald morgen? Oder bald nächste Woche, nächsten Monat oder nächstes Jahr?*

Sie ist seit zehn Jahren meine Schwägerin und ich kenne alle ihre subtilen und nicht so subtilen Andeutungen.

»Bald heißt in zwei Tagen.« Im Hintergrund höre ich eins ihrer Kinder schreien. »Pass auf, ich habe noch mehr herausgefunden. Sehr verstörende Sachen. Offensichtlich kannte Bastien meine Eltern und war schon lange in Aix, bevor wir uns trafen. Und ...« Ich kann es fast nicht sagen. »Und er hat eine Frau! Oder zumindest hatte er eine.«

Ich erkläre Tracie alles, was ich in den Zeitungsartikeln und im Internet gefunden habe und was im Gespräch mit meiner Mutter herausgekommen ist. Das Kindergeschrei im Hintergrund wird lauter. »Hört sich an, als solltest du lieber eine drohende Katastrophe abwenden«, sage ich.

»Du bist die einzige drohende Katastrophe, um die ich mir Sorgen mache.«

Bobby

Jason schreibt: *Zwei Verwarnungen vom Coach. Noch eine und ich bin raus aus dem Football-Team.*

Ich antworte: *Was ist denn bei dir los?*

Bin beim Rauchen erwischt worden. Rauchen! Nur eine dumme Zigarette. Nicht mal Gras oder so.

Du bist hier derjenige, der dumm ist. Mann, Jason.
Dad ist stinksauer – natürlich hat er davon erfahren. Mom fährt
trotzdem nach Frankreich. Er fügt ein paar ausgewählte Ausdrü-
cke hinzu. *Die interessieren sich doch einen Sch... für mich!*

Am liebsten würde ich ihm antworten, dass er das schon mehr
als genug tut und es einfach niemand anders mehr zu tun braucht.
Stattdessen schreibe ich: *Natürlich kümmern sie sich um dich, aber*
ist dir schon mal aufgefallen, dass sie es selbst gerade auch nicht
leicht haben?

Seine Antwort besteht aus einer Gruppe wütender Emojis.

Rasa und ich sind die letzten Nächte lang aufgeblieben. Ich
habe gespannt zugehört, was sie über verfolgte Christen und das
Aufblühen der Gemeinde unter jungen Leuten in Nordafrika und
dem Nahen Osten erzählt. Die Fahrkarte nach Le Puy und die Ju-
gendherberge habe ich inzwischen gebucht. Sogar mein Rucksack
ist fast fertig gepackt. Zusammen haben wir einige der Highlights
auf dem Jakobsweg unter die Lupe genommen und ich merke,
wie ihre Vorfreude wächst.

Deswegen bin ich in keiner Weise darauf vorbereitet, als sie am
Morgen des 9. August zu mir kommt, nur wenige Stunden, bevor
wir abreisen wollen. Sie zittert und ihre schönen Augen haben
ihr Strahlen verloren. »Ich kann nicht mitkommen«, flüstert sie.

»Was?«

»Ich kann nicht mitkommen. Ich bin nicht bereit. Mir fehlt
etwas Wichtiges ...« Sie sagt mehrere unverständliche Halbsätze
und verstummt. Dabei starrt sie auf ihre Füße. »Ich hatte früher
oft Attacken der Panik.«

Ich verziehe das Gesicht. »Was?« Dann begreife ich. »Oh. Du
meinst Panikattacken?«

Sie nickt mit niedergeschlagenem Blick. »Sie waren sehr
schlimm. Und seit zwei Nächten habe ich Albträume deswegen.«
Sie wagt nicht, mich anzusehen. »Die Albträume fingen an, nachdem ich zugesagt hatte. Und ich habe Angst, dass auch die Panikattacken wiederkommen.«

Ich ziehe die Mundwinkel nach unten und versuche zu begreifen, was sie sagt. Als sie mich noch immer nicht ansieht, stelle ich die erste Frage, die mir einfällt. »Wissen deine Eltern davon? Von den Panikattacken?«

Sie nickt. »Ja. Natürlich. Ich habe auch Tabletten dagegen genommen, aber ich brauche sie schon lange nicht mehr. Ich dachte, ich wäre geheilt von den Attacken, aber die Albträume machen mir Angst. Angst loszugehen.«

»Okay. Uff.« Hamids Warnung dröhnt mir im Kopf. *Sie ist zerbrechlich, stark und zerbrechlich.*

»Ich habe heute Nachmittag einen Termin beim Arzt. Für neue Tabletten. Siehst du, ich kann nicht mit. Ich habe einfach Angst loszugehen. Es tut mir leid. Wirklich leid.«

Ich weiß nicht, was ich sagen soll. Die Enttäuschung frisst sich in mich hinein. Dann senkt sich ein schwerer Mantel der Verantwortung über mir, so schwer, dass er mir die Luft abdrückt. Ich soll auf Mom aufpassen, mich um Rasa kümmern und ein Auge auf Caro haben. Wie soll ich mich entscheiden? Ich habe keine Ahnung.

Hamid sieht müde aus, als ich ihm später am Haus der Hoffnung begegne. »Du siehst jetzt, was ich meine«, sagt er. »Sie ist zerbrechlich.«

Ich erwarte, dass er einlenkt, sie solle hierbleiben, aber stattdessen sagt er: »Warte einen Tag ab. Darauf, was der Arzt sagt. Er kennt ihre Geschichte. Sie hat schon seit Jahren keine Panikattacken mehr. Aber hin und wieder Albträume. Ich denke, der Arzt wird sie beruhigen. Ganz bestimmt.«

Sein verzweifelter Unterton lässt mir keine Ruhe.

Und was ist mit meiner Mom? Sie sitzt schon im Flieger und sollte in ein, zwei Stunden in Paris landen.

Ich weiß immer noch nicht, was ich tun soll, aber dann kommt mir eine Idee. Ich rufe Swannee an.

»Oh, Bobby! Schön, von dir zu hören.« Aber sie klingt irgendwie abgelenkt.

»Hi, Swannee. Wie geht's dir und Granddad?«

»Nun, wir haben deine Mutter in den Flieger gesetzt und du wirst es nicht glauben, aber dein Großvater und ich ziehen ins Loft.«

»Was?«

»Das war die Idee deiner Mutter. Wir wohnen hier, so lange sie weg ist. Das hat ihr den nötigen Mumm gegeben, um auszupacken.«

»Aber wieso solltet ihr das tun?«

»Nun, du weißt, dass das Augenlicht deines Großvaters immer weniger wird. Er hatte ein paar Missgeschicke in letzter Zeit.«

Nur meine Großmutter benutzt Wörter wie *Mumm* und *Missgeschick*.

»Hat er sich verletzt?«

»Ach, nichts Schlimmes, aber wie deine Mutter meinte, das Loft hat keine Stufen und einen Fahrstuhl.«

Sie klingt irgendwie zu fröhlich. Nicht wie sie selbst.

»Was ist wirklich los, Swannee? Komm, rück raus.«

»Schätzchen, nichts, worüber du dir Sorgen machen müsstest.«

»Werdet ihr für immer wegziehen müssen?« Ich kann mir nicht vorstellen, dass meine Großeltern ihr Zuhause an der Beverly verlassen.

»Nein, nein. Mach dir mal keinen Kopf. Wir werden uns um Poncie kümmern und es uns richtig gemütlich machen.« Jetzt klingt sie völlig verstellt und künstlich. Nicht wie meine Swannee. »Und nun erzähl doch, wie es dir geht. Bist du bereit für deine Mom?«

Aber jetzt denke ich über das schwindende Augenlicht meines Großvaters und seine Gedächtnisprobleme nach, über Swannees Hand, die zittert, wenn sie den Pinsel hält, und da will ich sie nicht auch noch mit meinen Problemen belasten. Also sage ich: »Ja, wir sind kurz davor, dass unser Abenteuer beginnt.«

»Also, schreib mir nur immer schön weiter und stell die Fotos auf Instagram. Dann ist es so, als wäre ich direkt bei dir.«

Als ich das Gespräch mit einem Fingerdruck beende, spüre ich, wie der Mantel sich enger schnürt und mich mit Sorgen erdrückt. Ich fühle mich so, als hätte jemand den ganzen Spaß, die Abenteuer und die coolen Sachen, die ich erleben wollte, einfach so aus meinem Skizzenbuch herausgerissen, zusammengeknüllt und weggeworfen.

Kapitel 11

Abbie

Im Flieger mache ich kein Auge zu, und als wir in Paris landen, bin ich vom Koffein und der Erschöpfung schon ganz high. Und dann dieser Rucksack. Er ist eine Tonne schwer. Wenn Bill bei mir gewesen wäre, hätte er gesagt: »Mensch, Abbie, du brauchst doch nicht das Spülbecken mitzunehmen«, und dann hätte er ganz viele Sachen wieder aus dem Rucksack geräumt.

Aber Bill ist nicht da und ich habe die ganze Reise allein geplant. Völlig allein.

Ich nehme den Zug nach Le Puy-en-Velay, einer der vier Hauptstartpunkte für den Jakobsweg in Frankreich. Es sind über dreißig Grad. Gott sei Dank gibt es im Zug eine Klimaanlage.

Ich steige aus, wuchte den Rucksack auf den Rücken und ziehe auf der Suche nach einem Taxi den kleinen Koffer hinter mir her. Dann bleibe ich stehen, um die Umgebung wahrzunehmen, schaue am riesigen Felsen empor – der eher wie ein sehr schmaler Berg aussieht – und vergesse zu atmen. Ich habe schon zig Fotos im Internet gesehen, aber jetzt ist sie da, live und in Farbe. Oder sollte ich sagen, *sind sie da*. Maria und Jesus, überlebensgroß, hoch oben auf einem Felsen, der über der Stadt thront.

Man nennt sie Notre Dame de France und Wikipedia sagt mir, dass sie 1860 auf einem Vulkankegel in einhundertdreißig Metern Höhe errichtet wurde. Die rote Statue wurde aus dem Metall von zweihundertdreizehn Kanonen gegossen, die während des Krimkrieges von den Russen erbeutet worden waren. Das können auch nur die Franzosen: Die Jungfrau Maria aus Kanonen machen! Sie ist riesig – zweiundzwanzig Meter hoch – und wiegt eine Menge. Oder genauer gesagt, achthundertfünfunddreißig Tonnen. Und dann hat sie auch noch den kleinen Jesus im Arm.

Ich finde es interessant, dass die Statue überall, wo ich davon gelesen habe, nur als »Notre Dame« bezeichnet wird, als wäre Jesus überhaupt nicht dabei. Aber er ist sehr wohl da. Das Jesusbaby zeigt mit der Hand ins Tal oder vielleicht in die ganze Welt. Marias Kopf ist mit einer Krone aus goldenen Sternen verziert, was mir sehr komisch vorkommt, diese Vorstellung Marias als Majestät, wenn das Baby in ihren Armen doch nur wenige Jahrzehnte später eine Dornenkrone tragen wird. Aber ich habe gelesen, dass die Sterne Symbolcharakter haben und aus einem Text in der Offenbarung des Johannes stammen. Und wenn ich die Augen zusammenkneife, kann ich sehen, dass Maria auf eine Schlange tritt. Eigentlich ist es Jesus, der das in der biblischen Prophezeiung tut, aber in dieser Pose sieht Maria sehr überzeugend aus.

Der Anblick ist atemberaubend und wunderschön auf eine Art, die ich nicht in Worte fassen kann. Ich starre die beiden an und denke nur, *vielleicht ist das hier doch ein guter Ort, um auf eine Pilgerreise zu gehen.*

Ich wohne in einem winzigen Apartment in der Altstadt. Das Zimmer ist im dritten Stock. Ohne Fahrstuhl, natürlich. Ich schleppe meinen Rucksack und den Koffer die enge, gewundene und sehr alte Steintreppe hinauf, die leicht nach Katzenklo riecht.

Das Apartment schien mir der perfekte Übernachtungsplatz, hat aber einen Haken. Die Franzosen haben aus dem Jakobsweg eine richtige Maschinerie gemacht. Ein Kleinbus der Firma La Malle Postale wird morgen früh meinen Koffer abholen und zu meinem nächsten Übernachtungsort bringen, fünfzehn Kilometer von hier. Natürlich gibt es viele Pilger, die auch nur mit Rucksack auf die lange Reise gehen, aber ich habe mich nicht für eine Tortur beworben und bin offensichtlich auch nicht die Einzige, der es so geht. Aber erst nachdem ich meine Unterkunft auf Airbnb gebucht hatte, fiel mir ein winziger Nachteil auf: La

Malle Postale holt das Gepäck nicht von Airbnb-Unterkünften ab, sondern nur von Hotels und Herbergen, die offiziell als Teil des Jakobswegs registriert sind.

Ich stöhne und denke daran, wie ich früh am Morgen durch die Stadt werde eilen müssen, um den Koffer am richtigen Ort zu deponieren. Dann lasse ich den Rucksack von den Schultern auf den Holzfußboden gleiten. Ich brauche jetzt eine Tasse Tee. Eine starke Tasse Tee. Es ist nachmittags zwei Uhr in Frankreich und ich bin seit vierundzwanzig Stunden auf den Beinen.

Ich gehe auf die idyllische Rue Pannesac mit ihrem Kopfsteinpflaster. Irgendetwas in meiner Seele zwitschert, als ich die alte Straße entlangschlendere. Ich komme an einer *boulangerie* vorbei, rieche frisches Baguette, an einer *bouchérie*, wo verschiedene Sorten rohes Fleisch an Stricken von der Decke hängen. Und ich fühle sie, die Freude, die von tief in mir emporsteigt.

Gegenüber fällt mir ein gelbes Gebäude auf, dessen große Schaufenster von zwei dicken Bögen eingefasst sind. *Salon du Thé*, diese Worte laden mich zu Les Beaux Thés du Monde ein – den besten Teesorten der Welt.

Eine junge Frau in T-Shirt, Jeans und einer weißen Schürze begrüßt mich mit »*Bonjour, Madame*«, und ich erwidere den Gruß. Sie reicht mir die Karte und ich sehe sofort, was ich jetzt will.

»*J'aimerais avoir le thé gourmand, s'il vous plaît*«, sage ich, auch wenn sich die Worte in meinem Mund wie Watte anfühlen.

Sie lächelt. »Der Gourmet-Tee«, sagt sie in perfektem Englisch, »sehr gute Wahl.«

»*Qu'est-ce que c'est?*«, erwidere ich. Ich werde hier kein Englisch sprechen!

Sie lächelt und tut mir den Gefallen. Dann erklärt sie mir, dass ich meinen Tee gleich bekomme und drei Mini-Desserts.

Als sie den Tee und die Köstlichkeiten bringt, muss ich schon wieder seufzen. Es ist so französisch. Der dampfende Tee kommt in einer hübschen Porzellankanne, Limoges, da bin ich mir fast sicher, mit passender Porzellantasse und die kleinen Gaumenfreuden sind auf einem dazu passenden Porzellanteller angerichtet: eine Mandel-Birnen-Tarte, ein rundliches Gläschen gefüllt mit Panna Cotta und einem bröckeligen Topping und ein Stück Schokoladenkuchen – sicher gefüllt mit flüssigem Glück – mit einem Schlag Sahne daneben. Ein kleiner Löffel aus dunkler Schokolade liegt dabei. Die junge Frau deutet auf eine kleine Vorrichtung mit drei winzigen Sanduhren darin, die unterschiedlich gefärbten Sand enthalten: gelb, rosa und orange. Sie zeigt auf den orangefarbenen Sand, der langsam ins untere Glas rieselt. »Lassen Sie ihn sechs Minuten ziehen.«

Ich tue genau das. Und bin ganz verzaubert.

Während ich warte, gucke ich auf meinem Telefon nach neuen Nachrichten. Bobby und Rasa sollten in einer Stunde am Bahnhof sein. Ich werde sie dort abholen und mit ihnen zu ihrem Hostel laufen.

Hey Mom! Ähm, wir kommen heute doch nicht. Rasa musste noch mal zum Arzt und er meinte, sie solle sich noch ein, zwei Tage schonen. Sorry! Aber lauf ruhig schon los. Wir treffen uns dann in Monistrol und gehen von dort gemeinsam weiter.

Meine Freude von vor dreißig Sekunden löst sich augenblicklich auf und verschwindet in einer Wolke aus Sorge und dann Wut. Wie können sie es wagen!

Ich lese den Text noch einmal und koche innerlich. *Sorry???* Ich habe mir ein Bein ausgerissen, um das hier bis ins letzte Detail zu organisieren, bis dahin, wo wir heute Abend essen, wo wir die Pilgerpässe abholen, alles! So eine Frechheit!

Der nächste Gedanke, der mir durch den Kopf geht, ist: *Ich will das nicht allein machen.*

Und dann blitzen Dianas verflixt strahlende Augen auf und ich höre ihre Stimme sagen: *Lassen Sie uns zuerst einmal Abbie zurückholen.*

Ich koche noch immer, als ich die Teestube verlasse, aber immerhin habe ich die Desserts verschlungen und auch noch den letzten Tropfen Earl Grey ausgetrunken. Ich wollte keinen Schritt auf dem Jakobsweg allein gehen. Schon die Vorstellung davon flößt mir Angst ein. Ich sehe mich selbst diese steilen Hügel und steinigen Wege hinaufkraxeln, dem beißenden Wind und Regen entgegen, kein Pilger weit und breit. Bei meinem Glück zurzeit stürze ich vielleicht und verstauche mir den Knöchel. Das geschähe ihnen recht, oder?

Geschähe *ihnen* recht? Wo kam das denn her? Rasa ist bestimmt nicht absichtlich krank geworden, um mich zu ärgern. Ich schüttle den Kopf und versuche daran zu denken, wie Bobby sich jetzt fühlt. Schnell schicke ich ihm eine Nachricht. *Wow, na, das ist ja eine Enttäuschung. Aber ich komme schon klar.*

Es ist erst drei Uhr nachmittags. Anstatt zum Bahnhof zu laufen, kann ich mich frei in der Altstadt bewegen, Fotos machen und die Statue von Maria und Jesus aus jedem möglichen Blickwinkel bestaunen. Danach laufe ich zur Kathedrale, einem gewaltigen Bau, mit dessen Errichtung schon im 11. Jahrhundert begonnen wurde. Das ist mal alt.

Der kurze Weg von meinem Apartment zur Kathedrale führt steil nach oben. Ich laufe übers Kopfsteinpflaster und schaue mir im Vorbeigehen einige gemütliche Restaurants und Souvenirläden an. Die gestreifte Fassade der Kathedrale mit ihren abwechselnd hellen und bunten Steinen ist beeindruckend, fast einschüchternd, wie sie mit ihrem Mauerwerk aus drei Ebenen über mir thront. Die unterste Ebene – mein Ziel – ist der Eingangsbereich der Kathedrale mit seinem Säulengang. Ich stehe, bereits völlig außer Atem, am Fuß der sechzig Stufen.

Du liebe Güte, wir armen Pilger sind doch schon völlig fertig, bevor es überhaupt losgeht, wenn wir mit Rucksack hier hochsteigen müssen!

Aber heute bin ich unbeschwert und steige Stufe für Stufe hinauf. Der Ausblick von oben ist es wert. Ich drehe mich um und schaue durch die offenen Bögen ins Tal.

Dann betrete ich die dunkle Kirche; sie wirkt auf mich majestätisch, sehr gotisch und Ehrfurcht einflößend. Einige Minuten lang stehe ich nur da, damit sich meine Augen an die Dunkelheit gewöhnen können. Dann sehe ich nach oben und betrachte die bemalte Kuppel und die Schwarze Madonna. Ich bekomme eine Gänsehaut. Ein älteres Pärchen kommt herein, kniet nieder und bekreuzigt sich. Nach einigen Minuten der Stille, die von viel zu viel Lärm in meinem Kopf zerstört wird, gehe ich zum Buchladen der Kathedrale, wo, wie ich gelesen habe, alle Pilger ihren »Pass« abholen müssen. Er nennt sich *Créanciale* und ist ein kleines Büchlein, das man bei jeder Station stempeln lässt. Eine Art Beweis für die Pilgerreise. Die empfohlene Spende dafür beträgt fünf Euro. Ich nehme auch einen für Bobby, Rasa und Caroline und gebe dem enthusiastischen Kassierer dreißig Euro.

»*Merci, Monsieur.*«

Er belohnt mich mit einer französischen Replik. »*Je vous en prie, Madame.*« Dann fügt er auf Englisch hinzu: »Wissen Sie, dass es nachher ein Willkommenstreffen gibt?«

Das weiß ich tatsächlich. Ich habe eine Forendiskussion auf meinem Smartphone gespeichert, in der darüber und über die Morgenmessen gesprochen wird: *Es gibt eine nette Gruppe, die Freunde des Jakobswegs in Le Puy, die neue Pilger begrüßen. Sie treffen sich zwischen April und Oktober jeden Abend um halb sechs in der Rue de Manécantare 2.*

Jeden Morgen um 7 Uhr gibt es eine Messe in der Kathedrale mit einem Pilgersegen am Ende. Es ist ein schöner Start auf den Jakobsweg, mit anderen Pilgern die Kathedrale zu verlassen und durch die alten Straßen zu laufen.

Ich spaziere durch die Stadt, hoch und runter, hoch und runter. Ich könnte bis auf den Rocher Corneille steigen, von wo aus die Aussicht sicher großartig ist, beschließe aber, meine Kraft für den morgigen Wanderstart aufzuheben.

Später am Nachmittag, als die Sonne langsam dem Horizont entgegensinkt und Maria strahlen lässt, als würde sie in Flammen stehen, laufe ich hinter die große Kathedrale in die kleine Straße, die Rue de Manécantare, wo ich eine Tür suche, auf der *Cami-*

no und *Acceuil* steht. Willkommen. Ich trete ein und finde eine Gruppe von Pilgern an einem Tisch sitzen, vor ihnen kleine Gläser und eine Kanne, die für einen Amerikaner nach verdünntem Kool-Aid aussieht. Weit gefehlt. Es ist ein *Kir* – Weißwein mit Crème de cassis. Diese Franzosen! Begrüßen die Pilger aus aller Welt mit einem Glas Wein.

Ich reiche den Kir weiter und lasse mich auf einem Stuhl nieder, während der Leiter, ein Mann Mitte fünfzig, der auf den Namen Laurent hört, zu einem lebhaften Vortrag über die Vorzüge des Jakobswegs ansetzt. Dabei wechselt er zwischen Englisch und Französisch. Speziell Religiöses erwähnt er nicht, obwohl er sagt, dass diese Pilgerreise »sehr spirituell« sein kann. Er selbst ist schon die ganzen 1.200 Kilometer von Le Puy bis zum Ende des Jakobswegs ganz am westlichen Zipfel Spaniens gelaufen. Laurent sagt, der Zielort Finisterra bedeutet wortwörtlich das Ende der Welt.

Wir sind zwanzig Personen im Raum: zehn Deutsche, zwei junge Männer aus Italien, ein Vater-Sohn-Gespann aus Frankreich, ein junger Pole und vier amerikanische Frauen, die etwa in meinem Alter sein dürften.

Nacheinander erzählt jeder, wo er herkommt und wie weit er zu laufen hofft.

Der junge Mann läuft bereits seit zwei Monaten von seinem Zuhause in Polen aus und wird noch zwei weitere Monate weiterlaufen, bis er mindestens Finisterra erreicht. Allein.

Die Frauen sind aus Washington State. Sie wollen die Via Podiensis laufen, den Teil des Pilgerwegs, der in Le Puy beginnt und in einem malerischen Dorf namens Concques endet, 200 Kilometer südlich von hier. Das ist derselbe Abschnitt, den Bobby, Rasa und ich ausgewählt haben. Und Caroline natürlich. Also vielleicht.

Als ich dran bin, sage ich: »Hi, ich bin Abbie. Ich komme aus Atlanta, im Südosten der Vereinigten Staaten. Ich laufe mit meinem Sohn und einer Freundin, aber gerade heute habe ich erfahren, dass diese Freundin krank ist, also können sie erst in Monistrol dazustoßen.« Ich lache nervös. »Also werde ich wohl die ersten Tage allein sein.«

Lauren beugt sich mit strahlenden Augen zu mir herüber. »Abbie«, sagt er und sein Akzent ist nicht zu überhören. »Das ist das Schöne am Jakobsweg. Man ist niemals allein.«

Ich erwarte, dass er mir jetzt erklärt, dass Gott immer bei uns ist, aber er sagt: »Du wirst viele, viele Freunde auf dem Jakobsweg finden. Das kann ich dir garantieren.«

Auf dem Weg nach draußen kommt eine der Frauen auf mich zu. »Hallo, ich bin Jamie. Das ist ja echt blöd mit der Freundin von deinem Sohn.«

»Ja, eine ziemliche Enttäuschung. Und vor allem für die beiden.« Ich drehe die Handflächen nach oben. »Aber Laurent hat ja gesagt, dass ich gar nicht allein bin. Das ist gut zu wissen.«

Sie schmunzelt. »In der Tat. Möchtest du vielleicht mit uns gemeinsam zu Abend essen?«

»Oh, nein. Ich möchte euch nicht zur Last fallen.«

»Ach was! Wir sind doch alle Pilger, nicht wahr?«

»Dann sehr gern! Danke.«

Die vier Frauen, Jamie, Brenda, Barbara und Lynn, schenken mir alle ein breites Lächeln und heißen mich willkommen in ihrer Runde. »Kommt, wir läuten die Glocke für unseren Pilgerweg, das bringt Glück!«, sagt Lynn.

Wir gehen in den Garten am Gebäude, wo mir sofort die große Glocke auffällt, über die ich im Forum gelesen habe. Jede von uns läutet sie und macht ein Beweisfoto. Ich hole tief Luft und bete im Stillen. »Danke, lieber Gott, für diese Frauen. Ich hatte wirklich keine Lust, heute Abend allein zu sein.«

Wir gehen in ein Restaurant in einer stillen Ecke ganz in der Nähe meines Apartments. »Oh«, entfährt es mir, als wir in den großen Gastraum mit Gewölbedecke und Steinwänden treten, ganz ähnlich dem Stein der Kathedrale. »Das ist ja wirklich bezaubernd.«

Eine Kellnerin reicht mir die Karte, ein richtiges, französisches *menu*, was vier Gänge bedeutet. Eigentlich sogar fünf, wenn man den ersten mitzählt, den die Franzosen *amuse bouche* nennen – eine kleine Gaumenfreude. Danach gibt es verschiedene Salate zur Auswahl, anschließend entweder Forelle oder Lammkeule als Hauptgang, danach Käse und zum Schluss entweder Mousse mit Glasur und Zitronenverbene (eine regionale Spezialität) oder Shortbread mit Karamelleis. Meine Sinne sind bereit für dieses Festmahl.

Der Abend läuft gut. Bobby hat mir geschrieben, um sicherzugehen, dass es mir gut geht. Als wir das Restaurant verlassen, ist es nach neun und ich bin total erledigt.

»Sehen wir uns morgen früh bei der Messe?«, ruft Jamie mir nach.

»Ja, natürlich. Ich werde da sein, in aller Frühe.«

»Komm doch hinterher mit und frühstücke bei uns im Hotel. Es ist dort hervorragend. Hausgemachte Marmelade, regionaler Käse, Joghurt und natürlich Baguette. Und frisches Obst. Ich habe schon beim Hotel nachgefragt, das geht in Ordnung. Wir müssen doch ordentlich frühstücken, wenn wir das schaffen wollen.«

»Danke, das ist sehr lieb von euch. Ich komme gern mit.«

Auf dem Weg zurück in mein Apartment kann ich Laurents Stimme förmlich hören. »Man ist niemals allein auf dem Jakobsweg.« Ich schätze, er hat recht.

Bobby

Ich schlafe schlecht, aber wenigstens hat Mom geschrieben. Sie klingt fröhlich und bereit, ihren ersten Tag auf dem Jakobsweg anzugehen. Ich verbringe den Tag im Haus der Hoffnung und warte gespannt darauf, was Rasas Arzt sagt.

Am späten Nachmittag sitze ich mit Lisa draußen vor dem Kunstraum. Zwei neue Flüchtlinge haben gerade ihre Namen in ihre Farbflecke an der Wand geschrieben. »Hamid hat mir von Rasas Entscheidung erzählt«, beginnt Lisa das Gespräch. Bevor ich etwas erwidern kann, sieht sie mich ernst an. »Sagt dir ›sekundäre Traumatisierung‹ etwas?«

Ich bin so verblüfft, diese zwei Wörter zu hören, dass ich keine Zeit habe, mich zu verstellen. *Anna.* »Ja, zufälligerweise schon.«

»Dann verstehst du vielleicht, was Rasa durchmacht. Sie ist als Kind schwer traumatisiert worden, und wenn sie jetzt ganz ähnliche Geschichten von den Flüchtlingen hört, erlebt sie ein sekundäres Trauma.«

Ich verstehe das durchaus. Aber anstatt sie zu bemitleiden, frage ich zu meiner eigenen Überraschung: »Aber wieso macht sie immer weiter? Schließlich wird sie jedes Mal, wenn sie mit den Flüchtlingen zusammen ist, an ihre eigene Tortur auf der Flucht erinnert.«

Doch ich kenne die Antwort schon. Ich sehe selbst, wie verzweifelt ich Anna helfen will, immer und immer wieder.

»Das ist eine seltsame Form von Sicherheit, die sie hier spürt.«

Ja, genau.

»Ihr Herz schlägt einfach für diese Arbeit. Als Jugendliche wollte sie jahrelang nichts mit dem Haus der Hoffnung zu tun haben. Sie hat unglaubliche Fortschritte gemacht, aber es lauern natürlich nach wie vor Spätschäden.«

Es lauern Spätschäden.

Jedes Wort von Lisa ist ein Stich, eine Rückblende.

Es ist Zeit für den Kunstunterricht. Sieben Männer sind heute gekommen. Lisa nickt mir zu und geht. Ich begrüße die Teilnehmer und spreche betont langsam und deutlich. »Heute werden wir mit den Fingern malen.« Natürlich braucht man keine zwei Worte, um diese Kinderfreude zu demonstrieren, die, wie Lisa mir gesagt hat, therapeutische Wirkung auf erwachsene Flüchtlinge hat. Die Männer nicken, grinsen und stoßen einander an.

Während sie sich eifrig ihren Fingergemälden widmen, nehme

ich meinen Skizzenblock heraus und blättere darin herum. Dabei denke ich an die sekundären Traumata, die ich mit Anna erlebt habe.

ଔ

Als ich nach dem Kunstunterricht wieder alles aufräume, kommt Rasa herein. »Mein Arzt hat gesagt, es spricht nichts dagegen, auf den Jakobsweg zu gehen«, sagt sie und ihre dunklen Augen funkeln wieder vor Begeisterung. »Er meinte, ich mache mir manchmal zu viele Sorgen. Ich habe zu viel ...« Sie sucht nach dem richtigen Wort. »Zu viel Empathie. Ich muss etwas Abstand gewinnen.« Dabei wird sie rot, was sie nur noch anziehender macht.

Zu viel Empathie. Jep.

Mom sagt mir immer, ich kümmere mich zu sehr um andere und habe zu viel Verantwortungsgefühl für mich und alle anderen. »Was du an Gewissen zu viel hast, hat Jason zu wenig.« Sie lächelt immer, wenn sie das sagt, aber ich weiß, dass sie keinen Scherz macht.

Ich schiebe den Gedanken fort und konzentriere mich auf die gute Nachricht: Rasa kommt mit auf den Jakobsweg!

Wir gehen in die kleine Küche und holen uns kaltes Wasser, das wir in die Lounge mitnehmen. Rasa macht keinen Small Talk. Sie stellt ihr Glas neben den Stuhl auf den Boden und sieht mich an. Ihr Blick ist so intensiv, dass er mich sogar etwas einschüchtert. Ich bin vielleicht eine gute Seele, aber Rasa ist definitiv noch besser.

»Ich habe dir doch meine Geschichte erzählt, wie wir geflohen sind. Ich war noch klein und hatte gerade Isa gefunden.« Sie schließt kurz die Augen. »Eine nette Amerikanerin hat mir von Isa erzählt, als ich bei unseren armenischen Nachbarn zu Besuch war. Und dann ging alles schief. Baba musste fliehen. Ich musste mich mit Mamaan und meiner Großmutter verstecken. Aber Isa war auch bei uns, im Versteck, und immer auf der ganzen Reise. Er hat uns gerettet. Meine Mutter wäre bei der Entbindung fast gestorben und mein kleiner Bruder an Fieber. Aber ich habe gebetet und Isa hat sie geheilt. Ich habe gebetet, und obwohl die Flucht schrecklich war, habe ich daran *geglaubt* und gespürt, dass er bei uns war. Ich habe es *gespürt*, Bobby.«

Ich höre ihr an, wie sehr sie sich wünscht, dass ich ihr vertraue. »Das glaube ich dir«, flüstere ich.

»Ich bin auch fast gestorben. Aber wir haben überlebt.« Ihr Blick wird trüb. »Außer meine Großmutter. Aber sie war bereit für ein anderes Leben. Im Himmel. Und wir kamen nach Österreich. Ich fand es sehr gut hier. Bis diese Attacken der Panik kamen und die Träume ... Albträume. Weißt du?«

Ich nicke und wage nicht, sie zu korrigieren.

»Das ging lange Zeit so.« Sie atmet tief ein und aus. »Aber dann bin ich zum Arzt gegangen und habe Dinge zu tun gelernt, die mir helfen. Und Isa hat mich geheilt. Schon wieder.« Sie sieht fest entschlossen aus, als rechne sie damit, dass ich alles infrage stellen will. »Er hat mich von den Träumen geheilt. Und von den Attacken. Ich wollte ins Haus der Hoffnung. Vorher bin ich nie dorthin gegangen. Aber ich wusste, dass Isa mich gesund machen würde, damit ich hier helfen kann.«

»Und du machst das wirklich gut mit den Leuten hier«, sage ich. »Du verstehst sie. Du bist ein Segen für sie alle.«

Sie ringt die Hände – ihre hübschen, zarten Hände – im Schoß. »Aber mein Vater glaubt, dass ich den Flüchtlingen zu viel Lasten abnehmen will.« Sie runzelt die Stirn und ein tiefes V entsteht zwischen ihren dichten, ausdrucksstarken Augenbrauen. »Dabei versuche ich, die Lasten Isa zu geben.« Ihre Lippen sind schmal, als ob sie darum kämpft, nicht zu weinen. »Er hat mich geheilt. Aber jetzt habe ich wieder diese schlimmen Träume. Kommen die Attacken der Panik jetzt auch wieder?«

Ich überlasse es der Stille, das zu beantworten. Zugleich frage ich mich, ob vielleicht die Vorstellung dieser Pilgerreise die Ängste hervorruft.

»Manchmal frage ich mich, wo Gott jetzt ist? Dann habe ich das Gefühl, er ist weggegangen. Als ob alles, was ich für die Leute tue, ihnen nicht hilft. Dann sieht alles düster und traurig aus.«

Während Rasa redet, habe ich das Gefühl, dass sie den Vorhang vor ihrer Seele beiseitegezogen und mich eingeladen hat, hinter die Kulissen zu schauen. Ich überlege gründlich, was ich jetzt sage.

»In der Highschool hatte ich eine Freundin, die ein schweres Leben hatte. Sie war missbraucht worden. Von jemandem aus dem nahen Umfeld. Ich habe versucht, ihr zu helfen. Aber dann habe ich mich zu sehr um sie gekümmert. Und habe mir zu viel aufgebürdet. Ich habe innerlich alles durchgemacht, was sie durchlebt hatte, so sehr, dass ich weder ihr noch mir selbst helfen konnte. Ich musste Abstand gewinnen. Zumindest für eine Weile.«

Für immer, geht mir durch den Kopf. *Ich habe sie verloren.* Aber das sage ich nicht laut. Ich konzentriere mich auf Rasa, auf ihre schönen Augen, damit ich nicht Annas verzweifeltes Gesicht sehe und höre, wie sie mich wieder und wieder anschreit.

Wir bleiben im Haus der Hoffnung in der Lounge, bis der Himmel in vielen Pastelltönen erstrahlt. Hin und wieder schauen Lisa oder Hamid herein, sagen aber nichts. Ich glaube, sie halten den Atem an und beten, dass ich Rasa überzeugen kann, mit mir auf den Jakobsweg zu gehen.

»Ich weiß, was ihr denkt, du und mein Vater. Dass ich mal eine Pause brauche. Einen Tapetenwechsel.« Sie zieht die Mundwinkel nach unten. Dann lächelt sie auf diese verlegene Art, die mein Herz zum Schmelzen bringt. »Ich soll laufen, damit ich mich nicht totlaufe«, sagt sie und grinst.

»Genau.«

»Also komme ich mit. Aber nicht morgen. Morgen werde ich mich ausruhen und vorbereiten. Meinst du, deine Mutter kann noch einen Tag warten?«

Ich schicke Swannee ein Video von den Flüchtlingen, die ihre Hände tief in Temperafarbe tauchen und dann ihre »Meisterwerke von Hand« schaffen, wie wir sie nennen.

Sie schreibt gleich zurück. *Toll! Mit Fingern malen, wie Jean-Paul.*

Swannee hatte mir erzählt, dass bei ihrem Freund und Künstler eine degenerative Krankheit festgestellt worden ist – eine seltsame Form von Arthritis. Er konnte nicht mehr reisen, und was noch schlimmer war, keinen Pinsel mehr halten – das schlimmste Schicksal für einen Maler. Aber dann brachte er sich das Malen mit den Fingern bei. Sie hatte mir einige seiner neuen Werke auf seiner Website gezeigt und sie waren genauso detailliert und verblüffend gut wie die alten.

Sie schreibt weiter: *Wo wir gerade von ihm sprechen ... hast du mit ihm schon ein Treffen ausgemacht?*

Ups! Das mache ich gleich, schreibe ich zurück. *Und unser erster Gang geht ins Museum, wo dein Bild hängt.*

Ich suche nach Jean-Pauls Nummer in den Kontakten und schreibe mit fliegenden Daumen meine Nachricht. Dann halte ich inne, nehme das Telefon in die Linke und schaue meine Hände an. Junge Hände, die funktionieren – kein Zittern, keine Arthritis, keine Angst. *Danke, Gott, für meine Hände, denke ich.*

Kapitel 12

Abbie

Ich schlafe wie ein Stein – das Glück der ersten Nacht, bevor der Jetlag einsetzt – und wache morgens um sechs vom Alarm meines Mobiltelefons auf. Schnell ziehe ich mich an und stürze eine Tasse Kaffee hinunter, bevor ich meinen Koffer für La Malle Postale zum Ablageort schleppe. *Uff!* Das erste Häkchen auf meiner To-do-Liste.

Zurück im Apartment nehme ich meinen Rucksack und laufe zur Kathedrale. Auch wenn heute nur das Allernötigste im Rucksack ist, fühlt er sich auf den steilen Stufen zur Kirche schwer an. Die Kathedrale ragt im frühen Morgenlicht wie ein böses Omen auf. Sie sieht aus wie ein Häftling in gestreifter Kleidung. Aber als ich eintrete, breitet sich eine Mischung aus Frieden und Aufregung in mir aus. Als die Messe um sieben Uhr startet, ist die Kathedrale mit Pilgern gefüllt. Überall an den Wänden lehnen Rucksäcke.

Verzweifelt suche ich in der Menge nach den Frauen aus Washington. Irgendwann entdecke ich Jamie und Brenda, die mir aus einer Kirchenbank zuwinken.

Als der junge Priester auf Französisch die Predigt beginnt, gratuliere ich mir insgeheim selbst, dass ich fast alles verstehe. In seinen Gedanken über das Lukasevangelium und Paulus' Brief an die Galater lädt er dazu ein, Jesus mit auf die Wanderung zu nehmen. Ich bin erfreut. Hatte ich doch damit gerechnet, dass es nur um die Jungfrau Maria geht. *So schnell hat man Vorurteile*, denke ich. Schon jetzt habe ich begriffen, dass es auf diesem Jakobsweg für mich darum gehen wird, eine ganze Menge vorgefasster Meinungen auf den Prüfstand zu stellen.

Am Ende der Messe verkündet der Priester den Pilgersegen. Wir gehen alle nach vorn und die Worte werden in verschiedenen Sprachen auf eine Leinwand projiziert.

»Allmächtiger Gott, du zeigst deine Güte denen, die dich lieben, für und für. Du lässt dich finden von denen, die dich suchen. Behüte diese Pilger auf ihrem Weg und führe sie nach deinem Willen. Sei ihnen Schatten in der Hitze des Tages, Licht in der dunklen Nacht und Linderung, wenn sie ermattet sind, damit sie frohen Mutes ihren Weg vollenden können unter deinem Schutz. Im Namen Jesu Christi, unseres Herrn. Amen.«

Ich erkenne die Ähnlichkeit zu Psalm 121, einem meiner Lieblingstexte. »... der Herr ist dein Schatten über deiner rechten Hand, dass dich des Tages die Sonne nicht steche noch der Mond des Nachts.« Ich bin mir sicher, dass viele Pilger sich nicht als gläubig bezeichnen würden, aber die Andächtigkeit und Freude, die diese Messe erfüllt, beeindruckt mich. Ich fühle mich optimistisch gestimmt und voller Vorfreude.

Diana hat empfohlen, dass ich auf dem Jakobsweg die Wallfahrtspsalmen lese, Psalm 120 bis 134. Das sind die Lieder, die die Juden bei ihrer jährlichen Pilgerreise nach Jerusalem aufsagten.

Der Priester gibt uns den ersten Stempel im Pilgerpass. Ich halte ihm meinen hin und er sagt: »Geh im Frieden Christi! Wir danken unserem Gott.«

»*Merci*«, murmle ich.

Mehrere Nonnen im grauen Habit verteilen Rosenkränze aus Plastik. Sie leiten uns auch zu einer Holzkiste, in der der Pilgersegen in verschiedenen Sprachen liegt. Ich nehme mir die kleine Karte auf Englisch mit und bewundere die schöne Schrift.

Alles, was ich heute Morgen schon erlebt habe, versuche ich in mich aufzunehmen. Kurz bin ich versucht, auch die Pässe für Bobby, Rasa und Caroline abstempeln zu lassen, aber nein, sie sind nicht hier. Ich denke daran, wie Bobby immer alle Leute retten will, mich eingeschlossen, und frage mich, wie ich ihm zeigen kann, dass mich niemand retten muss. Aber kaum ist dieser

Gedanke da, folgt ihm ein zweiter: *Oh, doch. Du musst gerettet werden – vor dir selbst.*

War das die Stimme des Heiligen Geistes? Ich habe schon sehr lange nicht mehr auf sein Flüstern geachtet.

႙

Das Frühstück mit meinen neuen Freundinnen ist genauso wie Jamie versprochen hat: Kaffee, Obst, Käse und Brot, dazu Joghurt und mehrere hausgemachte Marmeladen in großen Schüsseln. Auf dem Weg aus Le Puy plaudern wir entspannt und folgen den weißen und roten *traits*, den Markierungen auf Wänden und Pfosten, die uns Pilgern sagen, dass wir auf dem richtigen Weg sind.

Der erste Teil des Jakobswegs führt auf einer gewundenen Straße einen steilen Hügel hinauf und aus dem Ort hinaus. Wir haben einen Panoramablick auf die Stadt. Maria glänzt flammend in der Ferne. Es geht hinauf und hinauf. Viele Pilger sind sofort nach der Messe losgelaufen, aber bevor die Frauen aus Washington und ich den ersten Hügel erklommen haben, ist es schon halb zehn. Beim Blick zurück sehe ich ein paar Nachzügler und irgendwie stimmt mich das zufrieden. Ich möchte nicht die Letzte sein.

Nach dem ersten steilen Aufstieg geht es auf flachen Landstraßen weiter. Irgendwann laufen wir auf einem schmalen Weg bergauf durch ein Feld und schließlich auf den sanft geschwungenen Hügeln bis zu einem Ort, der La Roche heißt und einen atemberaubenden Blick ins Tal offenbart.

Brenda, so stellt sich heraus, ist ein wandelndes Lexikon. Oder eine wandelnde Wikipedia. Während wir uns an der Schönheit sattsehen, sagt sie: »Überall in der Gegend sind hier Häuser aus Basalt gebaut – das ist der schwarze Stein, den ihr seht. Wir sind hier in einer Vulkanregion. Der rote Stein ist Vulkangestein und schwarz sind die Steine, die in der Erde waren.«

Wir laufen seit einigen Stunden. Die Sonne brennt erbarmungslos. Zum Glück trage ich ein ärmelloses T-Shirt und eine Caprihose und bin eingecremt. Mein Rucksack ist voller Wasserflaschen und auch meine Schuhe tun ihren Dienst. Wir erreichen einen Ort namens St. Christophe-sur-Dolaizon, wo ein Dutzend oder noch mehr Pilger neben einer alten Kapelle pausieren und Brot, Käse und *saucisse* genießen. Die Gruppe aus Deutschland hat genug für alle und drängt uns, uns dazuzusetzen. Das lassen wir uns nicht zweimal sagen.

Auf dem Jakobsweg ist man niemals allein. In mir ist es ganz warm und ich fühle mich aufgetankt.

Die Deutschen kommen von einer evangelikalen Gemeinde in der Nähe von Frankfurt. Sie laufen seit zehn Jahren Teile des Jakobswegs zusammen. Jeden Tag fährt einer von ihnen mit einem Kleinbus voran und hat Essen und Getränke für die Pausen unterwegs dabei. Als sie ihre Reste verstaut haben, gehen sie in die alte Kirche. Wir folgen ihnen. Sie singen Kirchenlieder auf Deutsch und ich betrachte derweil den Basalt und die Buntglasfenster.

Die Melodie von »Du großer Gott« erkenne ich sofort und summe mit. Lynn beugt sich zu mir herüber. »Das Lied kenne ich noch aus der Kindheit«, sagt sie. Wir tasten uns durch zwei Strophen auf Englisch, während die Deutschen uns mit Blicken ermutigen. Inzwischen sind noch mehr Pilger eingetreten, vermutlich angelockt durch den Gesang. Nach und nach kommen sie nach vorn und setzen sich zu uns in die Bänke. Es dauert nicht lange und das Lied erklingt in vielen Sprachen. Manche davon kenne ich nicht einmal.

Ich schließe die Augen. Das ist der Jakobsweg. Norweger, Franzosen, polnische Studenten, deutsche Rentner und eine Gruppe amerikanischer Frauen singen gemeinsam in einer alten Kirche in Frankreich, jeder in seiner Sprache. Es ist erst ein halber Tag vergangen und schon jetzt hat der Jakobsweg mich überrascht, gesegnet und mit Staunen und Dankbarkeit erfüllt.

Die Magie des ersten Tages setzt sich fort, während ich den Gesprächen der Frauen aus Washington lausche, die sich offensichtlich schon viele Jahre kennen. Ich bin froh, dass sie mich mitgenommen haben. Wir laufen an Weiden mit wiederkäuenden Kühen vorbei, an Pferden, die ihre weichen Schnauzen über Zäune heben, in der Hoffnung, von freundlichen Pilgern eine Karotte zu ergattern.

Als wir am Spätnachmittag eine Trinkpause einlegen, sieht Barb auf ihr Smartphone. »Du liebe Zeit. Jack verfolgt mich über diese App auf seinem Handy, aber wann wird er kapieren, dass sie nun mal unpräzise ist?« Sie lacht. »Heute Morgen war er sich sicher, dass ich in die falsche Richtung laufe. Und jetzt rastet er aus, weil er glaubt, dass ich seit drei Stunden in einem Café sitze. Er ist überzeugt davon, dass ich entweder entführt wurde oder hingefallen bin und mir das Genick gebrochen habe und nicht mehr weiterkann.« *Es geht mir gut*, schreibt sie ihm. *Dein Telefon spinnt.* »Was bringt das ganze Tracking, wenn er sich nur noch mehr Sorgen macht?«

Ich höre ihr zu und versuche zu lächeln.

»Lass nur, Barb«, sagt Brenda. »Phil verfolgt mich auch per GPS über sein Handy. Er ist der festen Meinung, dass ich mich verlaufen werde.«

Jamie lacht und holt ihr Handy heraus. »Thomas ist froh, dass er mich für zehn Tage los ist. Er isst aus der Dose und guckt Tag und Nacht Sport.« Dann kichert sie. »Aber diese Tracking-App hat er auch.«

Ich will im Boden versinken. Weiß Bill überhaupt, wo ich bin? Doch, ich habe ihm den detaillierten Plan geschickt. Ohne eine Antwort von ihm. Interessiert es ihn überhaupt?

Vielleicht stimmt es, dass man auf dem Jakobsweg nie allein ist, aber in diesem Moment, als die Frauen lachend ihre Tracking-Apps vergleichen, fühle ich mich so einsam wie an dem Tag vor zweiundzwanzig Jahren, als ich Bill zum ersten Mal traf.

»Danke, es war toll mit euch«, sage ich, als wir ein kleines Dorf namens Montbonnet erreichen. »Ich kann euch gar nicht genug dafür danken, dass ihr diesen ersten Tag so lustig und kurzweilig gemacht habt. Hier habe ich meine erste Unterkunft gebucht.«

Wir verabschieden uns, tauschen Telefonnummern aus und dann laufen die anderen die letzten fünf Kilometer weiter.

Ich bin froh, allein zu sein, denn ich brauche jetzt Zeit für mich, Zeit zum Nachdenken. Geht es beim Jakobsweg nicht ums Nachdenken?

Aber dann will ich überhaupt nicht über meinen Vater nachdenken, der sein Augenlicht und sein Gedächtnis verliert, oder über meine Mutter, deren Hände zittern; nicht über Jason, der aus dem Footballteam geworfen wird, oder über Bobby, der irgendwo in Österreich mit einem Flüchtling feststeckt. Und vor allem nicht über Bill und die Art, wie er mich ignoriert. Ich will nicht darüber nachdenken, dass ich ihn am besten gar nicht kontaktieren soll.

Ich höre noch meinen Austausch mit Diana. Ist das wirklich erst fünf Tage her? »Ich werde für Sie beten, Abbie.«

Keine SMS mehr, keine Nachrichten. Das habe ich gesagt.

Aber ich habe nicht aufgehört. Alte Gewohnheiten legt man nur schwer ab. Ich will, dass er mich vermisst. Ich will, dass er sich Sorgen macht.

Ich will, dass mich auch jemand per GPS verfolgt.

༄

Ein hölzernes Schild weist mich zu La Barbelotte, dem *chambre d'hôte*, wo ich heute Nacht schlafen werde. Das ist das französische Äquivalent zum Bed-and-Breakfast, und obwohl es erst vierzehn Uhr ist, bin ich froh, dass ich die fünfzehn Kilometer in einer vernünftigen Zeit zurückgelegt habe. Die Gastgeberin Geraldine zeigt mir mein Zimmer und ich muss laut seufzen. Das Zimmer ist geräumig, sauber und ordentlich. Und ich habe ein eigenes Bad.

Ich dusche und setze mich mit einer Tasse Pfefferminztee in den Garten. Die Sonne scheint mir auf den Rücken. Ich bin umgeben von blühenden Petunien und Zinnien. Ein Lavendel streckt seine violetten Ranken in alle Richtungen und ich atme den süßen Duft ein und entdecke reife Himbeeren, die sich über eine Steinwand schieben. Das! Das ist Frankreich.

Diana hat vorgeschlagen, ich solle eine Lectio Divina machen: Ich soll einen kurzen Text aus der Bibel mehrmals laut lesen und auf alle Worte achten, die bei mir Widerhall finden. Das Ganze klingt für meine Ohren etwas seltsam, aber weil ich mich endlich von Bill ablenken will, bin ich zu allem bereit.

Also lese ich den ersten Text, den Diana vorgeschlagen hat, aus dem Johannesevangelium, dreimal laut. Nach jedem Lesevorgang lege ich eine Pause ein und denke darüber nach.

Johannes der Täufer und zwei seiner Jünger waren am nächsten Tag wieder an dieser Stelle, als Jesus vorüberging. Da schaute Johannes ihn an und sagte: »Seht, dies ist Gottes Opferlamm!« Als die beiden Jünger das hörten, folgten sie Jesus. Jesus drehte sich zu ihnen um, sah sie kommen und fragte: »Was sucht ihr?« Sie antworteten: »Rabbi, wo wohnst du?« »Kommt mit, dann werdet ihr es sehen!«, sagte Jesus. Also gingen sie mit Jesus dorthin, wo er wohnte. Es war ungefähr vier Uhr nachmittags und sie blieben bei ihm bis zum Abend.

CB

Das Erste, was mir ins Auge springt, ist das Wort *folgten*. Johannes zeigt auf Jesus und seine Jünger folgen ihm sofort. Der arme Johannes steht allein da. Ich wäre an seiner Stelle bedient. Jedenfalls steht dort, dass die Jünger bei Jesus sein wollen, und zwar so sehr, dass sie »bei ihm bis zum Abend« blieben.

Hier bin ich, der Rest des Tages liegt vor mir. Hm. Könnte ich bis zum Abend bei Jesus bleiben? Ihn in mein ganzes Chaos einladen. Das macht mir Angst. Ich möchte lieber nicht darüber nachdenken.

Also nehme ich mir meinen nächsten Fund vor. *Es war ungefähr vier Uhr nachmittags.* Ich habe das Johannesevangelium schon oft gelesen und mich jedes Mal gefragt, wieso er diese banale Information festhielt – die Tageszeit. Aber heute, als ich diese Worte lese, schießen mir Tränen in die Augen. Ich sehe auf die Uhr und es ist fast genau vier Uhr nachmittags – 16:05, um genau zu sein.

Da ist dieses ärgerliche Kneifen in der Brust. Als ob der Gott des Universums wusste, dass ich diesen Text an diesem Tag genau um diese Uhrzeit lesen würde. Absurd.

Aber Miss Abigail hätte das nicht als absurd bezeichnet. Sie nannte »Zufälle« wie diesen »kleine Winks von Gott«, dem es gefällt, uns hin und wieder an seine Gegenwart zu erinnern. Ein Gott, der genau weiß, was wir in jedem Augenblick des Tages tun. Ich hole das Tagebuch von Diana heraus und notiere meine Gedanken. Meine Gefühle sind eine wilde Mischung: Aufregung, Zweifel, Vorfreude, Genervtheit. Ich schreibe: *Gott, ich will lieber nicht »bei dir bleiben« für den Rest dieses Tages. Aber ein bisschen Zeit können wir noch miteinander verbringen. Ich bin dankbar für die Frauen aus Washington und ihre Freundlichkeit. Als ob du sie mir in den Weg gestellt hast, um mir nach dem Schock, dass Bobby und Rasa nicht kommen, Mut zu machen.*

Ich glaube, auf diesem Jakobsweg wird es darum gehen, dir wieder zu vertrauen. Ich kann dich fast sagen hören: »Abbie, du hast Pläne gemacht und dir alle Mühe gegeben, damit auch ja alles richtig läuft. Aber du kannst nicht alles kontrollieren. Vertrau mir einfach und setz einen Fuß vor den anderen.«

Als ich noch einmal lese, was ich geschrieben habe, bin ich vor mir selbst erschrocken. Ich sitze noch Stunden im Garten und hänge meinen Gedanken nach, während ich das Hugenottemblem aus Fort Caroline weitersticke. Dann fange ich erstaunlicherweise an zu beten ... für meine Eltern, für Jason, für Bobby und Rasa, und schließlich, ja, auch für Bill.

»Sei bei ihm, Herr. Gib ihm den Freiraum, den er braucht. Lass ihn neu zu dir finden. Und bitte hilf mir, ihn loszulassen und dir zu vertrauen, während ich hier auf der Suche nach mir selbst bin.«

Wieso um alles in der Welt habe ich *das* gebetet?! Ich will, dass er mich vermisst und sich Sorgen macht! Es soll ihm so richtig dreckig ohne mich gehen. Aber das Gebet kam einfach so hoch.

Das Essen ist hervorragend – alles Bio: Salat, grüne Bohnen, Wurst und Kartoffeln mit Käse aus der Region. Erstaunlicherweise bin ich die Einzige in der Unterkunft, jetzt, wo Bobby und Rasa und Caroline nicht da sind. Ich mache um einundzwanzig Uhr das Licht aus und schlafe tief und fest.

Caro

»*Allô?*«

Allein schon Jean-Claudes Stimme am Telefon zu hören, bringt so viele Erinnerungen an die Sommer mit Lola hoch. Nach unseren Fahrradtouren, Ausritten auf den Ponys und Ausflügen zum Schwimmbad landeten wir unweigerlich am Spätnachmittag bei den Fourcades, lachend und hungrig. Jean-Claude begrüßte uns schon an der Tür, ein Lächeln auf den Lippen und den freundlich charmanten Blick, der »seinen Mädchen« galt. Und ich fühlte dasselbe; Jean-Claude war wie ein zweiter Vater für mich, wenn meiner während der Ferien auf Dienstreise war.

»*Apéro?*«, fragte er immer. Wir nickten dann begeistert, stürmten in den großen Salon und ließen uns kichernd auf die braunen Ledersessel fallen. Er brachte dann Säfte oder Cola mit Chips, Brezeln zum Knabbern und Pistazien. Während wir von unseren

Abenteuern erzählten, schlürfte er seinen Pastis und rührte das Eis um, sodass es an die Wand des Glases klirrte.

Ich schlucke die Erinnerungen herunter. »*Bonjour, c'est Caroline*«, sage ich.

»Caroline!« Ich kann hören, wie er sich freut. »*Comment ça va, ma chérie?*«

»Ganz gut.« Aber in meiner Stimme klingt eine Verzweiflung mit, die ihm sicher nicht entgeht. »Kann ich heute vorbeikommen?«, platze ich heraus.

Er zögert kurz. »*Bien sûr*, meine liebe Caroline. Komm nur.«

Er sieht viel älter aus als seine fünfundsechzig Jahre. Wir haben uns drei oder vier Jahre nicht mehr gesehen. Ich weiß noch, wie seine Haare nach Malikas Tod praktisch über Nacht weiß wurden. Heute ist sein stets gebräuntes Gesicht von vielen Falten durchzogen. Aber seine Augen haben noch dasselbe sanfte Blau, und wenn er lächelt, strahlen sie Wärme aus. Er gibt mir die drei üblichen Küsschen, rechts, links, rechts.

»*Apéro?*«, fragt er.

Ich grinse und nicke.

»Soll ich dir erst einmal alles zeigen?« Das Haus ist ein saniertes *mas*, ein altes Bauernhaus, das heute mit handgemachten Fliesen aus Italien und einem Salon glänzt, in dem man tanzen kann, aber die Möbel sind dieselben – das Ledersofa und die Sessel, der alte Bauerntisch, an dem zwanzig Leute sitzen können.

Draußen hinterm Haus sind Olivenhaine und Apfelbäume, der Lavendel wächst in dichten, duftenden violetten Reihen. Basilikum, Oregano, Thymian und Schnittlauch buhlen im Kräutergarten um Aufmerksamkeit. Ich atme die bunte Mischung aus Gerüchen ein und lächle. Zum Schluss besuchen wir noch seinen *cave*, gut bestückt mit über dreihundert Flaschen französischem Wein aus jeder Region. Im Salon genehmige ich mir einen Saft, ohne auf meine selbst auferlegte Abstinenz einzugehen, und Jean-Claude ist Gentleman genug, um keine Fragen zu stellen. Ich lache, als er mit Pistazien kommt. Er hält ein hohes Glas Pastis in der Hand. »Auf dich, Caroline«, sagt er und wir lassen unsere Gläser aneinanderklirren.

Aber für Small Talk bin ich nicht gekommen. In knappen fünfzehn Minuten bringe ich meine Geschichte auf den Punkt. Ich erzähle ihm alles, auch das, was ich weder meiner Mutter noch meinem Vater gesagt habe, Dinge, die nur Stephen, Tracie und meine Therapeutin wissen.

Er beobachtet mich dabei und der Ausdruck in seinen blauen Augen wechselt von Freude zu Überraschung und schließlich Sorge. Als ich endlich meinen Monolog, oder vielleicht eher meine Schmährede, mit den Worten »Kannst du mir irgendetwas über Bastien sagen?« beende, greift er nach meiner Hand.

»*Je suis desolé, ma cherie.* Das ist wirklich sehr beunruhigend.« Er räuspert sich, einmal, zweimal, dreimal.

»Ja, wir kannten Bastien lose, wie deine Mutter gesagt hat. Seine Frau lernten wir bei einer Soirée kennen.« Er denkt nach.

Schweigend sitzen wir da und ich nehme eine Handvoll Pistazien, um meine Nerven zu beruhigen.

»Es ist etwas kompliziert, *ma chérie,* aber ich werde dir sagen, was ich weiß.«

Ich bin kurz davor, ihn davon abzuhalten, so viel Schmerz steht ihm ins Gesicht geschrieben.

»Du weißt, dass Interpol mehrere Jahre lang die Bemühungen der iranischen und der französischen Polizei koordinierte, um nach Lolas Cousin Khalid zu fahnden. Er lebte im Iran und kam im Sommer immer für einige Wochen nach Frankreich. Sein Verhältnis zu Malika war sehr eng – sie war mehr als nur seine Lieblingstante. Sie hat ihn mit großgezogen.« Er schüttelt leicht den Kopf. »Es wurde vermutet, dass er irgendwo in der Provence eine Terroristenzelle aufbaute, vielleicht sogar in unserem kleinen Dorf Lourmarin.« Wieder greift er nach meiner Hand.

»An diesem Wochenende« – ich weiß sofort, welches er meint – »organisierte Interpol eine verdeckte Operation. Die französische Polizei wollte Khalid bei uns zu Hause verhaften. Er hatte Malika gesagt, er wolle am Sonntag kommen, also hatte Interpol dafür gesorgt, dass man Malika und Lola am Samstag in ein sicheres Versteck bringen würde. Sie waren gerade dabei aufzubrechen, als Khalid einen Tag zu früh auftauchte.«

Er sieht aus dem Fenster, wo eine Brise durch den Olivenhain fährt, aber ich weiß, dass er in Gedanken viel weiter weg ist. Eine einzelne Träne läuft ihm über die faltige, von der Sonne gebräunte Wange. Er räuspert sich wieder.

»Khalid ging es um persönliche Rache. Er liebte Malika wie seine Mutter ... und dann schlug seine Liebe in Hass um, weil sie zum Christentum konvertiert war.«

Ich schnappe nach Luft und merke, wie mir das Herz in die Hose rutscht. »Du meinst also, er hat sie umgebracht, weil sie konvertiert ist?«

»Es scheint so. Ja.«

»Und Lola wurde entführt?«

Er ignoriert meine Frage. »Es gibt Neuigkeiten«, sagt er.

Hoffnung keimt in mir auf. »Neuigkeiten von Lola?«

Er sieht weg. »Nicht direkt. All diese Jahre wusste ich nicht, ob sie noch am Leben ist. Dann hörte ich vergangenes Jahr, sie sei in Sicherheit.«

»Das heißt, sie ist aus dem Iran entkommen?«

»Ja. Das ist alles, was man mir gesagt hat. Und ich sollte es für mich behalten.«

»Sie lebt!« Ich schlinge die Arme um ihn, völlig ungeniert und amerikanisch. Er hält mich fest, meinen Kopf an seine Brust gedrückt.

Ich löse mich von ihm und halte nur seine Arme fest. »Also hast du sie noch nicht gesehen?«

Er wischt sich mit einem Finger unter dem Auge entlang. »Nein, noch nicht.«

»Aber du weißt, wo sie ist?«

»Sie ist an einem geheimen Ort. Aber ich habe gehört, dass

Khalid wieder in Europa ist und gesucht wird. Wenn er verhaftet ist, dann kann Lola wieder nach Hause kommen.«

»Das sind so wunderbare Nachrichten. Wirklich wunderbar.«

»Ja.« Aber sein Lächeln ist angespannt. »Aber du musst das für dich behalten, Caroline. Sag niemandem etwas. Nicht deinen Eltern, nicht deinem Bruder und nicht deiner Schwester. Wir können nicht vorsichtig genug sein.«

»Natürlich!« Ich muss ihm die nächste Frage stellen, bevor ich den Verstand verliere. »Glaubst du, Bastien hatte irgendetwas damit zu tun?«

Jean-Claude fällt die Antwort nicht leicht. Ich habe ihm offensichtlich Unbehagen bereitet. Schließlich nickt er. »*Oui.*«

Kapitel 13

Abbie

Um acht Uhr werde ich vom Klingeln des Weckers wach. Ich habe gut geschlafen. Schnell ziehe ich mich an und gehe zum Frühstücksraum, der ein umgebauter alter Stall ist – inklusive großem Trog, in den das Jesus-Baby passen würde, und Gerätschaften aus der Landwirtschaft an der Wand aus Basalt. Das Frühstück aus Joghurt, Brot, hausgemachter Aprikosen- und Erdbeermarmelade und einer Tasse Kaffee lasse ich mir schmecken. Geraldine kommt herein und sagt: »Viel Erfolg heute. Seien Sie vorsichtig – es wird stürmisch da draußen.«

Man muss mir die Angst ansehen, denn sie lächelt und beruhigt mich. »Das wird schon. Sie müssen nur ein gutes Tempo finden.«

Zurück auf meinem Zimmer beschließe ich, Psalm 121 aus der Messe gestern zu lesen, um meine Nerven zu beruhigen. Wenigstens eine gehorsame Pilgerin will ich sein!

Ich hebe meine Augen auf zu den Bergen; woher kommt mir Hilfe?

Genau das tue ich. Ich hebe meine Augen auf zu den Bergen vor mir. Das müssen erloschene Vulkane sein.

Meine Hilfe kommt vom Herrn, der Himmel und Erde gemacht hat. Er wird deinen Fuß nicht gleiten lassen, und der dich behütet, schläft nicht. Siehe, der Hüter Israels schläft und schlummert nicht. Der Herr behütet dich; der Herr ist dein Schatten über deiner rechten Hand, dass dich des Tages die Sonne nicht steche ...

Die Sonne wird mich nicht stechen, aber was ist mit dem Wind? Ich hole tief Luft und lese weiter.

... noch der Mond des Nachts. Der Herr behüte dich vor allem

Übel, er behüte deine Seele. Der Herr behüte deinen Ausgang und Eingang von nun an bis in Ewigkeit!

Ich atme noch einmal tief durch und spüre, wie sich Stille in mir ausbreitet.

Der Tag gestern war gefüllt mit Small Talk, mit einfacher Kameradschaft unter neuen Freunden und das hatte meinen Stresspegel niedrig gehalten. Ich war umgeben von Menschen und fühlte mich sicher. Aber heute – heute bin ich auf mich allein gestellt.

Ich denke an das, was Diana gesagt hat. Dass es einen Unterschied gibt zwischen Einsamkeit und Alleinsein. »Man kann in einer Menschenmenge einsam sein. Es ist ein Schmerz, eine Traurigkeit. Aber Alleinsein ist etwas anderes. Alleinsein heißt offen sein für das, was der Geist Gottes sagt. Es ist eine Gelegenheit, über all die Schönheit nachzudenken, die uns gegeben wurde. Alleinsein ist ein Geschenk.«

Ich atme wieder tief durch und heiße das Geschenk willkommen.

Auf dem Weg nach draußen kommt eine Nachricht von Caro. *Wir sehen uns morgen in Monistrol! Danke.*

Sie hat keine genaue Zeit angegeben. Natürlich nicht. Soll ich etwa den ganzen Tag im Dorf herumlungern und auf sie warten? Ich schreibe ihr zurück.

Ich bin heute Nachmittag in Monistrol-sur-Allier. Bitte schreib mir, wann dein Zug ankommt.

Keine Ahnung. Ich nehme den Camino-Bus. Ich melde mich, wenn ich auf dem Weg bin.

Kurz darauf schreibt mir Bobby. *Hey, Mom. Rasa geht es besser. Ich hoffe sehr, dass sie morgen reisebereit ist, aber wahrscheinlich wird wohl eher Montag draus. Tut mir sehr leid.*

Atmen. Alleinsein. Und ein kurzes Gebet. *Herr, wollen wir den Tag zusammen verbringen?*

Ich verlasse meine Unterkunft und folge den rot-weißen Markierungen auf Bäumen und Zaunpfählen aus dem Dorf heraus.

Genau, wie Geraldine sagte, pfeift der Wind ziemlich heftig und weht mir die Haare ins Gesicht.

Kurz bekomme ich es mit der Angst zu tun. Welche Windstärke ist das? Ich kann nicht mal sehen, wohin ich laufe, so sehr fliegen meine Haare herum. Ich nehme ein Tuch, binde es mir locker um den Hals und ziehe es mir dann über den Kopf. Jetzt sehe ich bestimmt aus wie eine Muslima, aber es funktioniert. Ich kann wieder sehen. Auf einmal bin ich sehr dankbar für meine Walking-Stöcke und platziere sie immer fest vor mir. Der Wind bläst aus Norden und drückt so gegen mich, dass ich Angst habe, mitsamt Rucksack hintenüberzufallen.

Auf einmal wünsche ich mir, ich würde die Frauen aus Washington oder meine deutschen Bekanntschaften irgendwo da vorn entdecken, aber es ist weit und breit kein Pilger zu sehen. Nur ich, der Wind und die offenen Felder. Ich komme an eine Kreuzung, und als ich abbiege, sehe ich einen einzelnen Schuh, der an den Schnürsenkeln an einem Zaunpfahl baumelt und vom Wind hin und her geworfen wird. Ich gehe näher heran und sehe, dass die Sohle abgerissen ist. Irgendjemand hat sich wortwörtlich auf die Socken gemacht. Ich hoffe nur, er oder sie hatte noch ein Extrapaar Schuhe im Rucksack!

Irgendwann führt ein enger gewundener Pfad bergauf in einen Nadelwald. Die hohen Kiefern schützen mich vor dem Wind und hin und wieder brechen Sonnenstrahlen durch die Bäume. Ich setze meinen provisorischen Hidschab ab. Hier bin ich ganz allein mit dem Vulkan und atme den Geruch der Nadelbäume ein.

Die Vollkommenheit der Schöpfung, die Ruhe im Wald, das Vogelzwitschern und das Flimmern einer blauflügeligen Libelle. In mir steigt ein Loblied auf und ich merke, wie ich auftanke und Frieden und Güte mich erfüllen.

Hoppla, wo kamen all die guten Gefühle auf einmal her? Vor zehn Minuten hatte ich noch Angst, vom starken Wind in die Luft geschleudert zu werden, und jetzt schlendere ich friedlich und fröhlich auf der gelben Backsteinstraße entlang.

So plötzlich, wie der Wald begann, hört er auch wieder auf. Inzwischen hat sich der Wind gelegt und ich laufe auf einer asphaltierten Straße mit Feldern auf beiden Seiten. Heuballen stehen fertig gerollt da, bereit, vom Traktor abgeholt zu werden. In der Ferne drehen sich Windräder vor dem Hintergrund der Hügel und Berge. Irgendwo zwischen den Feldern und Hügeln liegen kleine Dörfer aus Steinhäusern mit roten Ziegeldächern.

Ich bin auf dem Mont Devès, weit über dem Allier und der Loire. Die *burle* – die eisigen Nordwinde im Winter – sorgen dafür, dass sich die Einwohner nicht vor die Tür trauen, heißt es in meinem Reiseführer. Ich mag mir gar nicht vorstellen, wie heftig sie sein müssen, wenn schon die Winde im Sommer so stark sind.

Ich komme durch ein winziges Dorf und beginne meinen Abstieg in Richtung Saint Privat-d'Allier. Der Weg führt ziemlich steil bergab und besteht aus Kieselsteinen und größeren Brocken. Ich bin dankbar für meine Wanderstiefel und die Stöcke, die ich in letzter Minute im Internet bestellt habe.

Er wird deinen Fuß nicht gleiten lassen ...

Ich hoffe, dass die Worte des Psalmisten wörtlich gemeint sind und in diesem Augenblick auch für mich gelten.

∞

Die meisten Häuser und Läden im Dorf bestehen aus Vulkangestein. Ich lasse den Kontrast der uralten schwarzen Steine und der roten Ziegeldächer vor den grünbewachsenen Bergen auf mich wirken. Es ist, als würde ich im Paradies stehen. Ich mache ein Handyfoto, obwohl ich genau weiß, dass man die einmalige Schönheit dieses Ortes damit nicht einfangen kann.

Ich suche mir ein Café und setze mich, bereit für ein kühles Getränk und ein Mittagessen mit Blick auf den Allier unter mir und sanft hügelige Berge rings um mich.

Eine halbe Stunde später breche ich wieder auf und bin zurück auf dem Jakobsweg. Ich möchte mein Ziel in acht Kilometern erreichen, bevor der vorhergesagte Regen einsetzt. Zügig folge ich dem Weg durch die Hügel, bis ich eine asphaltierte Straße erreiche. Die rotweißen Markierungen schicken mich bergab auf einen schmalen Pfad, einen, den die Franzosen *chemin de chèvre balisé* nennen – einen Ziegenpfad.

Ich spähe nach unten. Es sieht aus, als würden mich die losen Steine die ganze Zeit begleiten. Auf einem Schild steht in Französisch, dass es bei starkem Regen einen anderen Weg gibt, aber im Augenblick sieht der Himmel klar aus und zum ersten Mal bin ich froh, dass ich allein bin. Wenn hier ein Dutzend Pilger einer nach dem anderen diesen steinigen Pfad hinabsteigen wollten, würde es einen regelrechten Stau geben.

Fünf Minuten später schieben sich die Schatten über die Berge. Das Gewitter kommt aus dem Nichts. Der Regen prasselt nur so auf mich nieder. Dieser fiese Wind begleitet den schneidenden Regen und auf einmal ist es ziemlich kalt für August. Sehr kalt sogar. Ich drücke meine Stöcke gegen die Erde und lehne mich in den Wind. Die Steine sind so glitschig geworden wie Eis.

Er wird deinen Fuß nicht gleiten lassen ... Der Herr behüte deinen Ausgang und Eingang ... Ich wiederhole die Worte immer und immer wieder. Dabei konzentriere ich mich auf den Abstieg und achte genau darauf, wohin ich die Stöcke setze, damit sie mich halten, wenn ich den Fuß auf einen der glitschigen Steine setze.

Drei Mal retten sie mich davor, auf dem Allerwertesten zu landen. Ich erreiche das untere Ende und der Pfad wird breit. Eine kleine Baumgruppe bietet mir etwas Schutz und ich bleibe stehen, werfe den Rucksack ab und durchwühle ihn nach dem Regencape. Ich verwende es wie einen Poncho, um mich und den Rucksack zu bedecken – obwohl wir beide längst durchnässt sind.

Dann stehe ich unter den Bäumen und zittere. Meine Laune rutscht in den Keller. Niemand interessiert sich dafür, dass ich hier draußen allein in einem Gewitter bin. Niemand interessiert sich dafür, dass ich völlig einsam bin.

Bobby

Mein Vater ruft fast jeden zweiten Tag an. Ich wünschte, er würde dasselbe für Mom tun. Ich bin gerade wieder vom Parkplatz reingekommen, wo wir mit den Mitarbeitern und den Flüchtlingen Basketball spielen, als der Klingelton ertönt, den ich Dad zugewiesen habe.

»Hi, Dad!«

»Hey, Kumpel. Wie war der erste Tag auf dem Jakobsweg?«

»Ähm, wir sind noch nicht losgegangen.« Ich erkläre kurz den Umstand mit Rasa.

»Also ist deine Mutter ganz allein losgelaufen?«

»Ich denke, ja. Stephens Schwester soll ja bald dazustoßen – also zu uns allen.«

Er murmelt etwas vor sich hin. »Gestern ist sie fast zwanzig Kilometer gelaufen«, sagt er dann.

»Woher weißt du das?«

»Ich habe so eine Tracking-App auf meinem Telefon. Nan hat das für mich eingerichtet, bevor deine Mutter abgereist ist. Sie weiß nichts davon, es sei denn, sie hat die App entdeckt, was ich bezweifle.«

Ich zwinge mich, den Mund zu halten, bin aber insgeheim sehr erleichtert, dass er Interesse zeigt, wenn auch ohne ihr Wissen.

»Für die Gegend, wo sie heute unterwegs ist, sind einige heftige Gewitter vorhergesagt. Hast du schon mit ihr gesprochen?«

Ich war so abgelenkt wegen Rasa – und wegen Basketball –, dass ich zu nichts gekommen bin. »Nein, das wusste ich nicht.«

»Also, ruf sie bitte mal an.«

»Okay, mach ich.«

»Jetzt sofort!«, sagt er mit Nachdruck.

Er macht sich Sorgen! Mein Dad macht sich Sorgen! Er verfolgt Mom. Ich weiß nicht, wieso er nicht einfach selbst anruft, aber ich beschließe, nichts zu sagen. »Ok. Ich rufe sie sofort an, wenn wir aufgelegt haben.«

»Danke, mein Sohn.« Er klingt erleichtert, aber auch abgelenkt. »Ist sonst noch was?«

Er zögert. »Ich hoffe nicht, aber sie hat sich seit einiger Zeit – über zwei Stunden – nicht mehr von der Stelle gerührt und ist an einem sehr abgelegenen Ort. Und jetzt, wo ich weiß, dass du nicht bei ihr bist, mache ich mir doch Sorgen, dass sie vielleicht verletzt sein könnte.«

»Alles klar. Ich rufe sie gleich an und gebe dir Bescheid, wenn ich was höre.«

Ich bin etwas verunsichert, als ich auflege. Einerseits fühle ich mich schuldig, weil ich hier bei Rasa geblieben bin. Andererseits bin ich erleichtert, weil Dad Mom per Handy verfolgt. Ich wähle Moms Nummer und warte. Es klingelt einmal, zweimal, dreimal, ein viertes Mal, dann geht die Mailbox ran.

»Hi, hier ist Abbie. Ich bin gerade auf Abenteuerreise, aber ich melde mich bald zurück!«

Ich hinterlasse eine Nachricht. »Mom, ruf mich bitte an, wenn du das hier hörst.«

Dann schreibe ich ihr. *Mom, alles in Ordnung? Bei dir sind Starkgewitter angesagt.* Ich warte eine halbe Stunde, eine ganze Stunde und länger. Keine Antwort. Ich schreibe meinem Dad und spüre, wie der Kloß in meinem Hals nach unten rutscht und im Bauch landet.

Caro

Den ganzen Samstag schäume ich, zermartere mir den Kopf und denke nach. Ich rufe weder Brett an, noch Tracie, Stephen oder sonst irgendjemanden. Stattdessen zähle ich, auf wie viele Weisen Bastien mich betrogen hat.

Nichts von alledem war ein Zufall! Er hatte geplant, mich zu treffen, weil er mich von Lola ablenken wollte, damit Khalid sie entführen und ihre Mutter umbringen konnte!

188

Ich reiße mich zusammen. Ganz genau so hat es Jean-Claude nicht gesagt. Er meinte nur *Oui*, als ich wissen wollte, ob Bastien an der Sache beteiligt war. Aber Jean-Claude wusste noch mehr als das, da war ich mir sicher.

Ich bin so durcheinander wegen Bastien, dass ich keine Sekunde an Brett gedacht habe. Sollte mich nicht eigentlich mein Fast-Verlobter beschäftigen, von dem ich nicht einmal genau weiß, ob er nun am Telefon mit mir Schluss gemacht hat oder nicht?

Ich bin kurz davor, in den Keller zu gehen, drei gute Flaschen Wein zu holen und sie eine nach der anderen zu leeren, bis dieser funkensprühende Hass mit der tiefroten Flüssigkeit ertränkt ist, die meinen Tod bedeutet.

Seit zweieinhalb Jahren bin ich trocken. Zweieinhalb verflixt harte Jahre.

Ich weiß, was ich tun muss – Tracie anrufen. Aber ich kann nicht. Ich sitze zusammengerollt wie ein Ball auf meinem Bett und reiße meine nackten Füße jedes Mal wieder vom Fliesenboden hoch, wenn ich drauf und dran bin, dem Weinkeller einen Besuch abzustatten.

Lola lebt! Sie ist irgendwo in Sicherheit!

Ich sage mir das wieder und wieder in der Hoffnung, den Sturm in meinem Kopf zu beruhigen. Aber ich habe sie schon vor mir, diese berauschende Duftmischung, wenn ich den Wein in meinem Glas schwenke und sehe, wie er langsam am Kristallglas nach unten gleitet wie in einer romantischen Ballade.

Meine Kehle ist staubtrocken. Ich setze den rechten Fuß auf den kalten Boden. Die Vorfreude jagt mir einen Schauer über den Rücken.

Wähl die Nummer. Ruf an, ruf an, ruf an!

Ruf Tracie an!

Ich stelle auch den linken Fuß ab und stehe, jetzt schon leicht benommen, und male mir den Genuss des allerersten Schlucks aus.

Abbie

Ich hätte mich besser vorbereiten sollen. Eigentlich dachte ich, ich hätte für alle Eventualitäten geplant, aber das Gewitter kam aus dem Nichts. Jetzt bin ich pudelnass und schon zweimal ausgerutscht und hingefallen. Ich sitze auf einem ziemlich unbequemen Stein und bin völlig erschöpft. Eine Mischung aus Schweiß und Regen tropft mir von der Stirn, ein dünnes Rinnsal Blut läuft vom Knie an meinem Bein herunter.

Offensichtlich waren alle anderen Pilger so schlau, heute gar nicht erst loszugehen. Ich sitze auf dem Stein und ärgere mich über mich selbst. Da kommt eine Erinnerung hoch, die ich lieber längst vergessen hätte.

»Dann müssen wir eben drin feiern. Das macht doch nichts. Man kann das Wetter eben nicht kontrollieren, Abbs!«

Bill hielt mich fest, aber ich wand mich aus seinen Armen, stinkwütend darüber, dass das Abendessen für seine Arbeitskollegen und deren Partner nicht im Garten unter Pavillons stattfinden konnte.

Bills Vorstellung war es gewesen, einen Raum im Klub zu reservieren. »Schlicht und gediegen, Abbs.«

Aber ich wollte, dass es bei uns zu Hause stattfand, und als das Gewitter eine Stunde, bevor die Gäste eintrafen, praktisch den ganzen Garten überflutete, rannte ich in Gummistiefeln und Regenjacke hin und her, versuchte verzweifelt, das Wasser abzuleiten und rief gleichzeitig nach Bill und Bobby und Jason, damit sie mir endlich zu Hilfe kamen, Himmel noch mal!

Wieso mussten sie immer für meine verrückten Ideen bezahlen?

Ein Donnerschlag holt mich aus meiner Selbstanklage in die Realität zurück. Ein Blitz zerreißt den Himmel, furchterregend und auf seltsame Art schön zugleich. Ich höre ein Kirchenlied im Sturm, eine einfache Melodie mit tiefgründigem Text: *Sei still und wisse, ich bin der ICH BIN; auch Wind und Wellen gehorchen mir. Was fürchtest du dich? Wo bleibt dein Vertrauen? Siehe, ich bin immer und überall bei dir. Sei still.*

Ich stehe auf, ganz aus dem Konzept vom Lärm in meinem Kopf. Ich möchte keine Stimmen mehr hören, ob nun ermutigend oder voller Anschuldigungen.

Auf wackligen Beinen schaffe ich es einen weiteren Abhang hinunter. Der Pfad dreht nach Westen und ich bin plötzlich im Unterholz, wo die Ruinen eines Hauses aufragen. Eine Gruppe lachender Jugendlicher steht dort eng beieinander. Sie haben aus Ponchos und Walking-Stöcken ein Behelfszelt gebaut. Mir fallen ihre Halstücher auf. Pfadfinder! Ich bin in eine Gruppe französischer Pfadfinder geraten. Zwölf an der Zahl.

Ich bin völlig durchnässt und sie sind trocken.

»*Madame!* Sind Sie allein?«, fragt einer der Jungen.

»*Oui.*«

Ein junger Mann, offensichtlich der Leiter, winkt mich heran. »Kommen Sie unter die Plane. Sie können bei uns bleiben, bis das Gewitter vorbei ist.«

Ich bin so dankbar, dass ich mich zügeln muss, ihm um den Hals zu fallen.

»Möchten Sie Brot und Schokolade?«, fragt ein anderer.

Ich muss fast laut loslachen. Brot und Schokolade. Das richtige *goûter* für französische Kinder. Ja, ja, ich will diesen simplen Snack!

Kurz darauf sitze ich auf den Ruinen unter der improvisierten Plane und esse einen Riegel Zartbitterschokolade, der in einer dicken Scheibe Baguette liegt. Als man mir auch noch eine Thermoskanne mit heißem Kakao reicht, kann ich nicht anders, als breit zu grinsen. Die Franzosen sind immer mit Essen und Trinken versorgt.

Die Jungs fragen mich aus, und als ich meine Situation erkläre, ist mir, als würde ich Bewunderung in ihren Augen sehen. *Wow. Sie haben einen der schweren Abschnitte des Jakobswegs ganz allein geschafft!* Wenn französische Pfadfinder auch Abzeichen machen, habe ich ihnen bestimmt geholfen, *Eine hilflose Wanderin retten* auf ihrer Liste abzuhaken.

Ich bin nicht allein. Die Erkenntnis, dieses Gänsehautgefühl, beschützt zu sein, steigt wieder in mir auf und ich spüre etwas, was Gottes Gegenwart sein *könnte*.

Nach einer ziemlich beeindruckenden Lichtshow und zackigen Blitzen, die den Himmel erhellen, zieht das Gewitter weiter.

»Also bleiben Sie bei uns, Abbie«, sagt der junge Pfadfinderleiter, mehr Feststellung als Frage. Mittlerweile kennen wir uns mit Namen und sind Freunde. Es ist diese unerklärliche Verbindung, die nur auf dem Jakobsweg entsteht.

Ich nicke dankbar. »*Bien sûr.*«

Die verbleibenden Kilometer nach Monistrol bestehen aus verschiedenen Abschnitten auf asphaltierten Straßen, alle mit schönem Ausblick auf die uns umgebenden Berge und Täler, bis wir bewaldete und steinige Abhänge erreichen. Es geht immer weiter bergab. Die Pfadfinder warten geduldig, bis ich meine Walking-Stöcke extrem sorgfältig aufsetze und ihnen langsam folge. Mehrmals will das rechte Knie unter mir einknicken. Eine alte Skiverletzung. Die Jungen sehen mich mit aufmunternden, hoffnungsvollen Blicken an, als wäre ich ihre wacklige Mutter, für die sie die alleinige Verantwortung tragen.

Der Regenguss ist zu einem stetigen Nieseln geworden. Es geht weiter bergab. Kurz bleibe ich stehen, schaue über die Straßenkante und sehe *Monistrol*, in Blumenschrift, weit unter uns. Der Allier sieht sehr klein und geschäftig aus.

Als wir die Stadt eine Stunde später erreichen, verabschieden sich die Pfadfinder von mir. Sie haben noch zehn Kilometer bis zur nächsten Stadt vor sich, wo sie in ihren Zelten übernachten werden.

»Good-bye, Abbie«, rufen sie mit starkem Akzent. Mein Herz geht auf. Das sind *meine* Jungs, wie die Freunde meiner Söhne, mit denen ich vor langer Zeit zu tun hatte, als Bobby und Jason noch Pfadfinder waren. Und das hier ist der Jakobsweg. Also umarme ich jeden einzelnen von ihnen. Die Franzosen umarmen sich eigentlich nicht – sie geben sich Küsschen. Aber nachdem die ersten beiden Jungen überrascht meine Umarmung über sich haben ergehen lassen, streckt mir einer nach dem anderen die hellrosa Wangen hin und legt die dünnen Arme um mich.

Ich sehe ihnen nach, wie sie eine große Brücke überqueren und mir gelegentlich zuwinken, und muss eine Mischung aus aufgestauten Gefühlen hinunterschlucken. Dann hole ich mein Handy aus der Tasche und sehe drei Nachrichten von Bobby.

Mom, alles in Ordnung? Bei dir sind Starkgewitter angesagt.

Mom, kannst du bitte antworten?

Mom! Ich mache mir Sorgen. Ruf an.

Ich sehe die Worte und muss weinen.

Kapitel 14

Caro

Suchtkranke im einundzwanzigsten Jahrhundert haben ein Werkzeug, das in vorigen Zeiten nicht existierte. *Habt immer euer Handy dabei!* Das war das Mantra, das mir eingebläut wurde. Ruf an, ruf an, ruf an!

Auf dem Weg nach unten in den Keller versuche ich, das Brummen zu ignorieren. Beim ersten Mal gelingt es mir. Ich stehe vor der Tür zum Weinkeller. Ich öffne sie und die Weinflaschen aus den Eisenregalen, die sich um die ganze Außenwand erstrecken, begrüßen mich wie alte Freunde.

Mein Telefon vibriert. Ich drücke es weg. Ich gehe durch die Flaschen. Wenn ich schon alles wegwerfe, dann richtig. Ich ziehe eine staubige Flasche aus dem Regal, einen Bordeaux von 1964. Ein Piepgeräusch kommt von meinem Telefon. Eine Nachricht ist eingegangen. Aber ich reagiere nicht.

Wieder ein Pling, noch eins und noch eins. Aufgebracht ziehe ich das Handy aus der Tasche und bin auf dem besten Weg, es endgültig auszuschalten, als es wieder vibriert. Überrumpelt und wütend gehe ich ran. »Was ist?«, keife ich. »Wer ist da?«

Ich erkenne die Stimme am anderen Ende nicht. »Caro? Caroline? Ich bin's, Bobby.«

»Bobby?« Dann: »Ach so, Bobby.« Meine Gedanken lösen sich von der verzweifelten Vorfreude auf den ersten Tropfen und wandern zu einer ähnlich verzweifelten Stimme im Hörer.

»Tut mir leid, dass ich störe«, sagt er, »aber Mom ist unterwegs und es gibt Starkgewitter in ihrer Region. Sie hat nicht auf meine Anrufe oder Nachrichten reagiert und seit Stunden hat sie sich nicht mehr vom Fleck bewegt. Wir machen uns Sorgen.«

Der Zauber ist gebrochen. Ich lausche Bobbys panischer Stimme. Die Flasche stelle ich neben die von 1959, auch ein Bordeaux, und konzentriere mich auf das, was er sagt.

»Ich hatte gehofft, dass du dich ziemlich bald, also vielleicht heute sogar schon, auf den Weg zu ihr machen kannst. Ich bin in Österreich und kann nicht vor morgen Abend oder vielleicht erst Montagmorgen bei ihr sein. Könntest du versuchen, sie zu erreichen? Oder jetzt losfahren?«

Anstatt also drei Flaschen besten Weins hinunterzukippen, schließe ich die Tür zum Weinkeller, gehe zurück nach oben, suche meinen alten Rucksack und fange an, für den Jakobsweg zu packen.

Ich schreibe Abbie, dass ich am Morgen am Bahnhof von Monistrol zu ihr stoßen werde. Erst zwei Stunden später erhalte ich eine Antwort.

Prima! Ich warte dann dort auf dich.

Sie hört sich ganz normal an. Aber gut. Es ist höchste Zeit aufzubrechen. Tracie ist bestimmt gerade auf den Knien, um sie herum die tobenden Kinder, und fleht Gott an einzugreifen.

Wenn man so will, hat er es ja auch getan.

Bobby

Spät am Nachmittag meldet sich Mom endlich. Sie hatte keine Ahnung, dass wir uns alle solche Sorgen machen. Sie erzählt irgendwas von Pfadfindern, die sie gerettet haben, und ich bin zugleich erleichtert und genervt.

Mein Rucksack steht seit Tagen bereit, aber Rasa hat noch nicht einmal bestätigt, dass sie überhaupt einen Rucksack besitzt, der für so ein Abenteuer geeignet ist. Ich versuche, geduldig zu sein.

»Sie muss sich auf ihre Art vorbereiten«, sagt Hamid, als wir den Abfluss in einer der Flüchtlingsunterkünfte reparieren, zehn Minuten mit dem Auto vom Haus der Hoffnung entfernt.

Ich bin bestimmt kein Handwerker, aber ich habe immer meinem Vater zugesehen, der alles wieder hinbekommt, und angeboten mitzufahren. Was soll ich sonst tun? Über meine Mom und Rasa und Caroline nachzudenken, macht alles nur noch schlimmer.

Also bin ich in diesem winzigen Apartment mit integrierter Küche und Bad, in dem laut Hamid eine siebenköpfige Familie lebt.

»Meinst du, Rasas Albträume haben mehr mit der Wanderung zu tun als mit den Flüchtlingen?«, will ich wissen. Um ehrlich zu sein, habe ich Angst davor, dass sie eine Panikattacke bekommt, während wir unterwegs sind.

»Möglich«, sagt er. »Ich glaube, da ist vieles miteinander vermischt.«

Ich reiche ihm die Zange, die er will. Sie wird ihm keine Hilfe sein, das sehe ich sofort. Er fummelt ein paar Minuten damit herum, dann legt er das Werkzeug hin, ohne irgendetwas repariert zu haben. »Es tut mir leid, wenn ich dir zu viel auflaste, Bobby. Rasa nimmt ihre Medikamente gegen die Angstzustände mit. Aber du sollst wissen, dass Alaleh und ich nicht erwarten, dass du ein Wunder vollbringst. Wir möchten, dass Rasa mal rauskommt, einen Tapetenwechsel hat. Aber wenn sie nach ein paar Tagen merkt, dass sie es nicht schafft, dann hole ich sie ab. Ich werde deine Reise nicht ruinieren.«

Versteht er überhaupt nicht, dass ich einfach nur mit Rasa zusammen sein will? Mir ist egal, wo. Ich krame in der Werkzeugkiste nach einigen Zangen. »Darf ich mal?«

Fünf Minuten später ist das Rohr wieder dicht. Hamid klopft mir grinsend auf den Rücken. »Auf dem Jakobsweg wirst du keine Probleme haben.«

☙

Am Nachmittag zeichne ich Lisa und zwei Frauen aus Afrika; die eine aus Nigeria, die andere von der Elfenbeinküste. Sie sitzen im Schatten einer riesigen Platane und stricken. Diese Skizzen sind nur für mich gedacht, habe ich den Mitarbeitern versichert. Ich werde sie Stephen nicht schicken und auch niemandem zeigen. Aber die Skizzen sind meine Art, ihrem Leiden auf Zehenspitzen ein Stück näher zu kommen, ihre stille Würde und ihren unerschütterlichen Mut zu sehen, während sie erzählen und aus hellen Fäden Schals und Handschuhe und Socken stricken.

Ihre Nadeln und die Wolle erinnern mich an Mom und ihre Handarbeit, die sie für Dads fünfzigsten Geburtstag machen wollte. Ich frage mich, ob er das fertige Stück jemals von ihr bekommt. Das geht dich nichts an, würde Dad sagen ... aber ich brauche nur daran zu denken, wie erleichtert und erfreut Mom klang, als ich aus dem Nähkästchen geplaudert habe – wieder so ein Lieblingsausdruck von Mom – und ihr erzählt habe, dass Dad sie per GPS verfolgt.

Man könnte meinen, ich hätte ihr erzählt, ich hätte Jesus in den Wolken gesehen. Sie kicherte wie ein kleines Mädchen. »Oh! Stell dir das mal vor! Woher weißt du das?«

»Weil er mich angerufen hat und sich wer weiß was für Sorgen gemacht hat. Er meinte, du würdest irgendwo an einem abgelegenen Ort feststecken. Er war völlig außer sich. Und Dad ist nie völlig außer sich.«

Vielleicht habe ich ein bisschen übertrieben, aber es funktionierte. Was das alles bedeuten sollte, wusste ich nicht, genauso wenig wie sie, außer, dass Dad sein Schweigen gebrochen hatte. Und sie kicherte vor Erleichterung.

Ich beobachte wieder die Frauen mit ihrer Handarbeit und zeichne weiter. Zum ersten Mal, seit ich Rasa gesehen habe, bin ich wegen etwas aufgeregt, was nicht mit ihr zu tun hat. Ich vermisse meine Mutter tatsächlich und freue mich darauf, sie bald wiederzusehen.

Später am Abend denke ich noch immer über meine Mutter und ihre Stickerei nach. Schon in meinen ersten Erinnerungen als Kind sehe ich sie mit Nadel und Faden. Sie ist nicht so verbissen wie Madame Defarge bei Charles Dickens, aber so richtig glücklich ist sie auch nicht. Sie ist beschäftigt. Ja, das ist ihr Hobby, aber es entspannt sie nicht.

Die Erinnerung, die in meinem Kopf erwacht, fängt glücklich an und endet tragisch. Nachdem Anna in eine Pflegefamilie kam, ging sie trotzdem weiter auf meine Schule, wofür wir alle sehr dankbar waren. Ihr Vater musste ins Gefängnis. Seine Verurteilung war eine große Erleichterung. Anna kam noch monatelang zu uns nach Hause, ging in den Gottesdienst und besuchte unsere Jugendstunden. Sie lachte, musste keine langärmligen T-Shirts mehr tragen, um ihre blauen Flecken zu verbergen, und schien endlich frei.

Ich hatte gerade den Führerschein gemacht und holte Anna mehrmals die Woche abends bei ihrer Pflegefamilie ab und brachte sie zu uns nach Hause zum Essen. Wenn wir ankamen, saß Mom immer über ihre Handarbeit gebeugt und stickte.

Anna lernte das Sticken und den Kreuzstich von Mom, und wenn wir gegessen und unsere Schulaufgaben gemacht hatten, setzten sich die beiden hin, sahen mit halbem Auge irgendeine Fernsehserie und stickten zusammen. Mom stickte immer irgendwie hektisch, während Anna es als entspannende und willkommene Auszeit betrachtete. Sie wollte gar nichts Besonderes schaffen oder sich beweisen; sie war einfach nur glücklich, bei uns zu sein.

Im vorletzten Schuljahr wurde Annas Vater aus dem Gefängnis entlassen, was mir wie ein Verbrechen vorkam. Aber er durfte Anna nicht wieder zu sich holen. Wir wähnten sie in Sicherheit. Aber Anna wusste es besser. Ihre Kreuzstiche wurden unregelmäßig und ihr Blick hatte etwas Verlorenes. Sie trug wieder langärmliche Klamotten, obwohl sie ihren Vater noch nicht wieder getroffen hatte.

Ein Trauma. Das hatte sie erlebt. Sie war fast ein ganzes Jahr zur Therapie gegangen, nachdem sie nicht mehr bei ihrem Vater lebte. Auch ich war in Therapie für etwas, was man *sekundäre Traumatisierung* nannte. Aber am Ende half es nicht.

Ich bin zu Hause. Mom stickt, Anna stickt und dann stickt sie nicht mehr.

Schließlich zwinge ich mich, an etwas anderes zu denken. Ich bringe meinen Körper dazu aufzustehen. Dann schüttle ich den Kopf und sehe mir meinen Skizzenblock an. Dieses Grübeln hat mich ganz verrückt vor Trauer gemacht. Die Frauen, die sich über ihre Handarbeit beugen, erkennt man nicht, außer eine, die mich direkt ansieht. Ihr Gesicht sieht aus wie das von Anna.

Abbie

Die Sonne ist durch die Wolken gebrochen. Ich laufe zu meinem *chambre d'hôte* in Monistrol, das mitten im *bourg* liegt, der Altstadt, die sich auf der anderen Seite des Allier befindet. Um auf diese Seite zu kommen, überquere ich die Eiffelbrücke, konstruiert von demselben Herrn Eiffel, der auch den berühmten Turm in Paris gebaut hat.

Die Brücke ist eine massive grüne Eisenstruktur, die tatsächlich ein wenig so aussieht, als hätte man den Eiffelturm auf die Seite gelegt. Ich stehe in der Mitte und schaue nach unten in den rauschenden Fluss, der vom Gewitter angeschwollen ist, und dann auf die Häuser aus Basalt, die auf beiden Seiten der Brücke an den Hängen stehen. Freude sprudelt in mir auf – aber nicht nur wegen dieser unfassbaren Schönheit. Bill verfolgt mich! Ich drehe mich um die eigene Achse, mit Rucksack, Stöcken und allem Drum und Dran.

Ich gehe an einem gelben Pfeil mit den bekannten rotweißen Linien vorbei, die den nächsten Abschnitt des Jakobswegs markieren, und folge dem kleinen handgemalten Schild zu meinem Ziel. Geranien und Petunien wachsen in üppiger Pracht aus den Blumenkästen vor den Fenstern. Die Glocke in der alten Kirche läutet. Menschen, die sich irgendwo untergestellt haben, strömen heraus. Jetzt, wo die Sonne scheint, kaufen sie sich in den bunten Eisdielen ein Eis.

Ich laufe lächelnd die letzte kleine Kopfsteinpflastergasse zu meiner Unterkunft hinauf. Die ganze Erschöpfung, Sorge und Angst fallen von mir ab, als ich meinen Rucksack in meinem hübschen kleinen Zimmer von den Schultern gleiten lasse. Mein Koffer, den La Malle Postale schon geliefert hat, steht vor mir.

Ich nehme in meinem Einzelbad eine Dusche und bin bald dabei, Elton Johns Ballade »Your Song« aus voller Kehle zu singen, während ich versuche den Tag irgendwie einzuordnen. Innerhalb von acht Stunden habe ich die Emotionen eines ganzen Jahres durchlebt.

Ich singe und lache in der Dusche, bis mir das Schild an der Tür einfällt, dass man sparsam mit dem Wasser umgehen soll. Also trockne ich mich ab, ziehe eine Caprihose und ein rosafarbenes ärmelloses Shirt an und fühle mich leicht und sorgenfrei.

Bill hat ein Lebenszeichen von sich gegeben. Bill macht sich Sorgen um mich.

Peinlich berührt erinnere ich mich an meinen Verdruss, als die Frauen aus Washington über ihre Männer sprachen. Hätte ich mir die Zeit genommen, um mein Telefon genauer unter die Lupe zu nehmen, hätte ich eine ganz ähnliche Tracking-App gefunden. Aber ich hatte nur Zeit für Selbstmitleid.

Fast schreibe ich Bill eine lange Nachricht über meinen grauenvollen Tag. Aber dann gebiete ich mir selbst Einhalt. Stattdessen hole ich meine Handarbeit heraus und lasse meine Gedanken schweifen, während ich sticke.

Gib ihm Zeit. Gib ihm Zeit. Gib ihm Zeit. Ich wiederhole den Satz wie ein Mantra.

Angesichts seines Schweigens lasse ich meine Bitterkeit in

einem tiefen Atemzug los und nehme von seinen Sorgen einen Atemzug beruhigende Dankbarkeit.

Ich bin ihm nicht egal. Er war völlig außer sich.

Mit den Fingern fahre ich über das verschachtelte Muster meiner Stickerei und versuche die Dankbarkeit zu behalten. Dabei denke ich darüber nach, wie dieses Werk nicht nur Bills Leben beschreibt, sondern auch meines.

ೞ

Das gute Dutzend Pilger in dieser Herberge trifft sich zum Abendessen an einem alten Kieferntisch im Salon des Haupthauses, das in einer Reihe von Steinhäusern steht. Unser Gastgeber Pascal serviert Spezialitäten aus der Region: eine einfache Suppe, dann *boeuf bourguignon* auf dampfenden Nudeln, frisches Brot und später eine Käseauswahl mit Früchten.

Zurück auf meinem Zimmer öffne ich die Bibel-App auf meinem Handy und schlage Psalm 122, den nächsten Wallfahrtspsalm, auf. *Ich freute mich über die, die mir sagten: Lasset uns ziehen zum Hause des Herrn ...*

Die Worte bringen mich zum Lächeln. Das war vermutlich der erste Vers, den ich jemals aus der Bibel auswendig gelernt habe, vor langer Zeit in der Ferienbibelschule, als ich gerade lesen gelernt hatte. Morgen ist Sonntag. Ich werde nicht in die Kirche gehen, aber ich gehe *hoch*, genau wie die Israeliten, wenn sie nach Jerusalem pilgerten.

Den Großteil dieses Tages habe ich damit verbracht, ins Tal zu rutschen und zu schlittern. Morgen beginnt die Reise mit einem steilen Aufstieg. Aber morgen bin ich nicht allein. Zuerst treffe ich mich mit Caroline am Bahnhof.

Ich schlafe mit einer Aufregung ein, die nichts mit dem Aufstieg oder mit Caroline zu tun hat. Sie kommt aus einem kleinen Wörtchen.

Bill.

Caro

Ich gehe nach draußen und atme den einzigartigen Geruch ein, den es nur nach einem Gewitter gibt. Dasselbe Unwetter, das Abbie auf dem Camino bedroht hat, ist hier durch Lourmarin gerauscht. Jetzt geht die Sonne hinter dem Dorf unter und ich stehe da und sehe zu, wie das kräftige Rot zu einem rosafarbenen Pastellton verblasst. Schnell hole ich meine Kamera und mache Fotos über Fotos von Regentropfen auf den Blütenblättern der Augusta Luise, dann von Eidechsen, die unter Steinen hervorhuschen, um ein letztes Fünkchen Sonne zu erhaschen, und von den Bienen, die wieder um den Lavendel schwärmen.

Mein Atem geht tief, so wie man es mir in der Entzugsklinik beigebracht hat, und ich zwinge mich, den Zorn loszulassen, der sich an meinem Verstand festgebissen hat. Ja, ich fühle mich betrogen von Bastien, und schlimmer noch. Aber er war nicht das Letzte, worüber Jean-Claude und ich gesprochen haben.

»*Merci, chère Caroline*«, hatte er gesagt, »für alles, was du für Lola all die Jahre getan hast. Sie lag dir sehr am Herzen und du hast sie unter großen persönlichen Opfern gesucht. Es tut mir leid, dass ich dir heute nicht mehr sagen kann. Aber ich verspreche, du wirst die Erste sein, die mehr erfährt, sobald es sicher ist.«

Ich weiß jetzt, dass meine Intuition nicht falsch war. Khalid steckte dahinter. Und er hat Malika nicht aufgrund eines terroristischen Motivs ermordet, sondern aus einem fundamentalistischen Zorn, dem Fluch der extremen Religion.

Ich laufe an Bastiens Haus vorbei. Dunkelgrüner Efeu hat die Stuckfassade erobert. Die dicken Fensterläden sind im Olivgrün der Provence lackiert. Dort habe ich vor zehn Tagen mit ihm gesessen und seine Lippen auf meinen gespürt. Ich stehe vor der dunklen Fassade und lasse die Schuld von den Schultern rutschen. Ich war jung und naiv, dickköpfig, egoistisch und noch vieles mehr, an diesem Wochenende im Jahr 2011.

Aber jetzt weiß ich, dass Bastien es damals darauf angelegt hatte, mich von Lola fernzuhalten.

Vielleicht kann ich jetzt tun, worum er mich angefleht hat. Die Schuld loslassen. Wie ironisch, dass gerade er es war, der mich schließlich davon überzeugt hat, mir Hilfe zu holen.

»Ich bin kein sicherer Kandidat«, hatte er zu mir gesagt. Also, bei allen Lügen, das war die Wahrheit! Aber wieso dieser Kuss, wenn er so lange Mister-Finger-Weg war? Was bedeutet er? *Du hast den Anstoß gegeben, Caro. Das bedeutet, dass du noch immer von ihm besessen bist.*

Aber Lola lebt! Ich hatte schon alle Hoffnungen aufgegeben, meine Freundin je wiederzusehen. Aber jetzt sprudelt die Hoffnung aus der Tiefe und bald, wenn ich ihr tatsächlich *begegnen* werde, wird eine Freudenfontäne daraus werden. Lola lebt!

Ich laufe weiter zum Haus der Fourcades, gut geschützt vor Blicken durch all die Olivenbäume. Jemand anderes kümmert sich jetzt um den Garten. Ich schlüpfe durch das schmiedeeiserne Tor und laufe die lange Kieseinfahrt hinauf. Dabei atme ich die frische Abendluft ein. Der Himmel ist dunkel geworden, der Mond späht durch die Olivenzweige und die Zikaden haben ihr wildes Konzert begonnen. Ich setze mich an einen Baum auf die Erde, lehne mich an und lasse den Moment auf meine Sinne wirken.

Es fühlt sich an, als hätte ich eine intensive und persönliche Schlacht hinter mir. Ich bin durch die Mangel genommen und herumgeschleudert worden, aber man hat mich nicht besiegt.

Lola lebt. Und ich bin noch trocken. Und morgen starte ich in ein neues Abenteuer.

Kapitel 15

Abbie

Ich wache mit derselben Aufregung, die ich beim Einschlafen gespürt habe, am nächsten Morgen auf und summe ein Lied. Dann sage ich laut: »Ich freute mich über die, die mir sagten: Lasset uns ziehen zum Hause des Herrn.« Ich wasche und schminke mich, ziehe mich an und bin bereit für das Frühstück mit den anderen Pilgern.

Aber zuerst schaue ich auf mein Handy, und als ich die Mails öffne, sehe ich eine Nachricht von Bill. Mein Bauch kribbelt genauso wie damals, wenn er mich anrief, um sich mit mir zu verabreden.

Liebe Abbs,
ich glaube, es ist an der Zeit, dass ich mein Schweigen erkläre. Es tut mir leid, dass ich dich so habe sitzen lassen. Aber die Sache ist die: Ich wusste, du schaffst das. Du schaffst immer alles. Seit Langem habe ich das Gefühl, dass du mich nicht mehr brauchst. Oder vielleicht sollte ich sagen, du brauchst mich nur, damit du mein Leben organisieren kannst.
Ich habe dein Talent immer bewundert. Wie du das Haus so wunderbar eingerichtet hast, wie du dich immer zu zweihundert Prozent jeder Aufgabe hingibst und alles so gut hinbekommst. Und wie du dich um deine Männer kümmerst, wie du immer sagst. Du hast alles gepackt.
Aber irgendwo unterwegs habe ich mich verloren. Ich hatte bei unseren Entscheidungen nichts mehr zu melden. Ich

weiß, dass wir über alles geredet haben, aber Sweetie, du kannst so verflixt überzeugt und überzeugend sein und diskutierst mich in Grund und Boden.

Jahrelang hat mir das nicht viel ausgemacht. Ich habe in vielem nicht so eine feste Meinung wie du, sondern bin ein ziemlich lockerer Typ, das weißt du.

Ich weiß nicht mehr genau, wann es anfing mir wirklich zuzusetzen. Oder vielleicht doch. Es war, als Jason unbedingt aufs Internat wollte, und dann kam Bobby mit der Idee einer Auszeit nach der Schule. Sie wollten beide weg. Sie fühlten sich kontrolliert, manipuliert und erdrückt. Wie ich. Ich weiß, es tut weh, das zu hören.

Und Abbie, ich gebe zu, dass die Schuld zum Teil auch bei mir liegt. Ich habe es alles zugelassen, deinen Kontrollzwang, dein Manipulieren. Ich habe zugelassen, dass es überhaupt so weit kam.

Aber irgendwann wusste ich, etwas muss sich ändern. Ich suchte mir professionelle Hilfe, erzählte ihm von unserem Leben, was da vor sich ging und wie sehr ich mich nach einer Flucht sehnte. Und je mehr ich darüber redete, desto bewusster wurde mir, wie viel von mir bereits einen langsamen, schleichenden Tod gestorben war.

Also musste ich gehen. Und ich glaube, für dich war es auch gut, dass wir mal aus deinem Leben verschwanden.

Ich weiß nicht, was ich dir noch sagen soll. Ich brauche diese Auszeit. Und ich muss ehrlich sagen, dass ich diesen Monat unglaublich genossen habe. Ich fürchte mich sehr davor zurückzukommen.

Ich liebe dich noch, Abbs. Ich weiß nur nicht, was das für uns im Augenblick bedeutet. Dort wieder weiterzumachen, wo wir aufgehört haben, kann ich nicht.

Es tut mir leid.

Bill

Ich kann kaum atmen. Noch drei Mal lese ich seine E-Mail und jedes Mal spüre ich das Messer, das in mein Herz dringt und sich immer tiefer und tiefer bohrt. Verzweifelt versuche ich, das Gute an seinem Brief zu sehen – die Tatsache, dass er mir überhaupt geschrieben hat, dass er mich noch immer Abbs nennt. Und dass er mich noch liebt.

Aber nichts davon findet den Weg zu meinem Herzen. Stattdessen höre ich nur *Ich habe mich verloren ... fühlten sich kontrolliert, manipuliert, erdrückt ... einen langsamen, schleichenden Tod gestorben ...*

Mir ist speiübel. Mein Magen krampft sich zusammen und ich sinke aufs Bett, die Arme um die Bauchgegend geschlungen.

Ich weiß nicht, was ich dir noch sagen soll. Wie wäre es mit »Komm schnell nach Hause! Ich kann es kaum erwarten, dich zu sehen!« Stattdessen steht dort *Ich brauche diese Auszeit. Und ich muss ehrlich sagen, dass ich diesen Monat unglaublich genossen habe. Ich fürchte mich sehr davor zurückzukommen.*

Die Worte dröhnen so laut in meinem Kopf, dass ich nichts anderes hören kann. Außer: Er hat recht. Und das tut am meisten weh. Dieses Wissen, diese Überzeugung trifft mich hart. *Er hat recht!* Diana gegenüber habe ich es schon zugegeben, auch gegenüber meiner Mutter und Nan und Rachel. Aber es von Bill zu lesen, bringt meine Wut zum Überkochen und ich stürze ins Bad und erbreche die ganzen Wunder des Jakobswegs in die Toilette.

Als ich wieder stehe und mir vor dem Spiegel Wasser ins Gesicht spritze, bin ich kreidebleich. Der Schmerz sitzt tiefer als damals bei Anna, tiefer als bei Nans Schicksalsschlag. Hass und Wut auf Bill durchströmen mich. Wie kann er es wagen, so etwas zu sagen? Wie kann er es wagen, meine Zeit hier zu ruinieren?

Wie kann er es wagen, mir die Wahrheit zu sagen?

Die Wahrheit führt nicht zu Buße und Freiheit. Sie krallt sich in meiner Kehle fest und findet dann den Weg zurück ins Herz, wo sie sich um alles Gute schlingt.

Ich werde dagegen ankämpfen! Ich werde mir davon meinen

Tag nicht verderben lassen. Mein Leben. Langsam atme ich ein und aus. Ich werde mich wieder unter Kontrolle bekommen. Und dafür sorgen, dass alles in Ordnung kommt. Er kann mich nicht verletzen. Ich lasse nicht zu, dass er mich so verletzt!

Eine halbe Stunde später habe ich das Make-up wieder im Gesicht, dass ich unter Schock abgespült hatte, habe mir einen Pferdeschwanz gemacht, meinen Koffer gepackt und draußen deponiert, damit La Malle Postale ihn abholen und zu meinem nächsten Ziel transportieren kann.

Voller Entschlossenheit schnappe ich mir meinen Rucksack und begebe mich in den Garten, wo das Frühstück und die anderen Pilger schon auf mich warten.

Caro

Am Morgen hat sich meine Freude darüber, dass ich im Weinkeller nicht schwach geworden bin, und das Wissen, dass Lola lebt, in Luft aufgelöst, wie die Pfützen vom Regen um das Haus herum. Die Morgenluft ist schwer, drückend, das Thermometer zeigt jetzt um halb zehn schon dreißig Grad. Eine ähnliche Schwere lastet auf meinen Schultern, lange bevor ich den Rucksack aufsetze.

Bastien ist in meine Gedanken eingedrungen und ich werde ihn nicht mehr los. Wenn er von Khalid wusste, wenn er tatsächlich mit ihm auf irgendeine Weise zusammenarbeitete, dann ist er gefährlich. Er ist ein Krimineller.

Ich habe schon vieles in Bastien gesehen, aber einen Kriminellen noch nie.

Schließlich hole ich noch meine Kameratasche mit den Wechselobjektiven, obwohl ich weiß, wie schwer mein Rucksack damit werden wird, aber es ist nun mal meine Aufgabe, Fotos zu machen und sie täglich zusammen mit einem Blogeintrag an Stephen zu schicken. Kurz überlege ich, die Kamera und Ausrüstung zurückzulassen und nur mein Smartphone zu verwenden, aber dann entscheide ich mich für das richtige Equipment. Mein Enthusiasmus ist jedoch dahin. Wieso sollte ich den Jakobsweg laufen, wenn ich doch Jean-Claude helfen könnte, Lola zu finden?

Der Bus setzt mich am Bahnhof ab. Ich steige in den Zug und habe zwei Stunden, um mich zu beruhigen, zwei Stunden, in denen aus einer Chaotin eine freundliche Pilgerin wird.

Abbie hat langes hellblondes Haar, das sie zu einem Pferdeschwanz zusammengebunden hat. Sie trägt das perfekte Pilgerinnenoutfit. Um ehrlich zu sein, sieht sie, so wie sie mir vom Bahnsteig aus zuwinkt, wie eine Werbung für eine Luxuswanderung auf dem Camino aus: der schicke Rucksack in grau und pink, die nagelneuen High-End-Wanderstiefel (die noch nicht einmal eingelaufen aussehen), das immergrün-bläuliche Under-Armour-Shirt mit V-Ausschnitt, passend zu ihren Augen (die ein wenig geschwollen wirken?), die neuesten schwarzen Sportshorts und eine Ray-Ban auf dem Kopf. Ich glaube, sogar ihre Stöcke sind Designerware. Als sie mich in Augenschein nimmt, gebe ich mir Mühe, die leicht herablassende Haltung in ihrem Blick zu ignorieren.

»Hi, Abbie. Freut mich.«

Sie lächelt angestrengt. »Hallo, Caroline. Mich auch. Schön, dass du zu mir stößt.« Dann, im nächsten Atemzug: »Läufst du mit denen?« Sie starrt auf meine Keens.

»Ja, Sandalen. Ich trage Sandalen.« Am liebsten würde ich sie anschreien, dass ich keine Zeit hatte, mir über irgendetwas Gedanken zu machen, weil ich versucht habe, einen Mordfall zu lösen und mich um Haaresbreite nach allen Regeln der Kunst besoffen und damit meine hart erkämpfte Abstinenz aus dem Fenster geworfen hätte. Aber ich tue es nicht. Ich denke nur, *ja, ich trage meine Keens, meine außerordentlich bequemen Keens.*

Sie setzt ein typisches Vorstadtmutterlächeln auf. Sie ist braun gebrannt und fit und ihr Rucksack enthält nur »das Allernötigste für den Tag«, wie sie mir erklärt. Offensichtlich kann man einen Koffer mit allem Möglichen packen und für kleines Geld von einem Ort zum anderen liefern lassen.

»Sehr kleines Geld«, führt Abbie aus.

Nach unserer etwas steifen Begrüßung sieht sie mich an.

»Wenn du bereit bist, der Weg geht dort entlang.«

»Dann los.«

Ich frage mich, wieso Bobby gestern so panisch klang. Diese Frau hat offensichtlich alles unter Kontrolle.

Abbie

Ich habe das Gefühl, überhaupt nichts mehr unter Kontrolle zu haben. Irgendetwas in meinem linken Schuh stört mich und Caroline stört mich auch. Sie trägt Shorts, die kaum ihren Hintern bedecken, ein blassgrünes T-Shirt, das an einer Schulter herunterhängt und eine Unmenge an Tattoos offenbart, und Sandalen – *Sandalen* auf dem Jakobsweg! Ihr dichtes braunes Haar trägt sie kurz. Sie sieht zugleich relaxt und sexy aus. Caroline ist eine schlanke, lässige Schönheit. Ihr Rucksack ist, milde gesprochen, alles andere als leicht und geradezu planlos vollgestopft, so wirkt es auf mich. Und um ihren Hals hat sie eine richtige Kamera mit einem gewaltigen Objektiv.

Jep, das ist die junge Frau, an die ich mich erinnere. Hat sie sich überhaupt irgendwie auf den Jakobsweg vorbereitet? Also ehrlich!

Als ich ihr die Sache mit La Malle Postale erkläre, lacht sie nur. »Du machst also die Luxusvariante des Jakobswegs, ja?«

Ich sehe sie nur an und versuche, meinen wachsenden Ärger zu verstecken. *An dieser Pilgerreise ist überhaupt nichts luxuriös!*, will ich schreien. Ich zwinge mich, nicht mehr an Bills Mail zu denken, aber das verbessert meine Laune auch nicht. Denn dieses Mädchen zu sehen – diese junge Frau – mit ihrem vor Temperament übersprudelnden und zugleich verlorenen Blick, die offensichtlich alles nur spontan tut ... das fühlt sich kein bisschen nach Luxus an. Nur wieder eine weitere Person, für die ich Verantwortung übernehmen muss.

Meine Wanderstiefel sind nach dem gestrigen Unwetter noch nicht völlig getrocknet und ich habe ein Extrapaar Socken angezogen, die meine Füße trocken halten sollen. Aber schon nach zwei Kilometern, die nur bergauf gehen, spüre ich die ersten Blasen.

Obwohl Caroline nicht vorbereitet ist, ist sie mehr als bereit loszugehen. Mit ihrer Energie rennt sie mich bald über den Haufen. Sie legt den steilen Aufstieg aus Monistrol hin, als wäre sie im Triathlontraining. Zum Glück hat sie auch einen alarmierend guten Geruchssinn und bleibt oft plötzlich stehen, um sich über eine Pflanze oder Blume zu beugen und daran zu riechen. Dann nimmt sie die Kamera ab und wechselt das Objektiv – sie hat mindestens fünf davon in ihrem Rucksack, glaube ich –, damit sie das perfekte Bild von der Blume, dem Blatt, dem winzigen Tautropfen oder der Hummel im Flug machen kann, die sie gerade fasziniert.

Ihre fotografische Besessenheit ist meine Rettung. Sonst würde ich nicht mit ihr mithalten können. Sie bewältigt den überaus steilen Anstieg, der laut meiner Karte Chaos de L'Escluzels heißt, mühelos.

Chaos! Ha! Mein Leben ist ein einziges Chaos.

Caroline hält sich an Felsen fest, die Kamera baumelt an ihrem Hals – das Objektiv wird sicher Schaden nehmen, wenn sie irgendwo anschlägt –, während ich weit hinter ihr darauf achten muss, wohin ich meine Stöcke setze. Ich schwitze und schnaufe und keuche wie der böse Wolf, als sie wieder einmal plötzlich stehen bleibt, etwas unsicher auf zwei losen Steinen balanciert und drauflosredet, wie toll doch irgendein komisch aussehendes Unkraut riecht, das zwischen den Steinen emporlugt.

Ich versuche zu Atem zu kommen und steuere bei, was ich über die Landschaft vor uns gelesen habe. »Was man dort drüben sieht, diese riesigen erodierten Felsbrocken, die aussehen wie die Höcker eines Kamels, ist bei heftigen Vulkanausbrüchen entstanden, entlang der Verwerfungslinien in dieser Gegend.«

»Erstaunlich! Sieht toll aus«, sagt sie und macht eine Vielzahl von Fotos. Dann setzt sie ihr mörderisches Tempo fort und klettert hoch und immer höher. Meine Beschwerden scheint sie in keiner Weise wahrzunehmen.

Die Blasen sind so schlimm geworden, dass ich mittlerweile humpeln muss. Wir sind auf einem Weg, der im Zickzack hin- und hergeht und genauso steil ist wie vorher auch. Dann kommen wir an einer seltsam aussehenden Kirche vorbei, die in den Basalt geschlagen wurde. »Das ist eine Troglodytenkirche«, sage ich, als ich in die Jakobsweg-App geschaut habe.

»Eine was?«

»Ein Ort, wo Einsiedler gelebt haben. Unter der Erde. Hier wurden urgeschichtliche Knochen gefunden, heißt es.«

»Das wird Stephen interessieren! Vulkanische Felsen und eine unterirdische prähistorische Grabstätte! Und überall Kreuze auf dem Jakobsweg – in allen Formen und Größen.« Sie zeigt auf ein kleines Granitkreuz auf dem Weg, an das die Pilger Kieselsteine gelegt haben.

Klick, klick, klick, Objektivwechsel, *klick, klick, klick.*

Natürlich mache ich auch jede Menge Fotos. Und ja, die Kreuze – aus dickem Stein oder dünnem Eisen, ob dreißig Zentimeter oder drei Meter hoch – haben mich auch verzaubert. Mein Lieblingskreuz bisher gehört zu einer Pieta vor der Kirche in Monistrol.

Und wieder marschiert sie davon und ich zottele hinterher. Voller Stolz halte ich fest, dass ich zwar weit hinter Caroline herhinke, aber schon zwei Pilgergruppen überholt habe, die sich so langsam wie Schildkröten fortbewegen und alle paar Minuten stehen bleiben, um sich den Schweiß von der Stirn zu wischen.

»Caroline, geht es auch ein bisschen langsamer?«, rufe ich schließlich, am Ende meiner Kräfte. »Ich komme kaum hinterher.«

Sie bleibt stehen. »Oh, tut mir leid. Ich laufe meistens ziemlich schnell.«

»Du bringst diesen Aufstieg hinter dich, als wärst du wütend und wolltest deine ganze Wut an deinen Sandalen auslassen«, sage ich zu meiner eigenen Überraschung.

Sie lacht. »Da hast du ausnahmsweise mal recht. Ich *bin* wütend. Um genau zu sein, stinkwütend.« Sie stemmt die Hände in die Hüften und atmet tief ein.

Wieder bin ich von mir selbst überrascht, als ich mich sagen höre: »Also, falls es dir hilft, ich bin auch wütend.«

Sie sieht mich erstaunt an. »Auf mich?«

»Nein«, lüge ich. »Auf ein paar ziemlich bescheuerte Umstände.«

»Echt? Wow, cool. Ich meine, natürlich nicht cool, aber ähm ... interessant. Dass wir beide schlechte Laune haben.«

»Ja. Schlechte Laune ist noch eine Untertreibung. Ich weiß nicht, was ich machen soll«, gebe ich offen zu.

Caroline starrt mich an, als hätte ich ihr gebeichtet, dass ich eine schäbige Triebtäterin bin.

»Was ist? Du siehst schockiert aus.«

Sie fängt sich und lacht nervös. »Ich wollte nur gerade genau dasselbe sagen. Ich weiß auch nicht, was ich machen soll. Wirklich, ich weiß es nicht.«

Wow. Der Jakobsweg wirkt Wunder. Und schon sind wir Freundinnen. Den Rest des Tages, die ganzen zwanzig Kilometer, erzählen wir uns unsere Leidensgeschichte.

CB

Wir haben uns gegenseitig erklärt, wieso wir *auf hundertachtzig* sind. Das beschreibt unsere Laune am besten, haben wir beschlossen. Sie hat mir von Brett und Lola und Bastien erzählt, von dieser Mordgeschichte und ihrer Alkohol- und Drogenzeit, von ihrer Therapie und der vergangenen Woche in Lourmarin, was sich wie ein Ort anhört, den ich gern mal besuchen würde, und sogar von Bobbys panischem Anruf gestern Abend, während sie gerade drauf und dran war, »Papas beste Flaschen aus dem Keller« zu leeren. Ihren Monolog beendet sie mit dem Satz: »Bastien ist ein elender Schwindler und Mordkomplize!«

Dann, ohne Luft zu holen, fragt sie: »Und was gibt's Neues von Bobby und dem Mädchen?«

»Dem *Flüchtlingsmädchen*, das auch noch *krank* ist«, stelle ich richtig.

Sie zieht eine Augenbraue hoch.

»Sie kommen hoffentlich morgen. Oder vielleicht auch übermorgen. Man weiß nie bei den jungen Leuten.«

»Klingt nicht so, als wärst du allzu begeistert von der Liaison?«

Ich zucke die Achseln. »Eben wieder etwas, worüber man sich Sorgen machen muss. Und was ich kontrollieren will.« Ich bleibe stehen, um Luft zu holen, und lasse eine Gruppe von Pilgern, die sich auf Italienisch oder Spanisch unterhalten, vorbeigehen. »Kontrollwut ist übrigens mein größtes Laster.«

Sie grinst. Ich will schon gereizt darauf reagieren, als sie sagt: »Und mein größtes Laster ist der totale Mangel an Kontrolle.«

Und aus irgendeinem Grund fangen wir beide an zu lachen.

»Wie hast du eigentlich Bill kennengelernt?«, will Caroline etwas später wissen.

»Das war purer Zufall«, sage ich.

Seltsam, dass ich es als Zufall bezeichne, wo es doch bisher immer das Wirken Gottes für mich gewesen war.

»Ich war auf einer Party, im fünften Semester ... oder vielleicht im vierten.«

Ich konnte immer den genauen Tag, Monat und das Jahr benennen. Sind die Daten mir einfach so entfallen oder unterdrücke ich sie bewusst?

»Es war eine Studentenparty. Sein jüngerer Bruder hatte zu sich nach Hause eingeladen. Bill war eigentlich schon fertig mit dem Studium und arbeitete bei einer Bank. Aber dann wollte er noch den Master machen und schrieb sich wieder ein. Wir hörten Musik und tanzten, tranken und schlugen uns die Bäuche voll. Bill kam von irgendwoher nach Hause« – in Wahrheit wusste ich natürlich woher – »und sein Bruder stellte uns einander vor.«

Ich verschwieg ihr, dass sein Bruder James an mir interessiert war und sich mit mir verabreden wollte. Aber ich wollte nichts von ihm.

»Wir redeten eine Weile miteinander«, fahre ich fort, »und am Ende des Abends brachte er mich zum Auto und fragte mich, ob ich am nächsten Abend mit ihm essen gehen würde. Und ich sagte zu.«

Ich gehe nicht weiter auf den Streit zwischen James und Bill ein, aber der Gedanke an den Zufall lässt mich nicht los. War unsere Ehe ein Zufall? Was für eine verrückte Vorstellung! Ohne Bill hätte ich weder Bobby noch Jason.

Ich wehre diesen gefährlichen Gedankengang ab und fahre mit meiner Geschichte fort. »Meistens ging es bei den Verabredungen mit Bill um Spaß, aber hin und wieder überraschte er mich mit etwas Ungewöhnlichem, er hatte auch eine ernstere Seite. Er ist ein Geschichtsfreak und hatte manchmal Fakten über die Verfolgung seiner Hugenottenvorfahren oder neue Erkenntnisse über die Bürgerrechtsbewegung parat. Er zeigte mir eine andere Seite von sich und ich fand es aufregend, dass er nicht nur der lustige, unternehmerisch denkende junge Mann war, sondern dass er auch ganz anders sein konnte.

Er erdete mich – du weißt schon, Gegensätze ziehen sich an. Aber nach einer Weile können sich Gegensätze auch ziemlich auf die Nerven gehen. Wir hatten unsere verrückten Jahre und je mehr ich unser Leben organisierte, desto stiller wurde er. Er kam immer mit, er nickte, aber er lachte immer weniger. Irgendwann lachte er überhaupt nicht mehr und dann war er weg.«

Caro

Wir sind kurz vor Sauges, als wir seltsame Skulpturen am Wegesrand entdecken. »Was soll das denn darstellen?«, entfährt es mir, als die riesige Eisenskulptur einer wolfsähnlichen Kreatur vor uns auftaucht. Sie ist so groß, dass ich mich zwischen ihre Vorder- und Hinterbeine stellen kann.

Abbie lacht. »Ah, natürlich. Die Bestie des Gévaudan.« Sie schaut auf ihr Handy. »Offensichtlich gab es ein furchterregendes Tier, das in den 1760ern hier sein Unwesen trieb und über einhundert Frauen und Kinder verschlang.«

»*Quelle horreur!*«, sage ich.

Sie grinst. »Ja. Es gibt verschiedene Berichte darüber, wer schlussendlich die Bestie zur Strecke brachte.«

Ich mache mehrere Fotos von Abbie unter dem Tier. Dann macht sie ein Selfie davon, wie wir beide darunter stehen – was nicht wirklich funktioniert, denn alles, was man sieht, ist der Bauch und unsere lachenden Gesichter. Aber wir sind da, stehen nebeneinander, die Arme um die Schultern gelegt und machen ein Selfie. Wie seltsam dieser Jakobsweg doch ist – er bringt Menschen in kürzester Zeit zusammen.

Seit etwa vier Stunden schütten wir uns gegenseitig das Herz aus. Die letzten beiden Stunden drehen sich hauptsächlich um unsere rührseligen Männergeschichten. Nachdem Abbie mir davon erzählt hat, wie sie Bill kennengelernt hat, fragt sie. »Und wie war das mit Brett?«

»Stephen hat uns verkuppelt. Wir hatten einige Gemeinsamkeiten. Er ist ein Fotofan und ist gern draußen. Aber er ist ein vorsichtiger Typ. Reserviert eben.«

»Langweilig?«

»Wenn ich ihn mit Bastien vergleiche, ja. Aber das ist nicht fair. Ich weiß ehrlich gesagt nicht, wieso er mich liebt. Ich bin so eine Chaotin. Stephen und Tracie dachten wohl, er würde etwas Stabilität in mein Leben bringen.«

»Liebst du ihn?«, will sie wissen.

Ich bleibe mitten auf dem Weg stehen. Eine Herde Pilger läuft links und rechts an uns vorbei. »Ich habe es versucht«, sage ich. Es kommt heraus wie ein Körnchen Wahrheit und ich schäme mich. »Er ist ein toller Kerl. Er ist verantwortungsvoll, lustig und süß. Wir haben es gut zusammen, aber ...« Ich wische mir die Augen. »Fast habe ich Ja gesagt, als er mich das erste Mal fragte, aber dann, als ich mir das Leben mit ihm vorstellte, konnte ich nichts sehen außer Bastien. Sie sind so unterschiedlich. Wenn ich eine altmodische Pro- und Kontra-Liste anlegen würde, würde Brett vermutlich die Oberhand behalten. Aber wer will schon anhand von ein paar Kreuzchen auf einer Liste entscheiden, wen er heiratet? Sollte es da nicht mit Leidenschaft und einem Feuerwerk an Gefühlen zugehen?«

Abbie legt den Kopf schief, löst ihren Pferdeschwanz und lässt die dichte, mit perfekten Strähnchen durchsetzte blonde Mähne auf die Schultern fallen, bevor sie sie wieder mit einem rosafarbenen Gummi bändigt. »Mag sein«, sagt sie.

»Waren du und Bill denn nicht leidenschaftlich?« Zu spät merke ich, wie verzweifelt das klingt.

»Doch, oh ja, und zwar richtig. Er war das komplette Gegenteil von mir, und wie ich gesagt habe, Gegensätze ziehen sich an. Er brachte mich zum Lachen, wusste, wie man mich aufzieht, auf nette Art. Ich war total verrückt nach ihm.« Sie wirft mir einen kurzen Blick zu. »Also, ja, es waren Leidenschaft und ein Feuerwerk an Gefühlen mit im Spiel, aber auch eine Art Seelenverbindung.« Kurz schließt sie die Augen und ist ganz woanders. Vermutlich erinnert sie sich an die ersten Tage, Monate und Jahre mit Bill.

»So war es mit Bastien«, sprudelt es aus mir heraus. »Es gab Leidenschaft, natürlich, aber ich hatte auch das Gefühl, dass er sich wirklich für mich interessiert. Er kann zynisch und kritisch sein. Aber manchmal sah er mich so unglaublich zärtlich an. Fast ... fast so, als würde er mich lieben«, flüstere ich peinlich berührt.

Ich bin etwas schockiert, dass ich hier vor Abbie so auspacke, aber worüber sonst sollen wir acht Stunden am Tag reden? Und ich fange an, ihre geradlinige, praktische, organisierte Art zu mögen.

Den Rest kann ich ihr nicht erzählen: Wie Bastien jedes Mal, wenn er diesen einen Gesichtsausdruck bekam, vom Tisch aufstand oder auf unserer Wanderung davonmarschierte und sich irgendetwas suchte, was seine Hände tun konnten. Und wie dann seine Miene ganz versteinert war, völlig ausdruckslos, als hätte er gerade sein tiefstes Geheimnis verraten und müsse schnell einen Rückzieher machen.

Die Sache ist, ich hatte nie jemandem von diesen zärtlichen Momenten erzählt, weder Tracie noch Stephen oder meinem Therapeuten. Sie alle dachten, Bastien sei ein riesengroßer Idiot, und um ehrlich zu sein, wollte ich, dass sie das dachten, damit sie mich davon überzeugen konnten. Aber mich traf genauso die Schuld. Ich war diejenige, die immer wieder zu ihm zurückkehrte und auf etwas hoffte, was er mir nicht geben wollte. Liebe.

Abbie ist von ihrem Tagtraum über Bill zurück und hat mir tatsächlich zugehört. »Also«, sagt sie, »ich kenne diesen Franzosen nicht, aber eins kann ich dir sagen. Heirate nicht nur einen Kerl, weil er nett ist.« Sie wird etwas rot. »Als wenn ich eine Expertin in Sachen Ehe wäre«, fügt sie hinzu und lacht nervös.

Ich versuche, meine Verblüffung zu verbergen. Ihre unverblümte Einschätzung hat den Nagel auf den Kopf getroffen. Ich denke tatsächlich darüber nach, Brett zu heiraten, weil er nett ist. Ganz bestimmt schwebe ich nicht auf Wolke sieben. Ja, ich bin noch nicht mal überzeugt davon, dass ich ihn liebe.

»Vielleicht denke ich nur deshalb daran, Brett zu heiraten, weil ich mich vor Bastien schützen will. Ich bin zwar eine Chaotin, aber wenn ich einmal verheiratet bin, dann werde ich treu sein. Das weiß ich einfach.« Zu meiner Überraschung fließen bei mir die Tränen. »Und genau jetzt muss ich mich mehr vor Bastien schützen als jemals zuvor.«

Abbie

Wir sind erst seit sechs Stunden unterwegs und reden schon miteinander, als wären wir beste Freundinnen. Vertraute. Unser Tempo hat deutlich nachgelassen, weil meine Blasen das Laufen unerträglich machen. Ich musste die Herberge in Le Sauvage anrufen und absagen – in meinem Tempo werden wir die verbleibenden acht Kilometer vor dem Dunkelwerden niemals schaffen. Stattdessen werden wir in einem winzigen Dorf namens Le Villeret-d'Apchier übernachten.

Ich habe beide Fersen mit mehreren Lagen Pflaster versehen, zweimal die Socken gewechselt und trage inzwischen Sportschuhe. Meine Stiefel baumeln am Rucksack. Caroline, das muss man ihr lassen, zeigt wenigstens etwas Mitgefühl, als wir uns schließlich an einem Picknicktisch am Weg hinsetzen.

Ich teile mein Essen mit ihr – Caroline hat nicht daran gedacht, irgendetwas mitzunehmen, und jetzt, wo wir beste Freundinnen sind, weiß ich auch, wieso. Wir lassen uns ein frisches, mit Butter und Saucisse belegtes Baguette schmecken, das mir die letzte Gastgeberin mitgegeben hat.

»Ich glaube, ich habe mich einfach immer fester an Bill geklammert«, erkläre ich ihr zwischen den Bissen. »Wir mussten in der Familie einige Todesfälle verkraften und die letzten beiden – der tragische Tod meines Schwagers und dann der genauso tragische Tod der Freundin meines Sohnes – waren einfach zu viel für mich. Natürlich haben mich die anderen auch schwer getroffen. Aber diese beiden haben das Fass zum Überlaufen gebracht. Meine Schwester und mein Sohn haben sich Hilfe geholt, aber ich lebte stellvertretend ihren Schmerz aus und machte mich dann daran, mich mit eiserner Hand um Bill und Bobby und Jason zu kümmern. Großer Fehler.«

»Klingt, als müsstest du ein paar Dinge aufgeben«, sagt Caro, nachdem sie eine steinerne Struktur am Straßenrand fotografiert hat, die wie eine riesige Menora aussieht. »Ich hingegen sollte wieder das Risiko eingehen, Menschen zu vertrauen. Und aufhören mich von einer Sache in die nächste zu stürzen.« Sie setzt sich wieder und beißt von ihrem Baguette ab. »Das Problem ist, bei Bastien fühle ich mich immer so lebendig. So leidenschaftlich. Das Leben ist voller unendlicher Möglichkeiten. Französische Männer mögen Wörter wie Verpflichtung oder Rechenschaft nicht. Sie halten Sinneslust nicht für eine Sünde und glauben nicht daran, dass Schönheit nur für ausgewählte Anlässe reserviert ist.«

Ihn zu erwähnen, genügt schon, ihrer Stimme neue Begeisterung zu verleihen. Ich bin froh, dass wir gerade sitzen, sonst würde sie bestimmt davonmarschieren wie eine Marathonläuferin.

CB

Gegen vier Uhr am Nachmittag erreichen wir unser Tagesziel. Dieses Mal sind wir in einem echten Gîte mit Gemeinschaftsduschen. Caroline und ich teilen uns ein Zimmer mit zwei anderen Pilgern, die noch nicht da sind. Das Zimmer hat vier Betten. Ich bin einfach nur dankbar, dass wir noch Platz gefunden haben.

Unsere Gastgeberin, Lucette, begrüßt uns. Caroline und sie fangen sofort an, auf Französisch zu plaudern. Ich bin immer wieder überrascht, wie gut sie die Sprache beherrscht, aber sie ist schließlich hier aufgewachsen.

Lucette bittet uns, die Stiefel und Rucksäcke im Flur stehen zu lassen – nichts in den Zimmern –, eine Vorkehrung gegen Wanzen und anderes Ungeziefer. Sie gibt jedem von uns einen Eimer, in den wir unsere wichtigsten Dinge ans Bett stellen können, gestattet mir aber, meinen Koffer, der schon angeliefert wurde, die enge Treppe hinaufzuwuchten. Ich bin froh, dass La Malle Postale bereit war, ihn woandershin zu liefern, als ich ihnen das geänderte Tagesziel nannte. Wir gehen duschen und ich leihe Caroline mein Handtuch, weil sie natürlich keins mithat. Dann setzen wir uns draußen an einen Picknicktisch mit herrlichem Blick auf den

Wald und trinken aus Schalen heißen Tee. Ich mache mich an meine Handarbeit, Caroline lädt auf ihrem Tablet Fotos hoch.

Wer taucht nach einer Weile auf? Niemand anderes als die Frauen aus Washington. Genau wie Laurent beim ersten Abend in Le Puy gesagt hatte, ist einer der großen Vorteile beim Jakobsweg, dass man den anderen Pilgern immer wieder über den Weg läuft.

Ich stelle die Runde Caroline vor. Die Frauen geben zu, wegen des Unwetters gestern gar nicht erst losgegangen zu sein. Rund um den Abendbrottisch, der wieder mit regionalen Köstlichkeiten beladen ist, tauschen wir zehn Pilger uns über unsere Erlebnisse aus.

An diesem Abend liege ich in meinem Bett, schwitze bei dreißig Grad und denke über Caroline nach. Wir haben heute zwanzig Kilometer zurückgelegt, Caro in ihren Riemchensandalen und ich in meinen nagelneuen und gerade eingelaufenen Stiefeln, und ich bin diejenige mit Blasen an den Füßen, die trotz Sonnencreme Sonnenbrand im Nacken hat, und die, die mitten in der Nacht aufwacht, weil Barb so laut schnarcht.

Caroline hingegen schläft wie ein Stein.

Und trotzdem bin ich wahnsinnig froh, dass sie da ist.

Kapitel 16

Bobby

Mittlerweile sind wir mehrmals umgestiegen und mit der Bahn durch drei verschiedene Länder gefahren – zuletzt in einem Nachtzug von Zürich nach Lyon. Mitten in der Nacht, irgendwo zwischen Sonntagabend und Montagfrüh, wache ich plötzlich auf. Fünfzehn Stunden Reise haben uns ausgelaugt. Zuerst hat Rasa ohne Punkt und Komma von Isa erzählt, eine Begebenheit aus ihrem Leben nach der anderen. Aber gegen zwanzig Uhr fielen ihr dann vor Müdigkeit die Augen zu und ihr Kopf schwankte hin und her, wenn der Zug in eine Kurve fuhr.

Lisa hatte uns zum Zug gebracht, nachdem wir den Gottesdienst der iranischen Gemeinde von Hamid besucht hatten. Als wir im Auto warteten, bis sich Rasa von ihren Eltern verabschiedet hatte, sagte Lisa: »Vor einigen Jahren hat Hamid mit acht anderen iranischen Studenten aus Österreich ein dreijähriges Studium angefangen. Sie kamen vier Wochen im Jahr in die Oase, um mit iranischen Lehrern die Bibel zu studieren. Sieben von ihnen sind jetzt Vollzeitpastoren und es gibt Dutzende iranischer Gemeinden. Hamid leitet nicht nur das Haus der Hoffnung, sondern ist also auch ordinierter Pastor, wie du gesehen hast.«

Ich hatte die einfache, beschwingte Freude der über hundert Besucher dieses Gottesdienstes auf Farsi regelrecht in mich aufgesogen.

»Es war eine tolle Erfahrung«, sagte ich. »Und eine erstaunliche Geschichte.«

»Das stimmt und es gibt noch viel mehr davon. Das ist das, was uns durch die dunklen Täler trägt. Und Rasa leitet seit ein paar Jahren den musikalischen Teil.«

Rasa auf der Bühne zu sehen, gekleidet in ein schlichtes, helles, fließendes Kleid, die Haare unter einem Schal, war verwirrend, um es vorsichtig auszudrücken.

»Sie gibt nicht nur die Deutschkurse im Haus der Hoffnung. Sie hilft auch bei der Jugendgruppe. Hat sie dir erzählt, dass sie später Jura studieren will?«

»Nein, ich glaube nicht.«

»Sie möchte gern Richterin am Familiengericht werden und mit Flüchtlingsfamilien in Österreich arbeiten.«

Ich bin nicht sicher, wieso Lisa mir das erzählte. Noch mitten in meinem nachgottesdienstlichen Tagtraum hatte ich bloß freundlich genickt. Aber wenn ich jetzt darüber nachdenke, wo der Morgen noch weit hinter dem Horizont wartet, klingt es fast wie eine Warnung: *Lass dich nicht zu sehr auf sie ein, Bobby. Ihr Platz ist hier.*

Aber dafür ist es jetzt zu spät, ich habe mich längst auf sie eingelassen. Nachdenklich betrachte ich Rasa, ihre dichten Wimpern, ihre schmalen Handgelenke, die sie übereinandergelegt hat, ihr schwarzes Haar, das sie zu einem losen Knoten zusammengebunden hat und aus dem sich einzelne Strähnen gelöst haben. Unwillkürlich spüre ich einen überwältigenden Beschützerinstinkt. Mein Bauchgefühl flattert zwischen Sorge und Aufregung hin und her. Ich starre sie an, bis mich die Müdigkeit übermannt und mir die Augen zufallen ...

Mom stickt, Anna stickt, ich klimpere etwas auf der Gitarre. Wir unterhalten uns, ganz nebenbei. Da hämmert auf einmal jemand gegen die Tür und klingelt Sturm. Mom sieht mich an. »Ruf die Polizei!«, raunt sie. Anna ist vor Angst erstarrt. Dann steht sie wie in Zeitlupe auf und legt ihre Stickarbeit beiseite.

Irgendwie ahnt sie, was jetzt kommt.

Ich weiß nicht mehr, wie er die Eingangstür aufbekommt, aber ich sehe noch seine blutunterlaufenen Augen und höre mich schreien: »Lauf! Anna! Lauf!« Ihr Vater verdreht mir den Arm.

Dann sehe ich die Pistole und höre, wie Mom irgendetwas ins Telefon schreit. Ihr Vater droht, mich zu erschießen, und Anna zögert, dreht sich um, die Angst ist ihr ins Gesicht geschrieben.

»Los, los!«, brülle ich, da rammt mir ihr Vater die Faust gegen den Kiefer.

»Bobby! Bobby!«, kreischt Anna und ich sehe verschwommen, wie sie sich vors Sofa kauert und mit offenem Mund zusieht, wie sich meine Mutter diesem Verrückten entgegenwirft. Aber er schleudert sie beiseite, als wäre sie ein Kissen, als wäre sie gar nicht da. Verzweifelt versuche ich, mich wieder aufzurappeln, da zerrt er Anna durch den Hobbyraum und aus der Vordertür.

Mein Vater ist bei einem von Jasons Basketballspielen, eine Autostunde entfernt, aber ich rufe Stephen an und er ist sofort da, etwa fünf Minuten sind vergangen, seit Anna weg ist. Ich knie neben meiner Mutter. »Es geht schon«, murmelt sie. Die Polizei trifft ein und eine Polizeibeamtin hockt sich neben Mom auf den Boden, während ihr Kollege sich von mir das Auto beschreiben lässt und Verstärkung ruft, bevor er mit kreischender Sirene davonrast.

Stephen und ich sitzen in seinem Auto und fahren der Polizei hinterher und die ganze Zeit flehe ich zu Gott, er möge uns Anna und ihren wahnsinnigen Vater finden lassen. Wir finden das Auto im Straßengraben. Ich erinnere mich an die Explosion, meine Schreie, als ich auf die unerträgliche Hitze zurenne, und daran, wie Stephen mich umrennt und am Boden festhält. »Es ist vorbei, Bobby. Es tut mir sehr leid. Aber es ist vorbei ...«

Die Sirenen der Polizeiwagen reißen mich aus meinem Albtraum, aber es ist nur mein Handy, das klingelt. Ich schüttle den Kopf, um wach zu werden, und sehe den Namen meiner Großmutter auf dem Display.

»Swannee?«

»Hallo, lieber Bobby.« Die Verbindung ist schlecht oder sie redet sehr leise. »Ich muss mit deiner Mutter sprechen. Seit einer Stunde versuche ich es schon.«

»Wir sind noch nicht da. Wir sitzen noch im Zug. In etwa drei Stunden treffen wir uns.«

Da fällt mir auf, wie ungewöhnlich es ist, dass meine Großmutter mich anruft. In Atlanta ist es schon elf Uhr nachts. »Ist alles in Ordnung?«

»Ja. Nichts, worüber du dir Sorgen machen müsstest.« Aber Swannees Stimme merkt man sofort an, wenn irgendetwas nicht stimmt.

»Was ist los?«, frage ich und merke, wie sich Angst in meinem Bauch festzukrallen beginnt. »Ist was mit Grandpa?«

Ihre Stimme ist ganz leise. »Wir glauben, dass er einen Schlaganfall hatte.«

Ich kann kaum reden. »Wo ist er denn?«

»Im Grady Hospital. Ich bin auf dem Weg dorthin.« Sie klingt, als wäre sie in einem Paralleluniversum.

»Oh, Swannee! Ich schreibe Mom sofort. Sie ruft bestimmt gleich zurück. Aber was können wir tun?«

»Beten.«

Ich schreibe meinem Vater in Chicago. *Im Zug zu Mom. Swannee hat angerufen. Granddad hatte einen Schlaganfall!*

Weiß deine Mutter davon?

Noch nicht, Swannee kann sie nicht erreichen. Es ist erst fünf Uhr morgens hier. Mom und Caroline sind zusammen unterwegs, aber bestimmt schlafen sie noch.

Keine Sorge. Ich kümmere mich darum und finde heraus, was genau passiert ist.

Versprochen?

Natürlich.

Und dann gibst du mir Bescheid.

Sofort.

Wurde Jason rausgeworfen?

Nicht von der Schule, aber aus der Footballmannschaft.

Na klasse.

Mach dir keinen Kopf um Jason. Ich werde Swannee anrufen und mich bei dir melden. Keine Angst, ja?

Er hat natürlich recht, aber mein ganzer Magen zieht sich zusammen, während der Zug langsam durch die Schweizer Berge und nach Frankreich rollt. Ich starre abwechselnd auf schneebedeckte Gipfel und auf die schlafende Rasa, gebe mein Bestes, die wunderbare Schönheit aufzusaugen, aber alles, was ich sehe, ist eine Wiederholung des furchtbaren letzten Tages mit Anna.

Ich muss mich irgendwie ablenken. Also hole ich mein Skizzenbuch heraus und schalte die kleine Lampe über meinem Sitz ein. Dann denke ich an ein Gespräch mit meiner Großmutter vor Jahren, als ich ihr zum ersten Mal beichtete, dass ich das Malen gern zu meinem Beruf machen wollte.

»Das wird nicht einfach«, war Swannees Reaktion. »Es wird hart, eine extrem schwere Herausforderung. Du wirst dich immer wieder selbst infrage stellen.«

»Aber ich muss zeichnen, Swannee. Ich kann nicht anders. Dieser Wunsch danach ist stärker als ich.«

Sie hatte wissend gelächelt. »Dann zeichne. Du musst dem Ruf folgen, bis dich die Hand Gottes aufhält.«

»Aber ich werde meine Eltern enttäuschen.«

Sie nickte. »Du wirst am Anfang vermutlich fast alle Menschen enttäuschen. Aber das ist die Entscheidung.« Sie blickt in den Garten. »Du siehst den Teich, nicht wahr?«

»Natürlich.«

»Den Springbrunnen?«

»Ja.«

»Die waren nicht schon immer da.«

Ich zuckte die Achseln. Das lag auf der Hand.

»Als dein Großvater beschloss, einen Teich mit Springbrunnen zu bauen, traf er auf viele Hindernisse und wollte schon wieder aufgeben. Aber was ihn bei der Stange gehalten hat – zumindest hat er das mir gegenüber immer gesagt –, war, dass er wusste, wie sehr ich Wassergeräusch zum Malen brauchte. Es beruhigte und inspirierte mich, wenn mir alles zu schwer vorkam. Selbst heute noch, wenn ich entmutigt bin, setze ich mich hier in den Wintergarten, mache die Türen weit auf, ob Regen oder Sonnenschein, und höre mir das stete, beruhigende Plätschern an.

Finde deinen Springbrunnen, Bobby. Deine Quelle. Halt sie fest, wenn du sie gefunden hast, und hab sie immer in deiner Nähe, wo sie dich daran erinnert, dass dein Leben und das, was du tust, wichtig ist. Dass es zählt.«

Seither habe ich oft an diese Worte gedacht. Und jetzt sitze ich im Zug, nähere mich dem Jakobsweg, Rasa sitzt da und schläft und ich frage mich, *was ist meine Quelle?*

Ich weiß es nicht. Nur, dass Swannee die Erste war, die meine Leidenschaft fürs Malen bemerkte, und sie ist einer der Hauptgründe, wieso ich überhaupt dieses Auslandsjahr mache. Der Zug kommt mit quietschenden Bremsen in irgendeiner Stadt auf dem Weg nach Le Puy zum Stehen und ich bin dankbar, dass ich in zwei Wochen nach Paris fahren kann. Jetzt, wo mein Großvater im Krankenhaus liegt, spüre ich die innere Verantwortung, mir Swannees Bild vom Swan House so schnell wie möglich anzusehen.

Verantwortung für Mom, für Rasa, für Jason, für Dad, für Swannee und Großvater.

Mit dem Gefühl der Überforderung schlafe ich ein.

Abbie

Als ich aufwache, ist es noch dunkel draußen. Ich nehme meine Umgebung wahr. Ein großes Zimmer mit vier Betten. Rechts neben mir Caroline auf dem Bauch, die Arme um das Kissen geschlungen. Zu meiner Linken Barb auf dem Rücken, beim schönsten Schnarchen. Und gegenüber Jamie, auf dem Bett ausgestreckt und ... nackt! Ich wende schnell den Blick ab. Meine

Füße bringen mich um und in mir toben die Gefühle. Ich ziehe mich im Dunkeln an und gehe auf Zehenspitzen nach unten. Alle anderen Pilger schlafen noch, also setze ich mich draußen an den Picknicktisch und schaue in der Dämmerung zum schmalen Mond hinauf.

Ich hatte gestern Diana noch geschrieben. *Muss ich die Wallfahrtspsalmen in der richtigen Reihenfolge lesen?*

Liebe Abbie, lesen Sie sie in der Reihenfolge, die Ihnen zusagt. Oder lesen Sie sie überhaupt nicht. Es ist eine Empfehlung, kein Befehl.

Ich kann sie fast schmunzeln sehen. Aber ich meine es ernst. Was, wenn ich es falsch mache und es nicht funktioniert? Was, wenn überhaupt nichts funktioniert?

Ich weiß, dass das kindisch ist oder abergläubisch, aber mein Glaube ist so schwach. Ich will, dass diese Aufgabe funktioniert.

Mit verschwommenem Blick scrolle ich zu Psalm 126 und lese ihn mir leise flüsternd vor. »Wenn der Herr die Gefangenen Zions erlösen wird, so werden wir sein wie die Träumenden. Dann wird unser Mund voll Lachens und unsre Zunge voll Rühmens sein. ... Der Herr hat Großes an uns getan.«

Während meines dritten Semesters in Frankreich hatte ich mir ein EuroRail-Ticket gekauft und bin mit zwei Freundinnen durch Europa gefahren. Obwohl ich mir alle Mühe gegeben hatte, die Reiseroute zu planen, die Unterkünfte zu buchen und die Fahrpläne zu studieren, gab es hin und wieder Unstimmigkeiten und wir verirrten uns. Einmal mussten wir uns ein Abteil im Nachtzug mit einigen zwielichtigen Gestalten teilen. Aber den ganzen Monat über erlebten wir Gott auf seltsame und persönliche Weise. Oft trafen wir auf wildfremde Menschen, die uns den Weg zum richtigen Zug oder Hostel wiesen, ohne dass wir gefragt hatten. Wir nannten sie unsere Engel.

Ich schlucke und denke an all die »Engel«, die mir in den drei kurzen Tagen auf dem Jakobsweg schon begegnet sind – die Frauen aus Washington, die Pfadfinder, sogar Caroline. Ich habe sie gespürt, die Freude, Mitpilger zu haben. Meine Ängste wurden durch Engel ausgeräumt, die mir beistanden. Ich habe die schützende Gegenwart Gottes gespürt.

»Er ist immer bei dir«, sagte Miss Abigail früher, wenn ich mir Sorgen machte, dass ich seine Gegenwart nicht wahrnahm. *»Er wird dich gebrauchen. Wenn du ihn lässt ...«*

Ich bin kein naiver Teenager mehr. Ich weiß genau, was die Worte »Wenn du ihn lässt« bedeuten, und ihre Bedeutung gefällt mir nicht. Opfer. Meine Träume für Gott aufgeben. Miss Abigail war immer schnell dabei, mich zu ermahnen, dass Gott mir geben würde, was mein Herz sich wünschte, wenn ich meine Lust am Herrn hatte. Sie betonte, dass Gott mein Leben mit seinen Plänen nicht zunichtemachen wollte; seine Pläne waren groß und weit und gut.

Aber ich hatte ihr Leben gesehen. Und obwohl ich sie mehr bewunderte als alle anderen Menschen, wollte ich eins ganz bestimmt nicht: so leben wie sie. Ich hätte hoch und heilig beteuert, dass ich auch für Christus leben wollte, aber tief in mir spürte ich das Bedürfnis, Gott ein wenig unter die Arme zu greifen, was mein Leben betraf.

Dann lernte ich Bill kennen und wir schworen uns vor Gott ewige Treue, also hatte ich sowohl einen Mann *und* Gott. Jetzt wollte ich ihm in unserem Leben freie Hand lassen.

Und es hatte funktioniert. Zumindest für einige Zeit.

Bis ich anfing zu klammern, mir Sorgen zu machen und ängstlich zu werden. Genau wie jetzt.

☙

Ich warte auf den Compostel'Bus, der täglich Pilger einsammelt und zu verschiedenen Stationen auf dem Jakobsweg bringt. So lange war ich noch nie von meinem Sohn getrennt, und als er aus dem Bus steigt, muss ich ein paar Tränen wegblinzeln. Sein rotbraunes Haar ist schon etwas länger und er hat einen Dreitagebart, den ich so noch nie an ihm gesehen habe, aber seine braunen Augen sind noch immer freundlich und sanft.

»Mom!«, sagt er und umarmt mich. Seinen Rucksack hat er lässig über die Schulter gehängt. Dann dreht er sich um und hilft Rasa beim Aussteigen.

Ich sehe sofort, wieso Bobby sich in sie verliebt hat. Sie sieht aus wie eine Waldelfe aus dem *Mittsommernachtstraum*. Eine winzige Elfe mit olivfarbener Haut, schwarzem Haar zu einem Zopf geflochten, der ihr bis zur Taille geht, die Augen dunkel und tiefgründig. Sie sieht zerbrechlich aus, fast ein wenig ängstlich. Und zugleich hat sie etwas Auffälliges an sich. Als könnte sie plötzlich wie eine Ballerina eine Pirouette machen und in die Luft springen, die Beine im eleganten Spagat.

Bobbys Handy klingelt, als er Rasas Rucksack herausholt. Er reicht es mir. »Kannst du rangehen?«

»Hallo?«

Erst höre ich nichts. »Abbie?« Es ist Bills Stimme.

»Bill?«

»Ja. Hey, Abbs.« Eine lange Pause. Er räuspert sich. »Ich vermute mal, dass Bobby dir mittlerweile von deinem Vater erzählt hat.«

»Meinem Vater? Was? Nein, sie sind gerade erst angekommen. Wir haben uns noch nicht mal richtig begrüßt. Was ist mit Dad passiert?«

»Er hatte einen Schlaganfall. Swannee hat Bobby um fünf Uhr morgens angerufen. Sie hat versucht, dich zu erreichen, aber dein Telefon war bestimmt auf lautlos gestellt.«

Mein Herz hämmert aus zwei verschiedenen Gründen in der Brust: Bill und Dad. Das ist das erste Mal seit über einem Monat, dass ich die Stimme meines Ehemanns höre. Aber ich verdränge den Gedanken. »Einen Schlaganfall? Bist du sicher?«

»Offensichtlich ist er nachts hingefallen, als er mal rausmusste. Er ist im Grady. Aber es geht ihm gut, Abbie. Es geht ihm gut. Ein paar Lähmungserscheinungen, aber er ist wach und kann sprechen. Ein leichter Schlaganfall, sagen sie.«

In meiner Vorstellung schnappe ich mir schon meinen Rucksack und Koffer, springe in den Bus und versuche irgendwie, nach Atlanta zurückzukommen.

»Abbie, hör zu. Ich habe mit deiner Mutter gesprochen. Sie will, dass weder du noch Bobby jetzt nach Hause kommen. Nan und Ellie und Ben sind bei ihr und ich fliege morgen aus Chicago rüber. Es würde deinen Eltern nur noch mehr Kummer bereiten, wenn du und Bobby jetzt eure Reise absagt.« Einige Sekunden herrscht Schweigen. »Ich weiß, dass du schon überlegst, wie du am schnellsten nach Hause kommst, aber bitte, Liebling ...«

Liebling! Abbs!

»... bitte tu es nicht.«

Ich weiß nicht, was ich sagen soll. Ich stehe an der Haltestelle und Bobby und Rasa starren mich an.

»Wir halten dich auf dem Laufenden«, sagt Bill. »Ich weiß, dass das nicht leicht ist. Ich weiß, dass ihr beide euch wahnsinnige Sorgen macht, aber ihr müsst mir vertrauen.«

Aber ich vertraue dir nicht! Du bist einfach abgehauen! Du hast gesagt, dass du ohne mich glücklich bist.

»Ellie wird dich in ein paar Stunden aus dem Krankenhaus anrufen. Dann wissen wir schon mehr.«

»Okay«, sage ich, aber ich denke, *und was ist mit uns, Bill? Was ist mit uns?*

»Alles ist in Ordnung, Abbs«, sagt er. Er verwendet denselben ruhigen Tonfall, der mich schon seit Jahren von der Klippe zurückholt. »Alles ist in Ordnung. Warte einfach auf Ellies Anruf.«

»Okay«, flüstere ich und beende das Gespräch.

Kapitel 17

Caro

Was für eine Pleite. Erst Bill am Telefon, dann Bobbys Flüchtling und schließlich der Schlaganfall ihres Vaters. Abbie hat eine fürchterliche Laune. Sie humpelt die ersten Kilometer mit uns, bis Bobby, der seine Mutter offensichtlich gut kennt, Rasa und mir zu verstehen gibt, dass wir ruhig vorlaufen können. Ich bin aus zwei Gründen einverstanden: Ich weiß, dass es viel gibt, worüber Abbie mit ihrem Sohn reden will, und außerdem kann ich ihr Schneckentempo nicht ertragen.

Abbie tut mir leid. Sie scheint die Sorte Frau zu sein, die schlechte Laune nicht so schnell wieder loswird. Sie humpelt mit ihren Blasen voran, aber in Wahrheit ist es ihre Seele, die humpelt. Bills E-Mail von gestern hat schon ihren Zauber gewirkt. Einen finsteren Zauber. Aber jetzt hat sie seine Stimme gehört. Und er hat ihr keine neue Hoffnung gemacht.

Aber sie scheint ihn wirklich zu lieben. Und so seltsam mir das auch vorkommt, ich glaube, einiges von unseren gestrigen Gesprächen hat ihr gutgetan. Mir haben sie jedenfalls weitergeholfen. Mein Therapeut sagt immer, die Wahrheit laut auszusprechen, ist die beste Therapie, vor allem, wenn man mit jemandem spricht, der wirklich zuhören kann. Abbie hat gestern wirklich zugehört und danach auch noch gute Fragen gestellt.

Ich denke immer noch über unser Gespräch nach. Zum ersten Mal habe ich zugegeben, dass ich Brett nicht liebe. Das fühlt sich wie eine Erleichterung an. Aber der Rest, die Erkenntnis, dass ich Bastien tatsächlich liebe, macht mir furchtbare Angst. Wie kann ich jemanden lieben, der mich im Grunde nur betrogen hat, meine Freundin genauso und unter Umständen nicht nur indirekt an einem Mord beteiligt war?

Nein, nein, nein – das kann nicht wahr sein! Bastien würde mich nicht so ausnutzen!

Oder doch?

Je mehr Zeit ich habe, darüber nachzudenken, desto besorgter werde ich. Ich gehe alle unsere Treffen seit dem Mord und der Entführung im Jahr 2011 durch. Jedes Mal – unser letztes Treffen ausgenommen, das er initiierte – wollte ich irgendetwas Neues über Lolas Verschwinden herausbekommen und hatte ihn kontaktiert. Und dann hatten wir uns getroffen. Auf rein platonische Art.

Hatte er eingewilligt, weil er wusste, dass ich Informationen zu Lola hatte? Hat er all die Jahre jeden meiner Schritte verfolgt? Nicht aus Sorge über Lola oder aus Liebe zu mir und nicht einmal, weil er noch ein romantisches Techtelmechtel suchte – was er nicht wollte. Wieso dann? Er hatte mir aufmerksam zugehört, teilnahmsvoll, als würde es ihn wirklich interessieren. Und was dann? Hat er alles bis aufs letzte Detail an Khalid weitergegeben?

Es wird seine Zeit dauern, aber ich komme bestimmt über ihn hinweg, jetzt, wo ich die Wahrheit weiß. Aber natürlich gibt es auch diesen dunklen Teil von mir, dem es nicht genügt, über ihn hinwegzukommen. Ich will Rache. Ich will, dass er verhaftet, verhört und weggesperrt wird. Ich will, dass er leidet.

Aber an wen soll ich mich wenden? Weiß Jean-Claude wirklich alles? Er meinte, dass Khalid wieder in Europa ist und gesucht wird. Wird Bastien auch gesucht? Oder ich?

Wenn ich den ganzen Tag diesen Gedanken lausche, werde ich noch verrückt. Zum Glück zwingt mich Rasa zurück in die Gegenwart, als sie neben mir auftaucht und wir gemeinsam loslaufen.

Während Abbie in Designerklamotten auf dem Jakobsweg unterwegs ist, sieht Rasa aus, als würde sie zur Moschee gehen. Ihr dicker schwarzer Zopf ist von einem hellblauen Schal bedeckt und sie hat ein langes weißes Gewand und weiße Leggins an. Ihr armee-grüner Rucksack sieht aus, als käme er aus der hintersten Schrank-ecke, auf jeden Fall aus den Siebzigern. Sie läuft entschlossen und konzentriert, fast, als wäre sie nicht auf diesem Jakobsweg, sondern würde etwas von vor langer Zeit noch einmal erleben.

Zuerst reden wir nicht, sondern hängen unseren Gedanken nach, jede für sich. Ich versuche herauszufinden, ob ich ihr zu schnell laufe, aber sie hält mit Leichtigkeit mit. Irgendwann versuche ich mich an Small Talk. »Wo kommst du her?«, frage ich.

»Iran«, antwortet sie und man hätte mich mit dem kleinen Finger umschubsen können.

»Du bist Iranerin«, wiederhole ich stumpf.

»Ja.«

»Oh, wow.«

Ich stolpere durch ein paar weitere unbeholfene Fragen, bis sie irgendwann höflich sagt: »Wenn du etwas über meine Zeit der Flucht hören willst, kann ich dir das gern erzählen. Es ist keine schöne Geschichte, aber voller Hoffnung.«

Was für eine seltsame Aussage. »Sicher. Das ist ... bestimmt interessant.«

Sie steigt in ihre Geschichte ein und ihr ganzes Gesicht verändert sich. Sie hat eine Art spiritueller Energie. Und als sie erzählt, wird mir bewusst, dass ich die Geschichte schon einmal gehört habe. Rasa ist das Mädchen, das mein Bruder gerettet hat, zusammen mit ihrer Mutter und ihrem neugeborenen Bruder. Er hatte seinen Chef bei der *Peachtree Press* davon überzeugt, über diese Flüchtlingsfamilie schreiben zu dürfen, und daraufhin so viele Spenden gesammelt, dass eine Gruppe in der Türkei einen Klein-bus kaufen und Rasa, ihre Mutter und ihren Bruder aus dem Iran schmuggeln konnte. Ihr Vater ist Stephens guter Freund Hamid. Und Rasa war diejenige, die als Kind schon Stephen dabei half, »zum Glauben zu finden«.

»Du weißt schon, dass Stephen mein Bruder ist, oder?«, unterbreche ich sie.

Ihre Augen werden groß. »Nein, nein! Das wusste ich nicht.« Sie wirkt nervös. »Zumindest hat mir Bobby das nicht erzählt, glaube ich. Er meinte, dass du mitkommst, aber ...« Sie wird rot und lächelt. »Ich mag deinen Bruder sehr. Er ist sehr nett und sehr mutig.«

Ich zucke die Achseln. »Mag sein.«

Rasa lässt kein Detail aus, auch wenn ihr manchmal das richtige Wort nicht einfällt oder sie ihre Metaphern durcheinanderbringt. Als sie sagt: »Wir sind um breite Haare davongekommen«, muss ich grinsen.

»Nein«, sage ich. »Fast richtig. Es heißt ›um Haaresbreite‹. Auch wenn es ein seltsamer Ausdruck ist. Bitte, weiter.«

Sie folgt meiner Aufforderung. Aber während sie erzählt, merke ich, dass in mir Ärger aufkeimt, sogar Wut. Verflixt! Wieso bin ich wütend auf dieses arme Mädchen, das so entsetzliche Erfahrungen machen musste?

Aber ich kenne die Antwort. Lola.

So lächerlich es auch klingen mag, irgendwie gebe ich ihr die Schuld an Lolas Verschwinden. Wenn Rasa nicht auf dieser verrückten Flucht zum Christentum konvertiert wäre, wäre ihre Familie nicht in der Oase gelandet. Und wenn sie nicht in der Oase gelandet wäre, hätten sie Stephen nicht kennengelernt, und wenn Stephen nicht auch Christ und Lola gegenüber so missionsfreudig geworden wäre, dann ... hätte Khalid kein Problem mit seiner Tante und seiner Cousine gehabt. Malika wäre noch immer am Leben und Lola in der Provence.

Ich kann die Schuld also viel weiter weg von mir schieben als das irregeführte Wochenende mit Bastien.

Aber es fällt mir nicht leicht, Rasa nicht zu mögen. Ihre Persönlichkeit zieht einen magisch an und irgendwann überwinden ihre Ernsthaftigkeit und Begeisterung meine zugegebenermaßen verdrehte Logik.

Vielleicht ist es der Zauber des Jakobswegs oder die berauschenden Gerüche der Region – der beißende Gestank der Kuhweiden und der frische Duft der Kiefern –, jedenfalls beschließe ich irgendwann, Rasa meine Geschichte anzuvertrauen.

»Ich habe eine Freundin, die Iranerin ist«, sage ich. »Eine sehr liebe Freundin. Sie ist auch Christin.«

Rasa ist sofort bei der Sache. »Wo wohnt sie?«

»Ich weiß es nicht. Sie ist in Frankreich aufgewachsen und wir haben den Sommer immer gemeinsam in der Provence verbracht. Wir waren sehr eng befreundet.« Ich zögere. »Aber vor sieben Jahren wurde sie Christin und dann ist sie verschwunden.«

Rasa sieht mich an und runzelt die Stirn. »In Frankreich?«

»Ja. Ihre Mutter wurde ermordet, weil sie auch zum Christentum konvertiert ist.«

Rasa schüttelt den Kopf. »Nein, oh nein!« Dann zittert sie auf einmal am ganzen Körper.

Ich bin verwundert. Ihre Reaktion erscheint mir ziemlich extrem.

Sie atmet mehrmals tief durch. »Tut mir leid. Manchmal überkommen mich die Gefühle, wenn ich schlimme Dinge höre.«

»Kein Problem.« Wir bleiben im Schatten einer kleinen Baumgruppe stehen.

Rasa muss wieder durchatmen. »Ihre Mutter wurde im Iran ermordet?«, fragt sie.

»Nein, sie wurde von ihrem Neffen in ihrem Haus in der Provence umgebracht. Er hat sie wegen ihres Glaubens ermordet. Und meine Freundin entführt.«

Rasa hat Tränen in den Augen. Eine empfindsame Seele, wie mir scheint. »Das tut mir so leid, Caroline. Und du weißt nicht, wo deine Freundin jetzt ist?«

»Nein.« Fast erzähle ich ihr, was Jean-Claude mir anvertraut hat, aber dann halte ich zum Glück meinen Mund. »Ich weiß noch nicht einmal, ob sie noch lebt. Seit sieben Jahren habe ich nichts mehr von ihr gehört.«

Rasa sieht mich mit einem seltsamen Blick an. Ich rechne schon damit, dass sie mich an den Schultern packt, aber sie bleibt wie angewurzelt stehen. Ihr dicker Zopf fällt ihr über die Schultern und sie wischt sich den Schweiß von der Stirn. Dann greift sie nach meiner Hand. »Es tut mir so leid, Caroline.«

Ihr tiefes Mitgefühl bringt mich dazu, die Geschichte mit Bastien zu erzählen. Sie kommt einfach so aus mir heraus, als wir wieder weiterlaufen, wahrscheinlich weit weniger zusammenhängend als ihre Story, aber Rasa unterbricht mich nie. Ich erzähle ihr von meiner Dummheit, unserer Wochenendaffäre und den Schuldgefühlen, die mich wegen dem, was Malika und Lola zugestoßen ist, seit Jahren belasten. Natürlich erwähne ich nicht, dass Bastiens Beteiligung einen Teil meiner Schuldgefühle ausradiert hat.

Während ich erzähle, wird aus meiner Trauer ihre Trauer. »Diese Lola«, sagt sie irgendwann, »diese Freundin, weiß sie, dass du sie suchst?«

»Nein. Wie gesagt, ich weiß noch nicht einmal, ob sie noch lebt.«

Als ich Rasa ansehe, ist ihre Stirn tief zerfurcht, sie sieht verwirrt und sogar ein wenig ängstlich aus und ich habe keine Ahnung, wieso.

Wir gehen wieder weiter und laufen über eine weite Ebene, gelegentlich ein graues Steinhaus am Wegesrand. Hinter einer Brücke aus Pflastersteinen, die uns über einen Bach führt, begrüßen uns rehäugige Kühe, die wiederkäuend in unsere Richtung nicken. Die Sonne brennt auf uns nieder. Wir stapfen weiter, bis die Straße zu einem schmalen Weg wird und wir plötzlich in einem Nadelwald stehen.

Ich mache Fotos und atme den Kiefernduft ein. Dabei fällt mir ein John-Denver-Song ein, den meine Mutter liebte. Leise summe ich den Refrain aus »Annie's Song« vor mich hin.

Rasa hört zu und lächelt. Dann hebt sie die Arme hoch in die Luft und macht eine Pirouette mit ihrem altmodischen Rucksack und ihrem weißen Gewand und beginnt ein Lied in ihrer Muttersprache zu singen. Die Melodie kommt mir bekannt vor. Sie sieht mich an. »Kennst du das Lied? Das ist ein Kirchenlied.«

»Ein Choral?«

»Ja! Ein Choral. Darüber, wie groß Gott ist und was uns die Natur über seiner Hände Werk verrät. Wir sehen die Natur und müssen singen, wie groß er ist.«

»Ja, den kenne ich.«

Ich teile zwar weder Rasas Begeisterung für das Kirchenlied noch für Gott, aber in einer Sache sind wir uns einig: Die Landschaft des Jakobswegs ist einfach atemberaubend.

Wir legen eine Pause ein und setzen uns an einen Picknicktisch mit Blick auf die Berge der Margeride. Dann lassen wir uns die krossen, mit Saucisse belegten Baguettes schmecken, die Abbie von Lucette bekommen hat. Wir bleiben eine gute Stunde sitzen, essen, dösen und lassen unsere Sinne von der Schönheit der Umgebung berauschen, bis Bobby und Abbie auftauchen.

Bobby

»Mom, alles in Ordnung? Du humpelst ja.«

»Blasen«, sagt sie und kocht. »Ich habe zweihundertvierunddreißig Dollar für diese Wanderstiefel bezahlt. Bin sie eingelaufen. Fünf Meilen pro Tag, mit Rucksack wohlbemerkt, rund um den Piedmont Park. Und trotzdem kriege ich Blasen.« Die Stiefel baumeln an ihrem Rucksack. »Aber die Laufschuhe sind eine echte Wohltat. Bald bin ich wieder auf dem Dampfer.«

Sie beruhigt sich beim Laufen und ich schicke ein stilles Dankgebet nach oben, dass Caroline mit Rasa schon vorgelaufen ist, damit Mom und ich gemeinsam gehen können.

»Ist das nicht toll hier? Genau, wie die Leute in den Foren schreiben. Ich möchte gern eine von diesen Muscheln mit dem Jakobssymbol drauf haben. Die habe ich an den Rucksäcken von anderen Pilgern gesehen.

Und deinen Créanciale habe ich auch – den Pilgerpass, den du an jeder Station abstempeln lässt.«

»Ja, danke.«

Sie scheint sich mit unserem langsamen Tempo abgefunden zu haben. Ich versuche sie von Großvater im Krankenhaus abzulenken und den Fragen über Dad oder Jason zu entgehen, indem ich ihr von Wien und Linz erzähle.

Wir arbeiten uns in die Berge von Margeride vor. Der Anstieg ist sehr flach. Ich erzähle ihr von der Oase, dem Haus der Hoffnung und Rasas Weg nach Österreich. Ich berichte von allem, was ich in Wien gesehen habe, und dass ich meinen Traum, vier Tage in Folge ins Kunsthistorische Museum zu gehen, wahrgemacht habe. Aber dann unterläuft mir ein folgenschwerer Fehler.

»Es gibt ein Avantgarde-Museum in Linz, das Lentos, und auch ein Ars Electronica Center. Beide sind total cool! Es gibt auch ein Kunstinstitut in der Stadt. Dort würde ich gern studieren und nebenbei im Haus der Hoffnung die Kunstkurse geben. Ich könnte echt für immer hierbleiben.«

Mom bleibt abrupt stehen. »Für immer?«

Ich hätte meine Begeisterung zügeln sollen.

Sie nimmt einen Schluck aus ihrer Wasserflasche und wischt sich mit dem hellrosafarbenen Kopftuch über die Stirn. »Und was ist mit deinen Plänen fürs College? Zu Hause, in den Vereinigten Staaten?«

Ich mache ein Gesicht, zögere und nähere mich meiner Antwort »schrittchenweise«, wie Mom sagen würde. »Mom, das waren deine Pläne, nicht meine. Du weißt doch, dass ich eigentlich schon immer nur malen will. Ich werde studieren, versprochen. Ich mache einen Abschluss. Aber bitte, Mom, lass mich dieses Jahr einfach nur leben. Ich laufe den Jakobsweg, mache den Kurs bei Jean-Paul und dann studiere ich in Linz ...«

Mom beendet meinen Satz. »Damit du bei Rasa sein kannst.«

Ich fahre mir mit den Händen durchs Haar und werde rot. »Ja. Das natürlich auch. Sie ist nämlich toll.«

»Nun, ich habe noch nicht mit ihr gesprochen, also kann ich

das nicht beurteilen. Ich werde erst einmal überhaupt nichts beurteilen. Aber fassen wir bitte keine übereilten Entschlüsse, Bobby.«

Ich weiß genau, wie sie das meint.

Zum Glück ruft da Tante Ellie an und berichtet, dass mein Großvater stabil ist und wahrscheinlich morgen entlassen wird. Moms Anspannung lässt spürbar nach.

»Wie geht es ihm gerade, Els?«, hakt sie nach.

Sie hat das Handy auf laut gestellt und Tante Ellies Stimme ist zwar kratzig, aber deutlich zu hören.

»Er hält sich tapfer, aber es ist schon hart, ihn so zu sehen. Zum Glück ist er nicht in Lebensgefahr. Es war nur ein leichter Schlaganfall. Aber es ist ...«

»Es ist der erste von vielen, oder?« Mom beendet ständig für andere die Sätze. Etwas, das mich an ihr nervt.

»Tja, das kann man schlecht sagen«, erwidert Ellie. »Und ich glaube, Mama fängt jetzt schon an zu trauern. Sie sieht, was da auf sie zukommt. Aber sie ist auch sehr erleichtert, dass er reden kann. Und er spricht in Zusammenhängen. Die Lähmung ist wieder weg. Und sie hat mich eindringlich gebeten, dich dazu zu bringen, dort zu bleiben. Ich weiß, das hörst du nicht gern, aber es würde sie innerlich zerreißen, und Daddy auch, wenn du jetzt die Reise abbrichst.«

»Ich kann mir nicht vorstellen, einfach hierzubleiben.«

Als sie das sagt, bin ich keineswegs überrascht, aber trotzdem rutscht mir das Herz in die Hose. *Aber wir sind doch gerade erst losgegangen. Gib nicht schon wieder auf.*

Ellie bleibt beharrlich. »Bitte, Abbie. Warte es einfach ab. Und was auch immer du entscheidest, Bobby bleibt.«

Mom wirft mir einen Seitenblick zu.

»Für Mama ist es, als würde sie durch ihn alles noch einmal erleben. Sie zählt darauf, dass er Jean-Paul besucht und ihr Gemälde im Museum ansieht. Ganz ehrlich, Abbie, das Beste, was du jetzt tun kannst, ist mit Bobby den Jakobsweg zu genießen.

Bobby soll Mama weiter schreiben und die Fotos auf Instagram stellen. Nehmt uns einfach mit, so gut ihr könnt.«

»Kann ich mit Daddy sprechen?«, fragt Mom.

»Er schläft gerade, aber nachher kommt Mama wieder und ruft dich an. Dann kannst du mit beiden sprechen. Ich habe sie nach Hause geschickt, damit sie etwas schläft.«

Mom spricht auf einmal leise und ich gehe ein paar Schritte vor, um ihr etwas Privatsphäre zu geben, aber ich kann trotzdem gut hören, was sie meiner Tante sagt.

»Bill hat bei Bobby angerufen und ich bin rangegangen. Das erste Mal seit einem Monat, dass ich seine Stimme gehört habe ... Ja ... Ich habe keine Ahnung, was er sich denkt. Doch, eigentlich schon. Ich glaube, er will sich trennen. Für immer.«

Ich bleibe stehen und sehe Mom an, aber sie schüttelt nur den Kopf und flüstert weiter. Ich wünschte, ich hätte das Gespräch nicht mit angehört. Er trennt sich nicht, garantiert!

Mom ist noch immer hinter mir und telefoniert, als ich ein junges Paar mit vier kleinen Kindern sehe. Der Kleinste, ein Junge, brüllt. Er hat eine Wunde am Knie. Blut tropft auf den Weg und das Shirt seines Vaters, der ihn auf dem Arm hat. Die anderen Kinder umringen ihren kleinen Bruder und sind zugleich fasziniert und abgestoßen von all dem Blut. Sie sprechen in einer fremden Sprache, vielleicht Deutsch. Ich eile hin. »Kann ich helfen?«

Caro

Als er auftaucht, sehen Rasa und ich uns an, zucken die Achseln und müssen lachen. Bobby trägt zwei Rucksäcke. Zuerst denke ich, der andere gehört Abbie, aber nein, sie kommt humpelnd mit Rucksack auf den Schultern um die Ecke.

»Was ist denn da los?«, sage ich mehr zu mir selbst.

Sie lächelt verlegen und strahlt. »Das mag ich an Bobby. Er ist immer hilfsbereit. Ich glaube, er *braucht* es sogar, anderen zu helfen.«

Auch wenn Abbie mir erzählt hat, dass Bobby sich in Rasa verknallt hat, glaube ich mittlerweile, dass es auf Gegenseitigkeit beruht.

Bobby kommt näher. »Rasa und Caroline, darf ich vorstellen, eine ziemlich coole Familie.« Er nickt in Richtung eines Paares. »Henk und Marieke aus den Niederlanden.«

Henk ist ein großer, muskulöser blonder Kerl Mitte dreißig mit einem etwa vierjährigen Jungen auf den Schultern. Er trägt außerdem noch zwei Rucksäcke. Er lächelt seiner Frau zu, die ein kleines Kind auf dem Arm hat und lachend ihre Sprösslinge vorstellt. Sie ist hübsch, hat dicke rotblondes Haar und eine perfekte Hautfarbe.

»Bobby hat uns das Leben gerettet. Jilles ist hingefallen und hat sich einen ordentlichen Kratzer geholt, dann musste sich Jelle übergeben und wir waren ein bisschen überfordert.« Die vier Kinder sind alle blond und haben rosige Wangen. »Gott sei Dank alles auf dem Jakobsweg! Hier ist man nie allein.«

Die Familie setzt sich zu uns an den Picknicktisch und plaudert fröhlich drauflos.

Bobby setzt sich neben Rasa. »Und, wie läuft's?«

Sie lächelt schüchtern. »Gut. Ein schöner Weg.«

»Ich laufe den nächsten Abschnitt mit dir«, sagt er und sie sieht erleichtert aus, meine ich. »Ich trage gern den Rucksack weiter bis zu unserem Tagesziel«, bietet er der niederländischen Familie an.

Henk lacht. »Ab jetzt kommen wir allein klar. Aber danke.«

Wir machen uns auf den Weg. Abbie hat mit ihren Blasen wieder einmal unsere Etappe verkürzt.

»Ich fürchte, sehr weit werden wir heute nicht kommen«, sagt sie.

Man merkt, wie wütend es sie macht, die Bremse zu sein. Die arme Abbie – ausgebremst von ihrer Menschlichkeit.

Aber uns macht es nichts aus. Ich mache Fotos und verweile

bei den verschiedenen Gerüchen unterwegs, sogar beim Kuhdung, während Rasa und Bobby ins Gespräch vertieft sind.

Etwas später mache ich mit dem Smartphone einen Schnappschuss für Instagram. Da sehe ich, dass Brett mir geschrieben hat.

Caroline, ich denke, unser Schweigen spricht für sich selbst. Du bedeutest mir sehr viel und ich habe mir ein Leben mit dir vorgestellt, aber du bist noch nicht bereit dafür, das merkt man. Ich hätte vielleicht besser anrufen sollen, aber ich halte meine Gedanken lieber schriftlich fest. Geh so viel in dich auf diesem Jakobsweg, wie du es brauchst. Ich freue mich, dass du das machst, und ich möchte, dass es dir gut geht und du frei bist. Du wirst mir niemals egal sein, aber es ist wohl an der Zeit, dich ziehen zu lassen. In Liebe, Brett

Ich bin völlig überrumpelt. Ich bleibe mitten in einer schmalen Passage stehen, lasse mich von den Pilgern überholen und lese die Nachricht noch einmal.

Offensichtlich habe ich ihn tief verletzt. Zumindest, so sage ich mir, hat er begriffen, dass all meine Unsicherheiten und diese Besessenheit von Bastien mich tatsächlich für ihn ungeeignet gemacht haben. Er tut das Richtige, indem er mich ziehen lässt. Aber abgelehnt zu werden, ist nie schön. Für niemanden.

Ich sollte mit Tracie reden, denke ich, aber seltsamerweise ist die Person, mit der ich wirklich darüber reden will, Abbie. Erstaunlich, wie zwei kurze Tage – oder zwei sehr lange Tage, um genau zu sein – einen zusammenschweißen können. Vielleicht liegt es daran, dass ich ihr gegenüber zum ersten Mal die Wahrheit zugegeben habe. Ich liebe Bastien und Brett ist nur ein netter Typ.

Was ist nur mit mir los? Bastien hat mich hintergangen und Brett hat mit mir Schluss gemacht. Ohne etwas dazu beigetragen zu haben, bin ich frei. Ich bin frei, mir über mein Leben klar zu werden, und mein Gefühl sagt mir, dass das Rätsel um Lola der nächste große Schritt ist.

Ich warte, bis Abbie aufgeholt hat, und dann reden wir.

Bobby

Wir laufen auf dem Feldweg, sind von Bergen umgeben, aber ich kann den Blick kaum von Rasa abwenden.

Im Stillen denke ich über Moms Reaktion nach, als ich das Studium in Linz erwähnt habe. Begeisterung sieht anders aus. Ich versuche objektiv zu bleiben. Was, wenn einer meiner Freunde mir gesagt hätte, er habe gerade eine Geflüchtete kennengelernt und wolle zum Studieren in ihre Stadt ziehen? Unterschiedliche Kulturen, unterschiedliche Sprachen, unterschiedliche Traditionen, unterschiedliche ... eben alles. Aber unterschiedlich ist doch kein K.-o.-Kriterium, oder?

Ich weiß nicht, wie lange wir schweigend nebeneinanderher gelaufen sind. »Wie gut kennst du Caroline eigentlich?«, fragt Rasa.

Ich zucke die Achseln. »Nicht so gut. Ich sehe sie ab und an auf der Arbeit, seit Stephen sie gewissermaßen angestellt hat.«

Rasa runzelt die Stirn. »Ich wusste gar nicht, dass sie Stephens Schwester ist. Das hat sie mir gerade erst erzählt.«

»Habe ich das nie erwähnt? Ich dachte, schon. Wieso, was ist passiert? War sie dir gegenüber unhöflich?«

»Nein, nicht unhöflich.« Rasa guckt mich entgeistert an. »Verwirrend.« Sie schüttelt den Kopf. »Sie hat mir eine seltsame Geschichte erzählt, die mir nicht gefällt.«

Na, klasse, denke ich. Sofort habe ich Hamids Warnung im Ohr, dass Rasa fragil ist und ich auf sie aufpassen soll. »Tut mir leid, wenn sie dich mit ihren ganzen Problemen belästigt hat. Sie ist ein bisschen wild, weißt du.«

»Vertraust du ihr?«

»Ihr vertrauen?« Ich bin verdutzt. »Ähm, ich denke schon. Ich meine, so gut kenne ich sie auch wieder nicht. Sie arbeitet für Stephen, kommt aber kaum ins Büro. Doch ich mag sie.«

Jetzt habe ich Stephens Worte im Ohr, der mich und Mom gebeten hat, Caroline unter unsere Fittiche zu nehmen.

»Da steht eine ziemlich tiefe Furche zwischen deinen Augen. Willst du mir sagen, was los ist?«

»Was los ist? Ich glaube, ich vertraue Caroline nicht, aber Stephen dafür sehr.« Ihr Gesicht glättet sich. »Stephen ist ein guter Mensch. Er hat geholfen, meine Familie zu retten. Er hat mich gerettet.«

Ich versage auf ganzer Linie, was das Beschützen und Traumavergessen angeht. »Hat Caroline etwa ihr ganzes Trauma bei dir abgeladen?«, platzt es aus mir heraus. Ich kann nur schwer an mich halten.

»Ja. Sie hat mir von ihrer iranischen Freundin erzählt, die verschwunden ist.«

Ich habe keine Ahnung, wovon sie spricht. »Hör zu, wir Amerikaner können manchmal ... ziemlich naiv sein. Ich bin mir sicher, dass sie dich nicht verletzen wollte.«

Rasa hat sich an eine alte Mauer gelehnt. Jetzt richtet sie sich auf, ihre Atmung ist beschleunigt und in ihren Augen steht die Angst. Mir läuft ein Schauer über den Rücken. Sie sieht aus wie Anna, wenn ich ihren Vater erwähnte.

»Ich kenne ihre iranische Freundin. Ich kenne sie sogar gut! Deswegen traue ich Caroline nicht.«

Jetzt bin ich völlig neben der Spur. Außerdem fühle ich mich verantwortlich für das, was Caroline Rasa erzählt hat. Sie hat doch nicht irgendwas erfunden, oder?

»Ich verstehe nicht, Rasa. Wirklich, ich habe keine Ahnung, wovon du sprichst.«

Rasa schließt die Augen und versucht weiter, sich zu beruhigen. Als sie die Augen wieder öffnet und mich ansieht, ist ihr Blick reumütig. »Es tut mir leid. Ich habe dich dunkel gelassen.«

Ich muss grinsen.

Sie runzelt wieder die Stirn und muss dann lachen, als sie mein Grinsen sieht. »So sagt man das nicht.«

»Fast.« Sie möchte von mir korrigiert werden, das sehe ich ihr an. »Es heißt ›im Dunkeln gelassen‹.«

Jetzt grinst sie auch. »Ja. Entschuldige.«

»Schon vergessen. Aber hey, du kannst mir ruhig erzählen, was dich belastet. Ich höre dir gerne zu.«

Aber Rasa setzt das Gespräch nicht fort und ich stehe vor einem Rätsel. Wie zum Henker können sie und Caroline dieselbe iranische Freundin haben?

Kapitel 18

Abbie

Ich bin am Ende. Mental gesehen, gar nicht so sehr körperlich. Mama überzeugt mich davon, nicht nach Hause zu fliegen. Sie gibt sogar Daddy das Telefon und seine Stimme klingt fest.

»Das Loft ist großartig, Abbie! Es ist perfekt. Ich kann es kaum erwarten, aus diesem Krankenhaus herauszukommen und wieder diesen Blick auf die Skyline von Atlanta zu haben.«

Mama pflichtet ihm bei. »Liebes, es war ein großer Schreck, das stimmt, aber es geht ihm jetzt gut. Und wir sind wirklich unheimlich gern im Loft.«

Nans Anruf ist es, der mir den Boden unter den Füßen wegzieht. »Bill ist vor Kurzem angekommen. Er hat alle seine Sachen aus dem Loft geholt, du weißt schon, um mehr Platz für Dad zu machen. Ich denke mal, er bringt die Sachen in sein Apartment in Chicago.«

»Was? Er hat ein *Apartment* in Chicago? Er wohnt gar nicht in einem Hotel?«

Nan zögert. »Ach, Abbie. Ich dachte, du wüsstest das. Er hat nicht so getan, als wäre das ein Geheimnis.«

Ich möchte alles, was ich gegessen habe, wieder von mir geben, es auf den Jakobsweg befördern. Ich bleibe stehen und bedeute den anderen weiterzugehen. »Nein. Ich weiß überhaupt nichts, Nannie. Ich weiß überhaupt nichts mehr.« Dann beende ich das Gespräch und bin kaum in der Lage, Auf Wiederhören zu sagen.

Schnell humple ich hinterher, versuche aufzuholen und mir nichts anmerken zu lassen.

Vergiss es einfach.

Zuerst gelingt es mir kaum, aber Caroline besteht darauf, mit mir zu laufen, und ihre herzzerreißende Geschichte ist eine willkommene Ablenkung. Sie erzählt und erzählt von Brett und Bastien, von Schuld und Erleichterung und ich lausche ihrem wirren Monolog. Ich bin von meinem eigenen Leben nicht weniger verwirrt, also fällt es mir extrem schwer, mich auf ihres zu konzentrieren.

Irgendwann kann ich nicht mehr an mich halten. »Bill ist auch endgültig ausgezogen. Er hat ein Apartment in Chicago und all seine Sachen abgeholt ...« Ich bekomme Schluckauf und drücke die Tränen weg.

»Oh, Abbie. Das ist doch nicht zu fassen.«

Wir sind auf einem flachen Feldweg unterwegs, und als wir um eine Biegung kommen, bleiben wir beide stehen. Vor uns führt ein Schafhirte eine Herde Schafe den Weg entlang. Pilger laufen vorneweg und hinterdrein. Es ist ein so simples, treffendes Bild für unser Leben auf dieser Pilgerreise. Weit hinten liegt Le Sauvage, eine Ansammlung von Häusern mit blauen Schieferdächern.

Pilger bleiben stehen und machen Fotos. Und ich begreife, wieso wir auf dieser Reise sind. Um einmal unser modernes, vernetztes Leben hinter uns zu lassen (mal abgesehen von den Handys). Die Schafe, der Hirte, die Häuser, das Weideland mit den bewaldeten Hügeln stehen für ein anderes Leben. Die einfache Landschaft beruhigt mich.

Du kannst Bill nicht kontrollieren. Lass los, lass los, lass los.

Aber ich muss wissen, was er tut! Ich muss einfach.

Ich habe aufgehört, ihn anzurufen und ihm zu schreiben. Ich habe versucht, ihn in Ruhe zu lassen. Und jetzt ist es nicht mein Fehler, dass ich seine Stimme gehört habe und weiß, dass er bei *meiner* Familie in Atlanta ist. Oder dass er all seine Sachen in ein Apartment in Chicago gebracht hat.

Lass los, Abbie. Lass alles los. Lass ihn gehen.

Ich muss so laut seufzen, dass Caroline mir einen Seitenblick zuwirft. Schnell zucke ich die Achseln, drehe mich weg und bete.

Also schön, Gott. Ich werde versuchen, wirklich versuchen, ihm den

Freiraum zu geben, den er braucht. Aus Liebe, nicht aus Rache und Groll, und weil ich will, dass er sich einsam und elend fühlt. Aus Liebe.

Ich bin über meine eigenen Gedanken erstaunt. *Verändere mich, Herr. Ich kann Bill nicht ändern. Und ich kann mein Herz nicht ändern. Aber du kannst das. Bitte, verändere mich.*

Ich atme tief durch und spüre Frieden.

Caroline hockt mit der Kamera vor einer rosafarbenen Wildblume, auf der ein Schmetterling sitzt.

»Wir sind jetzt mitten im Massif Central«, sagt sie. »Hier das Massif de la Margeride und dort das Massif Aubrac, das wir morgen erreichen. Es sind nicht wirklich Gebirge – eher eine Reihe von Hochplateaus. Du weißt schon, ehemalige Vulkane und so.«

Ich ziehe die Augenbrauen hoch und sie lacht. »Du bist nicht die Einzige, die gegoogelt hat.« Sie macht Fotos so schnell wie die Schmetterlingsflügel hin und her schlagen, ein verschwommener Fleck aus hellem Orange und Schwarz. »Ist eine schroffe Schönheit, das alles hier, oder? Rau und wild, vor allem im Winter. Definitiv ein Bergklima.« Sie streckt den Arm mit der Kamera aus. »Das sind zum größten Teil Waldkiefern. Und Eichen.«

»Du bist ja ein wandelndes Lexikon geworden«, ziehe ich sie auf.

Sie lacht. »Wenn wir Glück haben, sehen wir Bären oder Rehe.«

Ich verziehe das Gesicht. »Rehe gern. Bären lieber nicht.«

Wir verfallen in kameradschaftliches Schweigen, lassen die Landschaft auf uns wirken und vergessen unseren Kummer für einen Augenblick.

Leider heilen die Blasen nicht so schnell, wie ich es will. Als wir in Le Sauvage zu Bobby und Rasa aufholen, bitte ich sie, ohne mich weiterzugehen. »Ich fahre mit dem Compostel'Bus zur nächsten Etappe.«

Ich möchte nicht andauernd unsere Reservierungen in den Chambres d'hôtes und Gîtes stornieren. Wir sind mitten in der Hochsaison und es kann auf dem Jakobsweg zum echten Problem werden, ein Bett zu finden, wenn man nicht im Voraus geplant hat. Viele Pilger laufen einfach fünf oder zehn Kilometer weiter, falls kein Bett mehr frei ist, bis sie etwas finden. Aber für mich ist das keine Option.

»Sicher, Mom?«

»Ja. Ihr habt noch mindestens acht Kilometer vor euch. Wenn ich mich jetzt ausruhe, wird es morgen besser laufen. In einer Stunde ist der Bus da.«

»Ich bleibe auch hier und fahre mit dir«, bietet Rasa an.

Ich bin überrascht und erfreut. Bobby zieht die Augenbrauen hoch, als wollte er Rasa fragen, ob sie weiß, worauf sie sich da einlässt. Sie lächelt verlegen und nickt.

Während Bobby und Caroline also weiterlaufen, suche ich uns ein kleines Café in Le Sauvage und Rasa und ich setzen uns in den Schatten unter einem Sonnenschirm und schlürfen eine Citron pressé.

Ich mag Rasa. Sie ist ein sehr liebes Mädchen. Aber sie erinnert mich sehr an Anna. Allein der Gedanke daran lässt mich erschauern. Würde mein Sohn sich unbewusst zwei Mal in dasselbe Mädchen verlieben? Rasa sieht nicht aus wie Anna oder spricht wie sie, aber beide sind sie schwer traumatisiert. Und sie ist genau die Sorte Mädchen, die Bobby retten wollen würde. Wie Anna.

☙

Der Compostel'Bus setzt uns in La Bergerie de Compostelle ab, einem alten zur Herberge umgebauten Bauernhof. Jedes Zimmer hat Toilette und Dusche und alles ist blitzblank sauber und modern. Nach den Gemeinschaftsduschen von letzter Nacht fühlt es sich wie Luxus an. Ich mag den Kontrast zwischen den alten Steinen und dem glänzenden weißen Porzellan.

Ich biete Rasa an, im Zweibettzimmer zu schlafen, was sie mit erleichtertem Blick sofort annimmt. Bobby und Caroline sind noch nicht da, aber ich weiß, Caroline wird es nichts ausmachen, mit fünf anderen in einem Zimmer zu schlafen. Und Bobby hat das *tsabone.*

»Das ist sozusagen das Ur-Tiny-House«, sagt er begeistert, als ich ihm meine Auswahl eine Stunde später präsentiere.

»Du weißt aber, wofür es verwendet wurde?«, fragt Caroline.

Er zuckt die Achseln. »Ein Haus, oder? Ein winziges Haus auf Rädern.«

»Das ist *la cabane du berger!*«

»Und was ist das?«

»Dort hat der Hirte die Nacht mit seinen Schafen verbracht!«

Wieder entsteht eine schöne Pilgergemeinschaft am Abendbrottisch, aber Bobbys und Rasas Augenlider sind schwer. Ich sorge dafür, dass Rasa es sich in unserem Zimmer gemütlich macht, und setze mich dann zu Caroline nach draußen an den Picknicktisch. Wir trinken *tisane* und setzen unser Gespräch über die Männer fort: Bill, Brett und Bastien.

»Die drei B!«, scherzt Caroline und zwinkert mir noch zu, bevor sie im Zimmer verschwindet.

C3

Ich werde von einem Schrei aus dem Schlaf gerissen. Kerzengerade sitze ich im Bett. Verwirrt reibe ich mir die Augen. Rasa sitzt auf ihrem Bett und zieht an ihren langen Haaren.

Ich stürze zu ihr hinüber. »Rasa! Rasa!«, raune ich. »Alles ist gut. Nur ein schlechter Traum.«

Aber sie zittert unkontrolliert.

Ich setze mich neben sie. »Ich bin's, Abbie. Du bist bei mir und Bobby und Caroline. Wir sind zusammen unterwegs.«

Langsam kommt sie wieder zu sich, die Augen klar, fast durchsichtig im Dunkeln. Dann dreht sie sich mir zu und fängt in einer Sprache an zu reden, die ich nicht verstehe.

Ich versuche es noch einmal. »Rasa. Rasa, ich bin's, Abbie.

Bobbys Mutter. Wir sind auf dem Jakobsweg. In einer Herberge. Du bist in Sicherheit. Alles in Ordnung. Alles ist gut.«

Ich nehme sie in den Arm und wiege sie wie ein Baby hin und her. Sie beruhigt sich und kurz darauf ist sie wieder eingeschlafen. Aber ich bin hellwach und lasse die Ereignisse der letzten Tage in meinem Kopf immer wieder vorüberziehen.

❧

Vor Sonnenaufgang wache ich auf, völlig gerädert, und durchdenke die gestrigen Erfahrungen mit einer Mischung aus Dankbarkeit, Verwirrung, Wut und Erleichterung. Rasa schläft noch friedlich, aber ich werde auf keinen Fall noch einmal einschlafen, also ziehe ich meine Sporthose an, ein Top und verlasse das Zimmer. In der Küche lege ich einen Filter und Kaffeepulver in die *cafetière* und gieße Wasser nach. *Tropf, tropf, tropf.* Ich atme den Duft von frisch gebrühtem Kaffee ein und gehe nach draußen, wo weiße Plastikstühle und ein Tisch die Pilger zum Verweilen vor der Bergkulisse einladen.

Die ersten rotbraunen und feuerrot-gelblichen Streifen erwecken den dunklen Himmel zum Leben. Die Sonne späht über die Berge und wirft tiefrote und apricotfarbene Strahlen an das blauviolette Himmelszelt.

»Oh!«, entfährt es mir. Das grelle Licht überrascht mich kurz. Ich nehme einen tiefen Atemzug. Wann habe ich zum letzten Mal einen strahlenden Sonnenaufgang genossen? Ja, natürlich war mir bewusst, dass die Sonne draußen aufging, während ich wie eine Besessene in der Bibel gelesen, den Kaffee aufgesetzt, das Frühstück vorbereitet und den Frühsport absolviert habe. Aber wirklich genossen?

Die Luft ist noch kühl und erfrischend. Ich hole mein Handy hervor und öffne die Bibel-App. Dann erinnere ich mich, wie sehr mich gestern Psalm 126 erfreut hat, und hoffe auf dieselbe Reaktion. Aber als ich Psalm 127 lese, kocht es in mir hoch.

»Wenn der Herr nicht das Haus baut, so arbeiten umsonst, die daran bauen ...« Ich beiße die Zähne zusammen und lese weiter. »Es ist umsonst, dass ihr früh aufsteht und hernach lange sitzet ...«

Der Psalm rügt mich allen Ernstes dafür, eine Frühaufsteherin zu sein. Ich brauche diese Art der Verurteilung nicht.

Ich lese weiter. »Siehe, Kinder sind eine Gabe des Herrn und Leibesfrucht ist ein Geschenk. Wie Pfeile in der Hand eines Starken, so sind die Söhne der Jugendzeit. Wohl dem, der seinen Köcher mit ihnen gefüllt hat ...«

Also, Jason ist tatsächlich ein Pfeil. Er hat mein Herz durchbohrt. Weil er geraucht hat, ist er aus dem Footballteam geflogen. Ellie hat mir gestern davon erzählt, eine Information, die sie natürlich von Bill hatte. Und Bobbys Erklärung gestern versetzt mir immer noch einen Stich; sie stellt irgendwie mein Muttersein infrage. Die Pfeile meiner Söhne füllen meinen Köcher, ohne Frage. Mit Schmerz.

Und Bill erst, ja, Bill hat direkt ins Schwarze getroffen. Um die Metapher aus dem Psalm zu verwenden, reißt er unser Haus ab, Stein für Stein, unser Haus, das ich einst als sichere Zuflucht vor dem verrückten Leben sah. Auf dem festen Fundament, Christus, gebaut, nicht wahr?

Von wegen, knurre ich mir selbst zu. Er baut sein Haus in Chicago!

Ich dachte, wir hätten unser Haus auf unser Gottvertrauen und auf unsere Liebe gebaut. Aber vielleicht ist alles, worauf ich mich bisher verlassen habe, eine Lüge. Vielleicht zerbröckelt unser Haus oder unser Loft oder was auch immer gerade deswegen, weil wir so versessen darauf waren, es zu bauen.

Aber wie kann harte Arbeit falsch sein? Natürlich mussten wir hart daran arbeiten!

Ich spüre den Drang, den Psalm noch einmal zu lesen. Und da fällt mir ein kleiner Unterschied auf: *wenn nicht*.

Oh.

Der Psalm sagt gar nicht, dass es falsch ist, hart zu arbeiten und früh aufzustehen. Es ist nur umsonst, wenn Gott dabei keine Rolle spielt.

Aber ich habe dich nicht ausgesperrt! Bestimmt nicht, Herr ... Ich diskutiere mit mir selbst, dabei weiß ich, dass es zumindest für die vergangenen vier oder fünf Jahre stimmt.

Vor langer Zeit hatte ich beschlossen, selbst dafür zu sorgen, dass unser Haus fest und sicher war. Damit uns keine Tragödie ereilen konnte. Wie die der armen Nan. Oder die der armen Anna. Ich schiebe den Gedanken fort.

Aber sie kommen zurück, die Erinnerungen an meine Versuche, die Kontrolle zu übernehmen. Ich lasse das Handy sinken und starre hinaus auf Gottes Meisterwerk, das vor meinen Augen zum Leben erwacht. »Bitte, Gott«, flüstere ich. »Mein Leben soll nicht umsonst gewesen sein. Bitte zeig mir, wie ich Abbie zurückholen kann.«

Und in der Stille dieses Augenblicks höre ich Gottes Stimme. *Genau so.*

Bobby

Wir waren früh im Bett und dennoch sieht Rasa nicht ausgeruht aus, als sie am Morgen zum weißen Picknicktisch kommt, wo alle Pilger sich versammelt haben und ihre mit Butter und Marmelade bestrichenen Baguettes in Tassen mit starkem Kaffee tauchen.

»Hast du gut geschlafen?«, will ich wissen.

»Einigermaßen.« Sie sieht zu Mom hinüber, die ihr zunickt. »Es ging.«

Was auch immer ihr auf der Seele lag, nach dem Frühstück ist es wie weggeblasen. Sie steht auf und hält mir ihre Hand hin. Ihre Augen funkeln.

Ich lasse mich nicht zweimal bitten und folge ihr über die Terrasse aufs Feld. Sie trägt ihr langes weißes Gewand und ein paar locker sitzende Capri-Hosen. Ihr Haar trägt sie offen und es fällt ihr fast bis zur Taille. Ich weiß, dass sie es flechten wird, bevor wir aufbrechen, aber sie so von hinten zu sehen, die schwarzen Haare, die vor dem weißen Gewand wehen ...

Sie bleibt neben der Straße stehen und richtet das Gesicht nach oben. »Hier kann man Isa fast fühlen, nicht wahr?«

Ich sehe zum Himmel. An Isa habe ich gerade überhaupt nicht gedacht. »Ähm, kann sein. Wie meinst du das?«

»Dieser Ort erinnert mich an meine Heimat. Auch im Iran gibt es Wälder, weißt du. Und viele Berge. In Österreich habe ich das Gefühl auch oft. Es ist, als würde uns die Natur überall sagen, dass Gott groß und wunderbar ist und wir allen Grund haben, ihn zu loben. Hier an diesem Ort spüre ich das. Du auch?«

Um ehrlich zu sein, mache ich mir im Moment einfach nur Sorgen um meine Eltern, die sich trennen wollen, um meinen Opa, der einen Schlaganfall hatte, und um Rasa, die Caroline nicht traut. »Klar. Ich denke schon. Also, hier draußen zu sein, in der Natur und mit dieser Landschaft, das ist schon cool.«

»Dann musst du sie zeichnen. Du erzählst schöne Geschichten mit deinen Bildern. Ich möchte sehen, welche Geschichte dieser Tag erzählt. Nicht diesen Flunsch.«

Ich lege den Kopf schief. Irgendwie hat Rasa erkannt, dass meine ganzen Sorgen die Kreativität verdrängen. Melancholie inspiriert mich und weckt meinen Zeichenwunsch, aber Sorgen ersticken ihn meistens einfach.

Ich grinse sie an. »Du versuchst, meine Gedanken zu lesen, stimmt's?«

»Manchmal bist du sehr leicht zu durchschauen, Bobby Jowett. Dein Gesicht verrät, was in deinem Herzen ist.« Sie dreht sich um. »Wenn wir nachher Pause machen, möchte ich, dass du mir etwas zeichnest. Irgendetwas. Damit dieser finstere Blick bei dir verschwindet.« Sie lacht und rennt zum Bauernhaus zurück, ich wie benommen hinterher.

Mom verkündet, dass ihre Blasen schon viel besser sind. »Heu-

254

te steht ein leichter Abschnitt an – alles flach. Es sind dreiundzwanzig Kilometer bis nach Aumont-Aubrac und ich hoffe, ich kann mit euch mithalten.«

Wir laufen zu viert los, aber bald haben Rasa und ich die Führung übernommen. Ich erhole mich noch immer davon, wie mein Magen hüpfte, als sie auf dem Feld meine Hand nahm.

»Willst du mir noch irgendetwas darüber erzählen, was du gestern angefangen hast? Dass Caroline und du dieselbe Iranerin kennen?«

»Ich erzähle es dir, wenn du Caroline nichts davon sagst. Ich möchte ihre Gefühle nicht verletzen.«

»Natürlich. Und wenn du lieber nicht darüber reden willst ...« Ich habe Angst, sie könnte denken, ich wollte sie zum Tratschen animieren.

»Nein, ich möchte es dir sagen. Weil ich nicht mag, wenn mein Herz gegenüber jemandem kalt ist. Ich möchte Caroline mögen. Vielleicht kannst du mir helfen, sie besser zu verstehen.«

Mit dieser mysteriösen Antwort setzt sie zu ihrer Geschichte an.

»Caroline fühlt sich schuldig für das, was ihrer Freundin Lola vor vielen Jahren passierte. Sie waren sehr gut befreundet und verbrachten immer den Sommer zusammen im Süden Frankreichs. Eines Sommers wurden Lola und ihre Mutter Nachfolger von Isa. Bald darauf verschwand Lola und ihre Mutter wurde von ihrem Neffen ermordet, einem fundamentalistischen Moslem, der darüber erzürnt war, dass sie dem Islam abgeschworen hatten.«

Ich nicke. »Und weiter?«

Also erzählt sie mir die grauenvolle Geschichte, wie Caroline Lola besuchen will und alles voller Blut ist und wie die verscharrte Leiche von Lolas Mutter Malika Tage später gefunden wird.

Und dann kommt sie zu dem Teil, der sie verärgert hatte. »Caroline hatte eine Affäre mit einem Franzosen, den sie gerade kennengelernt hatte, und deswegen hat sie Lola nicht gleich besucht. Sie hätte Lola und ihre Mutter retten können.«

»Also ist Lola auch tot?«

»Nein, sie ist nicht tot! Sie ist verschwunden, habe ich gesagt. Und was Caroline nicht weiß: Lola ist endlich, endlich entkommen. Aber wenn Caroline sie in diesem Sommer gleich besucht hätte und auf ihre Ängste gehört hätte, anstatt sich mit diesem Mann zu vergnügen, dann wäre vielleicht nichts von alledem passiert. Vielleicht wäre ihre Mutter sogar noch am Leben. Caroline versucht schon seit Jahren etwas über ihre Freundin zu erfahren und ich habe Antworten. Aber ich vertraue Caroline nicht.«

Ich versuche noch immer ihr zu folgen und diesen seltsamen Zufall zu verstehen. »Du hast Caroline nicht verraten, dass du das Mädchen kennst?«

»Nein. Und du kennst sie übrigens auch!«

Noch bevor ich etwas sagen kann, verlässt Rasa den Weg und stellt ihren Rucksack ab. »Darf ich mal deinen Skizzenblock sehen?«

Ich stelle keine Fragen. Als ich ihn aus meinem Rucksack geholt habe, nimmt sie ihn mir ab und blättert eine Seite auf, auf der ich sie beim Unterricht gezeichnet habe. Die Flüchtlinge sind nur von hinten zu sehen, aber Rasa habe ich sehr detailliert gezeichnet (liebevoll, wenn ich ehrlich bin) und neben ihr auch die andere junge Frau, die unterrichtete. Auch aus dem Nahen Osten. Die junge Frau, die Selah heißt.

»Das ist Lola«, sagt Rasa und zeigt auf sie.

»Ich dachte, sie heißt Selah.«

»So nennen wir sie. Manche Flüchtlinge ändern aus Sicherheitsgründen ihren Namen, wenn sie fliehen. Lola hat schreckliche Dinge durchgemacht und ist nur durch ein Wunder entkommen, wie ich. Khalid hatte sie entführt und wieder in den Iran gebracht. Sie sollte mit einem anderen Mann zwangsverheiratet werden, aber sie konnte fliehen. Eine grauenvolle Flucht. Um breite Haare.« Sie unterbricht sich selbst. »Du musst mich nicht korrigieren; Caroline hat es mir gesagt. Um Haaresbreite.«

»Wow.«

»Unsere Geschichten ähneln sich sogar. Wir kommen beide aus dem Iran und haben durch Amerikaner von Isa erfahren. Wir sind beide fast auf demselben Weg geflüchtet. Das hat uns verbunden. Und als sie irgendwann genug Vertrauen zu mir hatte, offenbarte sie mir, dass sie eigentlich Lola heißt. Sie wählte Selah, weil es Pause bedeutet. Sie sieht ihre Zeit in Österreich als Pause, bis sie wieder nach Frankreich zurückkehren kann.«

»Und Selah ist also Carolines Freundin Lola?«

»Ja. Ist das zu glauben? Und es geht noch weiter. Einige von den Leuten, die mich damals gerettet haben, waren auch bei Lolas Flucht dabei.«

»Das ist wirklich erstaunlich.«

Sie nickt und sieht zu ihren Sandalen hinunter. »Einer davon ist Stephen.«

Es dauert einen Augenblick, bis ich begreife. »Was? Stephen hat bei der Flucht dieser Freundin geholfen? Wie?«

»Er hat viele Kontakte in Europa zu Leuten, die Flüchtlingen helfen. Er verbreitet die Nachricht. Darin ist er sehr gut. Ich habe dir doch erzählt, wie er Spenden gesammelt hat, für einen Transporter und Hühner, damit meine Mutter, mein Bruder und ich 2005 aus dem Iran fliehen konnten!« Sie kichert tatsächlich kurz.

»Und so ähnlich hat er es auch für Lola gemacht.«

»Echt?« Ich greife nach dem Skizzenbuch und versuche, das Gehörte zu verarbeiten. »Bist du dir sicher? Der Stephen, den ich kenne, Carolines Bruder?«

Rasa nickt. »Ja. Der Stephen.«

Kapitel 19

Caro

Gegen vier Uhr nachmittags erreichen wir endlich Aumont-Aubrac, unser Ziel. Die Wanderung war unglaublich schön; es ging durch weite Landschaften, umgeben von den Bergen der Margeride. Die Häuser im Dorf bestehen aus hellem Stein, eine Art uralter Granit. Sogar die Dächer sind mit bogenförmigen Ziegeln gedeckt. Wir kommen an einem Springbrunnen vorbei. »Ach, schon wieder diese elende Bestie des Gévaudan, Abbie!«

Bobby und Rasa starren mich an, genau wie die Frauen aus Washington, die wieder ein Stück mit uns gewandert sind. Also liefere ich eine kurze und blutige Erklärung und werde mit ihren erschrockenen Reaktionen belohnt.

Der Springbrunnen besteht aus einem kleinen Steinturm, aus dem vier Speirohre Wasser in ein rundes, von einer Steinmauer eingefasstes Becken spucken. Eine aus rotbraunem Eisen bestehende Darstellung der grausigen Bestie erhebt sich wie ein Wetterhahn auf dem Turm. Die Bestie steht auf ihren Hinterläufen und man hat freien Blick auf die schaurigen Zähne und die Zunge. Mit der rechten Vorderpfote umklammert sie eine Flagge, währen die linke auf einem Wappen ruht.

»Die sieht aber grimmig aus!«, meint Brenda. Bobby scheint das nicht zu stören. Er hält die Hände unter ein Speirohr und füllt sie mit Wasser.

Ich bin jetzt seit drei Tagen auf dem Jakobsweg und irgendwie treibt die Pilgerreise mir die Macken aus. Ich spüre nicht einmal einen Anflug von Versuchung, als der Wein abends auf den Tisch gestellt wird. Wir lassen uns das traditionelle *aligot* schmecken

– gekochte Kartoffeln mit geschmolzenem Tome de Laguiole darauf.

Ich habe Muskelkater in den Beinen. Und sogar ein paar Blasen und irgendeinen Ausschlag am linken Bein, wo ich bei der Jagd nach einem Schmetterling in ein paar Brennnesseln geraten bin. Aber es fühlt sich alles gut an. Eine gute Art von müde. Gute Gespräche unterwegs. Ich bin zufrieden mit den Fotos, die ich mache. Fühle mich mit anderen Menschen verbunden. Sogar erleichtert darüber, dass sie ihre Probleme mit mir teilen und ich nicht immerzu mit mir beschäftigt bin.

Nach dem Essen setzen wir uns in den *salon de détente* in unserem *gîte*. Eine Wand ist mit einer Karte des Jakobswegs bemalt, auf dem wir unterwegs sind. Wir machen uns Tisane und ruhen uns mit den anderen Pilgern aus. Abbie holt ihre Handarbeit heraus. Ich bewundere sie dafür, wie eisern sie daran arbeitet, trotz allem, was sie von Bill gehört hat. Während sie stickt, stehen die anderen Pilger staunend um sie herum.

Es ist eine außergewöhnliche Stickerei, aufwendig und ein Kaleidoskop aus Farben. Abbie hat mir den Namen einiger Fäden genannt: mittelmeergrün, Wildblaubeere sehr dunkel, kornblumenblau hell, antikrosa dunkel. Die Namen sind genauso exotisch wie der Kreuzstich selbst.

Das Stück Stoff ist mindestens dreißig mal sechzig Zentimeter groß. In der Mitte ist ein Baum und an den Ästen prangen Dinge, die Bills fünfzig Jahre symbolisieren, wie das Maskottchen seines College-Footballteams oder das Banner der Atlanta Braves. Abbie hat sich sogar selbst in klein gestickt, ihre Söhne und sogar ihren Hund!

Viele Muster hat sie selbst entworfen. Und das Erstaunlichste ist, dass es keine losen Fäden gibt, wenn man die Handarbeit umdreht. Von hinten sieht sie fast genauso perfekt aus wie von vorn. Sie muss Hunderte von Stunden investiert haben.

Und jetzt hat er sie verlassen.

Aber Abbie stickt einfach weiter, jeden Abend. Gerade beendet sie ein Hugenottenkreuz, während sie ganz entspannt einigen Pilgern erklärt, wie sie die Garnenden versteckt, damit die Rückseite so sauber aussieht.

Für Bobby ist das nichts Neues. Er scheint davon unbeeindruckt zu sein. Dann zieht er ein kleines Büchlein heraus und zeigt mir eine Skizze, die er tagsüber angefertigt hat. »Rasa hat mir den Auftrag erteilt, etwas zu zeichnen«, erklärt er.

Die Skizze zeigt einen Weg durch den Wald, auf dem größere und kleine Steine liegen. Auf einem der großen ovalen Steine steht in einer schönen Schmuckschrift: *Es ist die Reise, die zählt. Nicht das Ziel.*

»Den Stein habe ich auch gesehen«, sage ich. »Ich liebe die Aussage. Es ist die Reise, die zählt.«

Er zuckt nur mit den Achseln und fängt an, die Pilger um Abbie herum zu zeichnen, im Hintergrund die Karte des Jakobswegs.

Rasa unterhält alle mit ihren Geschichten. Sie ist ein Naturtalent, was das Predigen angeht. Sie kann das Boeuf bourguignon loben, das wir zum Abendessen hatten, oder die Blase an ihrer linken Ferse kommentieren und ganz nebenbei fließt eine Bemerkung über Isa ein.

Ich finde es interessant, dass die Leute eher bereit sind zuzuhören, weil sie anstelle von Jesus Isa sagt. Auf mich trifft das jedenfalls zu. Irgendwie fühlt sich *Isa* nicht so persönlich und unbequem an – eher wie ein Fremder, dessen Gegenwart im Raum man wahrnimmt, ihn aber nicht wirklich bemerkt.

Als die Sonne untergeht, schlendere ich durch den großen Gemüse- und Blumengarten und genieße die verschiedenen Düfte und das Farbenmeer. Nachdem ich ein paar Dutzend Fotos gemacht habe, gehe ich zufrieden wieder ins Haus. Ich ziehe die Fotos auf den Rechner, notiere mir ein paar Eindrücke vom Tag und schreibe einen kurzen Blogbeitrag, den ich Stephen mit den Fotos schicke. Dann verlasse ich den Aufenthaltsraum und gehe in das Zimmer, das ich mir mit Abbie und Rasa teile. Beide schlafen bereits tief und fest. Ich gehe auf Zehenspitzen in unser Bad und mache ein warmes Fußbad mit Lavendelöl. Das Zimmer und das Einzelbad fühlen sich wie Luxus an.

Zufrieden falle ich ins Bett. Abbies Planerei macht mir überhaupt nichts mehr aus.

ଔ

Die nächsten beiden Wandertage bescheren uns mitten im August Pulloverwetter. Wir sind auf einem der vielen alten Vulkanplateaus, wo man im Winter Skilanglauf und andere Wintersportarten machen kann. Es fällt einem nicht schwer, sich das vorzustellen – fast rechnen wir damit, Schnee zu sehen, als der Wind über das Plateau pfeift. Abbies Blasen sind besser geworden. Meine nicht, aber ich habe eine doppelte Lage dieses Schaumpflasters draufgemacht, das mir die Frauen aus Washington gegeben haben.

Wir wandern morgens als eingeschweißte Gemeinschaft los: die vier Frauen, wir vier, zwei Paare aus Australien und Henk, Marieke und ihre Kinder. Ich glaube, Abbie und ich brauchen beide eine Pause von unseren Leidensgeschichten und die Frauen aus Washington unterhalten uns mit ihrer lockeren Plauderei, die wenig Anstrengung oder Beteiligung erfordert.

Bobby und Rasa laufen vor uns, auch wenn sie meistens in Sichtweite bleiben. Einmal bleiben sie stehen und bewundern eine Herde palominofarbener Kühe mit Hörnern, die geformt sind wie eine Leier. Das Fell um die Brust, Beine und um die Augenpartie ist heller, aber die Augen sind tiefbraun wie ihre Hufe und Schnauzen.

»Sind diese Aubrac-Rinder nicht prächtig?«, sage ich. »Die Franzosen sagen, sie tragen Make-up. Guckt euch mal die Wimpern an! Als hätten sie ganz dick Mascara aufgetragen.«

»Tatsächlich! Toll«, sagt Brenda und macht Fotos. »Man sollte sie fragen, welche Marke sie bevorzugen.«

»Die Aubrac-Rinder kommen nach der Herdenwanderung

Ende Mai hier in diese Gegend«, fahre ich fort, während Rasa über die Grasbüschel hüpft, um den Tieren die feuchte Schnauze zu streicheln.

»Da hat aber wieder jemand gegoogelt«, kommt es von Abbie, aber ich halte dagegen.

»Dieses Mal nicht. Ich bin hier aufgewachsen, schon vergessen?«

Etwas weiter die Straße entlang treffen wir auf eine seltsame Struktur aus ganz unterschiedlich großen Steinen mit einem schrägen Schieferdach. »Hey, seht mal«, rufe ich den anderen zu. »Ein echtes *buron!* Davon gibt es haufenweise hier. Das sind Schutzhütten für die Hirten im Sommer.«

»Ach«, fällt Bobby ein. »Also ist das Tsabone das hölzerne Tiny House und hier wohnt der Hirte, wenn er kein Tsabone hat. Ein großes Steintipi.«

Ich trete lachend ein. »Hier wird auch der Käse gemacht, wie zum Beispiel die leckere Sorte, die wir gestern im *aligot* hatten. Oben auf dem Dachboden schlafen die Hirten.«

»Cool! Können wir heute in so einer Hütte übernachten, Mom?«

Abbie verdreht die Augen. »Träum weiter.« Aber wir sind allesamt entzückt von den freundlichen Kühen mit ihren schläfrigen Augen und den Burons.

Ich habe mich nach und nach zum Tourguide gemausert. Mir fallen Dinge ein, die mein Vater mir über diese Gegend erzählt hat, und abends nutze ich das Smartphone, um mir die Geschichte wieder ins Bewusstsein zu rufen. Als wir am nächsten Tag Aubrac erreichen, weise ich die anderen auf La Domerie d'Aubrac hin.

»Es geht zurück bis ins zwölfte Jahrhundert und war bekannt als Hospital für Pilger auf ihrem Weg nach Saint Jacques de Compostelle. Diese Leute waren die Ersten, die den Jakobsweg liefen.«

»Ein Hospital«, sagt Jamie und bewundert die rechteckige Anordnung der Gebäude. »Meine Füße könnten wirklich ein Hospital gebrauchen.«

»Meine auch!«, stimmen einige andere ein.

»Blöderweise gehören die nächsten acht Kilometer zu den härtesten auf dem ganzen Jakobsweg«, gibt Abbie zu bedenken.

Allgemeines Aufstöhnen ertönt. »Dann lasst uns einen Kaffee trinken und die alten Knochen ausruhen«, schlägt Brenda vor.

Wir suchen uns eine kleine Café-Bar-Brasserie im Stadtzentrum und lassen uns für eine halbe Stunde auf die Stühle draußen plumpsen. Dort genießen wir die Sonne, die auf einmal aufgetaucht ist und uns angenehm wärmt. Wir ziehen die Pullover aus, trinken Kaffee, Tee und heiße Schokolade und lassen uns einige Müsliriegel schmecken, die Abbie in ihrem Rucksack gebunkert hatte.

Dann laufen wir weiter.

Bald hinter Aubrac am Nachmittag dieses fünften Tages auf dem Jakobsweg treffen wir auf eine Gruppe Pfadfinder, die an einer Mauer lehnen und Picknick machen, im Hintergrund die Aubrac-Rinder, die ebenfalls vor sich hin kauen. Abbie stößt einen kleinen Freudenschrei aus, stürzt auf sie zu und gibt jedem Küsschen auf die Wangen.

»Diese Jungs haben mir das Leben gerettet«, erklärt sie, und falls noch jemand von uns Zweifel hat, nicken die Pfadfinder begeistert. »*Abbie, quel plaisir!*«

Ich unterhalte mich mit ihnen und schmunzle über ihre Version, wie sie Abbie gerettet haben. Sie schließen sich uns für unseren letzten Wegabschnitt an, der, wie sie bestätigen, etwas schwieriger wird als die vergangenen drei Tage.

»Es geht fast fünf Kilometer bergab«, sagt einer der Jungen. »Haltet lieber die *batons* bereit!«

Rasa schaut ihn mit zusammengekniffenen Augen an. »Was sind Batons?«

Er grinst und wird rot. »Na ja, du weißt schon.« Er hält seine Laufstöcke hoch, die genau wie Skistöcke aussehen. »Die hier!«

Rasa nickt und ist ebenfalls peinlich berührt.

Der Pfadfinder wendet sich an Abbie. »Aber Sie sind vorsichtig, ja?«

Abbie lacht. Ich bin froh, sie lächeln zu sehen. Sie telefoniert jeden Tag mit ihren Eltern und ihr Vater scheint sich zu erholen. Und ich glaube, sie hat beschlossen, gegenüber Bill eine Funkstille einzulegen.

Bobby

Die Sonne brennt, was sich nach den zwei kalten Tagen auf dem Aubrac-Plateau gut anfühlt. Wir haben eine steinige Strecke erreicht, die steil bergab führt, aber alle laufen vorsichtig und benutzen ihre Stöcke.

Ich bin froh, dass Rasa und Mom sich mittlerweile gut verstehen. Sie erzählen und lachen viel. Es stört mich, dass sie mit Caroline noch nicht warm geworden ist, auch wenn ich natürlich verstehe, wieso. Rasa versichert mir, dass sie ihre gemeinsame Verbindung irgendwann erwähnen wird, aber jedes Mal, wenn ich nachfrage, sagt sie: »Bisher fühlt es sich noch nicht richtig an.«

Was soll ich dagegen sagen?

Ich helfe Jilles an einem besonders steilen Stück und trage gerade seinen Rucksack, als ein markerschütternder Schrei ertönt. Alle, die den steilsten Abschnitt schon hinter sich haben, bleiben wie angewurzelt stehen und drehen sich um.

Rasa steht ganz oben, vornübergebeugt, als hätte sie Schmerzen, das Gesicht in den Händen vergraben und zittert.

Ich lasse meinen Rucksack fallen, stelle den des Jungen ab und haste den Abhang hinauf. Dabei stolpere ich über die losen Steine.

Rasa ist auf die Knie gegangen und wiegt sich stöhnend vor und zurück. Meine Mutter hat ihren Rucksack abgesetzt und sich zu ihr gebeugt.

»Rasa!«, sage ich, als ich bei ihr bin. »Alles in Ordnung. Ich bin da.« Ihr nehme ihre Hand und merke, wie schwitzig sie ist.

»Kann nicht atmen«, keucht sie. Sie hält ihre Kehle umklammert und röchelt. Ihre Augen sind weit aufgerissen.

Ihr Rucksack hängt an ihrer linken Schulter, schwankt und droht sie umzuwerfen. Dabei steht sie direkt am Abhang. Kurz erstarre ich.

Sie presst die Hand auf den Brustkorb und beugt sich noch weiter vor.

»Komm, wir setzen den Rucksack erst einmal ab«, sage ich, aber es dauert einen Augenblick, bis es mir gelingt.

»Ich glaube, das ist eine Panikattacke, Mom. Das hatte sie schon mal.«

Mom nickt. »Denke ich auch. Sie kriegt ja kaum noch Luft.« Sie beugt sich vor. »Tut dir der Brustkorb weh?«

»Attacke. Herz. Schmerzen.«

Mom richtet sich auf. »Bitte zurücktreten«, spricht sie die Pilger an, die sich langsam um uns sammeln. »Sie braucht Platz.« Henk, Mom und ich tragen sie vorsichtig vom Abhang weg auf eine Lichtung.

Ich versuche mich krampfhaft zu erinnern, was Hamid mir für solche Situationen gesagt hat. Mom durchwühlt derweil ihren Rucksack. »Irgendwo hier habe ich doch Kühltücher drin.« Schließlich reicht sie mir eine Packung. Ich lege Rasa einige Tücher auf die Stirn.

»Kannst du in ihrem Rucksack nach Medikamenten gucken?«, bitte ich Mom.

Sie findet eine Pillendose. »Rasa, das hier sind deine Medikamente«, raune ich. »Dein Vater hat gesagt, dass sie dir helfen. Willst du jetzt eine nehmen?«

Aber als sie sich mir zuwendet, steht in ihren Augen noch immer die Panik. »Kann nicht ...« Sie deutet auf ihre Kehle.

»Du kannst nicht schlucken?«

Sie nickt.

Caroline taucht aus dem Nichts auf und kniet sich zu uns. »Rasa, hör mir zu. Du atmest jetzt mit mir. Und zwar so.« Sie holt tief Luft. »Langsam, ganz langsam. Ich werde atmen und du machst es mir einfach nur nach.«

Sie legt ihre Hand an Rasas Kinn und sieht ihr in die geweiteten Pupillen.

»Schließ die Augen, Rasa«, befiehlt sie ihr. »Ich werde bis vier zählen und du atmest solange ein. Eins ... zwei ... drei ... vier ...«

Rasa macht die Augen zu und folgt Carolines Anweisungen.

»Und jetzt ausatmen. Eins ... zwei ... drei ... vier. Ja! Du machst das wunderbar«, sagt sie. »Sehr gut. Bleib bei mir. Einfach langsam weiteratmen.«

Rasa wimmert leise und ihr ganzer Körper zittert, aber nach einer Minute langsamen Atmens beruhigt sie sich allmählich.

Caroline wirft mir einen schnellen Blick zu. »Mach bitte meinen Rucksack auf und nimm die hellgelbe Zip-Tüte raus. Da sind ätherische Öle drin. Ich brauche das Lavendelöl. Es hilft gut bei Panikattacken.«

Als ich zögere, guckt sie mich mit einem Blick an, der *Ich weiß, was du sagen willst* heißen soll.

»Sie hat noch nichts genommen, oder?«

»Nein.«

»Okay, dann ist das Lavendelöl nicht gefährlich.«

Ich wühle in Carolines Rucksack, öffne die Tüte und hole das kleine braune Fläschchen heraus. Dann reiche ich es ihr. Mom und ich machen Platz, damit Caroline sich zu Rasa legen kann. »Ich tupfe dir das jetzt auf das Handgelenk. Das ist Lavendel. Wenn du einatmest, rieche daran. Genau. Sehr gut, Rasa.«

Caroline redet weiter leise auf sie ein. Die beiden liegen auf dem Rücken, atmen langsam ein und aus und halten das linke Handgelenk an die Nase.

Irgendwann hilft Caroline Rasa dabei, sich aufzurichten. »Und jetzt konzentrier dich auf die Muschel an deinem Rucksack.« Caroline steht auf, nimmt sie ab und reicht sie Rasa. »Wie fühlt sie sich an? Befühle mal die Kante. Genau. Und jetzt die glatte Unterseite. Richtig. Du machst das prima.«

Caroline wendet den Blick keine Sekunde von Rasa. Ich bin verblüfft, wie überzeugt ihre Stimme klingt, wie sicher und freundlich.

»Wir schaffen das gemeinsam, hörst du? Bald ist es vorbei. Ich weiß, du hast große Angst, aber du bist nicht in Gefahr.« Sie beruhigt Rasa und ich merke, dass mein Atem auch ruhiger geht.

Irgendwann schließlich sagt Caroline: »Meinst du, du kannst wieder laufen?«

Rasa nickt.

»Sehr gut. Wir werden extra langsam gehen. Und Abbie und ich bleiben direkt an deiner Seite.«

Ich lasse sie oben am Abhang stehen und ermutige die wartenden Pilger am unteren Ende. »Es geht ihr wieder gut. Sie schafft das. Wir werden etwas langsamer sein, also lauft ruhig schon voraus. Wir treffen uns dann in der Stadt.«

Eine Viertelstunde später laufen Henk und ich mit Carolines, Moms und Rasas Rucksack zusätzlich zu unseren los, während Mom und Caroline Rasa in die Mitte genommen haben. Langsam arbeiten sie sich nach unten vor. Rasa ist noch wacklig auf den Beinen, aber sie setzt ihre Stöcke ein, atmet langsam und lächelt uns schüchtern zu.

Wir brauchen über drei Stunden bis zu unserem Etappenziel Saint-Chely d'Aubrac. Caroline und Rasa sind den ganzen Weg zusammen gelaufen und haben sich unterhalten. Als wir die Stadt betreten, gesellt sich Rasa zu mir. »Ich vertraue Caroline jetzt. Ich traue ihr.«

Caroline

Wir vier und die Frauen aus Washington wohnen in einem tollen mittelalterlichen *gîte*, das bis ins fünfzehnte Jahrhundert zurückgeht. Es hat einen Steinturm mit Wendeltreppe, einen Hauptraum mit einem großen Esstisch, an dem sechzehn Leute Platz finden, drei Schlafzimmer mit Steinwänden und Balkenwerk und zwei Zimmer mit Gewölbedecke im Keller – eine Bibliothek und ein Billardzimmer. Die ganze Herberge ist ein Fotografentraum.

Rasa hat sich inzwischen wieder voll erholt. Wir sitzen gerade mit den Washingtoner Frauen am Tisch und lassen uns Tisane und Kekse schmecken. Ich stehe auf. »Ich werde mir mal unser Zimmer angucken. Abbie ist schon oben.«

Die anderen nicken. »Die Zimmer sollen ja oberster Luxus sein«, sagt Barb, »aber ich muss mich noch von der Wanderung erholen. Wir kommen dann später.«

Ich betrete den hübsch sanierten Raum, den ich mir mit Abbie und Rasa teile. »Abbie? Was machst du da?«

Sie sitzt auf der Erde, kramt in ihrem hellrosafarbenen Koffer und wirft wahllos Dinge heraus. Auch der Inhalt des Rucksacks liegt schon überall auf dem Boden verteilt.

»Wonach sieht es denn aus?«, blafft sie zurück. »Ich durchsuche mein Gepäck, Himmel noch mal.«

»Okay. Und wieso?«

Sie richtet ihre immergrünen Augen auf mich. Rote Flecken in ihrem Gesicht verraten ihre Stimmung. Dann bricht sie in Tränen aus. »Ich habe sie verloren. Alle haben gesagt, ich soll sie gar nicht erst mitnehmen. Alle!«

»Was hast du denn verloren?«, frage ich, aber noch während ich die Frage formuliere, habe ich ein komisches Gefühl.

»Meine Handarbeit. Ich habe das Stickbild verloren.«

Ich fluche. »Oh, Abbie. Bestimmt nicht.«

»Aber es ist nicht da! Oder siehst du es irgendwo?«

Ich setze mich zu ihr auf den Boden. Wir packen jede Tüte mit Waschzeug und Schminksachen aus und rollen jedes Kleidungsstück auf, aber ohne Erfolg.

Irgendwann gesellen sich Rasa, Brenda und Jamie zu uns. Sie machen große Augen, bis ich ihnen die Situation erkläre, und begeben sich dann auch auf die Suche. Aber es bringt nichts. Wir krempeln den ganzen Raum auf links, dazu all unser Gepäck. Dann durchsuchen wir die ganze Herberge. Es ist kein Stickbild da.

Jamie und Brenda winken mir zu und wir verlassen kurz das Zimmer. »Ich bin sicher, es gibt eine Art Fundbüro für den Jakobsweg. Wir rufen dort an und lassen uns sagen, was jetzt zu tun ist«, flüstert Jamie.

»Das ist doch verrückt«, erwidere ich. »Ich meine, wie konnte sie dieses Meisterwerk verlieren?«

»Vielleicht hat es ja auch jemand gestohlen«, überlegt Brenda. Wir sehen sie verblüfft an. »Wer würde denn so etwas tun?«

Brenda hebt die Schultern. »Keine Ahnung. Wann hatte Abbie denn ihren Rucksack mal nicht im Blick?«

»Die Handarbeit ist bestimmt beim Wandern rausgefallen«, sagt Jamie. »Sie hat ihren Rucksack abgeworfen und alles durchwühlt, als Rasa ihre Panikattacke hatte. Erinnert ihr euch? Diese Kühltücher? Da ist sie bestimmt rausgefallen.«

»Stimmt. Irgendjemand muss dorthin zurückgehen und suchen.«

Allein schon beim Gedanken daran schaudert mir. Dieser Abschnitt bestand aus mehreren steilen Abhängen und nach Rasas Panikattacke waren so viele Pilger zusammengelaufen. *Jemand könnte sie eingesteckt haben*, denke ich. »Sie hatte das Stickbild doch immer in diesem grünrosafarbenen Beutel, nicht wahr? Das erkennt jeder, der es schon einmal gesehen hat. Wir müssen irgendwie alle erreichen, die heute auf diesem Abschnitt unterwegs waren.«

»Gute Idee«, meint Jamie. »Gestohlen wurde es bestimmt nicht, aber wenn es wirklich herausgefallen ist, hat es sicher jemand mitgenommen.«

Die arme Abbie bittet uns, sie allein zu lassen, also verbringen wir die nächste Stunde damit, die Nachricht von dem verlorenen Stickbild zu verbreiten. Bei mir meldet sich auf einmal die Klaustrophobie und ich muss kurz allein sein, also hänge ich mir die

Kamera um, schnappe mir die Kameratasche und erkunde unsere Herberge. Ich fotografiere die alten Türen und Möbel, die Wände und Decken und den Blick aus einem Fenster auf die schöne Landschaft, die den Ort umgibt. Dabei versuche ich verzweifelt, mein rasendes Herz zu beruhigen und mich auf konkrete Objekte zu konzentrieren, genau wie ich es mit Rasa am Abhang gemacht hatte.

Rasas Panikattacke hat lebhafte Erinnerungen an meine eigenen Attacken geweckt.

»Du hast das richtig toll gemacht mit Rasa«, meinte Bobby hinterher zu mir. Das mag sein, aber jetzt bin ich diejenige, die zittert, und ich will, ich *brauche* einen Drink.

Ich öffne die massive Holztür zur Bibliothek – Gott sei Dank, niemand hier – und lasse mich auf einen Sessel sinken. Dann stelle ich die Kameratasche neben mir ab und rufe Tracie an.

Es ist kaum zu glauben, dass wir zuletzt vor einer Woche telefoniert haben. Es fühlt sich an wie eine Ewigkeit.

Die Verbindung ist schlecht, aber in einem richtigen Redeschwall erkläre ich ihr alles, was sich in den vergangenen fünf Tagen zugetragen hat. »Trace, ich könnte wirklich einen Drink gebrauchen. Bei jedem Essen gibt es Wein. Ich habe die ganzen Tage keine Versuchung gespürt. Aber jetzt, mit allem, was heute mit Rasa und Abbie passiert ist, fällt es mir wirklich schwer.«

Tracie bringt mich mit ihren Worten wieder vom Abgrund zurück. Wieder einmal. »Natürlich hat Rasas Panikattacke alles wieder hochgeholt. Aber du weißt, was du tun musst, und du setzt deinen Plan um. Du hast mich sogar angerufen!«

Ich höre die kleine Spitze heraus. »Entschuldige, es war alles ein bisschen viel. Aber du wirst dich auch freuen zu hören, dass manches allmählich doch durch meinen Dickschädel dringt. Wie zum Beispiel Rasa zu helfen. Ich weiß nicht, es fühlte sich richtig gut an. Und ganz natürlich. Vielleicht so, als würde der Müll in meinem Leben mir beibringen, wie ich anderen helfen kann. Verstehst du, was ich meine.«

»Ja, sehr gut. Und das freut mich. Du hast anderen viel zu bieten. Hoffentlich trägt der Jakobsweg dazu bei, dass du das allmählich mal selbst glaubst.«

»Vielleicht. Jedenfalls machen die Trennung von Brett und die Entfernung zu Bastien auch zusätzlich Platz auf meiner Festplatte frei.«

»Schönes Bild, aber wahrscheinlich trägt all dieser freie Platz nicht besonders zu deiner Stabilität bei.«

»Eben.«

Tracie überlegt. »Die arme Rasa. Stephen und ich sind ja schon seit Jahren nicht mehr in Österreich gewesen. Bin ich froh, dass du ihr helfen konntest.«

»Ich auch. Und ich war total verblüfft, dass sie aus dem Iran kommt. Was für ein absurder Zufall.«

»Hast du ihr von Lola erzählt?«

»Ja. Es ist einfach so aus mir herausgeplatzt, die ganze Geschichte, sogar die saftigen Details mit mir und Bastien. Ich glaube, ich habe sie ziemlich schockiert. Sie ist ein seltsames Mädchen, eine richtige kleine Heilige. Aber ich mag sie. Sie hat viel durchgemacht.«

Wir erzählen noch einige Minuten. »Du hast mich wieder mal gerettet«, sage ich schließlich. »Danke. Du bist die Beste.«

Als ich unser Zimmer wieder betrete, liegt Abbie ausgestreckt auf dem Bett und schläft. Ich dusche, ziehe mich um und wecke sie, damit wir zum Abendessen gehen können.

Später, nach einem Festmahl am massiven Eichentisch vor einem prasselnden Feuer im Kamin, stöhnt Abbie, die einige Gläser Wein getrunken hat, auf. »Mein Baby! Ich habe mein Baby verloren! Zwei Jahre lang dauert die Geburt nun schon und jetzt ist es weg.«

Niemand weiß darauf etwas zu erwidern. Wir wissen alle, dass Platitüden sie nicht trösten werden.

Sie füllt die Stille mit ihren gelallten Worten. »Schätze, jetzt habe ich ihn endgültig verloren.« Ihr Lachen ist mitleiderregend.

»Ich wusste, ich muss ihn gehen lassen. Wow. Also, jetzt ist es passiert. Jetzt ist es endgültig vorbei.«

Bobby rutscht auf der Bank zu seiner Mutter und nimmt sie in den Arm.

Die Frauen aus Washington werfen mir einen fragenden Blick zu, aber ich zucke nur die Achseln. Ich werde kein Wort über Bill verlieren. »Abbie«, schaltet sich Brenda ein, »wir geben allen Pilgern und Gastgebern in der Region Bescheid. Ganz bestimmt findet sich deine Stickerei wieder.«

Abbie nickt. »Natürlich. Einfach so. Sie taucht einfach wieder auf, wie von Zauberhand.« Sie lacht bitter. »Ich gehe lieber schlafen, bevor ich mich hier vor allen blamiere. Gute Nacht.«

»Die Arme«, flüstert Lynn, während wir beobachten, wie Bobby seiner Mutter die Wendeltreppe hinaufhilft. »Sie wird morgen keinen Schritt gehen wollen, bei dem Brummschädel.«

Kapitel 20

Abbie

Mein Stickbild ist weg. Selbst wenn es sich dank der anderen herumspricht, ist es wahrscheinlich von der flutartigen Überschwemmung weggespült worden, die die Gegend in der Nacht heimgesucht hat.

Ich weine.

Mein Herz und mein Kopf fühlen sich an, als würden sie zerplatzen. Ich weiß nicht mehr, wie viel Alkohol ich am Abend getrunken habe, aber das dröhnende Donnern in meinem Kopf am Morgen gibt mir eine ungefähre Vorstellung davon. Bis gestern Abend hatte ich nie mehr als ein Glas Wein am Abend getrunken.

Henk, der mit seiner Familie in einer anderen Herberge untergekommen ist, ist extra früh aufgestanden und mit Bobby den Weg zurückgelaufen, um auf dem steilen und jetzt auch noch matschig-glatten Weg nach meinem Stickbild zu suchen. Caroline und die Frauen aus Washington haben alle Herbergen, alle Gîtes, Hostels und Chambre d'hôtes im Umkreis von fünfzig Kilometern angerufen und gefragt, ob jemand eine hellgrün-rosafarbene Vera-Bradley-Tasche mit einer Handarbeit darin gefunden hat. Und ich habe im Gesucht-und-Gefunden-Forum des Jakobswegs einen Eintrag verfasst.

Viele der Pilger, die in den vergangenen Tagen mit uns unterwegs waren, haben Fotos von meinem Stickbild gemacht, und als sich die Sache mit dem Verlust verbreitet, schicken sie den anderen Pilgern, mit denen sie unterwegs Telefonnummern ausgetauscht haben, das Foto. Es fühlt sich an wie eine große Gemeinschaftssuche, ein ganz anderer Bilderteppich, der sich über den

Jakobsweg webt – alle zusammen, Pilger, Gastgeber, Busfahrer, eine multinationale Gemeinschaft, die nur einen Gedanken hat. *Findet diese einzigartige Kreuzstich-Handarbeit der armen Amerikanerin!*

Die Sache verbreitet sich wie ein Lauffeuer, aber Bobby, Rasa und Caroline behalten es glücklicherweise für sich, dass Bill mich verlassen hat. Was sich verbreitet, ist, dass ich schon zwei Jahre in dieses komplizierte, farbenfrohe Kreuzstichmuster für meinen Mann als Überraschungsgeschenk zum Fünfzigsten investiert habe. Im Laufe des Tages bekomme ich mehrere Nachrichten von Leuten, die wissen wollen, ob ich es gefunden habe.

Selbst wenn ich nicht so verkatert und niedergeschlagen wäre, hätte ich vermutlich bei so viel Mitgefühl meiner Pilgergenossen geweint. Alle versuchen mir Mut zuzusprechen. Hin und wieder erreicht mich die Nachricht oder der Bericht im Forum von Wundergeschichten, wie ein Reisepass, ein Portemonnaie oder ein Lieblingsfoto verloren gingen und Tage oder Wochen später Dutzende Kilometer weiter in einer Herberge auftauchten.

Aber selbst eine Wundergeschichte kann diesen Angstkloß in meinem Bauch nicht mehr vertreiben, als Bobby und Henk mit leeren Händen zurückkehren.

Rasa hat sich ungefähr eintausend Mal für ihre Panikattacke entschuldigt. Ich wünschte fast, ich könnte böse auf sie sein, aber ich bin es nicht. Stattdessen sehe ich mich wieder und wieder neben ihr hocken. Dann krame ich wie wild in meinem Rucksack, bis ich die Tücher finde, stürze zu Rasa und lasse den Rucksack auf dem Weg liegen. Dabei achte ich überhaupt nicht darauf, ob irgendetwas herausgefallen ist.

Ich kann mir nur selbst die Schuld geben und darin, Junge, Junge, darin bin ich gut. Ich schimpfe den ganzen Morgen auf mich selbst. *Du dummes Ding! Du bist so blöd. Du hättest die Handarbeit gar nicht erst mitbringen sollen!*

Ich bin noch voll im Selbstanklagemodus, als ich Bills Assistentin anrufe.

»Hallo Pilgerin!«, geht Judith ans Telefon.

»Woher weißt du, wo ich bin?«

»Ich weiß nicht, wo du bist, aber Bill meinte, du würdest irgendwo in Frankreich auf Pilgerreise sein. Und damit bist du doch eine Pilgerin, oder nicht?«

»Bill hat dir das erzählt?«

»Ja. Ich fand es etwas seltsam, dass er jetzt auch über das Wochenende immer in Chicago ist, aber dann hat er mir gesagt, dass du mit Bobby auf Pilgerfahrt bist.«

»Judith, Bill wohnt in Chicago, weil er mich verlassen hat.«

»Was?« Sie klingt schockiert. »Was soll das denn heißen?«

»Das soll heißen, dass er vor einem Monat gegangen ist, nachdem er meinte, er brauche eine Auszeit, und dass er sich ein Apartment in Chicago genommen hat.«

Die sonst so prüde Judith lässt einen Schwall Schimpfwörter vom Stapel. »Das ist ja unglaublich! Ich weiß nicht, was ich sagen soll.«

»Du kannst sagen, was du willst, aber leider ist das die Wahrheit. Jedenfalls wollte ich nur anrufen, um seine Überraschungsparty abzusagen. Ich weiß, dass die Save-the-Date-Karten rausgegangen sind und dass die offizielle Einladung fertig ist. Es tut mir leid um die viele Arbeit, die du hineingesteckt hast, aber kannst du die Sache bitte einfach absagen?« Ich höre mich die Worte sagen und kann nicht mehr weitersprechen.

Schnell lege ich auf, bevor Judith protestieren kann.

Gegen zwei Uhr nachmittags machen wir uns auf die nächste Etappe. Jetzt verderbe ich auch noch allen Leuten die Laune. Zuerst haben meine Blasen uns aufgehalten und jetzt diese verflixte Kreuzstich-Handarbeit. Keiner hat diese luxuriöse Mittelalterherberge genießen können, die ich gefunden und übers Internet aus Atlanta gebucht habe. Nein, alle machen sich Sorgen um mich.

Verflixt und zugenäht, ich werde nichts mehr durcheinanderbringen. Schluss. Aus. Vorbei.

Kreuzstich hin oder her, wir werden rechtzeitig an unserem Etappenziel sein, so wahr mir Gott helfe.

Bobby

Die nächsten Tage markieren den Tiefpunkt unserer Pilgerreise. Wir haben alle Blasen an den Füßen und sind total niedergeschlagen wegen der Handarbeit. Halbherzig erfreuen wir uns an der Schönheit der Berglandschaft. Sogar Rasa hört auf, die Kühe zu streicheln. Das Wetter wechselt innerhalb von zwölf Stunden von elf Grad und Regen zu fünfunddreißig Grad brütender Hitze. Mom schminkt sich nicht mehr und trägt drei Tage lang dieselben Sachen. Sie sieht aus wie ausgespuckt.

Nach drei Tagen gibt es noch immer keine Neuigkeiten wegen der Handarbeit. Ich glaube, meine Mutter wird sich vor unser aller Augen aufribbeln. Sie war schon immer eher dünn, aber jetzt sind ihre Wangen richtig eingefallen und sie sieht aus wie diese extrem alten Frauen, dürr und faltig. Und was noch schlimmer ist: Sie lässt ihre Wut am Jakobsweg aus. Kein Witz. Ihren ganzen Ärger, Frust und Selbsthass münzt sie in Energie für gut zwanzig Kilometer Fußmarsch pro Tag um. Sie hat diesen grimmigen, entschlossenen Blick, den ich schon hundert Mal bei ihr gesehen habe. Man kommt Mom lieber nicht in die Quere, wenn sie so guckt.

Nach einer Weile versuchen wir anderen gar nicht mehr mit ihr mitzuhalten. Sie muss wohl für sich sein.

Und Rasa sieht in meinen Augen ziemlich fragil aus, fast schon angeknackst. Ich glaube, sie gibt sich die Schuld an der ganzen Misere. Natürlich sagt sie das nicht laut, aber ich merke, wie viel Schuldgefühle sie mit sich herumschleppt.

»Ich wünschte, es wäre so wie in der Bibel«, sagt sie zu Caroline und mir, als Mom schon weit vor uns ist. »Als Joseph seine Brüder trifft und einen silbernen Kelch in ihrem Gepäck versteckt.«

Caroline weiß offensichtlich nicht, wovon Rasa spricht. Nachdem Rasa ihr die Geschichte erzählt hat, fügt sie hinzu: »Ich wünschte, ihr würdet das Stickbild bei mir im Rucksack finden. Vielleicht hätte sie es dort hineingetan, um mir die Schuld zu geben, weil ich allen so viele Probleme mache.«

»Du bist hier nicht diejenige, die Probleme macht«, halte ich dagegen. Absolut nicht. Rasa ist der Lichtblick in meinem Leben. Aber ich fürchte, meine Worte klingen nicht wirklich überzeugend.

»Ich weiß, wir werden ihre Handarbeit finden«, sagt sie später auf ihre überzeugte, gottesfürchtige Art. »Ich weiß es einfach!«

Zuerst bin ich erleichtert.

Aber dann überzeugen mich ihre Worte auch nicht.

Wir laufen alle zusammen, aber jeder ist mit sich selbst beschäftigt und denkt über viel zu vieles nach. Die Stille ist ohrenbetäubend und meine einzige Ablenkung ist das Zeichnen. Ich zeichne wie besessen die Schönheit um uns herum. Aber auch die Skizzen können die Sorgen nicht vertreiben.

Vor einigen Tagen habe ich beschlossen, jedes Kreuz zu zeichnen, dem ich auf dem Jakobsweg begegne. Ich fragte Stephen, was er davon hält, und er fand die Idee brillant. Aber Mom war schon genervt davon, dass Caroline die Kreuze fotografiert und die Vegetation und zu jedem Geruch einen Kommentar parat hat. Und jetzt ist sie genervt von mir.

»Du verschwendest deine Zeit. Was soll das mit den Kreuzen und Blumen und allem? Wir sollen laufen.«

Sie will einen Streit anzetteln. Natürlich macht ihr niemand Vorwürfe, aber wir sind alle ziemlich erleichtert, als sie uns davonmarschiert.

Meine Zeichnungen sind wild geworden und bei jedem Schritt jongliere ich mehrere Sorgen gleichzeitig: Werden wir Moms Stickbild finden? Wird Rasa wieder eine Panikattacke haben? Wird Granddad wieder ganz gesund? Wird Swannee mit allem klarkommen? Wird Jason auch noch von der Schule fliegen? Und zu guter Letzt: Wird Dad Mom wirklich verlassen?

Ich habe das Gefühl, dass alle ihren Müll bei mir auskippen und ich ihn mit mir herumschleppen muss. Aber zu wem kann ich damit gehen? Zu niemandem. Alle haben ihr eigenes Päckchen zu tragen. Ich wünsche mir nur ein kleines bisschen Frieden. Wenn ich mich einfach umsehen könnte und wüsste, dass es am Ende allen wieder gut gehen wird ...

Schließlich rufe ich meine Großmutter an und hoffe, dass sie mir einen Rat geben kann.

Ich fange mit der wichtigsten Frage an. »Wie geht es Granddad? Und sag mir bitte die Wahrheit.«

»Schon viel besser. Er hat überhaupt keine Lähmungserscheinungen mehr.«

»Und sein Gedächtnis? Und die Sehkraft?«

»Bobby, manche Dinge werden wohl einfach nicht mehr besser werden, aber glaub mir, Gott will nicht, dass wir uns deswegen Sorgen machen.«

Sie klingt wieder wie meine Großmutter. Klug, einfühlsam, fromm, vernünftig. Ich erzähle ihr, was passiert ist.

»Mom hat die Kreuzstich-Handarbeit verloren.«

»Was? Was hast du da gesagt?«

Ich berichte von Rasas Panikattacke, von Moms Reaktion und dem verlorenen Kunstwerk.

»Du liebe Güte!« Das ist alles, was sie sagt. »Die arme Abbie. Sie muss am Boden zerstört sein.«

»Ja, und sie ist richtig wütend auf sich selbst. Ich weiß nicht, was ich machen soll. Es ging ihr doch wegen Dad schon so schlecht. Sie glaubt, dass er sie endgültig verlässt. Ich frage mich, wieso sie dieses blöde Kunstwerk überhaupt behalten und weiter daran gestickt hat! Es macht alles kaputt, genauso, wie Dad alles kaputt gemacht hat.«

So wollte ich es nicht sagen. »Und bitte sag jetzt nicht, dass ich mir keine Sorgen machen soll oder dass das nicht mein Problem ist. Denn es ist mein Problem! Wenn sie sich wirklich scheiden lassen, wird das mein Leben extrem beeinflussen. Ich weiß, dass ich die Sache nicht wieder geradebiegen kann, aber das ist doch einfach Mist. Ein Riesenhaufen Mist.«

Meine Oma schimpft nicht mit mir. Sie hört mir nur zu, und das so gut, dass ich am Ende unseres Telefonats nicht mehr über den Jakobsweg rede. Ich rede nicht über Mom oder Dad oder die verlorene Handarbeit, sondern über Kunst, erzähle ihr, wie sehr ich mich auf Jean-Paul in Paris freue und dass ich Rasa fragen will, ob sie mit mir zusammen sein will.

»Bobby Jowett, mach weiter so«, sagt Oma am Ende, bevor wir auflegen. »Nimm den Herrn mit. Ich weiß, es ist gerade ziemlich viel. Du bist nicht derjenige, der deine Mutter oder deinen Vater retten soll, aber es belastet dich natürlich trotzdem. Aber denk daran, du bist auch nicht Rasas Retter.«

»Ich versuche gar nicht, Rasa zu *retten*, Swannee. Ich bin in sie verliebt!«

Swannee schweigt einige Sekunden. »Ja, das höre ich, aber du bist einfach so gestrickt, dass du dich um andere kümmern willst. Vergiss nicht, Rasa ist nicht Anna.«

Wieso musste sie das sagen? Ich habe den Rest des Tages daran zu kauen. Wieso glaubt sie, Rasa sei wie Anna? Wieso glaubt Mom das auch?

Ich seufze entnervt. Wieso glaube sogar ich es?

Caro

Man sagt, der Jakobsweg macht dich nackt, zwingt einen, sich dem Unrat zu stellen, den man in sich trägt, und schenkt einem dann einen Neustart. Ich würde sagen, das stimmt. Jedenfalls der Teil mit dem Nacktmachen. Bei uns allen liegen die Nerven blank. Wie abgestumpft laufen wir die nächsten Tage vor uns hin. Ich schätze, wir sind alle am Verarbeiten.

Abbie trauert um alles, was sie verloren hat, und du meine Güte, das ist nicht gerade wenig. Die Kreuzstich-Handarbeit war gewissermaßen das letzte Pfand für Bills Rückkehr und jetzt, wo sie weg ist, hat man ihr alles genommen.

Mein eigenes Leben auf den Prüfstand zu stellen, ist viel unangenehmer. Ich bin genauso nackt. Kein Brett mehr, kein Bastien, kein Alkohol, keine Mitleidspartys. Aber vielleicht, vielleicht wartet am Ende Lola auf mich.

Rasa und ich laufen zusammen, während die arme Abbie uns allen davonmarschiert und ihre Wut in ihre Beinmuskeln lenkt. *Lauf nur, lauf!*, rufe ich ihr still nach. Auf dem Jakobsweg herumzutrampeln ist so viel gesünder, als flaschenweise Wein zu leeren oder sich Pillen einzuwerfen. Wir lassen sie laufen und wünschen ihr alles Gute.

»Weißt du, wann du Panikattacken bekommst?«, will Rasa auf einem steil abwärts führenden Abschnitt vor Saint-Côme d'Olt wissen.

»Meistens nicht«, gebe ich zu. »Manchmal merke ich im Nachhinein, dass ich wegen irgendetwas gestresst war, aber manchmal kommen sie einfach aus heiterem Himmel.«

»Aus heiterem Himmel?« Sie sieht verwirrt aus.

Ich lächle. »Wieder so eine schöne Redewendung. Sie bedeutet, ohne Vorwarnung. Man kann es nicht vorausahnen.«

»Ich wollte wirklich gern den Jakobsweg laufen. Ich hatte auch keine Angst, aber dann auf einmal doch und ich konnte nicht atmen. Und jetzt hat Abbie ihre Handarbeit, ihr Meisterwerk verloren und das ist alles nur meine Schuld. Ich weiß nicht, was ich zu ihr sagen soll. Ich habe ja versucht, mich zu entschuldigen, aber ...«

»Augenblick mal. Erstens ist das nicht deine Schuld. Du hattest ja keine Ahnung, dass eine Panikattacke im Anrollen war! Und Abbie gibt dir auch nicht die Schuld daran. Sie weiß selbst, dass es nicht die klügste Entscheidung war, dieses Stück Stoff mitzunehmen. Wenn sie wütend auf jemanden ist, dann auf sich selbst.«

»Aber es tut mir weh, sie so traurig zu sehen.«

»Ja, mir auch.«

»Ich hatte schon sehr lange keine Panikattacke mehr. Ich dachte, Isa hätte mich geheilt.«

Ich schaue sie von der Seite an. »Über Isa weiß ich nicht viel, aber ich weiß, dass ich dasselbe dachte. Ich dachte, die Attacken seien vorbei. Aber dann kommt doch wieder eine. Aus heiterem Himmel.«

Scheu lächelt sie mich an. »Das Lavendelöl hat gut geholfen.«

»Ich gebe dir gern welches, damit du es immer bei dir hast.«

»Das wäre nett.« Dann fragt sie: »Wieso magst du Isa nicht? Wieso willst du nichts über ihn wissen?«

Da haben wir's, aus heiterem Himmel! Ich bin überrascht, dabei sollte ich es nicht sein. Wie ich schon sagte, Rasa erwähnt Isa bei jedem Atemzug. »Ich bin einfach nicht so interessiert an Religion«, sage ich.

»Aber Isa ist nicht Religion.« Sie hat diesen wahnsinnig naiven Gesichtsausdruck. Oder vielleicht ist er nicht naiv. Er ist engelhaft – sie ist ein kleiner Engel, der an übernatürlichen Quatsch glaubt.

»Nenn es, wie du willst, aber ich bin einfach nicht interessiert daran. Ich glaube, ich bin einfach als Mensch nicht gut genug.«

»Aber kein Mensch ist gut genug.«

Ich zucke zusammen. Wie gut erinnere ich mich noch an Stephens Predigten, seine langwierigen Erklärungen, wieso wir uns den Weg zu Gott nicht verdienen können. Ich wünschte, ich hätte den Mund gehalten.

»Du hast recht, wir schaffen es nicht, gut genug für Gott zu sein«, sagt Rasa natürlich. »Deswegen ist ja Isa gekommen.«

»Tut mir leid, Rasa. Es interessiert mich nun mal nicht.«

Sie lässt mich in Ruhe. Wenigstens bricht sie den Versuch ab, mich überzeugen zu wollen. Aber über Isa reden, damit macht sie weiter. »Ich bin wirklich enttäuscht. Ich dachte, Isa hätte mir gesagt, dass ich auf den Jakobsweg gehen soll. Vielleicht lag ich ja falsch.«

Ich will gerade sagen, wer sich bitte schön einbilden kann, je von Gott gehört zu haben? Aber ich verkneife es mir und denke an das, was ich zu Tracie gesagt habe. Dass mein ganzer Müll vielleicht eines Tages jemand anderem helfen kann. »Hast du Bobbys Skizze gesehen?«, sage ich. »Die mit dem Spruch auf dem Stein? ›Es ist die Reise, die zählt, nicht das Ziel.‹«

Sie nickt. »Und wir sind mitten auf der Reise. Wie die Israeliten in der Bibel. Wir sind unterwegs in das Gelobte Land. Unterwegs in unsere Zukunft.«

»Ja. So in der Art. Ich glaube, das ist der Grund, wieso du hier bist. Wieso ich hier bin. Damit wir ein Stück vorankommen. Damit wir viele gute Leute kennenlernen, unsere Probleme miteinander teilen und uns gegenseitig helfen, und irgendwie ist alles wichtig. Der Jakobsweg ist gut für unsere Seele. Aber ich glaube nicht, dass irgendetwas in uns wie durch ein Wunder geheilt wird. Es dauert seine Zeit. Jede Menge davon.«

Rasas Miene verändert sich zusehends, während ich rede. Sie legt den Kopf schief und zuckt die Achseln. »Du bist interessant, Caroline. Ich mag dich. Und es gefällt mir, was du sagst. Der Jakobsweg ist gut für unsere Seelen.«

Abbie

Ich hinterlasse jede Adresse, wo wir unterkommen, im Gesucht-und-gefunden-Forum und schicke sie auch an die Herbergen, wo wir schon geschlafen haben, aber jedes Mal, wenn wir nach einer langen Wanderung irgendwo einkehren, gibt es nichts Neues. Immer wieder erreichen mich Nachrichten von verschiedenen Pilgern, die wissen wollen, ob mein Meisterwerk inzwischen aufgetaucht ist. Und jeden Tag sinkt meine Hoffnung. Es ist wie bei Fernsehsendungen, wenn ein Kind vermisst wird. In den ersten vierundzwanzig Stunden ist die Hoffnung immer am größten, und je länger es dauert, desto mehr schwindet die Chance auf ein Happy End. Ich schelte mich selbst, meine Handarbeit mit einem vermissten Kind verglichen zu haben. Aber der Gedanke hat sich in mir festgesetzt.

Abends sitze ich bei Barb und Brenda, Jamie und Lynn. Sie scheinen mir gern mehr von sich zu erzählen, vielleicht, um mich von meinem Verlust abzulenken. Ich finde heraus, dass Lynn mitten in einer ziemlich unschönen Scheidung steckt, in Jamies zweiter Ehe der Haussegen auch schon wieder schiefhängt und Barb und Brenda beide eine Krebserkrankung überstanden haben. Und als alle mit der Wahrheit herausrücken, sind wir auf einer viel tieferen Ebene und ich habe schließlich den Mut, ihnen von Bill zu erzählen. Wahrscheinlich sind sie sowieso schon im Bilde. Wer weiß, was ich alles von mir gegeben habe, als ich betrunken war.

Bobby macht sich Sorgen wegen mir, das weiß ich. Ich hatte auf lange Gespräche mit ihm gehofft, über seine Träume, seine Zukunft, aber stattdessen schmolle ich und schiebe ihn von mir.

Nachdem ich all meine Wut an mir selbst ausgelassen habe, nachdem ich Dutzende Kilometer in halsbrecherischem Tempo marschiert bin, nachdem ich alles gegeben habe, damit meine miese Stimmung nicht auf Rasa, Caroline und Bobby überschwappt, ist es schließlich meine Mutter, die anruft und den Mut hat, mir die Wahrheit zu sagen.

»Bobby hat mir davon erzählt, dass deine Stickarbeit verloren gegangen ist. Es tut mir so leid.«

»Es ist die Hölle, Mama. Ich habe das Gefühl, dass der Himmel einen Mülleimer nach dem anderen über mir ausleert.« Ich schimpfe geschlagene zehn Minuten lang und erzähle ihr, wie dumm, fuchsteufelswild und todunglücklich ich bin. Mama hört mir einfach zu.

Als ich schließlich einmal Luft hole, sagt sie. »Das ist jetzt aber ein bisschen viel lähmende Selbstkritik.«

Sie weiß, dass es bei dieser Formulierung bei mir klingeln wird. Sie ist die Erste, die mich auf einen Text aus 1. Johannes hinweist. Ich habe diese Stelle sogar auswendig gelernt. In einer modernen Bibelübertragung steht da:

Meine lieben Kinder, reden wir nicht nur über Liebe; lassen wir

Taten folgen! Nur so können wir erkennen, ob wir in der Wahrheit Gottes leben. Und nur so können wir die lähmende Selbstkritik zum Schweigen bringen, selbst wenn sie uns nicht ohne Grund anklagt. Denn Gott ist größer als unser schlechtes Gewissen und weiß mehr über uns als wir selbst.

»Du musst gerade ganz schön viel wegstecken, Liebes. Sei nicht so streng mit dir. Aber lass ruhig die ganze Wut heraus. Schrei, so viel du musst. Du weißt, dass Gott unsere Wut nicht schockiert. Dein Vater und ich werden für dich beten. Für alles, was dich gerade umtreibt.«

Ich kritisiere mich im Stillen dafür, nicht nach ihm gefragt zu haben. »Wie geht es ihm denn?«

Mama antwortet zögerlich. »Er ist etwas schwach, etwas benebelter. Ich bin so froh, dass wir hier im Loft sind. Keine Stufen. Das Bad rollstuhlgerecht. Es ist ein Geschenk, dass wir hier sein dürfen. Und er ist genauso dankbar wie ich.«

»Ich sollte einfach nach Hause kommen und dir helfen, ihn zu pflegen.«

»Nein. Auf keinen Fall. Drei Leute hier, das ist zu viel.«

Das ist eine glatte Lüge, aber ich sage nichts. Dann bringe ich die Sprache auf Bill. Es ist nicht richtig, Mama so in Zugzwang zu bringen, aber nach all dem anderen Müll rutscht es mir einfach heraus. »Hast du was von Bill gehört, Mama?«

»Er war eine große Hilfe, als dein Vater im Krankenhaus war.«

»Nan hat mir erzählt, dass er seine Sachen aus dem Loft abgeholt hat.«

»Lauf du nur immer schön weiter, Abbie. Lass Bill sich um seine Probleme kümmern und du kümmere dich um deine. Der Herr ist bei dir, egal was passiert. Vergiss das nicht, okay?«

Sie will auflegen, das merke ich, aber ich bin noch nicht bereit. Ich brauche ihre beruhigende Stimme. Also erzähle ich ihr, wie Caroline Rasa geholfen hat, dass Bobby fremden Leuten den Rucksack trägt und wie demütig es mich macht, so viel Solidarität von anderen Pilgern zu erfahren.

»Danke, dass du mir davon erzählst, Liebes. Schön, dass du auch das Gute an der Situation sehen kannst. Es ist in Ordnung, wütend zu sein und todunglücklich, aber sich selbst die Schuld an allem zu geben, das ist nicht gut. Warte nur ab, hab Vertrauen und bete.«

Und wenn ich mir nicht sicher gewesen wäre, dass meine Mutter am Telefon war, hätte ich geschworen, Miss Abigail hätte aus dem Grab mit mir gesprochen.

Kapitel 21

Bobby

Ich habe schon länger nichts mehr von Jason gehört. Also schreibe ich ihm eine Nachricht. *Hey, wie läuft's in der Schule? Montag ging es los, oder?*

Beschissen. Alles ist beschissen. Ich wurde aus dem Footballteam geworfen. Dad ist total ausgetickt. Ist mir egal. Das alles ist sowieso seine Schuld.

Wie kommst du darauf?

Vergiss es.

Ach komm schon.

Wenn er Mom wenigstens ab und zu Paroli geboten hätte, dann wäre ich nicht so versessen darauf gewesen wegzukommen.

Du wolltest gar nicht ins Internat, oder?

Niemals. Aber ich dachte, das wäre besser, als bei Mom abzuhängen, immer mit dieser Schlinge um den Hals.

Hast du Dad davon erzählt?

Als ob er sich dafür interessieren würde.

Jason war vierzehn, als Anna starb, und war gerade in den Genuss der ersten Freiheiten als Jugendlicher gekommen. Aber Mom hat die Uhr zurückgedreht. Sie musste genau wissen, wann wir wo waren, und zwar jeden Tag. Wir bekamen ein Handy, als viele Eltern es ihren Kindern noch verboten, aber das hatte seinen Preis. Wir mussten jede Sekunde erreichbar sein. Manchmal glaube ich, dass Mom damals mehr als ich eine Therapie gebraucht hätte.

Als Nächstes rufe ich Dad an. Unser Gespräch kommt nicht so richtig in Gang. Irgendwann platze ich schließlich heraus: »Für Mom läuft es so richtig beschissen! Ich dachte, der Jakobsweg

würde ihr guttun, aber jetzt macht er alles nur noch schlimmer.«
Ich habe es satt, die Dinge nur anzudeuten. »Sie hat die Kreuzstich-Handarbeit verloren.«

Eigentlich rechne ich damit, dass er mich fragt, wovon ich da
rede, aber er sagt nur: »Oh, nein. Das Kunstwerk, das sie für meinen Fünfzigsten macht?«

»Woher weißt du davon?«

Er lacht leise. »Ach, komm, Bobby. Sie macht doch schon seit
einer Ewigkeit daran herum. Irgendwann haben wir uns darauf
geeinigt, dass ich sie einfach ignoriere, wenn sie stickt. Ich gucke
überhaupt nicht hin. Also habe ich es auch nicht gesehen. Aber
ich weiß von seiner Existenz.«

»Ja, jedenfalls ist ihre Handarbeit weg. Sie hat sie verloren, als
sie Rasa helfen wollte. Aber das ist dir ja sowieso egal.«

»Hey, langsam, Kumpel. Ganz ruhig. Von vorne, bitte.«

»Du wirst mir eh nur sagen, dass es nicht mein Problem ist.
Vielleicht ist es auch nicht mein Problem, aber du bist nicht hier,
um es zu lösen, also habe ich es trotzdem an der Backe.«

Dad ist einen Augenblick lang still. »Es tut mir leid, Bobby. Du
hast recht. Es ist ganz schön absurd von mir zu glauben, du könntest so viel Zeit mit deiner Mom verbringen und dabei unsere
Probleme nicht mal berühren. Nein, nicht absurd. Egoistisch. Ich
dachte, während ich mir hier über die Dinge klar werde, würde
sie an sich selbst arbeiten und auch noch froh über den Abstand
sein.«

»Von wegen. Mag ja sein, dass sie Fortschritte gemacht hat,
aber jetzt hat sie nur noch Schaum vorm Mund. Ich wünschte, ich
könnte sie dazu bringen, nach Hause zu fliegen, aber das kann ich
mir gleich abschminken. Sie zieht durch, was sie angefangen hat.
Wie immer.« Ich hole tief Luft. »Also, sie ist natürlich völlig zu
Recht wütend. Du solltest mal sehen, was sie da für dich gemacht
hat. Das Teil ist echt krass. Abends ist sie von den anderen Pilgern
umringt, die alle sehen wollen, was sie da stickt, und wird von ihnen für das Kunstwerk bewundert. Und jetzt ist sie total unglück-

lich, Dad. Natürlich nicht nur wegen der Handarbeit. Sondern auch wegen dir. Sie trauert wie verrückt. So wie ich bei Anna.«

Ich weiß, dass die Erwähnung ihres Namens nicht spurlos an Dad vorübergehen wird. Keiner von uns denkt gern an die depressive Abwärtsspirale, in die ich nach Annas Tod geraten bin.

Er seufzt. »Okay. Ich rufe sie an.«

»Ich glaube nicht, dass das etwas bringt. Sie wird dich wahrscheinlich nur anschreien.«

»Und das habe ich dann wohl auch verdient. Tut mir leid, mein Sohn. Das alles.« Wieder herrscht Schweigen. Ich merke, wie Dad nach irgendeinem neutralen Thema sucht, über das wir reden können. »Und wie geht es Rasa?«

»Das sage ich dir morgen. Ich werde sie heute Abend fragen, ob sie meine Freundin werden will.«

Irgendwie geht es mir besser, nachdem ich mit Dad Klartext geredet habe. Ich fühle mich leichter. Auch wenn er Mom nicht anruft, habe ich ihm die Verantwortung wieder übergestülpt. Dieser Tipp, Verantwortung loszulassen, die nicht wirklich mir gehört, kam von der Therapeutin, zu der ich nach Annas Tod ging. Aber bisher habe ich das nicht besonders gut umgesetzt.

Vielleicht kann ich jetzt damit anfangen, wenn auch aus purer Verzweiflung.

Ich nehme mir etwas Zeit, um über Rasa nachzudenken. Auf dem letzten Abschnitt des Tages, wir sind allein unterwegs und arbeiten uns vorsichtig bergab in Richtung Saint-Côme-d'Olt vor, will ich ihr die Frage stellen. Aber ich traue mich nicht und sage stattdessen: »Tut mir leid, dass alles gerade so chaotisch ist. Mit meiner Mutter und so.«

»Isa vollbringt seine besten Werke im Chaos, glaube ich.«

Ich sehe sie verwirrt an. »Wieso das denn?«

»Ich weiß nur, dass ich runterkommen soll, auf die Erde. Ich fliege zu hoch.«

Sie merkt, dass ich nur Bahnhof verstehe. Die Furche zwischen ihren Augen wird so tief, dass sich ihre dichten Augenbrauen fast berühren. Ihr schönes Gesicht zeigt höchste Konzentration. »Ich verlange von Isa eine Wunderheilung. Keine Panikattacken mehr. Und schreibe ihm vor, dass er mir nur so zeigen kann, wie mächtig er ist. Aber das ist Quatsch. Also habe ich den Fehler eingestanden und jetzt weiß ich, dass es in Ordnung ist. Selbst wenn ich Panikattacken bekomme, Isa wird mich nie verlassen. Ich bin ihm nicht egal. Er hat mir Caroline geschickt, als ich Hilfe brauchte.«

»Sie war super«, gebe ich zu.

»Er lehrt uns durch jeden Menschen und jede Erfahrung. Caroline hat gesagt, der Jakobsweg tut unserer Seele gut. Und dass die Reise zählt. Sie hat recht damit. Und das gilt sogar für das Chaos mit deiner Mutter. Aber sie ist auch dabei, mit Isa eine Lösung zu finden, das sehe ich. Sie trägt es mit ihm aus beim Wandern. Und das ist gut.«

Ich versuche wirklich, Rasa zuzuhören, aber ihre Hand in meiner fühlt sich so warm, so elektrisch, so perfekt an. Ich hebe ihr Kinn mit der anderen an und auf einmal will ich sie küssen. Mit hämmerndem Herzen neige ich mich vor. Ihre Augen strahlen und funkeln, fast, als würde sie mich herausfordern. Dann kichert sie scheu, lässt meine Hand los, legt mir beide Arme um den Hals und drückt ihre Lippen auf meine. Köstlich. Einfach nur köstlich.

Sekunden später löst sie sich und lächelt mich an. »Siehst du, Bobby. Die besten Dinge können im Chaos entstehen. Das gehört alles zu unserer Reise.« Sie lacht. »Dein Gesicht! Du siehst schockiert aus. Aber glaub mir, ich bin keine Draufgängerin. Ich küsse nicht jeden.« Sie runzelt wieder die Stirn. »Also, nicht so. Ich habe noch nie einen Jungen geküsst. Aber das hier hast du gebraucht. Und ich bin froh. Ja, ich halte Händchen mit dir, und ja, ich werde dich küssen. Ein bisschen. Nur ein bisschen. Und ja, ich möchte deine Freundin sein.«

Caro

Abbie läuft wieder einmal allein vorneweg. Bobby und Rasa halten schon seit einigen Kilometern Händchen, aber ich tue so, als würde ich ihr dümmliches Grinsen nicht bemerken. Heute sind die Frauen aus Washington nicht dabei. Sie legen einen Tag Pause ein, um sich Saint-Côme d'Olt anzusehen, einen der schönsten Orte Frankreichs. Auch wir lassen es etwas langsamer angehen. Jedes Kreuz, an dem wir vorbeikommen, fotografiere ich aus verschiedenen Perspektiven, während Bobby sich auf einen Zaun oder einen Stein hockt und zeichnet. Wir hoffen, dass Stephen unsere Idee gefällt, einen Blogeintrag zu verfassen, in dem die Kreuze die Geschichte des Jakobswegs erzählen.

»Oh, wow! Das ist ja mal ein besonderes Exemplar!«, sage ich und knie mich hin, damit ich von unten eine gute Aufnahme dieses fast zwei Meter großen und verzierten schmiedeeisernen Kreuzes bekomme. Seine Spitze ragt bis in den saphirblauen Himmel. »Guck nur, wie die Sonne es anstrahlt!«

Die untergehende Sonne bricht gleißend hell durch ein kreisrundes Loch mitten im Kreuz, wo sonst Jesus hängt. Ihre Strahlen formen einen feurigen Kranz.

Zu dritt stehen wir da und staunen.

»Du willst von Isa nichts wissen, aber magst Kreuze?«, sagt Rasa später zu mir.

»Ich liebe Kreuze. Ich meine, guck sie dir mal an! Ob sie nun aus Eisen geschmiedet oder aus uraltem Stein sind oder nur ein kleines Pilgerkreuz aus zwei Stöcken, mit einem Schnürsenkel zusammengehalten. Sie sind alle wichtig. Weil sie eine Geschichte erzählen.«

»Aber du weißt, dass sie ein Symbol unseres Glaubens sind? Für Isas Tod. Und seine Auferstehung.«

»Natürlich weiß ich das«, erwidere ich. »Aber ich kann mich an Kreuzen erfreuen, ohne diesen ganzen Ballast. Für mich sind sie spirituelle Symbole, nicht rein christliche. Sie erzählen die Geschichte von echten Menschen auf einer echten Reise.«

Aber ich merke, wie defensiv das klingt.

Selbst als ich es noch erklären will, habe ich dieses störende Gefühl, das mich schon die ganze Zeit auf dem Jakobsweg begleitet. Nein, um ehrlich zu sein, seit Stephen und meine Mutter 2005 aus Österreich zurückkamen und wie verrückt nach Gott waren. Es schläft ein paar Monate vor sich hin, sogar auch mal ein Jahr oder zwei. Und dann *Zack*. Es springt auf und kratzt in meinem Herzen herum. Und jedes Mal vertreibe ich es wieder.

Aber als ich dieses Kreuz anschaue, mit den Sonnenstrahlen, die es in feuriges Licht tauchen, füllen sich meine Augen eigenartigerweise mit Tränen.

Abbie

Ich stehe noch immer früh auf und lese die Wallfahrtspsalmen. Normalerweise zwei pro Tag und ich schreibe meine Gedanken dazu in mein Tagebuch. Am ersten Tag nach dem Verlust meines Stickbildes musste ich die Augen fast zukneifen, um auf dem Bildschirm etwas zu sehen, weil mir der Kopf so dröhnte und die Sonne mich so blendete. Aber ich hielt mich brav an den Plan. Ich schlucke die Psalmen jeden Tag, kaue auf den Worten herum, verzweifelt und hoffnungslos, und mache aus jedem Psalm etwas Persönliches, wie Diana vorschlug.

Herr, ich richte meine Augen auf dich ... Hab Erbarmen mit uns, Herr, hilf uns! Schon viel zu lange haben wir Verachtung erlitten!

- Ich habe schon so einiges anderes erlitten.

Hätte der Herr uns nicht geholfen ... Dann hätten uns mächtige Wogen überschwemmt und Wildbäche uns fortgerissen.

- Na und? Ich wäre lieber fortgerissen worden, als meine Stickarbeit einzubüßen.

Wer dem Herrn vertraut, ist wie der Berg Zion; er steht für immer unerschütterlich und fest.

- Aber ich bin erschüttert, Herr. Und zwar bis zum innersten Kern. Du hast mir alles genommen! Ich bin gerade nicht einmal davon überzeugt, dass du gut bist.

Sie haben mich oft bedrängt von meiner Jugend auf ...

- Wer sind »sie«? Perfektionismus, Kontrollsucht, Angst, es sind so viele ...

Aber sie haben mich nicht überwältigt ...

- Doch, das haben sie! Und ich gebe auf!

Heute sind Psalm 130 und 131 dran.

Aus der Tiefe rufe ich, Herr, zu dir.

- Ja! Hilfe! Hilfe!

Wenn du, Herr, Sünden anrechnen willst – Herr, wer wird bestehen?

Und da ist sie, die lange Parade all meiner Sünden. Und ich schlage mich mit Selbsthass auf den Rücken, so wie die Mönche sich einst geißelten.

Da kommt diese Stimme: *Hör auf! Hör auf, Abbie. Lies den Psalm.*

- Wie bitte?

Lies den Rest des Psalms.

Also lese ich weiter.

Doch bei dir finden wir Vergebung ... Ich setze meine ganze Hoffnung auf den Herrn; ich warte auf sein erlösendes Wort. Ja, ich warte voller Sehnsucht auf den Herrn, mehr als die Wächter auf den Morgen!

- Ich wünschte, ich könnte das glauben. Aber ich habe die Schönheit des Sonnenaufgangs auf dem Jakobsweg gesehen. Also werde ich warten, bis du dich auch wieder zeigst, Herr.

Herr, ich bin nicht hochmütig und schaue nicht auf andere herab. Ich strecke mich nicht nach Dingen aus, die doch viel zu hoch für mich sind ...

Ich werfe das Handy hin. Das ist ja wohl die Höhe! Ich habe

mich stets nach Dingen ausgestreckt, die groß oder zumindest wichtig waren.

Mir fällt ein, wie ich Bobby dazu gedrängt habe, den Zulassungstest fürs College noch einmal zu machen. Nur ein paar Punkte mehr und er konnte es in die oberste Gruppe schaffen.

Ich stehe vor Jasons Zimmer und mache ihm unmissverständlich klar, dass er nicht mit seinen Freunden losziehen darf, bis der Aufsatz fertig ist.

Ich zähle Bill alle Gründe auf, wieso wir ins Loft ziehen sollten, und ignoriere seine Versuche, mir zu widersprechen.

Ich klappere alle möglichen Stationen ab, bevor ich Atlanta verlasse, kontaktiere den Garden Club, meine Tennismannschaft und die Kirchengremien, in denen ich mich engagiere. Jedes noch so kleine Detail wird besprochen und abgehakt.

Wie eine Verrückte packe ich die Kisten im Loft aus, tanze und singe und kriege trotzdem alles in Rekordzeit für Mama und Dad eingerichtet.

Ich schreibe Bill Mails und Nachrichten, wieder und wieder, und versuche ihn dazu zu bewegen, wieder nach Hause zu kommen.

Ich buche alle Herbergen, in denen wir übernachten werden, und halte Kontakt zu Caroline und Bobby.

Eigentlich manage ich den ganzen Jakobsweg, mit Blasen an den Füßen ...

All das war schwer, aber wenn ich ehrlich bin, war es nicht zu schwer für mich. Ich bin bestens organisiert, ich werde mit allem fertig.

Bis dir alles genommen wird. Der Gedanke schlägt ein wie eine Bombe.

Autsch.

Meine Stickarbeit. Daddys Gesundheit. Die Nähe zu meinen Söhnen. Bill. Meine Fähigkeit, alles unter Kontrolle zu halten.

Alles genommen.

Dieser Jakobsweg fühlt sich allmählich an wie die Wildnis, in der die Israeliten auf ihrem Weg zum Gelobten Land herumirren. Sie verlieren nicht nur eine Handarbeit. Sie verlieren vierzig Jahre wegen ihres Murrens. Und sie murren immer weiter. Erst als sie endlich das Exil verlassen dürfen, singen sie diese Psalmen.

An diesem Teil der Reise gefällt mir so überhaupt nichts. Aber es ist ein *Teil* der Reise. Ich stimme dem zu, was da kürzlich auf dem bemalten Stein stand: Es ist die Reise, die zählt, nicht das Ziel.

Oder zumindest zählt die Reise genauso viel wie das Ziel.

Ich möchte das glauben. Diese Reise, egal, wie schmerzhaft, soll mir genügen. Mein Ziel war mir schon lange klar. Ich hatte jahrelang geplant, wie ich dorthin gelangen würde. Tu das Richtige, sorg dafür, dass du alles und jeden unter Kontrolle hast, gehorche Gott und dann funktioniert es.

Miss Abigail hat immer gesagt: »*Jeder Teil der Reise ist wichtig. Sogar der Teil, wenn man den alten Menschen sterben lässt. Du wirst sehen. Es lohnt sich.*«

Früher liebte ich die Paradoxien der Bibel. Zu sterben, damit man wahres Leben hat, der Letzte, der der Erste ist, die Kraft, die aus der Schwachheit kommt. Und Freude mitten im Leid.

Jetzt sind es Dianas Worte, die ein weiteres Paradoxon in der Bibel verdeutlichen: »*So vieles dringt besser zu uns durch, wenn alles andere weggenommen ist.*«

Es ist noch immer früh am Morgen, als ich den Schluss dieses kurzen Psalms lese.

Ja, ich ließ meine Seele still und ruhig werden; wie ein kleines Kind bei seiner Mutter, wie ein kleines Kind, so ist meine Seele in mir ...

Oh Mann. Zwei kleine Verse und so viel Überzeugung! Also soll ich nicht nur die Verantwortung loslassen, sondern auch noch stillhalten und ruhig werden?

»Das ist gar nicht so einfach auf dem Jakobsweg!«, sage ich laut für den Fall, dass Gott gerade nicht auf meine Gedanken achtet. Wieder meldet sich Dianas Stimme. »*Holen wir Abbie zurück.*« Es geht nicht um körperliches Stillhalten, sondern mentale, emotionale und geistliche Stille. Alleinsein. Zuhören.

Ich schalte das Handy aus und sitze noch lange still da und warte auf den Sonnenaufgang.

Wie ein kleines Kind.

Wie ich es damals liebte, meine Jungs zu stillen. Ich war still; sie waren still. Während ich ihnen die Brust gab, war ich nicht wie eine Verrückte dabei, Dinge zu schaffen und zu organisieren; ich war einfach eine Mama, einfach Abbie, mit einem Baby auf dem Arm, summte eine Melodie, war zufrieden und staunte über mein Kind und die Freude, die in mir tanzte, nur weil wir zusammen waren, hier, im Stillen, allein.

Es war ein echter Verlust, als die Ärzte meinten, ich könne nicht noch einmal schwanger werden. Jason war gerade einmal sechzehn Monate alt ... ein frisch abgestilltes Kind. Ich weiß noch, wie ich ihn im Arm hielt und trauerte, dass meine Zeit als stillende Mama nun vorbei war.

Aber darüber möchte ich nicht mehr nachdenken.

Ich schließe die Augen.

Mein Telefon klingelt und reißt mich aus der Stille. Der Klingelton schockiert mich regelrecht. Es ist Bills Klingelton. Bill, der mich kurz vor Mitternacht aus Chicago anruft, weil er weiß, dass ich schon so früh auf bin. Ich lasse es einmal, zweimal, dreimal klingeln. Mein Herz hämmert in der Brust.

Viermal.

»Hallo?«

»Hey, Abbs.«

Ich konzentriere mich auf seine Stimme. Sie klingt älter als beim letzten Mal, weicher ... oder reuevoll.

»Abbs.«

»Ja?«

»Bobby hat angerufen. Er sagt, es läuft nicht so gut.«

Ich lasse die Stille zu. »Ja«, murmle ich schließlich. »Das stimmt.«

»Er klingt, als würde er sich für alles verantwortlich fühlen. Das belastet ihn. Es tut mir leid. Du weißt doch, wie er ist ...«

Ich lasse ihn nicht aussprechen. Bill macht sich Sorgen um Bobby. Dieser Anruf dreht sich überhaupt nicht um mich. Ich hole tief Luft.

Es geht nicht um mich und das ist in Ordnung.

»Hör zu, Bill. Wir hatten ein paar schwere Tage, aber es geht mir besser. Ich weiß, dass ich Bobby und euch anderen gegenüber ziemlich unausstehlich war. Das tut mir leid. Wirklich. Ich werde mit Bobby reden und ihm sagen, dass es mir gut geht. Ich klappe hier nicht zusammen.« Ich hole schnell Luft und rede weiter. »Ich weiß, dass du ausgezogen bist. Und dass es Mom und Dad im Loft gut geht. Ich weiß, dass Jason aus der Footballmannschaft geworfen wurde. Wir haben nur noch drei Tage auf dem Jakobsweg vor uns. Danach wird Bobby seines Weges ziehen und ich auch.«

»Wohin willst du?«

»Das weiß ich noch nicht, aber es macht auch nichts. Ich werde dich nicht mehr belästigen. Und Bobby und Jason auch nicht. Ich werde euch allen den Raum geben, den ihr schon so lange braucht. Versprochen. Ich gebe Mama und Nan und Ellie Bescheid, wenn ich weiß, was ich tun werde. Und ich hoffe, du kommst auch zurecht. Ich werde es schaffen. Mach dir keine Gedanken um mich. Ich werde Bobby ziehen lassen, so, wie ich dich ziehen lasse. Mach's gut, Bill.«

Ich lege auf und bin völlig fertig. Das Gesicht vergrabe ich in den Händen und sitze lange nur da und versuche, gleichmäßig zu atmen. Dann sinke ich langsam auf die Knie.

»Gott, bitte vergib mir. Hier spricht eine völlig verkorkste Pilgerin zu dir, aber ich weiß, dass du trotzdem bei mir bist. Du hast es mir schon so oft bewiesen. Und im Augenblick bist du alles, was ich habe, also sollte es lieber stimmen, dass du alles bist, was ich brauche. Ich meine es ernst, Gott. Ich nagele dich darauf fest.

Ich lasse alles los, was mir am teuersten ist. Ich lasse meine Jungs ziehen. Und vertraue sie dir an.

Und ich überlasse dir auch Bill. Die ganze Zeit auf dieser Pilgerreise habe ich geübt, wie ich ihn loslassen kann. Und jetzt tue ich es. Endgültig.« Mittlerweile schluchze ich. »Ich werde nicht mehr versuchen, selbst meine Ehe zu retten. Ich will nur noch, dass du mich heil machst. Und ich werde warten, dir vertrauen und beten, mehr nicht.«

Ich bleibe lange so auf Knien, bis ich andere Pilger im *salle à manger* höre. Dann stehe ich auf und spüre, wie mich die morgendliche Kühle umgibt. Ich drehe eine Runde um die Herberge, atme tief ein und versuche, auf die Düfte zu achten, die mich umgeben, so wie Caroline. Ich kann einen Hauch Kiefer und frisch gemähtes Heu ausmachen.

Und ich fühle mich leichter. Unbelastet. Es ist nichts Neues, was so eine Beichte der Seele bringt, aber ich habe so etwas schon seit Langem nicht mehr gemacht. Keine Ich-rücke-wirklich-alles-raus-Beichte. Und ich habe Gott auch schon seit Ewigkeiten nichts mehr in die Hände gelegt.

Die Sonne geht auf und ich spüre die Vergebung tief in mir. Kein einziges meiner aktuellen Probleme ist gelöst, aber dennoch bade ich im »Frieden, der alles Verstehen übersteigt«. Wenn ich ihn verstehen könnte, diesen Frieden, der meine Seele durchdringt, dann wäre er vermutlich nicht übernatürlich.

Kapitel 22

Bobby

Auf unserem vorletzten Tag auf dem Jakobsweg laufen wir durch eine ziemlich aufregende Landschaft. Sie dringt in meine Augen und bis zu meinen Fingern, bis ich mir die Hände reiben muss und kaum erwarten kann, sie in Skizzen zu verwandeln und schlussendlich in richtige Bilder. Wir erreichen den obersten Punkt eines Hügels und sehen den Weg vor uns, der von allen Seiten von tiefgelben, abgeernteten Feldern umgeben ist. Riesige runde Heuballen liegen überall. Der staubige braune Feldweg, hier und da mit den bunten Rucksäcken der Pilger bekleckst, erstreckt sich kilometerweit, bis er den Horizont erreicht. Der Himmel ist tiefblau.

Mom läuft langsamer und summt ein Kirchenlied. Das nehme ich als positives Zeichen. Ich geselle mich zu ihr.

Nachdem wir eine Weile schweigend nebeneinanderher gelaufen sind, nehme ich meinen Mut zusammen und spreche das unangenehme Thema an, das mich die ganze Zeit schon umtreibt. »Willst du eigentlich, dass ich mit dir nach Atlanta zurückkomme? Ich möchte nicht, dass du allein bist. Die Sache mit Dad ist wirklich schwer, ich weiß.«

Sie bleibt stehen, stützt sich auf ihre Stöcke und sieht zum Himmel. »Was für ein wunderschöner Tag!« Sie holt tief Luft. »Nein, Bobby. Du sollst fliegen. Bleib hier, mach dein Auslandsjahr. Genieß es.«

Erleichterung und Verantwortungsgefühl kämpfen in mir gegeneinander. »Aber kommst du auch zurecht?«

Mom sieht mich an. »Natürlich. Und wenn nicht, dann sollst du trotzdem dein Leben leben.« Ihr Blick ist klar, die Augen ihr normales Violett-blau, keine roten Lidränder, keine gerunzelte Stirn. »Weißt du, mir ist zwar immer noch übel, weil ich mein Stickbild verloren habe, aber es ist nicht mein Baby. Ich habe nicht dich oder Jason verloren. Im Vergleich zu euch bedeutet es mir nichts. Ich liebe dich so sehr, Bobby, aber ich werde versuchen, meinen eisernen Griff um euch zu lockern. Ich möchte dich nicht auch noch verlieren. Das muss mein Dickschädel endlich kapieren.«

Ich habe auf einmal ein Halskratzen und kann nichts sagen, also nicke ich nur. Wir laufen schweigend weiter.

»Rasa und ich fahren übermorgen nach Österreich zurück«, sage ich später, »und dann fahre ich weiter nach Paris. Ich werde im Herbst Kunstunterricht bei Jean-Paul nehmen. Was danach kommt, weiß ich noch nicht genau. Ein Teil von mir möchte in Linz Kunst studieren, damit ich in der Nähe von Rasa sein kann. Aber entschieden ist noch nichts.«

Normalerweise würde Mom jetzt mit einem Ratschlag oder einem Hinweis auf ihren Plan für mein Leben einhaken, auch wenn sie ihn nie so genannt hat. Aber sie tut es nicht. Sie hält mit mir Schritt. »Das ist deine Entscheidung.«

»Wirklich?« Ich versuche, mir die Erleichterung nicht anmerken zu lassen. »Wusstest du denn, was du machen wolltest, als du so alt warst wie ich?«

»Ja. Ich wollte unbedingt nur eins: heiraten und Kinder bekommen.« Sie wirft mir einen Blick zu. »Und so ist es dann auch gekommen. Das größte Geschenk meines Lebens.«

Sie ist ganz gerührt und ich will schnell irgendetwas sagen, um die Stimmung aufzulockern, aber Mom redet einfach weiter.

»Es tut mir leid, dass ich dich mit deiner Kunst nicht genügend unterstützt habe. Du weißt schon so lange, was deine Leidenschaft ist. Mach dir jetzt keine Gedanken wegen des Studiums. Nimm dir das Jahr Zeit und dann siehst du, was passiert.«

Spreche ich hier mit meiner Mutter?

»Und was ist mit Rasa?« Ich lasse Mom nicht zu Wort kommen. »Wieso erinnert sie alle an Anna? Rasa braucht keine Rettung! Sie ist so toll. Hast du Angst, dass sie mir das Herz bricht?«

»Vielleicht.«

»Du hast Angst, dass ich mich so in ihr verfange, dass ich, sollte es mit uns nicht funktionieren, wieder in eine Depression rutsche.«

»So in der Art. Niemand möchte jemanden, der einem am Herzen liegt, so leiden sehen wie dich nach Annas Tod.«

Ich möchte ihr entgegnen, dass eine mögliche Trennung von einer Freundin nicht dasselbe ist, wie dabei zusehen zu müssen, wie ein Mädchen, das man liebt, im Auto verbrennt. Aber ich möchte unser Gespräch nicht von dieser grauenvollen Szene dominieren lassen und meine Gedanken nicht belasten. »Hast du mit Dad über Rasa gesprochen?«

»Nein. Du?«

»Ja, aber er sagt nicht viel dazu.«

»Hätte ich auch nicht anders erwartet.«

Wir laufen wieder schweigend weiter. Habe ich mich schon zu sehr an Rasa gehängt? Ist unsere Beziehung ungesund? Versuche ich sie zu retten, zu beschützen oder zu besitzen, anstatt die Zeit mit ihr einfach zu genießen? Und wieso muss ich das überhaupt herausfinden?

Etwas später nehme ich allen Mut zusammen und stelle Mom die Frage, die wie ein großer Elefant im Raum steht. »Werdet ihr euch scheiden lassen, du und Dad? Hat er dich verlassen?«

Sie lässt den Blick über die Hügel schweifen und sagt lange nichts, aber dann schüttelt sie nur traurig den Kopf. »Ich weiß es nicht, Bobby. Ich weiß es wirklich nicht.«

Aber sie sagt es ruhig, nicht verzweifelt, und sie sieht stärker aus, ein gesundes Stark.

»Mom«, sage ich, »danke, dass du dich so lange um die Familie gekümmert hast. Und danke, dass ich das mit dem Auslandsjahr entscheiden durfte. Ich weiß, das fällt dir nicht leicht. Und es tut mir leid wegen deiner Handarbeit und natürlich auch wegen Dad. Wirklich, es tut mir echt leid.«

Sie bleibt stehen, nimmt mich in den Arm und drückt mich lange an sich, so fest sie kann, so wunderbar fest.

Caro

Es sind drei Tage vergangen, seit das Kunstwerk verloren gegangen ist, und Abbie scheint ihre Wut wegmarschiert zu haben. Sie erzählt mir von Bills Anruf und ihrer Reaktion. Ihr seltsamer »Dem-Herrn-beichten«-Monolog stößt mir zwar sehr unangenehm auf, aber ich versuche es mir nicht anmerken zu lassen. Ich bin froh, dass sie sich besser fühlt – *leichter*, wie sie es nennt. Das gefällt mir. Ich möchte mich auch leichter fühlen.

Sie ist eigentlich den ganzen Tag mit Bobby gelaufen. Rasa, sensibel wie sie ist, hat ihnen viel Raum gelassen und sich zu mir und den Frauen aus Washington gesellt. Jetzt zählt sie mit Bobby Sterne. Es ist der perfekte romantische Abend. Wir sind in einem winzigen Ort namens Espeyrac; idyllische Steinhäuser, ins Tal geschmiegt, die Sterne weiße Hoffnungsschimmer am indigo-blauen Abendhimmel.

Ich liege in der Herberge auf einem abgewetzten Sofa, den Laptop auf einem kleinen Beistelltisch und Bobbys Skizzenbuch auf dem Schoß. Ich vergleiche meine Fotos von den Kreuzen mit seinen Skizzen.

Interessiert blättere ich zurück, bewundere die Kühe in den Bergen von Margeride, die Kopfsteinpflasterbrücken, die Burons, Tsabones und engen Ziegenpfade zwischen den Kiefern. Ich gehe immer weiter zurück, bis ich bei den Zeichnungen aus seiner Zeit in Österreich angekommen bin. Auf einmal werde ich bleich.

Ich halte den Skizzenblock ganz dicht vor mich und betrachte die Gesichter. »Das kann doch nicht sein«, flüstere ich.

»Ist was?«, fragt Abbie.

»Das ist sie!«, krächze ich.

»Wer ist wer?«

»Lola. Das da, das ist Lola!«

Abbie kommt zu mir aufs Sofa und nimmt Bobbys Skizzenblock. Die Zeichnung zeigt ein Klassenzimmer. Zwei junge Frauen, eine davon Rasa, stehen vorn. Man sieht ein Dutzend Schüler von hinten.

»Das ist Lola!«, wiederhole ich und zeige auf die junge Frau neben Rasa.

»Was? Bist du sicher?«

»Ja! Aber ja!«

Abbie lässt das Skizzenbuch sinken und starrt mich an. Sie weiß offensichtlich genauso wenig, was sie sagen soll.

»Und ich dachte schon, dass Rasa komisch reagiert hat, als ich über Lola geredet habe. Jetzt weiß ich, wieso!« Ich zittere vor Ärger und Aufregung.

Schnell eile ich nach draußen und verschwinde im kleinen Kräutergarten links von der Herberge. Ich muss mich dringend beruhigen, bevor ich Rasa damit konfrontiere. Ich hocke mich vor das Basilikum und atme den Duft ein, als würde mein Leben davon abhängen. Dann zerreibe ich erst etwas Thymian zwischen den Fingern, dann Pfefferminz, und lasse mich von dem starken Duft einhüllen.

Abbie ist mir gefolgt. Ich drehe mich zu ihr um. »Wieso hat sie mir nichts davon erzählt?«

»Vielleicht hat sie Angst um Lola«, vermutet Abbie.

»Ja, aber mir hätte sie es doch sagen können. Wie soll ich denn Lola in Gefahr bringen, hier draußen auf dem Jakobsweg?«

»Ich weiß es nicht. Das musst du sie fragen. Was für ein seltsamer, seltsamer Zufall, dass ihr sie beide kennt.« Sie legt den Kopf schief. »Oder vielleicht ist es ein Zufall, der gar kein Zufall ist.«

Mir schnürt sich der Brustkorb zu. »Jetzt komm mir nicht damit, das habe was mit Gott zu tun!« Es kommt so bärbeißig heraus, dass Abbie zurückweicht. »Ich will nichts mit Gott zu tun haben! Ich will nicht hören, wie er aus meinen sieben Jahren voller Elend etwas Gutes macht. Sag jetzt bloß nicht so was, Abbie.«

Sie drückt mir die Schulter und geht schweigend wieder ins Haus.

Der Mond steht hoch am Himmel, als Rasa und Bobby zur Gîte zurückkehren, Hand in Hand. Ich sitze noch immer im Kräutergarten auf dem Boden und hänge meinen Gedanken nach.

»Hey, Caroline. Alles in Ordnung?«, fragt Bobby.

Ich stehe auf und mein Entschluss, ruhig zu bleiben, löst sich in Luft auf. »Du kennst Lola!«

Bobby zieht Rasa an sich, als müsse er sie vor mir beschützen, aber Rasa schiebt ihn weg. »Ist schon in Ordnung«, sagt sie. »Caroline und ich müssen reden.«

Bobby sieht unsicher aus, aber als Rasa noch einmal nickt, lässt er uns allein.

»Ja, es stimmt«, sagt sie. »Lola und ich sind befreundet.« Ihre Augen glänzen feucht. »Ich wollte dir das sagen, aber zuerst hatte ich Angst. Ich wusste nicht, ob ich dir vertrauen kann.« Sie will meine Hand greifen, aber ich weiche zurück. »Jetzt weiß ich, dass ich das kann. Jetzt weiß ich, wie viel sie dir bedeutet.«

Ich schnaube vor Wut. Wie konnte sie je an meinen Gefühlen für Lola zweifeln?

Sie gibt mir die Antwort, bevor ich reagieren kann. »Du hast mir von dem Mann erzählt, der dich von Lola ferngehalten hat. Und dass das eine schlechte Entscheidung war. Deswegen habe ich dir nicht vertraut. Aber jetzt weiß ich, wie sehr du gelitten hast und dass du weißt, was Leid ist. Entschuldige. Ich hätte schon früher etwas sagen sollen.«

Meine Kehle ist ganz trocken. Rasa glaubt, dass meine Affäre mit Bastien mit dafür verantwortlich war, dass Lola entführt wurde. Sie glaubt, ich hätte an meiner Freundin Verrat begangen. Ich versuche zu schlucken. Schließe die Augen. Wenn ich mich nicht so darauf konzentrieren müsste, keine Panikattacke zu bekommen, würde ich sie packen und erwürgen.

Oder umarmen. *Das sind doch großartige Neuigkeiten, Caroline!*, sage ich mir selbst. *Lola ist in Österreich. Lola und Rasa sind*

Freundinnen! Atmen. Einfach atmen. Und während ich noch um Fassung ringe, muss ein Teil von mir zugeben, dass das hier doch ein ziemlich großer Zufall ist.

Als ich die Augen öffne, starrt Rasa mich ungläubig an. Vielleicht hat sie wieder meine Gedanken gelesen – den Teil mit dem Erwürgen. Ich räuspere mich und hole noch einmal tief Luft. »Kannst du mir von ihr erzählen?«, raune ich. »Wie geht es ihr?«

Rasa lächelt schüchtern. »Ich werde dir sagen, was ich weiß.«

Wir laufen los und lassen uns von den Sternen leiten.

»Vor drei Jahren konnte Lola vor ihrem Cousin im Iran fliehen und schaffte es über die Berge, wie meine Familie. Viele Leute haben ihr dabei geholfen; es ist eine ziemliche Story. Vor ungefähr anderthalb Jahren ist sie nach Linz gekommen. Sie hat Angst, nach Frankreich zurückzukehren, bevor ihr Cousin nicht verhaftet ist.«

»Aber geht es ihr denn gut?«

Rasa nickt und unsere Blicke treffen sich. Beide haben wir feuchte Augen.

Wieder wird es eng in meinem Brustkorb und ich weiß nicht, ob aus Schmerz oder Freude oder beidem.

Rasa nestelt an ihrem Zopf. »Und ich muss dir noch etwas sagen.«

Ihr Unbehagen lässt meine Angst hochschnellen.

»Stephen weiß auch, dass Lola in Linz ist.«

Zuerst weiß mein Gehirn mit der Information nichts anzufangen. »Was?« Dann: »Meinst du Stephen, meinen Bruder?«

Sie nickt. »Ich glaube, er war an ihrer Flucht beteiligt. Nicht körperlich natürlich, aber ich weiß, dass er oft mit meinem Vater spricht. Er hat schon vielen Flüchtlingen geholfen.«

»Stephen weiß Bescheid? Und das nicht erst seit gestern?«

»Sei nicht böse auf deinen Bruder. Was er tut, ist sehr gut. Und mutig.«

Ich bekomme das nicht in meinen Kopf. Stephen hat gewusst, wo Lola ist! Weiß Tracie es etwa auch? Haben sie mich etwa *sie-*

ben Jahre im Unklaren darüber gelassen, ob meine Freundin noch lebt? Es fühlt sich wie ein noch viel größerer Verrat an als der von Rasa.

»Es tut mir leid, wenn du schockiert bist«, sagt Rasa. »Ich lasse dich lieber allein.«

Ich laufe in die sternenklare Nacht hinaus und rufe Stephen von einem Handy aus an.

Als ich seine Stimme höre, fahre ich aus der Haut. »Du hast es gewusst! Du wusstest von Lola! Wie lange schon?« Ich lasse eine ganze Ladung Flüche und Schimpfwörter vom Stapel und höre erst damit auf, als mir die Luft ausgeht.

»Ich weiß seit etwa anderthalb Jahren, dass Lola sich im Haus der Hoffnung versteckt«, sagt mein Bruder ganz ruhig, als er schließlich zu Wort kommt.

»Und wieso hast du mir nichts davon gesagt? Wieso? Ich bin echt sauer!«

Er spricht leise, aber ich höre sowohl Ärger als auch Ungläubigkeit heraus. »Du glaubst doch nicht wirklich, dass ich meiner Ich-höre-immer-nur-auf-mein-Bauchgefühl-Schwester etwas sage, was ihre Freundin in Gefahr bringen oder sie sogar das Leben kosten könnte? Du weißt, dass ich ein großes Netzwerk von Leuten habe, die Flüchtlingen helfen. Interpol war mit von der Partie, soweit ich weiß, aber ich habe mich seit dem Tag nach Lola umgehört, seit sie verschwunden ist. Vor achtzehn Monaten gab es Gerüchte im Netzwerk rund um die Flüchtlingsroute, dass eine entführte Franko-Iranerin es geschafft hat zu fliehen und auf demselben Weg vom Iran in die Türkei unterwegs war, den Rasas Familie 2005 auch genommen hatte. Da habe ich mich gefragt, ob das Lola sein könnte.«

Er hält kurz inne, aber ich bin zu überwältigt, um etwas sagen zu können.

»Hamid war derjenige, der mir Bescheid gegeben hat, dass sie in Linz angekommen war. Aber Caro, die Behörden haben uns unmissverständlich klargemacht, dass es sie in noch größere Gefahr bringen würde, falls irgendetwas davon bekannt würde. Und ich habe es nur per Zufall herausgefunden, verstehst du? Wegen meiner ganzen Beziehungen. Deswegen habe ich es für mich behalten. Und du warst nicht in der Verfassung, irgendetwas wissen zu dürfen, auch nicht, nachdem sie entkam und in Linz in Sicherheit war.«

Ich sage noch immer nichts.

»Wenn du es gewusst hättest, hättest du es wirklich so lange für dich behalten, bis man dir gesagt hätte, dass sie in Sicherheit ist? Es tut mir leid, aber ich konnte nicht riskieren, dass du Hals über Kopf eine Katastrophe heraufbeschwörst. Es hätten eine Menge Leute in Gefahr geraten können.«

Vor Weißglut könnte ich platzen ... aber ich weiß, dass er recht hat.

»Und, Caroline, du wirst jetzt *dichthalten*.« So energisch habe ich ihn noch nie gehört. »Lass Interpol ihre Arbeit machen. Ich weiß nicht, was sie vorhaben, aber wenigstens weiß ich, und du jetzt auch, dass Lola in Sicherheit ist.«

»Sie ist an einem geheimen Ort. Aber ich habe gehört, dass Khalid wieder in Europa ist und gesucht wird. Wenn er verhaftet ist, dann kann Lola wieder nach Hause kommen ... Aber du musst Stillschweigen bewahren, Caroline. Sag niemandem etwas. Nicht deinen Eltern, nicht deinem Bruder und nicht deiner Schwester. Wir können nicht vorsichtig genug sein.«

Ich muss mir auf die Zunge beißen, um ihm nicht zu erzählen, was ich von Jean-Claude weiß.

»Ich meine es ernst. Diese Information geht dich überhaupt nichts an. Und mich eigentlich auch nicht. Wir müssen es für uns behalten.«

Ich schniefe und wische mir die Tränen ab. In mir toben die Gefühle. »Ich hätte es dir sagen sollen, als mir klar wurde, dass du Rasa auf dem Jakobsweg begegnen wirst. Aber ...«

»Aber du hast nicht geglaubt, dass ich meine große Klappe halten kann. Du hast mir nicht zugetraut, dass ich dichthalten kann und nicht gleich losrennen und mich und andere in Gefahr bringe.«

»So was in der Art.«

Plötzlich sehne ich mich nach einem Drink, nach irgendetwas, das mein Gefühlschaos beruhigen kann. Ein und aus. Ein und aus. »Danke, Stephen«, flüstere ich schließlich. »Danke, dass du mir nicht vertraut hast. Es war richtig so.«

»Hast du es etwa auch gewusst?«, platze ich heraus, als Tracie sich ein paar Minuten später meldet.

»Nein. Ehrlich, ich wusste nichts von Lola. Ich frage Stephen nicht danach, was er für die Flüchtlinge tut. Schon ein achtloses Wort könnte viele Menschen in Gefahr bringen – ihn übrigens auch.« Sie ist noch nicht fertig. »Dein Bruder hat dich lieb. Er macht sich schon so lange Sorgen um dich und hat manche Träne wegen dir vergossen. Er versucht dich so gut es geht zu beschützen.«

Tief atmen. Ich weiß, dass sie nur die Wahrheit sagt. Meine Wut schmilzt allmählich zu Reue zusammen. »Ich mache immer alles kaputt.«

»Das stimmt nicht, Caro. Jetzt gerade geht es dir doch gut. Du triffst gute Entscheidungen. Und du bist trocken.«

»Erinnerst du dich an unser Gespräch, als du mir gesagt hast, dass Gott auf der Suche nach mir ist?«, frage ich kleinlaut.

»Oh, ja. Das kam nicht besonders gut an.«

»Stimmt. Aber es passiert schon wieder.« Ich beschreibe ihr die Serie von Zufällen, die keine Zufälle sein können. Dann erzähle ich ihr alles, was ich über Lola und Bastiens Verbindung zu Khalid erfahren habe. »Das macht mir Angst und es macht mich auch wütend. Ich versuche hier die Stellung zu halten, aber es ist verflixt schwer.«

»Du musst nicht mehr gegen ihn kämpfen, wenn du nicht willst. Dem Alkohol sollst du dich nie mehr ergeben, aber sich Gott geschlagen zu geben, wird sich wie eine einzige Erleichterung anfühlen. Glaub mir.«

»Dazu bin ich noch nicht bereit. Aber wenigstens will ich jetzt Stephen nicht mehr an die Gurgel gehen. Ich bin immer noch stinksauer, aber eben auch dankbar für alles, was er tut.«

»Das solltest du ihm bei Gelegenheit mal sagen.«

Sie hat natürlich wieder recht. Aber noch ist es nicht so weit. Ich verabschiede mich von Tracie, gehe zurück in die Herberge und lege mich schlafen.

☙

Am nächsten Morgen, unserem letzten Tag auf dem Jakobsweg, wuchte ich gerade den Rucksack auf meine sonnenverbrannten Schultern, als mein Handy klingelt.

»*Allô*, Caroline, hier ist Jean-Claude. Ich hoffe, ich störe nicht.«

»Jean-Claude!« Sein Anruf überrascht mich. »Nein, du störst nicht.« Ich stelle den Rucksack ab und setze mich auf mein Bett.

»Es gibt Neuigkeiten. Khalid wurde gestern verhaftet.«

Endlich!

»Leider hat er Widerstand geleistet und wurde bei dem Versuch zu fliehen getötet.«

In meinem Kopf dreht sich alles. *Khalid ist tot. Lola lebt.*

»Wie ärgerlich! Aber ich bin froh, dass er tot ist!«

»Ja, ich auch.« Stille. »Jetzt kann meine Tochter, meine geliebte Lola ...« Ihm versagt die Stimme. »*Pardon ...*«

Ich bekomme feuchte Augen. »Lola lebt und Khalid ist tot, das bedeutet ...«

»*Oui*, sie ist in Sicherheit und kann bald nach Hause kommen.«

»Oh, Jean-Claude.« Jetzt weine ich auch, Freudentränen. »Wann?«

»Ich rufe dich an, sobald ich es genau weiß. Vielleicht nächste Woche.«

»Das sind so wundervolle Neuigkeiten! Danke! *Merci!*«

Ich mache mich bereit, um zum Frühstück zu gehen, und hatte

noch keine Gelegenheit, Rasa, Bobby und Abbie einzuweihen, als ich eine Nachricht von Bastien bekomme.

Bonjour, Caro. Wie läuft sich der Jakobsweg? Es ist schon über zwei Wochen her, dass wir uns gesehen haben, und ich kann nicht aufhören, an dich zu denken. Nächste Woche bin ich kurz in Lourmarin. Vielleicht sehen wir uns? Gib mir Bescheid. Bises, Bastien.

Ich kann sein zynisches Lächeln fast im Vibrieren des Handys spüren. *Ja, genau, du willst Bescheid wissen.* Mein Herz hämmert in der Brust und ich weiß nicht, ob aus Lust oder Angst. Natürlich ist er nächste Woche da. Das passt genau zusammen. Entsetzlich genau.

Ich rufe Jean-Claude an und erzähle ihm von Bastiens Nachricht. »Ich bin froh, dass Khalid tot ist, aber Bastien steckte mit ihm die ganze Zeit unter einer Decke! Das glaubst du doch auch. Ich habe solche Angst um Lola.«

Schnell rufe ich Jean-Claude in Erinnerung, wann ich Bastien in den letzten sieben Jahren getroffen habe. »Glaubst du, er hat mich nur benutzt?«

Er schweigt. Mehrere unendliche Sekunden lang. Dann höre ich ihn seufzen. »Ja. Es tut mir so leid, Caroline.« Wieder eine Pause. »Als du bei mir warst und von den Treffen mit Bastien erzähltest, habe ich mir große Sorgen gemacht. Ich habe es der Polizei gesagt – also Interpol. Sie suchen Khalid ja schon seit vielen Jahren. Interpol sagt einem die Dinge nicht offen, verstehst du? Sie arbeiten verdeckt. Wie Spione. Aber sie waren nicht überrascht, als ich ihnen von Bastien erzählt habe. Sie beobachteten ihn auch schon.«

Er überlegt kurz. »Aber die französische Polizei lässt Lola von einem ihrer Agenten nach Lourmarin bringen. Wenn Bastien auch dort ist, wird er verhaftet.«

Ich will, dass er verhaftet wird. Gefangen. Aber getötet? *Nein, nein! Bitte, lass das nicht wahr sein, Bastien!*

»Was soll ich tun, Jean-Claude? Bastien will sich mit mir treffen.«

»Antworte ihm nicht«, sagt Jean-Claude und ich höre die Sorge in seiner Stimme. »Ich werde der Polizei von Bastiens Nachricht erzählen. Nicht du. Du sprichst mit niemandem darüber. Über Bastien. Interpol, die Polizei, die sollen sich darum kümmern. Hörst du, Caro?«

Als ich nichts erwidere, redet er weiter. »Lass die Finger von ihm. Du brauchst Lola nicht mehr zu helfen. Sie kommt. Alles ist gut. Tu einfach nichts.«

Ich schweige noch immer.

»Du bist wie eine zweite Tochter für mich. Ich kann nicht zulassen, dass dir etwas zustößt. Ich bekomme meine erste Tochter zurück. Und ich will, dass ihr beide auf meiner Veranda sitzt und Pistazien knabbert. Hast du mich verstanden? Bleib weg von diesem Bastien. Weit weg!«

»Okay«, sage ich schließlich. »*Bien sûr*. Ich reagiere nicht, versprochen. Ich werde warten. Und du gibst mir Bescheid, wenn Lola in Lourmarin ist. Und in Sicherheit.«

»*Oui, ma chérie*. Das wird ein Wiedersehen, sage ich dir.«

Ich verabschiede mich und rufe noch einmal Bastiens Nachricht auf.

Rache. Liebe. Hass. Ich will dabei sein und sehen, wie Bastien die Handschellen angelegt werden, während ich ihm die Wahrheit, die ganze Wahrheit ins Gesicht brülle.

Da schießt mir ein Gedanke durch den Kopf. Bastien hat versucht, mir die Wahrheit zu sagen. Ich muss schlucken.

Ich bin kein sicherer Kandidat. Es war ein Fehler ...

Er hat versucht, es mir zu sagen, wieder und wieder. *Ich will nicht, dass du traurig bist, Caro. Du trägst keine Schuld an der Sache. Lass los!*

Ich verberge mein Gesicht in den Händen und fange an zu weinen. *Deswegen wolltest du unsere Beziehung abbrechen, nicht wahr? Das war der Fehler, den du meintest. Oh, Bastien!*

Es dauert eine Weile, bis ich die Augen wieder trocken getupft habe. Ich gehe ins Gemeinschaftsbad und spritze mir kaltes Wasser ins Gesicht. Dann hole ich meinen Rucksack und gehe zum Frühstück, aber ich weiß, dass ich keinen Bissen runterkiege. Mein Magen rebelliert bereits. Khalid ist vielleicht tot, aber Bastien lebt und kommt zurück nach Lourmarin. Mir läuft es kalt den Rücken hinunter. Bastien habe ich verloren und auf einmal habe ich riesige Angst, Lola auch wieder zu verlieren.

Kapitel 23

Abbie

Vor meiner Abreise in Atlanta habe ich gelesen, dass die Pilger häufig einen kleinen Stein aus ihrer Heimat mitbringen. Er steht für eine Last, die sie tragen, einen geliebten Menschen, um den sie trauern, oder eine Sünde, für die sie Buße tun. Irgendwo auf dem Jakobsweg legen sie den Stein ab. Der beliebteste Ort hierfür ist am Cruz de Ferro in Spanien, dem höchsten Punkt des Jakobswegs. Aber wir laufen nicht bis Spanien, also werden wir die Steine an unserem letzten Tag irgendwo ablegen.

Ich habe gleich einen Tag später, nachdem ich mich auf den Jakobsweg eingeladen hatte, einen Stein ausgesucht und auch alle anderen über diese Tradition informiert. Mein Stein ist klein, glatt und kommt vom Ufer des Chattahoochee River. Ich habe ihn ganz unten in den Rucksack gelegt.

Wir sind noch ein paar Kilometer vor Conques, wo wir unsere letzte gemeinsame Nacht verbringen werden, als wir ein weiteres Kreuz erreichen. Zusammen stehen wir am höchsten Punkt eines bewaldeten Abhangs und sehen auf den kleinen Ort hinunter, der im Nebel liegt. Die alte Kirche thront über dem Rest der Stadt. Dieser Ort hat sich seit dem Mittelalter kaum verändert. Die Straßen aus Kopfsteinpflaster sind Jahrhunderte alt. Es ist der perfekte Ort, um unsere Reise zu beenden.

Kaum haben wir das Kreuz entdeckt, ist uns allen klar, dass wir hier unsere Steine niederlegen werden.

Das Kreuz ist dick und aus Basaltgestein. Moos hängt an der Unterseite. Es ist gut sechzig Zentimeter hoch und steht neben dem viel belaufenen Pfad, umgeben von Steinhaufen, Felsbrocken und lauter anderen Dingen. Einige Pilger haben Schuhe dort gelassen, Stöcke, Briefe, T-Shirts oder Muscheln.

Es fühlt sich an wie ein heiliger Augenblick, wie wir dort stehen und die vielen Andenken betrachten.

Dann fangen wir an, in unseren Rucksäcken zu kramen. Caroline bedeutet mir, ich solle anfangen.

Ich stehe vor dem Kreuz mit seinen stillen Beichten. Alles, wofür dieser Stein vor einem Monat für mich stand, hat eine neue, wichtigere Bedeutung bekommen: Die Last meiner Ehe, meine Kontrollsucht, meine Gefühle; die Last, dass Abbie ihr Leben wie Abbie leben muss; die Trauer um Miss Abigail, die ich schon so lange mit mir herumtrage; die ewige Angst. All diese Dinge, nicht nur eins.

Es ist eine Ironie des Schicksals, dass ich diesen einfachen kleinen Stein, der völlig unbeeindruckt von allem, was auf diesem Jakobsweg geschehen ist, unten im Rucksack lag, auf Anhieb finde, während meine Stickarbeit, in die ich Hunderte von Stunden investiert habe, weg ist. Ich zögere, spüre die Form und das Gewicht des Steins. Als ich ihn auf einen der Haufen vor dem einfachen Steinkreuz lege, fühlt es sich wieder an, als wäre mein Gepäck leichter geworden. Als würde dieser Stein symbolisch für alles stehen, was ich nach und nach auf dieser Pilgerreise gelernt habe. Er ist ein Gebet und ein Versprechen. »Da hast du alles, Herr«, flüstere ich.

Caro

Am Morgen erinnert mich Abbie an den Stein. Ich hatte mir einen kleinen schwarzen Kieselstein von Bastiens Auffahrt mitgenommen, kurz bevor ich vor gerade einmal zehn Tagen in den Zug nach Le Puy gestiegen bin. Es war schon immer mein Plan gewesen, die Sache mit ihm zu beenden. Seit ich wieder nach Frankreich geflogen war, wollte ich das. Er sollte mir nur sagen, was er Neues über Lola wusste, und dann wollte ich mich von ihm verabschieden. Für immer.

Aber in den vergangenen Wochen ist so viel passiert. So viele schwere, gute, unheimliche und verwirrende Dinge – Zufälle – haben sich ereignet. Ich spüre Trauer, Wut und Angst in mir, als ich den hilflosen kleinen Kieselstein in der Hand halte. Und ich weiß nicht, ob ich ihn tatsächlich loslassen kann, denn die echte Last liegt auf mir. Die Schuldgefühle, die schon so viele Jahre wie ein Mühlstein um meinen Hals hängen, und die ganze Wut. Ja, ich lasse Bastien los, aber zugleich auch diese Selbstbestrafung, die ich immer und immer wieder vorgenommen habe.

Ich lasse alles los, obwohl ich nicht weiß, ob es ein Happy End gibt.

Und ich werfe meine Wut auf einen Gott, von dem ich immer behauptet habe, dass ich nicht an ihn glauben würde.

Ich stelle mich vor das Steinkreuz, gehe auf die Knie und lege meinen Stein am Fuß des Kreuzes nieder. Dieser Augenblick ist an Ironie kaum zu überbieten. Seit Jahren treibt mich dieser Ausdruck auf die Palme: »Lege deine Lasten am Kreuz nieder.« Stephen hat es gesagt, Tracie hat es gesagt, meine Mutter hat es gesagt. Und jedes Mal dachte ich: *Wenn ihr nur wüsstet, wie lächerlich und abgedroschen das klingt, dann würdet ihr euch eine andere Formulierung überlegen.*

Aber als ich meinen kleinen Kieselstein auf den Haufen lege, fühlt sich nichts daran lächerlich oder abgedroschen an. Sondern echt. Dort, auf Knien und mit all den anderen Steinen, die sich mir ins Fleisch drücken, sage ich im Stillen: *Ich gebe auf, Gott. Du hast gewonnen! Ich wehre mich nicht mehr dagegen, dass du mir seit Jahren ständig nachgehst. Seit Stephen und Mom, du weißt schon, »dich gefunden« haben und versucht haben, mich davon zu überzeugen, dass es dich gibt. Also schön. »Dann eben auf deine Tour!« Aber wehe, du bist nicht real. Denn ich habe solche Angst, dass ich wieder alles vermassle. Ja, ich habe Angst vor Bastien und ich habe Angst um Lola. Aber am allermeisten, Gott, habe ich Angst vor mir selbst.*

Das ist alles, wozu ich fähig bin. Als ich wieder aufstehe, kommen Abbie und Rasa und Bobby heran und umarmen mich in einer Gruppenumarmung. Kein Wort, nur diese fast spirituelle Berührung von Schulter zu Schulter, Seele zu Seele.

Und irgendwie weiß ich, dass alles, was auf diesem Jakobsweg passiert ist, mich auf das vorbereitet hat, was jetzt kommt. Das ist das Geheimnis, für das Rasa getanzt hat; das ist das Geheimnis, auf das Abbie in den vergangenen zehn Tagen zumarschiert, zugelaufen und zugekrochen ist. Das ist das Geheimnis des Jakobswegs für mich.

Bobby

Ich habe keinen Stein mitgebracht, aber ich sehe, dass ich nicht der einzige Pilger bin, der auf andere Ideen gekommen ist. Es liegen Fotos vor dem Kreuz, Fahnen, ein durchgelaufener Wanderschuh. Auf mehreren Steinen stehen kleine Botschaften. Dazwischen stecken Zettel, beschwert und gegen den Wind geschützt von den Steinen anderer Pilger.

Es erinnert mich daran, was die Bibel über das Tragen der Last anderer sagt. Ich betrachte die Papierstreifen unter den Steinen und begreife, dass ich nicht nur andere Menschen brauche, die mir beim Tragen meiner Last helfen, sondern auch beim Abgeben.

Schon lange weiß ich, was ich vor diesem Kreuz niederlegen werde. Seit ich mich über den Jakobsweg informiert habe und lange, bevor Mom, die wieder einmal wollte, dass wir alles richtig machen, mir geschrieben hat, einen Stein mitzubringen, war meine Entscheidung schon gefallen. Ich öffne mein Skizzenbuch und reiße vorsichtig die Zeichnung heraus, auf der die Frauen vor dem Haus der Hoffnung in ihre Handarbeit vertieft sind. Ein einzelnes Flüchtlingsmädchen sieht mich liebevoll an – es hat Annas Gesichtszüge.

»Vorsichtig ausreißen« ist eigentlich ein Paradox. Als Anna

starb, ist mein Herz entzweigerissen, auch wenn ich sie im Herzen in Erinnerung behalten habe.

Ich nehme das Blatt Papier und lege Stein um Stein in Kreisen darauf, bis nur noch Annas hübsches Gesicht zu sehen ist. Dann suche ich mir einen letzten Stein und lege ihn in die Mitte. Jetzt ist auch Anna verschwunden.

Rasa ist die Letzte. Ihr Stein ist scharfkantig und passt kaum in ihre kleine Hand. Sie starrt ihn an und sieht dann zu uns.

»Dieser Stein kommt von der Flüchtlingsroute, die wir genommen haben. Lola hat ihn mir geschenkt, als wir uns angefreundet haben. Er ist hässlich und schwer. Und man kann sich daran schneiden, wenn man ihn zu fest in der Hand hält.«

Sie balanciert ihn auf ihrer Handfläche. »Ich habe mich an meine Erwartungen an Gott geklammert. Schon immer habe ich gewusst, was Gott von mir will, aber irgendwann habe ich damit aufgehört, auf seine Geheimnisse zu hören. Ich habe angefangen, mir selbst zu vertrauen. Aber jetzt will ich mich seinen Geheimnissen wieder öffnen. Ich werde die Angst vor den Dingen loslassen, die ich nicht verstehe. Und ich werde den Drang ablegen, anderen Flüchtlingen helfen zu müssen. Wenn, dann will ich es für Gott tun.« Sie drückt zu.

»Und manchmal werde ich mich dagegen entscheiden, ihre Last zu tragen. Sie ist auch für Gott bestimmt. Ich werde mich nicht an mein Trauma und das anderer klammern. Heute lege ich alle diese Dinge mit meinem Stein ab. Es ist nur ein Symbol, das weiß ich, und wenn die Angst zurückkehrt, werde ich mich an diesen Ort erinnern. Das wird wie Balsam für meine Seele sein.«

Wir lassen das Kreuz hinter uns und laufen die nächsten Kilometer schweigend. Jeder von uns hängt seinen Gedanken nach und genießt die Aussicht von hier oben. Langsam arbeiten wir uns bergab nach Conques vor. Die noch gut erhaltenen Fachwerkhäuser transportieren uns zurück ins Mittelalter. Eine beeindruckende Basilika, vor der die Pilger winzig klein wirken, prägt den Ortskern.

Mom bleibt vor der Kirche stehen. »Leute, das ist die Abbatiale Sainte-Foye. Hier werden wir heute übernachten.«

»In der Kirche?«

»In der angeschlossenen *hôtellerie*. Und wir werden nicht die Einzigen sein. Dort ist Platz für über sechzig Pilger.«

In mir keimt Stolz auf; und das Gefühl, etwas vollbracht zu haben. Mom ist über zweihundert Kilometer gelaufen, wir anderen etwas weniger. Es fühlt sich an, als würde das Dorf uns willkommen heißen. Seine alten Steine sagen: *Gut gemacht, ihr Pilger. Gut gemacht.*

Abbie

Das Abendbrot im großen Speisesaal ist beendet. Dutzende Pilger sitzen noch bei einem Kaffee und einem einfachen Dessert, Joghurt mit Früchten. Die Zeit für den Abschied ist gekommen. Viele von uns beenden hier ihren Jakobsweg. Die Frauen aus Washington fliegen morgen wieder zurück in die Staaten. Bobby und Rasa nehmen den Morgenzug nach Linz, zurück zu Lola. Und wenn alles nach Plan läuft, wird Lola in weniger als einer Woche zu ihrem Vater fahren und auch Caroline wird dort sein, um sie in Empfang zu nehmen.

Ein Mann kommt in den Saal gehumpelt, mit einem Gips am Bein, den Rucksack auf der Schulter. Er stützt sich auf eine Krücke und lässt den Blick durch den Raum schweifen. »Ich suche eine Frau«, dröhnt er mit lauter Stimme.

Brenda zwinkert mir zu. »Tun sie das nicht immer?«, raunt sie.

Der Mann, vermutlich Mitte vierzig, stämmig und gut aussehend, mit einem dunkelblonden Bart, der zu seinen Haaren passt, spricht weiter laut in den Raum hinein. »Ich war ein paar Tage im Krankenhaus. Ich bin von einem heftigen Regenguss überrascht worden und bin auf einem langen und steinigen Abschnitt abgestürzt.«

»Ja, davon haben wir gehört, im Camino-Forum«, erwidert Jamie. »Du bist der ›süße Pilger mit dem gebrochenen Bein‹.«

»Calvin!« Eine Frau mittleren Alters auf der anderen Seite des Speisesaals springt auf und eilt herbei. »Du Armer!«

Calvin wird rot wie eine Tomate, als die Frau ihn umarmt.

»Wir haben schon nach dir gefragt«, ruft eine andere Frau. »Es war gar nichts mehr über dich zu lesen im Forum.«

»Ich habe beim Sturz mein Handy verloren«, erwidert er. »Ein anderer Pilger hat es gefunden und mir ins Krankenhaus gebracht. Ich bin aber aus einem ganz anderen Grund hier. Ich muss eine Frau finden ...« – er späht auf seinen Handybildschirm – »die eine hellgrün-rosafarbene Vera-Bradley-Tasche mit einem Stickbild darin verloren hat.«

Erschrocken schnappe ich nach Luft.

»Hier steht, dass sie heute in der Abbatiale Sainte-Foye übernachtet. Ist sie hier?« Er zieht einen schwarzen Müllbeutel aus seinem Rucksack.

Ich stehe auf und laufe auf wackligen Beinen durch den Saal, als hätte man mir unerwartet eine Auszeichnung verliehen. »Das bin ich«, kommt es mir über die Lippen. »Ich bin diese Frau.«

»Ich habe von einem Pilgerkollegen die Nachricht bekommen, am Abend, nachdem du das Stickbild verloren hattest«, sagt er. »Ich war ganz in der Nähe und bin ein Stück zurückgelaufen. Da habe ich die Tasche gefunden. Sie war in eine Spalte gefallen.« Er reicht mir den Beutel. »Hier, bitte.«

In Zeitlupe greife ich danach und stecke die Hand hinein. Hervor kommt die grün-rosa-farbene Tasche. Sie ist schmutzig und mit Wasser vollgesaugt. Zitternd rolle ich sie auf. Sie ist leer. Ich schaue ihn an, als hätte er mir einen schlechten Streich gespielt, aber er lacht schnell.

»Ich habe das Stickbild aus der Tasche genommen – die, wie du siehst, nass und voller Schlamm war. Aber der Regen war noch nicht durchgedrungen. Die Stickerei hat nichts abbekommen.«

Er zwinkert mir zu und auf einmal wird mein Gesicht feuerrot. »Sie ist da drin.«

Ich greife ein weiteres Mal in den Müllbeutel und hole das Meisterwerk heraus, das sauber gefaltet in der Ziplock-Tüte liegt. Wie in Trance ziehe ich den Verschluss auf. Als ich es in die Höhe hebe, bricht im ganzen Saal Jubel aus. Die über sechzig Pilger applaudieren, während ich in Tränen ausbreche.

Es dauert lange, bis ich meine Stimme wiederfinde. »Danke, Calvin«, bringe ich heraus. Ich streiche über die vielen Fäden, starre Bills Namen an, die Porträts unserer Jungs, das Hugenottenkreuz. »Ich kann es gar nicht glauben. Ich hatte schon alle Hoffnung aufgegeben. Was kann ich nur sagen? Danke!«

Auf einmal umarme ich den kräftigen Pilger und halte mich weinend an ihm fest, während andere Fotos machen und weiterklatschen.

Calvin grinst. »Leute zusammenbringen. Dafür ist der Jakobsweg doch da, oder?«

Ich habe Laurents Stimme im Ohr, der dasselbe vor einer gefühlten Ewigkeit in Le Puy gesagt hat.

»Hast du dir etwa das Bein gebrochen, als du nach meinem verloren gegangenen Stickbild gesucht hast?«

Er lacht wieder. »Nein, nein. Ich war ja in der Gegend und habe ein wenig in den Spalten herumgeschnüffelt. Und tatsächlich, da war es. Ich war ziemlich stolz auf mich.« Er zwinkert mir wieder zu. »Aber du weißt ja, der Abschnitt geht kilometerweit steil bergab. Das Unwetter wurde immer schlimmer und da bin ich abgestürzt. Ich erspare dir die hässlichen Details.«

»Wie furchtbar«, krächze ich.

Er zuckt die Achseln. »Nach dem Eintrag im Forum jedenfalls klang es so, als wäre es etwas, was zu suchen sich lohnt. Aber hallo! Ich habe mich gar nicht getraut, ihn aus der Tüte herauszuholen. Für wen ist dieses Meisterwerk?«

Ich räuspere mich. »Für meinen Mann. Zu seinem fünfzigsten Geburtstag.«

»Glückspilz«, sagt er, den einen Arm auf die Krücke gestützt, den anderen um mich gelegt. Offensichtlich genießt er die Aufmerksamkeit.

Glückspilz.

Calvin erzählt weiter. »Jedenfalls kamen die anderen Nachrichten nicht gleich bei mir an, weil ich wie gesagt mein Handy verloren hatte. Aber als ich es wiederhatte, konnte ich nachgucken, wann du wo übernachten würdest. Bin ich froh, dass ich dich jetzt gefunden habe.«

Ich lasse ihn endlich los und trete mit tränenüberströmtem Gesicht zurück. »Ich auch. Ich kann gar nicht in Worte fassen, wie viel mir das bedeutet.«

Wieder brandet Jubel im Saal auf. »Her mit dem Champagner!«, ruft Barb. »Jetzt wird gefeiert!«

Die nächste Stunde verbringe ich damit, meine Geschichte zu erzählen und das Stickbild herumzuzeigen. Gott sei Dank ist Bill nicht in den sozialen Medien unterwegs, sonst würde er sehen, wie seine Geburtstagsüberraschung Instagram, Pinterest, Facebook und Twitter zum Glühen bringt.

Ich habe ihn losgelassen, Herr, kommt mir der Gedanke mitten im aufgeregten Geschehen. *Aber du lässt mir einen Teil von ihm, den ich behalten darf.*

Wir feiern noch immer, trinken Champagner aus kleinen Bechern, die die Mönche herbeigeschafft haben, als einer von ihnen verkündet, dass die Zeit für die Abendmesse gekommen ist. Zwanzig oder dreißig von uns folgen ihm in eine kleine Kapelle. Die Steine sind alt, die Holzbänke abgenutzt, das Fenster aus einfachem Buntglas. Vorne auf einem Tisch brennt eine Kerze.

»Noch einmal willkommen euch allen«, sagt ein Mönch auf Französisch. Caroline steht neben ihm und übersetzt ins Englische. »Was für ein schöner Abschluss für diesen Jakobsweg. Etwas Verlorenes ist gefunden worden.« Er sieht zu mir herüber und zu dem Stickbild, das ich nicht mehr losgelassen habe, seit ich es aus der Ziplock-Tüte gezogen habe.

»Das ist die perfekte Metapher für das, was so vielen von uns der Jakobsweg bedeutet. Er hilft uns, uns selbst zu finden. Was wir euch in dieser Abtei bieten möchten, ist ein sicherer Ort, um eure Erfahrungen emotional und mental zu verarbeiten und über das nachzudenken, was ihr gefunden habt. Egal, ob euer Weg hier zu Ende ist oder ihr noch weiterlauft, legt eure Lasten ab und setzt euch ein wenig zu Jesus.

Ich möchte den Pilgersegen lesen, den viele von euch am Anfang eures Weges gehört haben. ›Allmächtiger Gott, du zeigst deine Güte denen, die dich lieben, für und für. Du lässt dich finden von denen, die dich suchen. Behüte diese Pilger auf ihrem Weg und führe sie nach deinem Willen. Sei ihnen Schatten in der Hitze des Tages, Licht in der dunklen Nacht und Linderung, wenn sie ermattet sind, damit sie frohen Mutes ihren Weg vollenden können unter deinem Schutz. Im Namen Jesu Christi, unseres Herrn. Amen.‹ Ich hoffe, dass ihr diese Erfahrung gemacht habt.«

Überall im Raum wird genickt.

Der Mönch schweigt einen Augenblick. »Hier ist ein Segen für das Ende eures Jakobswegs«, fügt er dann hinzu. »»Der Friede des Herrn möge mit euch gehen, wohin er euch auch sendet. Er möge euch durch die Wildnis führen und im Sturm beschützen. Er möge euch nach Hause geleiten in der Freude über die Wunder, die er euch gezeigt hat. Und möget ihr in dieser Freude einst wieder durch diese Türen treten.‹«

Er öffnet die Runde für Geschichten der Pilgerinnen und Pilger, aber ich bin zu überwältigt, um meiner Stimme zu trauen. Also sitze ich mit meiner Handarbeit auf dem Schoß, befühle seine knotige Oberfläche und lausche den Geschichten. Und dann ergreift Bobby das Wort.

»Ich bin den Jakobsweg aus verschiedenen Gründen gelaufen. Um ehrlich zu sein, wollte ich hauptsächlich Zeit mit diesem wunderschönen Mädchen verbringen, das ich erst ein paar Wochen davor kennengelernt habe. Ich war bis über beide Ohren in sie verknallt, wusste aber, dass sie nicht allein mit mir mitkommen würde.« Er und Rasa halten Händchen und die Pilger um sie herum schmunzeln.

»Zum Glück bestand meine Mutter darauf, uns als Anstandsdame zu begleiten.« Leises Kichern ertönt. »Diese acht Tage haben mir viel über mich selbst beigebracht, aber auch, wie mutig meine Mutter ist. Sie ist stark und sie hat ein großes Herz. Sie hat echt viel durchgemacht, aber sie gibt nicht auf. Und jetzt hat sie tatsächlich auch noch ihre verloren geglaubte Handarbeit wiederbekommen, nachdem wir alle schon die Hoffnung aufgegeben hatten. Aber so ist es manchmal, nicht wahr? Man muss manches erst loslassen, bevor man es wirklich haben darf.«

Natürlich wissen die meisten Leute im Raum nicht einmal ansatzweise, wovon er spricht, aber er und ich wissen es genau. »Ich bin stolz auf dich, Mom«, beendet er seinen Beitrag.

Sein Blick bringt mein Herz zum Schmelzen.

Ich selbst bin zu aufgewühlt, um zusammenhängend zu sprechen, aber ich melde mich doch zu Wort, sage irgendetwas über Verlust und Aufgeben, über Atmen und Warten und Vertrauen, und ich glaube, es kommt einigermaßen heraus.

Die Feierstimmung hält auch nach der Messe an und schwappt über in die sternenklare Nacht. Wir erfreuen uns an den guten Dingen, die das Leben auf dem Jakobsweg einem schenkt: Verlust und Liebe, Glaube und Gemeinschaft, Schmerz und Ausdauer und eine Handvoll Wunder.

Kapitel 24

Caro

Wir schwimmen alle auf einem geistlichen Hoch, nachdem Abbies Handarbeit wieder aufgetaucht ist. Meines ist allerdings mit einem Angstgefühl gemischt, das sich in mir festgebissen hat. Lola wird bald wieder nach Lourmarin kommen, aber genauso auch Bastien. Jean-Claude hat mir verboten, irgendjemandem von ihrer Verbindung zu erzählen, also kann ich weder Bobby noch Rasa oder Abbie erzählen, was ich weiß. Oder wovor ich mich fürchte.

Also umarme ich Rasa etwas länger, etwas fester, als ich mich von ihr verabschiede, die Kehle zugeschnürt vor Emotionen. »Pass gut auf Lola auf, bis sie fährt. Und sag ihr, ich werde zu Hause auf sie warten.«

Auch Rasas Umarmung ist fest. »Gott hat all die Jahre auf Lola aufgepasst«, flüstert sie mir ins Ohr. »Er wird jetzt nicht damit aufhören. Sie hat seine Treue erlebt und ich auch.« Sie löst sich, hält meine Hände fest und sieht mich mit durchdringendem Blick an. »Denk immer an deinen Stein und das Kreuz. Und ich werde Isa für dich vertrauen, bis du es selbst schaffst.«

Ich sehe dem Zug nach, wie er aus dem Bahnhof rollt, winke und merke, wie mir die Tränen kommen.

Abbie

Ich umarme Bobby und Rasa zum Abschied und sehe zu, wie sie in den Zug steigen. Das Gefühl der Leichtigkeit verschwindet, aber ich zwinge mich, ihn loszulassen. Ich halte mich an das, was ich gesagt habe. Ich gebe die Kontrolle ab.

Caroline hat mich eingeladen, ein paar Tage mit ihr in Lourmarin zu verbringen, und ich habe zugesagt. Man merkt es ihr an, dass sie nicht allein sein will. Sie sieht besorgt aus, und als ich sie nach dem Grund frage, sagt sie nur: »Es ist eben schwer. Du weißt schon, alles, was ich hinter mir lassen muss.«

Ich bin dankbar für ihre Einladung, denn auch ich will noch nicht wieder allein sein. Und ich weiß auch noch nicht, was ich jetzt machen werde. Bill habe ich zwar gesagt, er solle sich keine Sorgen machen, aber die Aussicht darauf, ganz allein zu sein, macht mir auf einmal Angst.

Auf der Fahrt nach Lourmarin bewundere ich die Lavendelfelder und die trägen Sonnenblumen, die mir zunicken. Dabei überkommt mich eine große Dankbarkeit für das wiedergefundene Stickbild. Wie immer liegt es auf meinem Schoß und ich streiche darüber. Dabei danke ich Gott immer wieder für das unerwartete Geschenk, es zurückzuhaben.

Ein unerwartetes Geschenk. Das trifft auch auf den Jakobsweg zu. So viele unerwartete Geschenke. Als ich den Gedanken mit Caro teile, nickt sie nur.

»Ich möchte mich lieber auf die Dinge konzentrieren, die mir der Jakobsweg geschenkt hat, als die, die mir genommen wurden. Lieber denke ich darüber nach.«

»Du hast ja so recht. Irgendwie fangen wir beide ganz neu an, oder?«

Sie nickt und den Rest der Fahrt legen wir in angenehmer Stille zurück.

 প্রে

Am nächsten Morgen sitzen wir auf der Terrasse ihres Ferienhauses. Ich lasse mir gerade ein frisches Baguette mit Butter und selbst gemachter Marmelade schmecken, als mein Handy piept. Ich hatte Bobby in der Nacht geschrieben. *Gib mir kurz Bescheid, wenn ihr gut in Linz angekommen seid.*

Ich blicke auf den Bildschirm und mich guckt ein Foto von Rasa an mit einer anderen jungen Frau, die sich innig umarmen. Ich erkenne sie von Bobbys Skizze. Lola. Ein zweites Foto kommt an, ein Selfie von Bobby neben den Mädchen. Alle drei lächeln.

Ich schiebe Caroline das Handy über den Tisch. Lange betrachtet sie das Foto. In ihrem Gesicht spiegelt sich ein wahres Kaleidoskop aus Emotionen.

Nach einer gefühlten Ewigkeit ergreift sie meine Hand auf dem Tisch und sieht mich hoffnungsvoll an.

»Gibt es hier eigentlich eine Kirche?«, will ich etwas später wissen. »Ich habe so viel Grund, dankbar zu sein, da würde ich gern mal in eine Kirche gehen.«

Sie sieht mich belustigt an. »Also, in jedem Dorf gibt es eine katholische Kirche. Aber ich glaube, auch eine von deiner Sorte.« Sie zuckt die Achseln. »Ich weiß, dass Stephen, Tracie und Mom in eine ›Gemeinde‹ in Aix gehen, wenn sie hier sind.«

Ich suche im Internet nach »evangelikale Gemeinden in Aix« und finde mehrere. Caroline deutet auf eine davon. »Die da. *Le Phare*. Der Leuchtturm.«

»Prima. Ich bleibe bis Sonntag in Lourmarin. Dann gehe ich dort mal hin.«

»Hört sich gut an.«

»Aber ich habe eine Bitte. Würdest du mich begleiten?«

Caroline sieht fast erleichtert aus. »Klar. Ich komme mit.«

Am Sonntagmorgen sind wir spät dran, finden aber die kleine Gemeinde in einer mit Kopfsteinpflaster belegten Straße in der Altstadt, versteckt in einem Ladengeschäft. Noch bevor ich über die Schwelle gehe, bekomme ich eine Gänsehaut und mein Herzschlag beschleunigt sich. Ich bin seelisch sehr berührt und kann kaum die Tränen zurückhalten.

Ein junger Mann in Bobbys Alter spielt auf einer Gitarre und ein Mädchen, kaum älter als fünfzehn oder sechzehn, brilliert dazu auf der Flöte. Und die versammelte Gemeinde – was für ein hochtrabendes Wort für die ungefähr dreißig Erwachsenen und noch mal fast so viele Kinder – singt ein Lied, das ich noch aus meinem Auslandssemester kenne.

Damals war ich nach Frankreich gekommen und hatte damit gerechnet, hineinzupassen wie eine Einheimische. Seit der Highschool hatte ich Französisch, habe Geschichte und Kultur Frankreichs studiert. Aber zu meiner großen Ernüchterung klang meine Aussprache nie nach Frankreich, sondern ich hatte immer einen breiten amerikanischen Akzent. Jedes Mal ärgerte ich mich über mich selbst, wenn jemand über meine Aussprache und Grammatikfehler lächelte. Und alles in Frankreich war irgendwie langsamer, gemütlicher, dabei hatte ich nie gelernt, wie man Dinge langsam tut. Ich war immer in Eile.

Und dann kam ich in eine kleine Kirche und sang dieses Lied, das auf Psalm 116 basiert: »*J'aime l'Eternel, car Il entend ma voix* ... Ich liebe den Herrn, denn er hat meine Stimme gehört ...«

Der junge Pastor sprach in einfachen Worten darüber, wie dieser Psalm zu seinem Lieblingspsalm geworden war.

Er erzählte vom unerwarteten Tod seiner Mutter, der zweiten Fehlgeburt seiner Frau, dem französischen Kultusminister, der angedeutet hatte, alle evangelikalen Kirchen seien im Grunde Sekten, und der ständigen Angst in den Gesichtern der Studenten, die ihm sagten, sie wüssten nicht, ob sie wiederkommen würden ...

Und in dieser Situation war er auf diesen Psalm gestoßen, durch den der Herr selbst zu ihm sprach. »*Es geht um meine Schwachheit und die Stärke des Herrn*«, hatte er gesagt. »*Wieder und wieder preist der Psalmist den Herrn, aber wieso? Und wie? Immer betont er dabei seine eigene Schwachheit. Er ist schwach, er schafft es nicht allein. Aber der Herr ...*«

Seine Worte trafen mich damals bis ins Mark. Ich gab mir immer so viel Mühe, perfekt zu sein, stark zu sein. Und während die ganze Versammlung den Psalm laut las, überließ ich mich Gott und ließ los. »Ich liebe dich, Gott«, sagte ich auf Französisch, wieder und wieder. Ich wurde lockerer, entwickelte mich weiter, sowohl in Frankreich als auch später in den USA. Diese Erfahrung war für mich real.

Als ich wieder zu Hause war und Miss Abigail davon erzählte, legte sie nur ihre schmale gebrechliche Hand auf meine und sagte: »Das Zwiebelprinzip, Mädchen. Es ist wie das Zwiebelprinzip. Unser gnädiger Gott schält eine Schicht nach der anderen weg, um uns noch näher bei sich zu haben.«

All diese Erinnerungen überkommen mich in diesem Moment und lassen die Tränen fließen. Fünfundzwanzig Jahre später und ich muss dieselbe Lektion noch einmal lernen?

Das Zwiebelprinzip. Wie wahr.

Caro berührt mich am Arm. »Alles in Ordnung?«, bedeutet sie mir mit den Lippen.

Ich nicke und schüttle den Kopf, denn beides stimmt. Ja, alles in Ordnung, mehr als in Ordnung, denn Schicht um Schicht wird mir von den erschöpften Schultern genommen. Und nein, weil eben nichts in Ordnung ist. Dieses Gewicht zu verlieren, fühlt sich an wie ein Tod. Es loszulassen, bringt mich um. Diana und ich hatten darüber gesprochen. Etwas Altes sterben zu lassen, ein ungutes Verhaltensmuster, an das man sich gewöhnt hatte, damit man zu einem neuen System wechseln kann, einer neuen Freiheit.

»Zuerst fühlt es sich an wie Sterben. Aber bleiben Sie dabei. Es ist Leben. Ein neuer Anfang.«

Als der Gottesdienst vorbei ist, fliehe ich hinten aus dem Saal. »Wir sehen uns im Haus«, rufe ich der verwirrten Caro noch zu. »Bitte bleib, wenn du willst.« Denn sosehr ich jetzt allein sein muss, merke ich, dass Caro Zeit bei diesen Leuten braucht.

Ich gehe ein, zwei Stunden in der *vieille ville* von Aix-en-Provence spazieren und sauge auf dem Marktplatz die ersten Vorboten des Herbstes auf. An einem Stand werden Esskastanien am offenen Feuer geröstet und in Tüten aus Zeitungspapier an Touristen verkauft. Ich hole mir eine Tüte und schlendere durch die schmalen Gassen. Anschließend kehre ich zum Markt zurück und kaufe zwei langstielige Sonnenblumen.

Mit dem Taxi fahre ich zurück nach Lourmarin. Als ich vor Carolines Haus aussteige, sehe ich mir kurz Bastiens Haus an. Ich nehme einen schwarzen Kieselstein von seiner Einfahrt mit und spiele damit in der Hand.

Die arme Caroline. Eine Schicksalsbegegnung, eine kurze Wochenendaffäre hat ihr Leben sieben Jahre lang durcheinandergebracht. Aber vielleicht ist auch sie auf dem Weg der Genesung. Ich rufe mir in Erinnerung, wie sie vor dem bemoosten Kreuz auf den Knien war und schicke ein kleines Gebet für sie gen Himmel.

Zurück im Haus suche ich eine Vase für die Sonnenblumen und lasse mich in einen dunkelgrünen Sessel sinken. Fast unbewusst habe ich mir wieder meine Handarbeit gegriffen und sie mir auf den Schoß gelegt. Ich betrachte mein Kunstwerk und muss selbst staunen. Ein kleines Rechteck ist noch frei. Der Platz, auf den ich den Leuchtturm in La Rochelle sticken wollte.

Leuchtturm. *Le Phare.* Gott hat mir schon wieder zugezwinkert.

Ich habe schon gute Bilder vom Leuchtturm im Internet gefunden, aber hier werde ich ihn nicht sticken. Ich betrachte den Stoff und weiß auf einmal, was ich als Nächstes tun muss, wie ich vorankommen kann. Ich werde nach La Rochelle und auf die Ile de Ré fahren. Allein. Wie lange ich dort bleiben werde, weiß ich nicht. Ich werde Gott meine Familie anvertrauen: Bobby und Jason, Bill und Mama und Daddy, Caro und Rasa und einfach alle anderen. Dann werde ich allein hinausgehen und sehen, was passiert.

Ja, das ist es. Das bedeutet dieses kleine Wort. *Vertrauen.*

Ich werde diese Angst, die meine Seele schon so lange umklammert hält, durch Vertrauen ersetzen. Ich werde meine Fäuste öffnen, wieder und wieder, und Gott die Menschen anvertrauen, die mir am meisten bedeuten.

Und mein eigenes Leben auch.

Erwarte ich von Gott, dass er mir für den Rest meines Lebens konkrete Anweisungen gibt? Nein. Ich habe ehrlich gesagt keine

Ahnung, was ich tun soll, abgesehen davon, diese alte Hugenottenfestung zu besuchen. Aber ich spüre, dass ich im Augenblick nichts weiter wissen muss.

Caro

Abbie weint fast den ganzen Gottesdienst über, als ob sich tief in ihr irgendetwas gelöst hat. Gottes*dienst* ist vielleicht etwas zu hochgestochen. Aber er ist ehrlich und kommt von Herzen. Eine Gruppe Studenten und junge Paare mit Kindern, dazu ein paar vereinzelte Köpfe mit grauen Haaren, allesamt gequetscht in ein uraltes Ladenlokal, wo früher vermutlich riesige Fässer Wein standen und Plünderer unter den Gewölbedecken tanzten.

Hinterher geht Abbie sofort nach Hause, aber ich bleibe noch zu einem Agape-Mahl. Nicht, weil mich der Gesang oder die Predigt so bewegt hätten, sondern weil ich Martine, eine Frau aus Lourmarin, getroffen habe und sie mich einlädt, noch zu bleiben.

Mit Teller und Besteck stellen wir uns an und warten, bis wir uns an einem mit selbst gemachten Salaten, Fleisch, Würstchen, Brot und Käse beladenen Tisch bedienen können. Die Franzosen wissen, wie man ein gemeinsames Büffet ausrichtet.

»Ich wusste gar nicht, dass du in diese Gemeinde gehst«, bemerke ich.

»Ja, ich bin schon einige Zeit hier bei Le Phare«, erwidert Martine. »Deine Mutter hat mich vor Jahren mit diesen Leuten bekannt gemacht.«

Das ergibt Sinn. »Jahre? Wie viele denn?«

Sie runzelt die Stirn und denkt kurz nach. »Oh, das ist einfach. Das war in dem Jahr, als ich gläubig geworden bin. 2011. Du weißt schon, dass dein Bruder daran schuld ist, nicht wahr?«

Schockiert sehe ich sie an.

Sie lacht. »Kleiner Scherz. Aber Stephen kam damals tatsächlich einen Monat nach Lourmarin, mit seiner Frau – dieser süßen

Tracie. Das war unsere erste Begegnung. Sie sprach kein Wort Französisch. Letzten Sommer bin ich ihr wieder begegnet. Und ihren hübschen Mädchen ...«

Ich möchte aber nicht über Stephen und seine Familie reden.

»Du gehst schon seit 2011 hier in diese Gemeinde.« Ich spreche extra leise. »Sind Malika und Lola auch mal hier gewesen?«

Voller Mitgefühl greift Martine nach meiner Hand. »Oh, Caroline. Ihr wart so gut befreundet.« Sie sieht ins Leere, als könnte sie durch die alten Steine auf das Kopfsteinpflaster draußen hindurchschauen. »Nein, sie waren nie hier. Sie waren ja gerade erst konvertiert und dann passierte es auch schon ...«

Ich packe ihre Hände. »Aber du wusstest, dass sie zum Christentum übergetreten waren?«

»Ja, ja, natürlich. Wir haben uns ja mit Stephen getroffen, und wenn er weg war, haben wir noch weiter in der Bibel gelesen und sie studiert.« Sie lächelt. »Wenn man das überhaupt so nennen kann. Ich war ja selbst noch blutjung im Glauben. Die Lahme führte die Blinden. Und dann stellte deine Mutter uns dem Pastor hier vor und er konnte die Fragen beantworten ...« Sie zuckt die Achseln. »Es war eine tolle, intensive Zeit für sie. Und für mich. Bis zu ihrem Verschwinden.« Sie sieht zu Boden.

»Haben sie je Andeutungen gemacht? Irgendetwas, was einen Verdacht hätte wecken können?«

»Das ist schon lange her.«

Ich merke, wie mir der Mut sinkt. »Und ich erinnere mich an jedes Detail. Aber sprechen wir nicht hier darüber, Caroline. Komm mich doch mal besuchen. Dann reden wir.«

Ich will aber jetzt reden. Jetzt sofort. Martine scheint die Dringlichkeit in meinen Augen zu sehen, denn sie nickt. »Ich bin heute Nachmittag zu Hause, falls du vorbeikommen willst.«

☙

Wir sitzen auf der Veranda vor Martines Haus an einem kleinen Bistrotisch. Ich schlürfe kalten Traubensaft, schäle Pistazien und werfe sie mir fast zwanghaft in den Mund. Je länger sie spricht, desto mehr nervöse Energie durchströmt mich.

»Deine Mutter und ich trafen uns schon so drei oder vier Monate, als Malika und Lola vorbeikamen, beide mit strahlendem Gesicht, und uns von ihrer Bekehrung berichteten. Ich frohlockte, wir alle frohlockten im Stillen.«

Frohlocken. *Was für ein altes Wort*, denke ich.

»Und zugleich sahen sie irgendwie besorgt aus. Als ich nachhakte, erzählte Malika von ihrem Neffen. Sie hatte Angst davor, dass ihre Familie im Iran in Schwierigkeiten geraten würde, wenn er davon erfuhr. Also hielten sie alles geheim. Ich machte mir keine Sorgen, bis dieser neue Nachbar auftauchte und ständig bei ihnen war. Er schien zu freundlich zu Jean-Claude, zu neugierig.«

»Neuer Nachbar?«, frage ich kleinlaut.

»Ja. Sein Haus war genau gegenüber von eurem. Ich weiß nicht mehr, wie er hieß.«

Ich schlucke.

»Ich glaube, er war ein Kollege von Jean-Claude. Aber in diesem Sommer zog er ins Dorf und fing an, bei ihnen zu Hause Zeit zu verbringen, und Malika erzählte, dass sie das Gefühl hatte, er würde absichtlich in ihre Privatsphäre eindringen.«

»Hatte sie eine Ahnung, wieso?«, krächze ich.

»Zuerst nicht. Aber dann fiel ihr ein, dass sie ihn einmal in Aix mit ihrem Neffen gesehen hatte, etwa ein Jahr zuvor. Es kam ihr komisch vor, dass die beiden sich kannten. Und dann wurde Malika ermordet und Lola verschwand.«

»Hast du das der Polizei erzählt?«

Sie spielt an ihrer Kette herum. »Ich habe denen gesagt, dass der Neffe und ihr Nachbar sich kannten, und von Malikas Angst habe ich ihnen auch erzählt. Auch seine regelmäßigen Besuche habe ich erwähnt, aber ich weiß nicht, ob er jemals verhört wurde.«

Ich glaube, ich muss mich übergeben. Ich entschuldige mich kurz und dann passiert es tatsächlich – ich schaffe es kaum bis ins Bad. Alles, was ich befürchtet habe, auch das Schlimmste, ist wahr. Bastien war Teil des Mordplans und der Entführung und dazu da, um mich fernzuhalten!

Als ich wieder zurückkomme, sieht Martine mir meinen aufgewühlten Zustand sofort an. »Es tut mir leid, Caroline, dass ich dieses ganze furchtbare Thema wieder aufgebracht habe. Du weißt nicht zufällig etwas Neues?«

»Jahrelang wusste ich nur, dass sie Malikas Leiche gefunden, aber von Lola nie etwas gehört haben. Deswegen hielt man sie auch für tot.«

Kein Wort mehr! Halt bloß deinen Mund!

»Ja, und dann hat Jean-Claude das schöne Grundstück verkauft und ist weggezogen. Die ersten Jahre hielten wir noch Kontakt, aber dann ...«

»Ja, meine Eltern auch. Aber es war einfach zu schmerzhaft für Jean-Claude. Irgendwann ist dann der Kontakt abgebrochen.«

»Ich frage mich, wo er jetzt wohnt.«

Ich spüre, wie mir die Hitze ins Gesicht steigt, aber ich sage nichts. Ich zucke nur die Achseln. Martine durchschaut mich garantiert. Aber sie sagt auch nichts. Wir erzählen noch ein paar Minuten. Dann will ich nur noch nach Hause.

»Ich weiß jetzt, was ich machen werde«, sagt Abbie, kaum dass ich über die Schwelle getreten bin. »Ich fahre nach La Rochelle.«

»Wie bitte?«

»Dorthin wollte ich eigentlich mit Bill fahren, zu seinem Geburtstag. Aber ich fahre allein. Morgen früh. Ich habe ein Airbnb reserviert. Ist alles schon gebucht.«

»Bitte fahr noch nicht«, platze ich heraus. Ich brauche sie hier. Ich will nicht allein sein.

Abbie sieht mich an – zuerst genervt, dann fragend. »Wie soll ich das verstehen?« Bevor ich darauf antworten kann, murmelt sie: »Du siehst schrecklich aus. Ist etwas in der Gemeinde passiert?«

Ich erzähle ihr die Geschichte von meinem Nachmittag mit Martine. Mir fällt gar nicht auf, dass ich mich an sie klammere, bis sie meine Hand von ihrer Schulter nimmt und mich nach drinnen führt, wo ich mich aufs Ledersofa plumpsen lasse.

Den Rest des Tages kämpfe ich gegen den Drang an zu trinken, rede mit Abbie über dies und das, laufe zum alten Haus der Fourcades und stehe auch eine Weile vor Bastiens Bleibe und lasse die Tränen laufen. Der Drang, ihn noch einmal zu sehen, ist stärker als jeder Wunsch nach Alkohol, seit ich trocken bin. Ich muss ihn sehen. *Ich muss einfach!*

Also greife ich zu meinem Handy, und anstatt Tracie anzurufen oder Abbie zu suchen, schreibe ich eine Nachricht.

Ciao, Bastien! Der Jakobsweg war richtig gut. Ich bin wieder in Lourmarin. Würde mich gern mit dir treffen und dir alles erzählen. Gib mir Bescheid, wann es bei dir passt.

Seine Antwort kommt fast umgehend.

Toll! Treffen wir uns Dienstag um zwölf in unserem Café. Freu mich, dich zu sehen, liebe Caro!

Ich starre mit schwitzigen Händen auf die Worte. Meine Schläfen pochen, die Kehle ist trocken. Was um aller Welt habe ich gerade getan?

Unter Tränen rufe ich Jean-Claude an. »Ich muss ihn noch einmal sehen, Jean-Claude. Ich muss einfach!«

»*Non! Impossible!*«

»Aber ich habe schon alles arrangiert. Am Dienstag.«

Jean-Claude, der sanfteste Franzose, den ich kenne, hört gar nicht mehr auf zu fluchen. Ich kann praktisch spüren, wie er mich an den Schultern rüttelt, so verstört klingt er. Ich lege auf.

Als Jean-Claude mich eine Viertelstunde später wieder anruft, klingt er verärgert. »Das war sehr unklug, Caroline. Ich habe der Polizei Bescheid gesagt. Sie werden einen Zivilbeamten dort haben, der euch beobachtet. Falls du hingehst. Aber geh nicht. Bitte, geh nicht hin.«

Kapitel 25

Bobby

Seit einer Woche bin ich bei Jean-Paul in Paris. Er hat eine Wahnsinnswohnung nicht weit von der Champs-Elysée. Die Architektur ist aus dem achtzehnten Jahrhundert, was Granddad begeistern würde. Die Räume haben hohe Decken und lauter Schnörkel. Ich sollte den Fachbegriff kennen; wir hatten ihn in Kunstgeschichte. Jean-Paul hat darauf bestanden, dass ich dieses Semester hier wohne. In der riesigen Wohnung mit zwölf Zimmern und bodentiefen Fenstern wohnt nur er mit seiner Frau Michèle und ihr Collie, Raphael. Aus meinem Zimmer kann ich den Arc de Triomphe sehen.

Am ersten Tag, nachdem ich ihm von meinen Plänen erzählt hatte, in Linz zu studieren, meinte er: »Warte noch. Bleib bis Weihnachten hier bei mir. Wir stellen dir eine Mappe zusammen, mit der du dich bei den besten Universitäten bewerben kannst. Linz natürlich auch«, fügte er hinzu, als er mein langes Gesicht sah.

Ich will unbedingt zurück nach Linz.

Rasa fehlt mir natürlich. Ich habe sie schon sieben Tage nicht gesehen. Sieben! Aber wir telefonieren jeden Tag. »Das ist ganz anders als die Fernbeziehungen, die wir früher hatten«, sagt Swannee. »Wir mussten qualvolle Monate auf Briefe warten.« Aber man merkt ihr an, dass sie ganz froh ist, wenn Rasa und ich erst einmal »ein wenig getrennt sind, wenn auch nur räumlich«.

Ich denke viel über das nach, was ich auf dem Jakobsweg gelernt habe. Über Verantwortungsbewusstsein. Oder vielleicht eher darüber, wie man damit umgeht. Es ist doch so: Ich helfe anderen gern. Das ist das Einzige, was neben meiner Kunst funktioniert. Lieber trage ich zwei Rucksäcke als nur meinen eigenen. Lieber höre ich mir die Probleme von anderen an. Aber auf dem Jakobsweg habe ich gelernt, dass zwei Rucksäcke verflixt schwer sein können.

Als ich Annas Gesicht mit den letzten Steinen bedeckte, wollte ich nicht die Erinnerung an sie begraben. Ich wollte nicht den Schmerz über ihren Tod und den Verlust ihrer Freundschaft loswerden. Und ich wollte auch nicht meine Depressionen und die schwierige Zeit vergessen. Nein, ich wollte damit ausdrücken, dass ich getrauert hatte. Es wird immer wehtun, aber Anna ist Anna. Und ich werde sie nicht in jeder meiner Beziehungen mitschleppen.

Es ist nicht einfach zu erklären, aber als ich Swannee davon erzählte, meinte sie: »Das ist Weiterentwickeln, Bobby. Das ist Weisheit. Es macht dich frei, um loszufliegen.«

Jason und ich schreiben uns und er berichtet mir, dass er nicht mehr im Footballteam ist, sich aber für Basketball beworben hat. Er wird es sicher schaffen. Und ich glaube, er hat seine Lektion auch gelernt. Dad wird ihn bald besuchen und er hat endlich auch mit Mom geredet. Alles im grünen Bereich, sagt er.

Sie ist auf irgendeiner französischen Insel im Atlantik und hat niemanden, den sie kontrollieren kann. Sie will dort eine ganze Weile bleiben. Ist das nicht voll seltsam?

Mir hat sie dasselbe gesagt. Sie guckt sich La Rochelle an und wohnt in einem kleinen Ferienapartment auf der Ile de Ré. Und sie klingt glücklich. Vielleicht hat sie tatsächlich gelernt loszulassen, wie sie es versprochen hat.

Bald kommt Rasa mich in Paris besuchen. Rasa und ich in Paris ... es will noch nicht in meinen Kopf. Als wir gestern Abend telefonierten, meinte sie, sie wolle die Deutschkurse fortsetzen, aber diverse andere Aufgaben im Haus der Hoffnung erst einmal ruhen lassen. Sie klang ziemlich erleichtert.

಄

Der Raum ist groß und luftig. Er hat ungefähr die Größe meiner früheren Turnhalle. Die Wände sind weiß. Vier schwarze Bänke stehen in der Mitte des Raums und vier riesige Gemälde verzieren die Wände. *The Swan House* von meiner Großmutter gegenüber von Monets *Wasserlilien* zu sehen, ist eine surreale Erfahrung.

Jean-Paul steht neben mir. »Deine Großmutter bedeutet dir viel, oder?«

»Sehr viel. Sie ist meine Inspirationsquelle, meine Mentorin. Sie hat mir überhaupt erst Mut gemacht, während dieses Jahres die Kunst zu verfolgen. Und sie bezahlt mir den Unterricht bei dir.«

»Sie war auch meine Inspiration damals. Wir tingelten durch Paris und sie hörte mein Herz, bekam meine Sehnsucht mit zu malen und die Angst, meine bekannten Eltern zu enttäuschen.«

Die Angst, die bekannten Eltern zu enttäuschen. Damit kann ich etwas anfangen. »Ich glaube, sie hat Parkinson.« Ich platze damit heraus, nachdem ich es eine Woche für mich behalten habe. Aber hier vor ihrem Gemälde scheint mir der richtige Zeitpunkt, um es zu erwähnen. »Ist sie zu alt dafür, um so malen zu lernen, wie du malst? Um noch einmal umzulernen?«

Jean-Paul legt mir eine Hand auf die Schulter. »Nein. Wenn sie eine andere Methode lernen will, wird sie es tun. Wenn man einmal die richtige Kunstform für sich selbst gefunden hat, kann man nicht mehr damit aufhören. Man muss vielleicht kreativ werden, aber wer ist kreativ, wenn nicht die Künstler? Nein, sie wird niemals aufhören zu malen.«

»Könntest du ihr vielleicht ein paar Stunden geben? Ihr zeigen, wie man statt der Pinsel die Finger benutzt?«

Er lächelt. »Nichts lieber als das.«

Wir machen noch Selfies vor Swannees Bild. Dann geht Jean-Paul weiter, um mir Freiraum zu geben, ihre Arbeit wirklich zu bewundern. Dieses Bild vom Swan House ist viel impressionistischer als alle anderen, die sie gemacht hat. Es ist die Sorte Gemälde, die man lange betrachtet, weil Swannee Dinge darin versteckt hat.

Die Herrlichkeit der italienischen Villa im Hintergrund wird von einer Reihe kaskadenförmiger Springbrunnen im Vordergrund überschattet. Sie befinden sich in der Mitte der hufeisenförmigen Treppe vor dem Haus. In einem fünfstöckigen Steinbecken, das kleinste obenauf, fließt Wasser in immer größeren Kreisen von oben nach unten.

Ich betrachte den Springbrunnen und bekomme plötzlich Gänsehaut. Fast kann ich das Geräusch hören, wie das Wasser von einem Becken zum nächsten plätschert. Ich spüre fast kleine Tröpfchen im Gesicht.

Jetzt weiß ich, wieso meine Großmutter wollte, dass ich das Gemälde sehe. Nicht nur für sie. Sondern für mich.

»Ich habe es alles für dich dort hineingemalt, all die versteckten Schätze. Du wirst es verstehen, wenn du es genau betrachtest«, hatte sie mir gesagt, als ich ihr versprach, das Museum zu besuchen.

Das wollte Swannee mir also zeigen – hier fing als kleines Mädchen ihre Liebesaffäre mit der Kunst an. Sie wohnten gleich neben dem Swan House. Swannee konnte durch ein kleines Wäldchen von ihrer Villa dorthin spazieren. Sie setzte sich hin und lauschte, wie das Wasser von einem Marmorbecken ins nächste plätscherte, und wieder ins nächste, und dann träumte und malte sie.

»Finde deine Quelle«, hatte sie mir im Garten gesagt. Ihre hatte sie vor so vielen Jahren gefunden, als sie vor dem Swan House stand. Das Plätschern des Wassers war die Inspiration für alles, was sie später schuf.

Finde deine Quelle.

Ich betrachte mein Skizzenbuch, das neben mir auf der schwarzen Ledersitzbank liegt. Und da begreife ich. Auch ich habe meine Inspirationsquelle bereits in Kindertagen gefunden. Es ist dieses Skizzenbuch und all die anderen, die mir durchs Leben gefolgt sind, angefangen mit dem ersten, das mir Swannee zum sechsten Geburtstag schenkte. In ihnen steckt die Inspiration, die meine Augen gesehen und meine Finger in Zeichnungen verwandelt haben. Ich brauche kein Wasser. Alles, was ich brauche, ist ein Block, einen Bleistift und mich.

Ich setze mich auf die Bank und zeichne mich, wie ich zeichne, wenn das überhaupt Sinn ergibt, hier in diesem Museum mit Swannees Gemälde hinter mir. Dann muss ich über den vielschichtigen Symbolismus grinsen, den nur meine Großmutter verstehen wird. Ich hebe die Skizze hoch und mache ein Foto davon und schicke es Swannee. *Hier ist meine Quelle*, schreibe ich darunter.

☙

Wir sind per Skype verbunden, stehen in Jean-Pauls Atelier. Swannee guckt vom Loft aus zu. Granddad ist bei ihr, falls er für sie irgendetwas auf der Tastatur drücken soll (auch wenn er sie kaum sieht), weil Swannees Hände beschmiert sind, um es milde auszudrücken. Sie malt mit den Fingern, wie Jean-Paul. Er gibt ihr Online-Unterricht und sie hat sichtlich Spaß dabei.

»Falls ich zu der Erkenntnis komme, dass ich keinen Pinsel mehr brauche.« Typisch Oma, sieht immer das Positive.

Jean-Paul und Swannee haben eine ganz ähnliche Auffassung vom Leben. So ist es wohl mit Künstlern. Ich glaube, allmählich verstehe ich sie auch. Das Leben ist schön, voller Überraschungen und voller Schmerz. Und unsere Aufgabe als Künstler, so lange wir Teil dieses Lebens sind, besteht darin, unser Talent einzusetzen, um anderen die Schönheit, die Überraschungen, die Freuden und den Schmerz zu zeigen.

Swannee hat sich riesig über das Selfie mit Jean-Paul und *Swan House* gefreut, aber auch über meine Quelle. Ich habe mein Ziel in Europa erreicht. Ich wollte meine Quelle finden, meine Leidenschaft ... mich selbst. Und Swannee soll wissen, dass sie mir dabei geholfen hat, in das Leben zu starten, das ich führen will.

Jean-Paul beugt sich vor und zeigt mit einem zinnoberroten Finger in die Kamera. »Er hat es begriffen, Swannee. Du hattest recht. Bobby hat Talent. Er weiß, wie man das Leben sehen, wahrnehmen und in Schönheit übersetzen kann. Wir werden ihm eine hübsche Mappe zusammentragen, du wirst sehen.«

Ich weiß, dass er mir nicht nur schmeicheln will.

Swannee strahlt und hält ihren himmelblauen Daumen in die Kamera.

Ich werde in diesem Jahr hart arbeiten, sehr hart. Und dann werde ich die Arme ausbreiten, wie Mom es gerade selbst tut. Ich werde die Arme ausbreiten und fliegen.

Kapitel 26

Caro

Schon bevor er auftaucht, kann ich ihn riechen. Aramis liegt in der Luft. Ich erstarre und bin noch nicht bereit, ihn zu treffen. Ich bin immer noch das Dummchen von damals und laufe geradewegs in die Katastrophe. Aber ich habe noch einmal mit Jean-Claude telefoniert und er hat mir versichert, dass Interpol jemanden hier hat, der uns beobachtet.

Bastien sieht aus wie immer, sexy, charmant, mit diesem zynischen Lächeln auf den Lippen. Er ergreift meine Hände, zieht mich zu sich und gibt mir Küsse auf die Wange, rechts, links, rechts. »Meine liebe Caro!«

Falls ihm auffällt, wie sehr meine Hände schwitznass sind und zittern, lässt er es sich wenigstens nicht anmerken. Oder hält er mich ein bisschen zu sehr fest? Erregung, Angst und lähmender Schrecken packen mich.

Ich habe nach dem Zivilbeamten Ausschau gehalten, aber er macht seine Arbeit gut, ist völlig unauffällig. Wieso um alles in der Welt habe ich dieses Treffen ausgemacht?

Wir bestellen Salat mit Pasta und ein Wasser, aber ich stehe zu sehr neben mir, um zu essen. Als ich schlussendlich doch anfange, die Nudeln um meine Gabel zu wickeln und mit zitternder Hand zum Mund zu führen, greift Bastien nach meiner Hand und drückt sie auf den Teller zurück.

»Es kommt niemand, Caro«, sagt er.

Ich werde bleich. »Was?«

»Die Polizei kommt nicht.«

Ich schlucke und will aufstehen. Aber sein Druck auf meine Hand ist schwer.

»Sieh mich an, Caro. Sieh mich an.«

Angsterfüllt folge ich seiner Aufforderung.

Für einen kurzen Augenblick ist sein Blick sanft. Dann verschwindet jede Emotion aus seiner Miene. »Der Zivilbeamte kommt nicht, Caro, weil er schon hier ist. Ich bin bei der Polizei.«

Verwirrt und sprachlos starre ich ihn an.

Wieder versuche ich, mich aus seinem Griff zu befreien, aber Bastien hält mich am Arm fest. Schließlich gelingt es mir, mich loszureißen. »Ich glaube dir kein Wort!« Als ich aufstehen will, drückt er mich wieder auf den Stuhl.

»Natürlich nicht. Ich bin eben gut. Du hast es eben nie gemerkt.«

Ich suche verzweifelt nach irgendeiner Fluchtmöglichkeit.

»Caro, ich werde dir nicht wehtun. Bitte. Lass es mich einfach erklären.«

Ich sehe, wie seine Lippen die Wörter formen, und versuche, irgendein Stück Realität zu fassen zu bekommen, an dem ich mich festhalten kann. Einhundert Fragen kommen gleichzeitig an die Oberfläche. Wut, Angst und Herzschmerz prallen aufeinander. »Du wusstest es! An jenem Wochenende wusstest du von Malika!«

»Ja.«

»Du wusstest von Lola!«

»Ja.«

»Und du hast mich angelogen!«, schreie ich und die Gäste im Café drehen sich nach uns um. »Du hast von Anfang bis Ende gelogen«, sage ich etwas leiser. »Alles war eine Lüge.«

»Ja.«

Auf sein einsilbiges Eingeständnis, ohne jede Reue und Scham, ohne mit der Wimper zu zucken, bin ich nicht vorbereitet. »Dann erkläre es mir«, sage ich mit zittriger Stimme. »Sag mir, wieso.« Ich stürze das Wasser zu schnell herunter und muss husten, bis meine Augen zu tränen beginnen.

Bastien wartet geduldig, bis mein Hustenanfall vorbei ist. »Offensichtlich bin ich nicht der, für den ich mich ausgebe. Ich war nie der, für den du mich hieltest.«

»Und wer bist du?« Fast kann ich die Dampfstöße aus meiner Nase sehen, so wütend bin ich.

Er seufzt. »Willst du das wirklich wissen?«

Ich denke nach. Will ich? Will ich herausfinden, dass die vergangenen Jahre noch schlimmer waren als das, was ich erlebt oder mir vorgestellt habe?

Er sieht, wie ich zögere. Fast greift er nach meiner Hand, aber dann zögert auch er.

»Wer bist du?« Es klingt fast wie ein Wimmern, ein wehleidiges Jammern. »Wer bist du?«

»Ich arbeite für die französische Polizei. Ich bin bei Interpol.« Für seine Beichte hat er ein Pokerface aufgesetzt. So habe ich ihn noch nie gesehen. Aus seinem Gesicht sprechen meist Charme, Zynismus, Lachen, Verführung, sogar Zärtlichkeit, aber jetzt ist es ausdruckslos und in diesem Augenblick begreife ich, dass er mir zum ersten Mal die Wahrheit sagt.

Trotzdem weigere ich mich, sie anzunehmen. »Nein! Nein, das kann nicht sein!«

Er lehnt sich zurück, die Arme vor der Brust verschränkt, und sieht mich an, als hätten wir uns gerade erst kennengelernt.

»Das ist unmöglich«, sage ich.

»Darf ich es dir erklären, Caroline?«

Er hat mich noch nie Caroline genannt, außer an unserem ersten Tag. Immer war ich Caro. Zu hören, wie er meinen Namen auf so formale, desinteressierte Art sagt, versetzt mir einen Stich mitten ins Herz. Ich funkle ihn an und versuche, meine Miene wütend und verhärtet wirken zu lassen, während in mir drin alles zusammenbricht.

»Bitte sag nichts mehr. Ich hab's verstanden.«

»Es ist nicht wie im Film, weißt du«, erwidert er. »Ich hatte unsere Beziehung nicht geplant. Ich sollte dich kennenlernen und ein paar Tage von Lolas Haus fernhalten. Und dann sollte die verdeckte Operation wieder vorbei sein. Wir hätten Khalid festgenommen und du hättest deine Freundin wieder besuchen können.« Er sieht mich nicht an. Sein Blick folgt einer Frau, die auf der anderen Straßenseite mit ihrem Hund Gassi geht.

»So sollte es laufen. Aber dann ging alles schief. Khalid tauchte zu früh auf. Die Verbindung zu Malika brach ab. Meine Instruktionen waren, bei dir zu bleiben. Und dann musstest du diesen grauenvollen Mord miterleben und wie deine Freundin verschwand. Die Mission wurde geändert und ich wurde damit beauftragt – auf lange Sicht.«

Auch wenn es lächerlich wirkt, ich halte mir die Ohren zu. »Arrête! Ich habe es begriffen. Du musstest die Scharade weiterspielen, damit ich keinen Verdacht schöpfe. Du musstest all diese Lügen erfinden.« Ich stehe auf. »Ich will nicht mehr darüber reden.«

»Bitte setz dich, Caroline, und lass mich dir den Rest der Geschichte erzählen.«

Mir ist ganz schwindlig. »Nicht hier.« Ich werde keinen Zusammenbruch haben. Nicht jetzt. Ein Teil von mir rechnet noch immer damit, dass er eine Waffe zieht und mich erschießt. Aber er tut es nicht. Er hilft mir auf, lässt einen Zwanzig-Euro-Schein neben unserem unberührten Essen liegen und führt mich auf dem Kopfsteinpflaster davon. Ich schwöre mir insgeheim, nicht mit ihm in ein Auto zu steigen.

Aber wir gehen nicht zu seinem Wagen. Wir laufen in einen kleinen Park mit einem schönen Rosengarten. Die Frau mit dem Hund geht Gassi, eine Mutter und zwei kleine Kinder machen ein Picknick auf dem Rasen. Unter einem Bogen, beladen mit apricotfarbenen Rosen, steht ein Pärchen und macht ein Selfie.

»Augusta Luise«, flüstere ich und laufe auf die Rosen zu, berühre ein wachsartig glattes Blütenblatt und atme die frische Süße ein.

Ich kann Bastien nicht ansehen, aber wir laufen im Gleichschritt.

»Khalid stand unter Terrorverdacht. Die iranische Polizei kontaktierte Interpol und Interpol kontaktierte uns. So läuft das. Du musst wissen, dass Interpol Khalid schon seit Jahren auf dem Schirm hat und ihn jagt. Irgendwann hatten sie herausgefunden, wo er seine Terrorzelle gründen wollte. Deswegen infiltrierte ich Peugeot 2007.«

»Mit deiner Frau«, sage ich.

»Ich bin nicht verheiratet. Das war ich nie.«

Ich schlucke und kann die Tränen nicht mehr zurückhalten. Ich wische sie immer wieder weg, bis er mir ein Taschentuch reicht. Natürlich. Wenn nötig, kann er die Scharade sofort fortsetzen.

»2011 zog ich nach Lourmarin. Vor Ort zu sein, Augen und Ohren offen zu halten, das war meine Aufgabe. Ich traf Khalid sogar einmal in Aix. Das Internet brummte nur so vor Plänen für die neue Terrorzelle.« Er bleibt stehen und ich sehe ihn an. Ihm steht die Reue ins Gesicht geschrieben. »Es gibt vieles, was ich an meinem Job nicht mag.«

»*Er war ständig bei ihnen.*« Martines Worte hallen in meinem Kopf wider. Malika hatte Angst, sie hatte ihn mit Khalid gesehen ...

»Dann bekam Interpol Wind davon, an welchem Tag er Malika besuchen wollte, und wir trafen die letzten Vorbereitungen für die verdeckte Operation. Wir wollten Khalid und seine Leute verhaften, wenn sie ankamen. Malika und Lola sollten zu Jean-Claude fahren. Alles war durchgeplant. Meine Aufgabe war es, dich abzulenken, vom Haus fernzuhalten, damit du in Sicherheit bist. Wir wussten alles über deine Freundschaft mit Lola.« Er sieht mich an und ich habe das Gefühl, er bettelt mich an, ihm zu glauben.

»Aber Khalid hatte davon Wind bekommen, dass seine Tante und Cousine konvertiert waren, und hatte seine eigenen Pläne. Die Terrorzelle konnte warten. Er kam drei Tage zu früh nach Lourmarin, verkleidet. Niemand wusste davon – die Polizei nicht, Interpol nicht, seine Terroristenfreunde nicht und Malika und Lola nicht, die sich gerade fertig machten ...« Bastien sieht weg. »Malika brachte er um und Lola entführte er zurück in den Iran. Die verdeckte Operation scheiterte und die Polizei kam nicht hinterher.«

Wir sind mittlerweile bei unserer zweiten Runde um den Park und ich versuche noch immer, eine Sache zu begreifen. Bastien arbeitet für die französische Polizei.

»Also hast du mich verführt, damit ich dem Haus fernbleibe, während Interpol oder die Polizei oder wer auch immer herausfinden konnte, was passiert ist.«

»Habe ich dich denn verführt?«

Dieselbe Frage lässt mein Herz wieder kurz aussetzen. Ich sehe weg.

»Als du am Haus der Fourcades auftauchtest, war Khalid längst weg. Du und Salima, ihr habt euch in die Suche nach Malika und Lola verstiegen.«

»Du wusstest, was ich dort vorfinden würde! All dieses Blut!«

»Nein.« Er greift nach meiner Hand. »Nein, ich hatte keine Ahnung. Alle versuchten Hals über Kopf, irgendetwas herauszufinden. Du darfst nicht vergessen, das Ganze war verdeckt.«

Ich lasse seine Hand los.

»Damals wusste Interpol noch nichts von Malikas und Lolas Konvertierung. Wir versuchten einfach nur einen Terroristen zu schnappen. Als der Plan so schrecklich schiefging, wurde mir die Aufgabe zugeteilt, Lola zu finden und ihr letztlich bei der Flucht aus dem Iran zu helfen.«

»Aber wieso hast du dich jedes Mal mit mir getroffen, wenn ich nach Frankreich kam? Was hatte ich mit eurer Jagd nach Khalid zu tun?«

»Du bist so sturköpfig, Caro. Du hast jeden Stein umgedreht, um deine Freundin zu finden. Ich musste genau wissen, was du tust; sonst hättest du womöglich einen Stein zu viel umgedreht und die Wahrheit herausgefunden. Es war gefährlich. Glaub nicht, dass du nicht beschattet wurdest. Khalid wusste so viel über dich.«

Jedes unserer Treffen war nur ein Vorwand gewesen. Nur, um mich zu überwachen. Und sicherzustellen, dass ich Lola nicht fand.

»Und wieso ist es jetzt sicher?«, verlange ich zu wissen. »Woher willst du wissen, dass seine Leute Lola jetzt nicht suchen?«

»Weil Khalid tot ist. Sein Rachefeldzug war eine persönliche Sache. Aber Caroline, ich musste dich im Blick behalten. Ich musste es wissen.« Er sieht mich kurz an. In seinen Augen steht keine Verführung geschrieben, nicht einmal Erleichterung, nur Traurigkeit.

»Wenn ich es anders hätte machen können, hätte ich es getan. Es tut mir leid wegen unserer kurzen Affäre«, gibt er zu. »Diesen Teil hätte ich anders machen können, anders machen müssen. Es war falsch.«

Es war ein Fehler.

Er räuspert sich. »Ich kann dir nichts anderes sagen, als dass es mir leidtut, unendlich leidtut. Es wird Zeit brauchen, das weiß ich, aber ich hoffe, dass du mir eines Tages vergeben kannst.« Seine leere Miene wird sanft und ich sehe Reue in seinem Blick. »Und das: Bitte gib dir keine Schuld. Nichts davon war deine Schuld. Fang neu an. Du bist es wert, Caroline. Was auch immer du glauben willst, glaube diese eine Sache. Du bist es wert.«

Ich zwinge mich zu einem schmalen Lächeln. »Danke für deinen Einsatz. Es ist nicht deine Schuld, dass Malika getötet und Lola entführt wurde. Und es ist nicht deine Schuld, dass ich … dass ich mich in dich verliebt habe. Dieser Teil war wirklich ein schrecklicher Fehler. Ich war jung und naiv. Was, wenn ich an diesem ersten Abend nicht zur Jazz-Soirée mitgekommen wäre? Was hättest du dann getan?«

Er zuckt die Achseln. »Das kannst du dir doch denken.«

»Ach, dann wäre ich wohl Kollateralschaden gewesen?« Ich fluche. »Dann bin ich froh, dass ich an dem Abend mitgekommen bin – lieber Jazz als tot!« Mein Herz schlägt so wild, dass ich durchatmen muss. »Ich werde jetzt gehen, Bastien.«

»*Bien sûr.*«

Er hat mir Jahre meines Lebens gestohlen und alles, was er dazu zu sagen hat, ist *bien sûr?* »Was wirst du jetzt tun?«, frage ich ihn noch, bevor wir uns trennen.

Er zuckt die Achseln.

»Wo wohnst du wirklich?«

Achselzucken.

»Ich weiß überhaupt nichts über dich, oder?«

Sein Blick wird wieder sanft und die Zärtlichkeit – die, die mir Angst macht – kommt zum Vorschein. »Nein, du kennst mich nicht«, sagt er schließlich.

Aber ich weiß, dass das nicht stimmt. Ich glaube, dass ich Dinge über ihn weiß, die er nicht zugeben würde.

»Mach's gut, Caro.« Er will mir die Hand an die Wange legen, wendet sich dann aber ab und ist verschwunden.

⌘

Ich bin so durcheinander wegen Bastiens Beichte, dass ich stundenlang im Ferienhaus sitze und weder auf das Telefon, noch auf Nachrichten oder E-Mails von Jean-Claude reagiere. Aber das kann ich Jean-Claude nicht antun. Irgendwann raffe ich mich auf. *Mir geht es gut. Aber das hast du vermutlich schon von Bastien gehört.*

Gott sei Dank!, schreibt er zurück. *Ich habe mir solche Sorgen gemacht. Ich habe nichts von Bastien gehört. Was meinst du?*

Es tut mir so leid, Jean-Claude. Ich hätte mich nicht mit ihm treffen sollen, aber es geht mir gut. Ich erkläre es dir später.

In diesem Augenblick verabscheue ich sie alle, Bastien und Jean-Claude und Stephen und Tracie und sogar Rasa. Wieder ist mein Denken verdreht, aber sie alle haben ihren Teil dazu beigetragen, mir Wissen vorzuenthalten.

Zu deinem eigenen Besten. Und dem von Lola.

Ich bin ziemlich sicher, dass die innere Stimme die Wahrheit sagt. Wenn ich sie nur annehmen könnte.

Es ist alles so schwer. Einfach alles.

Aber Lola kommt nach Hause.

Das Einzige, was mich davon abhält, in den Weinkeller zu schlurfen, ist der Gedanke, dass ich Lola tatsächlich in drei Tagen wiedersehe.

Endlich rufe ich die eine Person an, die mich versteht. Abbie geht sofort ran.

»Hey! Wie geht es dir? Ich habe mir Sorgen gemacht«, sagt sie.

Ich bin so erleichtert, ihre Stimme zu hören, dass ich ihr die ganze Geschichte erzähle, die Geschichte, die Bastien mir aufgetischt hat, und die, in der ich gerade lebe, weil es *meine* Geschichte ist, eine, bei der ich die Bruchstücke zusammensetzen muss, damit ich überhaupt weiterhumpeln kann.

Abbie spricht es schließlich aus. »Du hast eine neue Art von Freiheit erlangt, Caroline. Du kennst jetzt die Wahrheit. Ich halte das für ein Geschenk. Du verstehst es jetzt. Es war verdreht und schrecklich und furchtbar und hat dir das Herz gebrochen, aber es war für ein höheres Ziel. Und Bastien, egal wie wütend du gerade auf ihn bist – völlig verständlich, wenn du mich fragst –, er hat aus gutem Grund so gehandelt. Er wollte die Terrorzelle ausheben. Und er hat versucht, dir auf seine Art zu sagen, dass ihr beiden keine Zukunft habt. Ich finde das trotz aller Lügen irgendwie nobel von ihm. Ich meine, müssen verdeckte Ermittler und Spione nicht zwangsweise lügen?«

»Schlag dich jetzt nicht auch noch auf seine Seite!«

»Oh, Caro. Ich bin auf deiner Seite. Ich will nur sagen, dass es einen Grund für alles gab. Sag was du willst, aber es ist ein Geschenk, dass du jetzt die Hintergründe kennst.«

Viel später sagt sie: »Denk dran, es ist ein schmaler Grat zwischen Liebe und Hass.«

Ich weiß nicht, wovon sie spricht.

○3

Ich stehe mit Jean-Claude am Bahnhof, als Lolas Zug einfährt. Wir recken die Hälse und gucken vorn und hinten, um sie unter den Dutzenden von aussteigenden Passagieren zu entdecken. Schließlich sehe ich sie weit hinten, bei einem Mann untergehakt. Als er sich umdreht, dreht sich mir der Magen um.

Es ist Bastien.

Sie lässt die Taschen fallen, als sie uns entdeckt, und kommt über den Bahnsteig gerannt, rempelt andere Fahrgäste an und springt wie eine Fünfjährige in die Arme ihres Vaters. Es ist die perfekte Schlussszene eines Films. Dann schlingt sie die Arme so fest um mich, dass ich kaum atmen kann. »Ist das zu fassen? Ich bin zu Hause. Zu Hause!« Sie tanzt um ihre eigene Achse und erinnert mich dabei an Rasa, aber ihr Lächeln ist noch dasselbe wie vor zehn Jahren. Ihre Haare sind kürzer und ich sehe Erschöpfungsfalten, Schmerzlinien, eine tiefe Narbe und anderes in ihrem Gesicht, das ich lieber nicht sehen würde.

Sie lässt mich los und kehrt zu Bastien zurück, der mit ihren Taschen näher kommt. Dann umarmt sie auch ihn. »Danke. Ich danke dir.« Ihm ist es sichtlich unangenehm, aber Lola lässt sich nicht beirren. »Er hat mir das Leben gerettet, Papa! Er ist mein Retter.«

Sie sieht aus wie ein Kind neben seinem Lieblingslehrer oder seinem Lieblingsonkel. Und allmählich, ganz allmählich dämmert es mir und Jean-Claude. »Du hast Lola aus Österreich geholt, gleich nach unserem Treffen im Restaurant. Dann warst es wirklich du, der die ganze Zeit auf sie aufgepasst hat.«

Bastiens Miene ist versteinert, aber ich sehe, wie sich seine Wangen rot färben. »Ja, das ist korrekt.«

Vor meinen Augen dreht sich alles. Ich versuche, noch irgendetwas zu fassen zu bekommen, und das Letzte, woran ich mich erinnere, ist, wie Bastien mich auffängt.

∝

Bastien ist gegangen und ich liege in Lolas Zimmer – ihr Zimmer, das sie noch nie gesehen hat, das ihr Vater mit einem Gebet auf den Lippen liebevoll für sie eingerichtet hat. Und dieses Gebet wurde erhört. Lola ist endlich zu Hause, zwar in einem neuen Haus in einem anderen Dorf, aber zumindest in ihrer geliebten Provence. Wir haben bis spät in die Nacht hinein erzählt. Nicht über die vergangenen Jahre, nicht über die schrecklichen Ereignisse. Über *davor*.

Aber irgendwann schließlich flüstert Lola: »Es war nie deine Schuld, Caro. Das verstehst du jetzt, oder?«

Ich kaue mir auf die Lippen und nicke.

Sie sieht mich finster an. »Die sind böse, sie sind grausam und völlig irregeleitet. Ich meine Khalid. Und die anderen.« Sie zögert. »Du weißt, dass er dir das Leben gerettet hat.«

»Wer?«

»Bastien. Er hatte so oft ein Auge auf dich. Jedes Mal, wenn du nach mir gesucht hast, warst du in Gefahr.«

»Woher weißt du das?«

Sie setzt sich im Bett auf. »Was denkst du wohl, woher? Er hat es mir gesagt.«

»Er hat es dir die ganzen Jahre schon gesagt?«

»Ja, du Dummerchen. Seit er mich gefunden hat. Meinst du nicht, dass ich froh war, es zu wissen?«

»Und du glaubst ihm?«

»Würdest du etwa dem Menschen, dem du dein Leben verdankst, nicht glauben? Er hat mir das Leben gerettet, und dir auch, und jetzt können wir beide einen Neuanfang machen. Wir sind frei. Alles wird gut. Bitte, glaub mir.«

Ich reibe mir die Augen. »Das wird eine Weile dauern, aber ich will's versuchen. Versprochen.«

Sie überlegt.

»Was ist?«

»Nichts.«

»Nein. Ich sehe doch, dass dir noch etwas auf der Seele brennt.

Du hast dann immer diesen Blick, wenn du eigentlich was sagen willst, dich aber nicht traust.«

Wir grinsen uns an, weil es damals auch immer so war. Jeder konnte die Gedanken des andern lesen.

»Willst du es wirklich wissen?«, fragt Lola.

»Ja.«

»Also schön. Du bedeutest Bastien ziemlich viel.«

Ich setze mich auf, schnappe mir ein Kissen und drücke es wie als Schutzschild an mich. »Ja, natürlich! Sicher doch! Nein, die Wahrheit ist, dass er alle Frauen verführt, die bei drei nicht auf den Bäumen sind. Hat er es bei dir auch geschafft?«

Sie sieht mich entsetzt an. »Nein. Er hat mir das Leben gerettet.«

»Ja, schon klar. Aber meins konnte er offensichtlich nur retten, indem er mich verführt.«

Das hat er nie getan. *»Ich bin kein sicherer Kandidat. Ich will nicht, dass du traurig bist, Caro.«*

»Du bist besessen von Bastien.«

»Müssen verdeckte Ermittler und Spione nicht zwangsweise lügen?«

»Eines Tages werde ich froh sein, was er für dich getan hat«, bekomme ich gerade so heraus. »Aber jetzt bin ich einfach nur ...« Todunglücklich. Verwirrt. Von Gedanken gequält. »Ich bin ...« Ich kann nicht weiterreden.

Lola schweigt. Ich schniefe. »Dass er auf uns aufgepasst hat, glaube ich; er ist ziemlich gut in seinem Job. Er ist ein wirklich guter Spion.« Aber ein sehr, sehr lausiger Liebhaber.

Ich muss mich beruhigen, ich muss durchatmen, ich muss mich darauf konzentrieren, dass Lola wieder da ist. Aber die Wut auf ihn raubt mir die Freude. »Es war alles so schrecklich.«

Sie nimmt meine Hände und sieht mir in die Augen. »Auch mir sind übrigens schreckliche Dinge angetan worden.«

Ich sehe die gezackte Narbe auf ihrer Wange. »Es tut mir leid! So unendlich leid! Ich tue so, als würde es hier um mich gehen, dabei geht es doch um dich. Bitte verzeih!« Ich weine los, weine wegen des Schmerzes, der Qualen, meiner Ichbezogenheit, aus Freude und Staunen, alles wild zusammengemischt.

Wir sitzen lange Zeit auf dem Bett und halten uns schluchzend in den Armen.

Dann schlafen wir zwölf Stunden am Stück. Jean-Claude wartet geduldig, bis wir aufwachen. Es gibt Croissants, *pains au chocolat*, frisches Baguette und echten französischen Kaffee zum Frühstück, und nachdem er Lolas zufriedenes Seufzen gehört hat, machen wir einen Spaziergang durch Cavaillon.

»Du weißt aber, wieso Bastien dich dieses Mal wieder nach Frankreich geholt hat, oder?«, sagt Lola unterwegs. »Das hat er dir doch sicher erzählt.«

Ich zucke die Achseln. »Er hat mir so viele Lügen erzählt, da habe ich den Überblick verloren.«

»Er hat davon gehört, dass Khalid geschnappt wurde. Und hat meine Rückkehr nach Frankreich vorbereitet. Und dann ... dann hat er dir geschrieben. Weil er dir alles erklären wollte. Er wollte dir die Wahrheit sagen. Endlich war es sicher genug, dass er damit herausrücken konnte. Aber dann konnte Khalid entkommen. Und als du dann kamst, um alles zu erfahren, da durfte er nichts sagen.«

Ich bin nicht überzeugt. »Und das hat er dir alles erzählt, ja?«

»Ja. Er war am Boden zerstört, dass er dir Hoffnung gemacht hat und dich in der Annahme ließ, er hätte Neuigkeiten für dich.«

»Tja, und dann war wieder alles im Eimer, nicht wahr? Wie tragisch!« Ich klinge genauso zynisch wie Bastien.

»Caro ...«

»Weißt du, wenn du ihn so toll findest, dann nimm ihn dir doch! Er ist kein Heiliger, das kannst du mir glauben. Aber du, du bist ja inzwischen ganz heilig geworden!«

Die Worte kommen mir über die Lippen und ich sehe sofort, wie sehr ich sie damit verletzt habe.

»Entschuldige. Das war überhaupt nicht nett von mir. Das hätte ich nicht sagen dürfen.« Ich nehme Lolas Hände. »Du bist mir so unendlich wichtig. Und du bist hier. Am Ende ist das Wunder doch noch wahr geworden. Du bist zu Hause. Und in Sicherheit. Ja, fangen wir neu an. Aber bitte, bitte sag nichts mehr über Bastien. Es tut mir zu sehr weh und bringt meine allerschlimmste Seite zum Vorschein. Ich werde irgendwann über ihn hinwegkommen. Aber noch nicht.«

»Du hast recht. Mir tut es auch leid. Ich werde ihn nicht mehr erwähnen.«

Später, als wir durchs Dorf spazieren, ein Ort, so alt wie die, die wir auf dem Jakobsweg gesehen haben, sagt Lola: »Rasa hat mir von eurer Pilgerreise erzählt. Du kennst ja ihre Geschichte; du weißt, woran sie glaubt. Und ich teile ihren Glauben. Ich vertraue Jesus. Erklären kann ich es nicht. Ich weiß auch nicht, wieso ich so viele Jahre leiden musste. Aber eins weiß ich. Ich war nie allein.«

Man ist nie allein auf dem Jakobsweg.
Du bist nie allein.
Ich war nie allein.

ॐ

Ich beschließe, noch ein wenig in Lourmarin zu bleiben, in unserem Ferienhaus. Meinen Eltern sage ich, ich würde bezahlen wie bei Airbnb, aber sie lachen nur und meinen, das hätte Zeit. Lola wird mal bei Jean-Claude in Cavaillon und mal hier wohnen. Wir haben so einiges aufzuholen. Stephen meint, ich könne auch von hier arbeiten. Er zieht mich auf und meint, die Fotos vom Jakobsweg hätten bewiesen, dass ich Talent hätte.

Am Sonntag werden wir eine Party machen. Für Lola. Meine Eltern und Ashley kommen morgen extra her. Papa wird einige seiner besten Flaschen köpfen. Ich habe Vorräte an edlen Säften und Limonade besorgt und werde irgendetwas Nichtalkoholisches kreieren. Jean-Claude kommt am Donnerstag, Stephen und Tracie am Freitag aus Atlanta. Stephen, mein großer Bruder, der sich für die Flüchtlinge einsetzt und mich so sehr liebt, dass er meine Entziehungskur bezahlt hat und mich vor mir selbst beschützt. Und der mir die Wahrheit verschweigt, wenn sie für mich gefährlich werden könnte.

Wahrheit ist ein hartes Wort.

Eine Woche ist vergangen, seit ich mich mit Bastien im Café getroffen und die Wahrheit, die verdrehte, herzzerreißende und letztlich lebensrettende Wahrheit erfahren habe. Meine Wut ist verraucht. Ich verstehe jetzt, was Abbie mit dem schmalen Grat zwischen Liebe und Hass meinte. Ich wünschte, er würde mir nichts bedeuten, aber so ist es nicht. Es wird sehr lange dauern, bis ich über ihn hinweg bin. Aber zumindest bin ich nicht mehr wütend auf ihn.

Abbie hat mir Fotos von La Rochelle geschickt – alle möglichen Selfies von ihr und ihrem Stickbild, von uralten Türmen und Fachwerkhäusern. Und einem Leuchtturm.

Ein Leuchtturm! Le Phare! schreibt sie dazu und hängt eine ganze Bande Emojis daran.

Bobby hat Fotos aus einem Museum in Paris geschickt. Er ist mit einem Freund seiner Großmutter dort, Jean-Paul, einem sehr interessant aussehenden Franzosen Mitte sechzig. Sie haben sich vor dem Gemälde seiner Großmutter aufgenommen. Es bringt mich zum Lächeln.

Rasa hat mir auf WhatsApp das Haus der Hoffnung gezeigt.

Ich gehe aus dem Haus, rieche den Lavendelduft, Augusta Luise und alle Kräuter im Garten und denke über das nach, was Lola gesagt hat.

Ich war nie allein.

Ich bin nie allein.

Heute weiß ich, dass es stimmt. Ich wurde gesucht und gefunden. Am Sonntag gehe ich wieder zu Le Phare. Ich werde mich hinsetzen, dem jungen Pastor zuhören und Gott für Lola danken, die neben mir sitzt. Ich werde gehen, weil ich es will. Weil ich auf einer Reise bin.

Aber heute laufe ich zum Café, setze mich an einen Tisch und hole den Brief heraus, den ich gerade aus dem Briefkasten gefischt habe. Als ich ihn öffne, steigt mir Aramis in die Nase. Ich starre Bastiens handgeschriebene Nachricht an.

Hallo Caro,

wir werden uns vermutlich nie wieder sehen, aber ich wollte dir noch eine Sache sagen, bevor sich unsere Wege trennen.

Ich sehe seine Augen vor mir, das sanfte Flehen darin.

Mir tut wirklich alles unendlich leid. Ich wollte dir schon hundert Mal die Wahrheit sagen.

Ich knalle den Brief auf den Tisch. *Hättest du mal!*, denke ich. Hätte er nicht sagen können: »Hör zu, ich kann es dir nicht erklären, aber ich passe auf Lola auf?« Oder irgendetwas in der Art. Irgendwas?

Er hat es doch versucht! Er meinte, er sei kein sicherer Kandidat und für mich nur in einer kleinen Dosis gut.

Mit den Augen suche ich den Kellner. Er sammelt gerade benutzte Weingläser von einem anderen Tisch ein. Ich widme mich wieder dem Brief.

Ich hätte dich nicht weiterhin treffen dürfen. Ich hätte darum bitten sollen, dass jemand anderes meine Aufgabe übernimmt, als ich merkte, dass du ... dass wir Freunde wurden.

Ich schließe die Augen und gebe es erneut zu. Ich war geradezu besessen von Bastien.

Es war falsch. Aber das wollte ich nicht sagen. Es fing falsch an und hörte falsch auf, aber ich wollte nicht, dass du durchs Leben gehst und denkst, alles sei ein Fehler gewesen.

Es war ein Fehler.

Du bist kein Fehler, Caro. Du bist wundervoll. Du bist es wert. Brett ist nicht der Richtige für dich, aber eines Tages wird der Richtige kommen. Hab Geduld.

Wir beide wurden Freunde, aber jetzt hast du Lola, deine beste Freundin, zurück. Und sie ist eine besondere Frau. Du bist jetzt frei, Caro. Ohne Schuld. Ohne Scham. Ohne Fehler. Bitte leb dein Leben auch so. Für Lola. Für mich. Aber am allermeisten für dich.

Ciao,
Bastien

Ein paar Minuten später kommt Lola dazu. Als ich den Brief hochhalte, lächelt sie mitleidig. »Und, wie furchtbar war es?«

Ich zucke mit den Schultern. »Nur ein bisschen furchtbar«, sage ich und erwidere ihr Lächeln. »Aber es war nett von ihm, mir zu schreiben und sich von mir zu verabschieden.«

Wir lassen uns von der peinlichen Stille einhüllen.

Lolas Telefon piept. Sie sieht nach und grinst. »Hier, von Rasa.« Sie klickt auf ihren Instagram-Feed und man sieht Rasa, an Bobby geschmiegt, im Hintergrund der Eiffelturm. *Noch einmal Austoben, bevor die Uni anfängt*, hat sie dazugeschrieben.

Beide müssen wir lachen. »Junge Liebe«, sage ich nur.

Wir bestellen uns eine Citron pressé und lassen die Gläser unter der prallen Sonne aneinanderklirren. »Auf einen Neuanfang«, sagt Lola.

»Ja. Auf den nächsten Schritt unserer Reise.«

Kapitel 27

Abbie

Die ersten drei Tage verbringe ich allein in La Rochelle, einem Juwel an der Westküste Frankreichs. Im sechzehnten Jahrhundert war es ein sicherer Ort für die wachsende Bevölkerungsgruppe der Hugenotten. La Rochelle hatte seine eigene Regierung und gedieh, bis ein neuer französischer König, Ludwig XIII., kalte Füße bekam und Kardinal Richelieu anwies, die Stadt zu unterwerfen.

Bill hatte mir das erzählt – es war Teil seiner Faszination für seinen Urahn René de Laudonnière aus Fort Caroline, der am Ende des sechzehnten Jahrhunderts eines natürlichen Todes in La Rochelle starb, mehrere Jahrzehnte vor der Belagerung der Stadt von 1627 bis 1628. Am Anfang hatte die Stadt siebenundzwanzigtausend Einwohner, der größte Teil davon Hugenotten. Vierzehn Monate später gab es nur noch fünftausend Überlebende.

Ich stehe in den schmalen Gassen und bewundere die Bögen, die sich scheinbar ohne Ende auf beiden Seiten fortsetzen. Diese Architektur geht zurück bis ins zwölfte Jahrhundert. Mein Reiseführer hat alle Statistiken parat. Wie konnten die Hugenotten nur so lange widerstehen, als eine Armee von siebentausend Soldaten, sechshundert Pferden und vierundzwanzig Kanonen sie angriffen? Als französische Ingenieure die Stadt mit Befestigungsanlagen isolierten, die von dreißigtausend Soldaten bemannt wurden? Als ein gewaltiger Damm von fast anderthalb Kilometern Länge errichtet wurde und den Zugang vom Meer zwischen Stadt und Hafen blockierte? Keinerlei Vorräte gelangten mehr in die Stadt.

Ich stelle mir vor, wie die Hugenotten zwischen diesen Mauern eingesperrt waren und langsam verhungerten. Sie hatten nicht einmal Platz, um ihre Toten zu begraben. Als sie schließlich aufgaben, waren vier Fünftel der Bevölkerung entweder ermordet, verhungert oder an Krankheiten gestorben.

Es gibt ein berühmtes Gemälde dieser Belagerung von Henri Motte: *Kardinal Richelieu bei der Belagerung von La Rochelle*. Es findet sich in allen Geschichtsbüchern der Schulkinder in Frankreich wieder. Zu sehen ist ein gewaltiger Damm, mit Kriegsschiffen im Hintergrund, der die Lieferung von Vorräten für die hungernden Hugenotten in La Rochelle unmöglich macht. Im Vordergrund und im starken Kontrast zum finsteren Damm, zur See und zum Himmel steht Kardinal Richelieu im wehenden knallroten Kardinalsgewand, die Arme vor der Brust verschränkt, und betrachtet die Zerstörung.

»Der grässliche alte Richelieu« – so nannte ihn Bill immer, wenn er über diese historischen Ereignisse sprach, die ihn so bewegten.

Oh, Bill, ich wünschte, du wärst hier. Ich wünschte, du könntest das hier sehen.

Alle Befestigungsanlagen der Stadt wurden während der Belagerung zerstört, abgesehen von drei Türmen.

Ich stehe im Hafen und betrachte sie von hier aus: den Tour de la Chaîne, den Tour Saint-Nicolas und den Tour de la Lanterne. Der Tour de la Lanterne steht am weitesten im Meer und sieht aus wie die Kirchturmspitze auf einer gotischen Kathedrale. Nach der Belagerung flohen einige mutige Hugenotten mithilfe des Lichts von diesem Turm aus der Stadt und gelangten nach England, den Niederlanden und bis nach Amerika.

Ich steige die Wendeltreppe zum Tour de la Lanterne hinauf. Von hier oben hat man einen ausgezeichneten Blick auf die Stadt. Da fällt mir ein Lied ein, das wir 1993 in der kleinen französischen Gemeinde gesungen haben.

Wie ein Leuchtfeuer in der Nacht zeigt uns dein Licht den Weg
In den Hafen deiner Arme, aus der Not hin zu dir.

Ich bin hier im sicheren Hafen von La Rochelle, aber was noch wichtiger ist, ich bin im sicheren Hafen bei Gott. Wie ist das passiert? Vermutlich habe ich endlich eingesehen, was ich zu tun habe: nach einer langen Schlacht die Kontrolle abgeben. Meine Schlacht war ziemlich absurd und sie ist es nicht wert, mit religiösen Kriegen verglichen zu werden. Aber es war *meine* Schlacht, und um sie zu gewinnen, musste ich mein Herz öffnen, die Arme ausstrecken und sagen: »Ich hole jetzt tief Luft und warte. Ich gebe die Kontrolle ab. Du bist dran, Herr.«

Bill wollte hierherkommen, um seine Herkunft zu erforschen, um daraus zu lernen. Ich bin froh, dass ich es für ihn sehen kann, fast, als würde er neben mir stehen. Aber ich bin auch noch aus einem anderen Grund froh, dass ich La Rochelle erleben kann. Hier werde ich daran erinnert, dass ich nicht die Kontrolle habe. Ich tue meinen Teil und den Rest trete ich ab.

Atmen. Das würde Caroline sagen.

Im Hier und Jetzt bleiben. Das ist Diana.

Und von irgendwo da draußen im Wind höre ich die Stimme von Miss Abigail. *Du musst nicht perfekt sein, weil er es schon ist. Und er liebt dich.*

ℭჳ

Abends fahre ich mit meinem Mietwagen über die drei Kilometer lange Brücke auf die Insel, Ile de Ré, wo ich übernachte. Ich wohne in einem hübschen kleinen Apartment mit gemauerten Nischen, in denen französische und englische Taschenbücher stehen, und einem Licht, das mich von innen wärmt. Draußen auf der Gasse steht ein Bistrotisch, an dem ich jeden Abend sitze und ein Glas Wein genieße.

Die nächsten Tage gehören nur mir und meinem Fahrrad, das ich über das Kopfsteinpflaster der Insel steuere, vorbei an den weiß getünchten Häusern und Geschäften mit ihren Fensterläden in unterschiedlichen Grüntönen – *volets*, wie die Franzosen sagen. Ich fahre zum Hafen, der voller Menschen ist, die draußen vor den Restaurants sitzen, Muscheln und Pommes essen und sich fröhlich unterhalten.

Vacances! Die Paare und Familien machen Urlaub, der letzte Rummel vor *la rentrée* – dem Anfang des Schuljahres in wenigen Tagen. Aber ich bin hier, um den Rest meines Lebens auf die Reihe zu bekommen.

An meinem dritten Tag stecke ich die Ziplock-Tüte mit meiner Handarbeit und der Vorlage in die gesäuberte Vera-Bradley-Tasche, schließe mein Fahrrad ab und fahre in Richtung Hafen. Irgendwann verlasse ich die holprige Straße und biege ab in Richtung Strand, wo gerade Ebbe herrscht und der Weg voller Fußgänger und Radfahrer ist. Männer und Frauen in Gummistiefeln suchen weit draußen im Watt nach Austern.

Ich fahre auf dem wunderschönen Strandweg, bis ein Zeichen mir die Weiterfahrt verbietet. Also schließe ich das Fahrrad an einen verwitterten Pfahl und laufe weiter. Die Tasche habe ich mir unter den Arm geklemmt. Ich werde sie nicht noch einmal verlieren!

Zu meiner Linken erstreckt sich das Meer. Die Sonne ist hinter bauschigen Wolken versteckt und ein starker Wind treibt mich voran. Diese Insel ist eine Wildnis; so anders als Hilton Head in South Carolina, wo unsere Familie seit vierzig Jahren ihren Urlaub verbringt. Wildblumen werfen sich verzweifelt in den Wind und anstatt eines Sandstrands liegen weit unter meinem Pfad viele Steine. Die Wasserfärbung ist mal schlammbraun, mal tiefgrün bis aquamarin, saphir- und türkisfarben.

»Also schön, Herr«, raune ich. Ich bin ganz für mich allein. Nur ich und der Heilige Geist. Der Pfad erinnert mich an so manchen Abschnitt auf dem Jakobsweg. Ich denke über alles nach, was passiert ist, was ich in den vergangenen sechs Wochen gelernt habe. Ich bin bereit für einen Neuanfang. Und ich glaube tatsächlich, dass ich Abbie »zurückgeholt habe«. Ich bin langsamer geworden. Habe gelernt, wieder dankbar zu sein. Habe die

Güte von Freunden erlebt und gelernt, dass ich so gut wie gar nichts unter Kontrolle habe. Ich habe Bobby, Jason und Bill auf eine Art losgelassen, die ich mir nie erträumt hätte.

Und Vertrauen. Oh, ja. Ich lerne wieder, was es heißt, dem Herrn zu vertrauen. Es folgt dem Loslassen auf dem Fuße. Entweder ich klammere mich an die Menschen, die ich liebe, und treibe sie damit in den Wahnsinn oder ich lasse sie los und vertraue.

Ich atme und bete.

Einatmen: *Herr, ich gebe die Kontrolle an dich ab.*

Ausatmen: *Und ich vertraue dir.*

Allmählich wird mir klar, was ich für die Zukunft will. Ich werde nach Hause fliegen. Ich werde ins Loft ziehen und dann werde ich meine Eltern pflegen, wenn es nötig wird. Und ich werde Bill entscheiden lassen, was aus uns wird. Ich werde ihn nicht anflehen zurückzukommen. Vor drei Tagen schon habe ich ihm eine Mail geschrieben.

Lieber Bill,

ich habe gut zweihundert Kilometer zu Fuß zurückgelegt und hatte jede Menge Zeit, um nachzudenken, zu beten und mit anderen Pilgern zu reden. Ich schreibe, um Dir zu danken. Danke, dass Du mich verlassen hast, damit ich der Wahrheit ins Gesicht sehen musste. Danke, dass Du mich ermutigt hast, Bobby das Auslandsjahr zu erlauben. Danke, dass Du nicht auf meine verzweifelten Nachrichten reagiert hast, und danke, dass Du Deine Gedanken und Gefühle mit mir geteilt hast.

Es tut mir wirklich sehr leid, wie ich Dich und die Jungs kontrolliert und manipuliert habe. Ich werde daran arbeiten, wenn ich wieder zu Hause bin. Aber ich werde Dich nicht bitten zurückzukommen. Mittlerweile habe ich begriffen, dass Du Raum brauchst, um zu wachsen. Ich liebe Dich wirklich sehr. Ich habe Dich immer geliebt – ich wusste nur

nicht, wie ich über mich hinauswachsen soll, um es Dir zu zeigen. Das habe ich auf dieser Pilgerreise immer wieder gelernt. Und deswegen will ich Dir sagen, dass ich Dich genug liebe, um Dich loszulassen, um Dir zu vertrauen, auch wenn das unser Ende bedeutet. Du wirst jeden Tag in meinen Gebeten sein, aber ich werde mich nicht an Dich klammern.
Abbs

☙

Ich gehe auf demselben Weg zurück, steige aufs Fahrrad und fahre quer über die Insel bis zu einem Strand namens Sainte Marie de Ré. Als ich am Strand entlangspaziere, vorbei an den großen Steinen, die das Meer weißgespült hat, höre ich ein Geräusch. Keine Menschenseele ist in Sicht, kein Lautsprecher, aus dem Musik plärrt. Aber ich höre es wieder und wieder. Ein Trällern.

Da merke ich, dass die Flut das Geräusch erzeugt, wenn das Wasser die Steine überspült und sich wieder zurückzieht. Es hört sich wie ein ganz besonderes Brüllen an, laut und wunderschön, wie Hunderte von Windspielen, wie eintausend Kinder, die begeistert applaudieren.

Ich muss daran denken, was Jesus sagte, als die religiösen Anführer wegen der Hosiannas der Leute protestierten. »Ich sage euch: Wenn diese schweigen, werden die Steine schreien.«

Vorsichtig steige ich in das kalte Wasser, lache und rufe dann über Gottes Felsenkonzert: »Ich werde nicht schweigen, Gott. Du hast mich behütet, meinen Eingang und meinen Ausgang. Ich werde nicht schweigen. Auch wenn ich die nächsten Schritte nicht sehe, bin ich doch hier. Ich bin in deiner Gegenwart. Und werde nicht schweigen!«

Ich setze mich auf einen Stein, hole meine Kreuzsticharbeit heraus und spüre dieses Kribbeln, dieses prickelnde Staunen über seine wundersame Reise. »Und was soll ich jetzt damit machen?«

Beende das Stickbild.

Ich weiß nicht, ob die Flut und die Steine das gerufen haben oder ob mir der Geist diesen Gedanken eingepflanzt hat, aber ich willige ein.

Natürlich werde ich das Stickbild zu Ende bringen.

Es fehlt nur noch ein einziges Emblem. Nummer fünfzig.

 C3

All die Jahre habe ich versucht, Bill zu geben, was er brauchte – oder zumindest, wovon ich überzeugt war, dass er es brauchte. Ja, ich habe sein Leben organisiert, weil es an Ordnung fehlte. Ich drehe die Handarbeit, in die ich zwei Jahre investiert habe, um und betrachte die saubere Stickerei auf der Rückseite. Kein loser Faden hängt herum; es ist tatsächlich ein Kunstwerk. Vielleicht werde ich es Bill niemals geben. Womöglich will er es noch nicht einmal, weil zwanzig Jahre unserer Erinnerungen darin stecken.

Schon seit einer ganzen Weile weiß ich, was das letzte Muster sein wird. Nachdenklich betrachte ich meine Vorlage, die ich so sorgfältig aufgezeichnet habe. Ich weiß nicht nur, *was* ich sticken werde, ich weiß auch *wie* – genau wie die dreizehnjährige Abbie, die an ihrer allerersten Kreuzstichhandarbeit saß. Es war ein Bibelvers für Miss Abigail: »Habe deine Lust am Herrn, der wird dir geben, was dein Herz wünscht.«

Weit entfernt von perfekt, aber jedes Kreuz war mit Liebe gestickt.

Also sitze ich und sticke, während die Sonne an diesem fast grimmigblauen Himmel aufsteigt. Eine warme Septemberbrise bläht meine Bluse auf, während das Meer mich an den Zehen kitzelt.

Ich sticke meine Liebe für Bill in die Handarbeit, alles, was ich von ihm gelernt habe, das Leben, das wir zusammen führten. Ich sticke auch meine Dankbarkeit hinein, für seine Art, sich über meine Organisationswut auf freundliche, gutmütige Weise lustig zu machen, wenn sie wieder einmal hektisch, zu kontrolliert und ungesund geworden war.

Ich sticke mit Liebe, weil ich jetzt sehen kann, wie sehr er mich liebt. Mich zu verlassen, hat mich in eine Krise gestürzt, die aber schon seit mehreren Jahren besteht. Nur jetzt musste ich mich ihr stellen.

»Ich habe die alte Abbie zurück«, flüstere ich den Kindern zu, dem Himmel, Gott und Bill.

Werde ich meinen Mann zurückbekommen? Ich weiß es nicht, aber als ich das Stickbild drei Stunden später wieder sinken lasse, bin ich zufrieden. Der Tour de la Lanterne – La Rochelles Leuchtturm – steht am unteren Ende meines Kunstwerks, direkt neben Bills Namen. Ich drehe den Stoff um. Dieses eine Quadrat sieht völlig chaotisch aus.

Ich nehme mein Smartphone und mache einen Schnappschuss von Vorder- und Rückseite. Dann schicke ich die Fotos an Diana. *Ich bin wieder da*, schreibe ich nur dazu.

CB

Mit dem Fahrrad fahre ich zurück zu meinem kleinen Apartment, das Kreuzstichprojekt im Korb, ein Lächeln auf den Lippen. Ich atme den Duft des Ozeans ein, die salzige Luft, die leichte Brise. Am Fischmarkt kräusele ich die Nase.

Drei Tage bleiben mir noch auf dieser Insel. Dass ich Ruhe empfinde, anstatt todunglücklich zu sein, dankbar bin anstatt verbittert, ist ein eigenes Wunder.

Als ich wieder an der holprigen Gasse ankomme, die zu meinem kleinen Airbnb führt, sehe ich zwei ältere Nachbarn an meiner Tür. Sie entdecken mich und reden beide drauflos. Ich verstehe kein Wort. Wild gestikulieren sie und zeigen auf die Straße, auf der ich gerade gekommen bin.

»Was ist?«, frage ich verwirrt.

Sie reden in einem fort, aber dann höre ich, wie jemand meinen Namen ruft. Oder einen Teil meines Namens. Den Namen, den nur mein Mann sagt.

Ich wirbele herum und da ist er, direkt vor mir, in seinem verschlissenen T-Shirt, Shorts und Ledersandalen.

»Hey, Abbs«, flüstert er. »Überraschung.«

Meine Augen werden groß. »Was machst du hier?«

»Ich komme zu meiner Geburtstagsfeier.« Er zuckt die Achseln. »Deine Mom hat mir gesagt, wo ich dich finde.«

Mein Mund ist staubtrocken. Misstrauisch mustere ich ihn. Dabei hämmert mein Herz wie wild in meiner Brust. »Aber ... wieso bist du hier?«

»Habe ich doch gesagt. Um meinen Geburtstag zu feiern!«

»Aber du hast doch erst in einem Monat Geburtstag.«

»Ich möchte aber jetzt schon feiern. An dem Ort, den ich schon immer mal kennenlernen wollte. Mit meiner Frau.«

Die Nachbarn stehen noch immer in der Gasse. Ich versuche zu begreifen, was hier gerade geschieht. Das Fahrrad lehne ich an die Wand, nehme die Handarbeit aus dem Korb und schließe die Tür zu meinem Apartment auf. Er folgt mir nach drinnen.

»Ich kann nicht glauben, dass du hier bist«, flüstere ich und mache hinter ihm die Tür zu. Ich möchte in seine Arme sinken, aber stattdessen sage ich: »Was ist mit dem Apartment in Chicago?«

Er legt den Kopf schief. »Das hatte ich so lange gemietet, wie ich dort zu tun hatte. Es war billiger als ein Hotel.«

»Aber du hast doch alle deine Sachen dorthin gebracht.«

Er schüttelt den Kopf. »Was? Nein. Wie kommst du denn darauf? Ich habe meine Sachen in das Haus an der Beverly gebracht. Wir tauschen für eine Weile mit deinen Eltern das Haus.«

»Wir? *Wir* tauschen?«

»Jep. Ist alles schon unter Dach und Fach. Ich habe das für uns entschieden.« Er hält mir die Hand hin und ich greife danach.

Bill hat eine Entscheidung getroffen! Für uns.

Er führt mich zu dem kleinen Sofa. »Ich weiß, dass du das Loft unter anderem deswegen gekauft hast, weil dein Vater es mit entworfen hat. So wolltest du wenigstens einen Teil von ihm behalten. Das begreife ich jetzt. Aber deine Eltern wohnen wirklich gern dort. Also habe ich sie in meinen Plan eingeweiht. Und deinem Vater hat er sofort gefallen. Es ist beschlossene Sache.«

Ich kann es in seinen Augen sehen. Und tief in meiner Seele spüren. *Wir haben viel Arbeit vor uns, Abbs. Aber ich bin hier und ich liebe dich.*

Er setzt sich neben mich. Ich habe noch immer mein Stickbild in der Hand. »Dann alles Gute zum Geburtstag. Das hier ist für dich«, raune ich und lege ihm mein Meisterwerk in den Schoß.

Er nimmt es in die Hand und fährt mit den Fingern vorsichtig darüber. Dann beißt er sich auf die Lippe, eine Angewohnheit von ihm, wenn ihm die Worte fehlen. Sein Blick wandert zwischen der Handarbeit und mir hin und her. Schließlich streichelt er mir die Wange und ich fange an zu weinen.

»Hab dich vermisst, Abbs.«

»Ich dich auch.«

Mein Meisterwerk gleitet zu Boden, als er die Arme um mich legt.

Nachwort

Nate und Faith Walter, die Leiter des Pilgrim House in Santiago de Compostela, habe ich gebeten, einen kurzen Abriss der Geschichte des Jakobswegs und ihrer Arbeit mit Pilgern zu geben. Hier ist ihr Text:

Der Camino de Santiago ist in den vergangenen Jahren zu einem richtigen Magnet geworden. Über dreihunderttausend Pilger und Pilgerinnen haben vergangenes Jahr den Weg nach Santiago de Compostela gefunden. Seit über tausend Jahren spielt dieser Pilgerweg in der katholischen Tradition eine wichtige Rolle. Heute laufen Menschen vieler religiöser Überzeugungen und Kulturen aus unterschiedlichsten Gründen den Jakobsweg. Viele von ihnen verbindet, dass sie den Übergang von einer Lebensphase in eine andere mit einer Pilgerreise begehen. Manche wechseln von einem Job in einen anderen, manche haben ihren Studienabschluss in der Tasche, andere betrauern den Verlust eines lieben Menschen. Indem sie sich Zeit zum Laufen und Kilometersammeln nehmen, können sie über ihr Leben nachdenken, Einsamkeit erleben und zugleich mit anderen in Kontakt treten, die aus ihren eigenen Gründen den Jakobsweg laufen. Der Camino kann eine sehr spirituelle, persönliche und gemeinschaftliche Erfahrung sein.

Wir sind selbst Pilgerinnen und Pilger. Unser Team wollte einen Ort in Santiago schaffen, wo sich die Pilgerinnen und Pilger versammeln können, Einsamkeit suchen und Gott begegnen können, auch wenn ihre Pilgerreise vorbei ist. 2014 eröffneten wir das Pilgrim House Welcome Center. Dabei war uns Henri Nouwens Vision für Gastfreundschaft, die er in seinem Buch *Der dreifache Weg* entfaltet, maßgeblicher Antrieb. Im Pilgrim House praktizieren wir Gastfreundschaft, bieten konkrete Unterstützung und geistliche Ressourcen für Pilgerinnen und Pilger, die den Jakobsweg abgeschlossen haben. Im Laufe der Jahre haben wir gelernt, wie wichtig es ist, sich mit dem zu beschäftigen, was sich im Herzen regt, und wir hoffen, dass die Menschen im Pilgrim House einen Ort finden, wo sie genau das tun können.

Nach unserer Erfahrung ist eine Wallfahrt ein besonderer Zustand des Herzens, bereichert durch eine körperliche Pilgerreise. Möge dieser traditionelle irische Segen Pilgerinnen und Pilgern überall auf der Welt gelten:

> *»Der Frieden des Herrn möge mit euch gehen, wohin er euch auch sendet. Er möge euch durch die Wildnis führen und im Sturm beschützen. Er möge euch nach Hause geleiten in der Freude über die Wunder, die er euch gezeigt hat. Und möget ihr in dieser Freude einst wieder durch diese Türen treten.«*

Pilgrim House
Santiago de Compostela, Spanien

Mehr über das Pilgrim House auf www.pilgrimhousesantiago.com